著

CNS
湖南文艺出版社
HUNAN LITERATURE AND ART PUBLISHING HOUSE

图书在版编目（CIP）数据

世事尘烟 / 子之著. -- 长沙 : 湖南文艺出版社,
2025. 7. -- ISBN 978-7-5726-2489-6

Ⅰ. I247.5

中国国家版本馆 CIP 数据核字第 20253DK658 号

世事尘烟

SHISHI CHENYAN

作　　者： 子　之
出 版 人： 陈新文
监　　制： 谭菁菁
责任编辑： 向朝晖
校　　对： 百愚文化
装帧设计： 袁词媚工坊

出　　版： 湖南文艺出版社
（湖南省长沙市东二环一段 508 号　邮编：410014）
网　　址： www.hnwy.net
印　　刷： 长沙超峰印刷有限公司
经　　销： 新华书店
开　　本： 880 mm × 1230 mm 1/16
字　　数： 340 千字
印　　张： 21.5
版　　次： 2025 年 7 月第 1 版
印　　次： 2025 年 7 月第 1 次印刷
书　　号： ISBN 978-7-5726-2489-6
定　　价： 49.90 元

目 录

CONTENTS

第一章
死里逃生

陆勇像是做了一个梦，梦很长。他梦到自己跌落到一个山谷的荆棘丛中，尖锐的棘刺插进他的皮肤、肌肉，撕裂般疼痛。

这种疼痛是真实的，处于半梦半醒中的他，感到眼皮十分沉重，隐隐觉得有一双柔软的手在轻轻抚摸着他，仿佛要为他拂去疼痛。

陆勇叹了一口气，感觉自己好似一片羽毛在微风中飘荡，随后，一股气息在鼻翼间拂过，既熟悉又陌生，让焦躁的他渐渐趋于平静。

是母亲吗？

他不确定，脑海里一片乱麻。想到慈祥的母亲，他的胸口便一阵刺痛。父亲、母亲不是死了吗？难道自己坠入了地狱？不是说地狱很阴冷、很瘆人吗？为什么自己却浑身燥热，黏糊糊的？

想到母亲，陆勇禁不住眼眶湿润。往事历历在目。母亲是位贤淑雅致的大家闺秀。外祖父曾是巴蜀赫赫有名的商人，家道丰厚殷实，有棉纺厂、碾磨厂、豆腐坊。

父亲则是个当兵的，晋西北人，解放时作为军代表进驻外祖父的商号。父亲看上了母亲，母亲嫁给父亲，简简单单，没有花前月下。

父亲嗓门大，长得粗糙、潦草。母亲则娇俏温婉，说话轻声细语，有巴蜀女人的妩媚。她秉性聪慧，识字能诗，平日里寄兴感怀，很有生活情调。父亲说她身上有需要改造的小资产阶级思想，她则不屑争辩。

在父亲看来，怯懦的陆勇缺少阳刚气，整天跟着母亲学些小资情调的东西，走路没个正形，软不拉耷，看着来气。母亲则认为陆勇聪慧儒雅，有外祖父的风范，对父亲的评价嗤之以鼻。

陆勇少时很依赖母亲，感到待在母亲身边很温馨。母亲常带着他们兄妹登望江楼，逛武侯祠，游杜甫草堂。

陆勇很喜欢望江楼，特别是崇丽阁，鎏金顶，黄屋脊，绿瓦朱柱，飞檐翘角，让人赏心悦目。

母亲喜欢杜甫草堂，说它典雅古朴，秀丽清幽，能沁人心扉。母亲常念诵杜甫的《成都府》，音质清朗，抑扬顿挫，这深深烙进陆勇的心底，让他难以忘怀。

翳翳桑榆日，照我征衣裳。

我行山川异，忽在天一方。

…………

后来，这种愉快安详的日子结束了。孱弱多病的陆勇被母亲送进峨眉山报国寺。他跟随长惠师尊学习佛经妙义和吐纳运气，和师兄们锤炼体魄，强身健体。

长惠师尊和陆勇的外祖父是至交，外祖父隔三岔五到报国寺向长惠师尊请教佛法。

日子在不知不觉中流逝。几年后，陆勇下山回到家中，已经物是人非。外祖父已经过世，父亲多了些沧桑，母亲增添了憔悴，生出了白发，不再优雅知性了。

陆勇在同学的影响下，也投身轰轰烈烈的运动当中。狂热的激情使陆勇成为街头混混儿，他仗着在报国寺学的拳脚功夫，舞枪弄棒，到处惹是生非，让母亲十分焦虑和担忧。

之后，陆勇跟随同学，报名当了下乡知青，一路颠颠簸簸，到了遥远的滇西农场。

陆勇记得，宠溺自己的母亲送别他时，眼泪止不住，在喧嚣、激昂的口号声中，不敢有任何叮嘱，就那么凄婉地看着他，无奈而又哀伤。

陆勇记事以来，从未见过母亲如此伤心流泪，看着母亲花白的头发、苍白的面容，他心里酸涩不已。

不久后，艰苦的知青生活迅速浇灭了他的激情。正当他沮丧而茫然时，父母因受外祖父牵连，不堪受辱，双双自尽。噩耗传来，如晴天霹雳，陆勇悲恸得难以自抑。母亲就是他的天，天塌了，他的世界陷入了黑暗。

他愧疚、绝望，想到以前不顾父母的舐犊之情，任性妄为，现在阴阳两隔。他绝望地想随父母而去，浑浑噩噩地投入滚滚界河……

他感到自己走上了一条茫茫无际的路，行走得十分疲惫。

突然，一丝光亮划过他的脸颊，打断了他锥心的回忆。他缓缓睁开眼，一个陌生的姑娘映入眼帘。

姑娘身着墨绿色的筒裙，高绾着发髻，身姿婀娜，眉目清秀，一对酒窝甜甜地嵌在温润、略显桃红的两颊。她笑盈盈地轻声问："哥，醒了？"

陆勇嘴角抽了抽，想挪动，却感觉浑身撕裂般疼痛。

姑娘扶住他说："别动，不然皮肤又会裂了。"

陆勇不太友善地盯着她："这是哪里？"

"缅甸掸邦，景拉。"姑娘轻声地回道。

"缅甸？"陆勇眼睛睁得大大的，难以置信。

"哥，你命真大，落到萨尔温江（华夏称怒江）能活下来！你是华夏人？"

陆勇有些糊涂了，他怔怔地盯着姑娘。姑娘被他盯得红了脸，躲开他的目光。陆勇这才打量房间。

这是一座高脚屋，房间四周铺着篾笆，上方有一个火塘，火塘上支着一口铜锅，正扑哧扑哧冒着蒸汽。陆勇身下铺着亚麻毡，身上盖着红色毛毯，空气中弥漫着浓浓草药味。

"哥，你都睡了几天了，肚子饿了吧，我去给你拿点儿吃的。"姑娘羞怯地转身下了竹楼。

陆勇十分震惊，自己竟出现在陌生的缅甸，这个他曾无数次站在界河边观望的神秘国家，更惊诧于自己能从水深浪急的萨尔温江中活下来。看着被水草、石尖划得遍体鳞伤的皮肤，他不禁悲从中来，感觉心已死，灵肉如一条僵硬的鱼。

他整个脑海空空荡荡，困惑于活着的苦楚，只感到内心和皮肤一样被现实刺得千疮百孔。

他真的不知如何再活下去。在峨眉山时，陆勇曾因外祖父的死，伤感地问过佛法高深的长惠师尊："死是什么？"

神态平静的师尊说："往生，因为自性不生不灭、不垢不净、不增不减。生而死，死又再生，因果环环相扣，不过是轮回循环。你外祖父有好生之德，到了极乐世界，不必伤悲。"慈眉善目的师尊说得很玄奥，陆勇不得要领。

陆勇又问："何为因果？"

师尊眼眸一闪，娓娓道："因果分为世间之因果、出世间之因果、迷界之因果、悟界之因果。苦、集为世间迷界之因果，灭、道是出世间悟界之因果。一切事物皆受因果律支配，俗世众生乃至菩萨亦然。"

随后，师尊神色异样地端详陆勇，花白的眉毛微微颤动，滚动着手上的佛珠，缓缓叹了一口气，悠悠说道："罢了罢了，你和我佛有缘，现在还难以参破，历经尘世就会明白，一切皆尘归尘、土归土，顺其自然，好自为之。"说完，师尊便合上了眼，不再言语。

回想起师尊的教导，陆勇恍然悟到了些说不清道不明的东西，不由得释然少许。

竹楼里响起脚步声，姑娘和一个消瘦的中年人出现在陆勇眼前。

中年人是姑娘的父亲，黝黑的脸，宽厚的额头，颧骨很高。他上着泛黄的白棉衫，下套花格子笼基，浑身透着一种沧桑的气息。

他感慨地说："厉害，你小子运气不错！我在江里捕了十几年的鱼，你是唯一一个活下来的。"

“是你们救了我？”陆勇问。

“你说呢？”中年人眯着眼盯着他。

陆勇不置可否，他对生死已无所谓了。

“年轻人，你是死里逃生啊！活着不是有多好，生不如死才是绝望。唉，先吃饭。”中年人摇了摇头，“楠，给他端上。”

姑娘把一张小篾桌支在陆勇面前。

篾桌上有一碗米饭、几条小白鱼和一碟野菜。

“哥，吃吧，不够我再给你添。”姑娘羞涩地瞥了一眼呆愣的陆勇。

中年人坐在火塘边，扒了扒柴火，抽出旱烟吧嗒吧嗒地吸了起来。姑娘紧靠父亲坐下。

也许是条件反射，看到米饭，陆勇的肚子就咕噜噜响了起来。

姑娘莞尔：“哥，饭再不吃就冷啦。”

看得出这是一对善良的父女，陆勇难堪地吃了起来。饭很香，小白鱼吃起来味道怪怪的，但很好吃。吃着吃着，陆勇鼻子有些发酸，不禁哽咽。

中年人和蔼地说：“慢慢吃，别噎着。世上没有过不去的坎，你还年轻。看，老天爷都不忍心收你。你知道萨尔温江有多凶险吗？能活下来，是你祖上烧了高香啰。这些年来，每年有成百上千具尸体从江面漂过，没见过活的，你是我见到的第一个活下来的。看你细皮嫩肉的，不是那边的当地人吧？”

“巴蜀人，孟底知青。”陆勇回道。

“知青？什么知青？”中年人一脸困惑。

陆勇诧异地看着中年人，半天才意识到自己身处国外的缅甸。他也不知怎么解释，沉思了下，说：“在华夏，有许多像我这样从城市到边疆来的年轻人，到当地学习劳动，叫知识青年。”

“哦，是这样。”中年人脸上写满好奇。

陆勇有些倦意，也不想过多交流。

姑娘拉了拉中年人的衣袖，冲陆勇笑了笑。

“哦哦，吃饭吃饭。”中年人抱歉地抹了下嘴，脸上滑过一丝失落。

姑娘漾起两个好看的酒窝，说：“哥，你别在意，我爹爹只想知道些华夏的事。”

陆勇反而觉得自己小气了，连忙道：“对不起，只是伤口有些疼。”

“呵呵，怪我多话。楠，收收，我该给他换药了。”中年人拿根棍子在黑乎乎的塞满草药渣的铜锅里搅着。

姑娘端着篾桌走下竹楼。

“她叫温楠，我女儿，她妈死得早，里外都靠她一人忙，就没闲过，命苦哇。”中年人怜爱地看了一眼下楼的姑娘，微微摇了摇头，用铜锅里的水边擦边给陆勇敷上草药。

“唉，年轻人，还好没有伤筋动骨，过几天伤口就能愈合了。江边老草医莫半疯的药方子还真神奇得很。”中年人用粗糙的手摸了摸陆勇结痂的皮肤。

陆勇看到中年人两只手臂伤痕累累，有的地方皮肤扭扯在一起，肘关节变形得十分狰狞。得经历多残酷的伤害才会如此触目惊心哪？

中年人注意到陆勇异样的目光，淡然一笑：“奇怪吗？我浑身都有枪伤，有多处骨折，可活下来了。有了温楠，幸运多了。其实死，很容易，但那是懦弱，能挣脱死神纠缠，活下来，才叫男人。”

陆勇的心仿佛被针扎了一下，脑子变得清明了些。他万万没想到中年人能说出如此深奥的话，这是个历经磨难，有故事的人。只有被苦难鞭笞过，才会活得这么睿智洒脱。

“来，认识一下，我掸族名字叫尚米嘎。”

“我叫陆勇。”陆勇伸出手握了握尚米嘎粗糙有力的手，感到他言语有些怪异别扭。

“我，华夏人，中原豫州人氏，华夏远征军国民革命军二百师戴安澜将军麾下上尉连长李豫然。”尚米嘎挺了挺胸膛，略显暗淡的眼睛顿时神采奕奕。

“李！豫！然！”陆勇震惊了，瞠目结舌。

“你，华夏人？远征军？”陆勇难以置信地看着这个既叫尚米嘎又叫李豫然的人，不知所措。关于华夏远征军，外祖父曾隐晦给他讲过。

“对，走出生死地野人山，活下来的人！”尚米嘎看着一脸懵懂的陆勇，眼底滑过一丝痛苦和酸涩……

第二章 热血远征

李豫然所属的是华夏远征军国民革命军二百师，这支劲旅抗战时期参加过台儿庄、昆仑关等战役，功勋彪炳，声名显赫，师长是遐迩闻名的戴安澜将军。后因战损严重，二百师撤到湘南补充兵员、整编训练，接受美械装备，成为国民党唯一一支机械化师。李豫然手下的连队是国民党精锐的嫡系部队，配备的都是清一色的汤姆逊冲锋枪和加兰德步枪。

1942 年 3 月，接到英国政府求救，蒋介石立刻电令二百师连夜赶往缅甸腊戍待命，二百师作为华夏组建远征军的先头部队，正式进入缅甸参战。

李豫然和部队进驻腊戍还未过夜就接到同古英军求援。二百师九千多名官兵不顾人疲马乏，匆忙赶往同古和英军会合，修筑阻击阵地。

进攻同古的是渡边率领的日军北上攻击集群，其士兵崇尚武士道，悍不畏死，战斗力异常强，曾一度横扫东南亚，从无败绩，被誉为“天皇刀刃”。

战争打响，日军凶悍异常，英缅联军一触即溃，丢失了南城坍塌的城墙，二百师官兵在戴安澜将军的指挥下三面坚守不退。

南城头失陷消息传来，作为预备队的李豫然连队和其他两个连队奉命堵住日军突破的缺口，两军骤然在城南缺口碰撞，战况十分惨烈、胶着。一方要拼命撕开缺口，一方要玩命堵住，李豫然只记得汤姆逊冲锋枪枪管几乎打红了。

日军一批批倒下又一群群号叫着冲上来，与其说是一群人，不如说是一帮野兽，狰狞的面孔森然可怖，明晃晃的枪刺闪着光。

李豫然知道，缺口堵不住，整个二百师都将会万劫不复，可日军不顾死活的冲击，使缺口一次次陷入危急境地。双方都杀红了眼。缺口愈来愈大，李豫然心急如焚，嘶喊着欲扑上去拼命，被一旁的勤务兵死死按住。

勤务兵泪流满面地看着他，嘶哑道：“长官，部队不能没有长官。我去了。”说完，推倒李豫然，抓起身后两个烈性炸药包冲向日军。轰隆隆的爆炸声响彻云霄。

子弹打光了，怒吼的士兵抱着炸药包前仆后继，慷慨扑向缺口。一时间，整个缺口湮灭在一阵隆隆的爆炸声中，泥土、砖石混合着血肉漫天横飞，烧红了天际。日军被震慑住了，一下退了回去。

缺口终于堵住，被爆炸气浪掀飞的李豫然从眩晕中醒来，回望整个部队。四百多人的队伍，能站起来的仅有五分之一，个个破衣烂衫、血肉模糊。

李豫然不禁号啕大哭，他的连队中士兵大都是新补充的三湘子弟，大多有知识，有文化，风华正茂。一仗下来仅剩几十个人，他痛惜得撕心裂肺，拖着长长的豫州嗓音，仰天长啸：“何当统率三湘，沐枪林弹雨，秉琴心剑胆，横刀立马鼎炎黄。”

同古城疯狂激战的这一角如此惨烈，是李豫然从戎以来从未经历过的。三三两两从废墟中站立起来的士兵，如没有生命的木偶，呆滞地注视着鲜血淋漓的战场。

自古三湘多血汉。团长饶涛带着援军赶到，看着城墙缺口层层叠叠的残肢断臂，潸然泪下：“壮哉，我二百师弟兄！”说完，他缓缓低下了头颅。

三天三夜的同古血战沉重打击了日军不可一世的嚣张气焰，日军联队长横田大佐在阵中日记中写道：“自南进以来，从未遭遇如此之劲旅……不可轻贱，必集全力歼之，否则后患无穷。”

日本首相东条英机在议会中也承认：“同古一役为旅顺攻城以来未有之苦战。”

渡边受到大本营的严厉训诫，气得暴跳如雷。他原以为强劲对手是英国军队，可英军不堪一击，反而是他一直蔑视轻贱的华夏远征军给了他当头一棒。

渡边调集了北上攻击集群的几个精锐师团、重炮联队和空中部队，欲在同古城歼灭远征军戴安澜部的二百师，洗刷耻辱，重振威名。

同古处于达贡与瓦城之间，历来是兵家险地，原防守同古城两翼的是英军第一师、第十七师，可一经交战，英军就溃败逃窜，致使二百师陷入苦战，这是远征军想不到的。那个曾经辉煌的日不落帝国，依靠武力横扫世界各地，是强权的象征，如今在日军面前变成了明日黄花，一地鸡毛。

英军的战力使戴安澜忧心忡忡，他和几个幕僚说："今赴同古，与英军第一师师长斯科特晤见。询以敌情，则不明了；询以与敌战法，则亦不知。苦恼之至，今后非由我国军队负起全责不可……"

然而，坚守同古并非易事，随着日军援兵抵达，同古城即将被合围。英军闻讯，再次不经商议便撤出两翼阵地，迫使二百师不得已炸毁皮尤河大桥，丢弃辎重，撤出同古。

由于中英两国高层决策失误，缅甸各大要塞纷纷陷落，整个局势岌岌可危，最终导致远征军和英国军队雪崩式大溃败。

艰难转战棠吉、八莫的二百师余部面临被合围的险境，唯一的出路便是穿过被称作"魔鬼之地"的野人山。

可蹊跷的是，部队无论朝哪个方向行动，总是有一支影子般的日军尾随着，时不时遭到日军飞机的狂轰滥炸，损失惨重。

一天夜里，李豫然被叫到团部，才知部队被一支特殊日军盯上了，他们从同古一路尾随追踪二百师，欲置他们于死地。

这是渡边派出的特遣队。同古一役日军伤亡惨重，五个大佐联队长殒命，气急败坏的渡边深感耻辱，决心重建这支铁血钢军，彻底动摇华夏远征部队的军心。渡边从菲律宾紧急调来被称作"丛林猎犬"的冈田吉野少佐，令他率特遣队追踪二百师。

团长饶涛奉师部命令让李豫然找到并拖住日军特遣队，掩护部队安全转移。饶涛判断这绝非一支普通的特遣队，弄不好李豫然等人就可能回不来。

饶涛神色凝重，低沉地说："豫然，此事非同小可，日军特遣队分明是寻仇来的，前几批派出的探查人员没有一个活着回来。你我兄弟多年，不到万不得已，我不会让你以身犯险。但换别人恐也再难胜任，此系二百师生死存亡之际，也只能派你去了。”

李豫然凄然一笑：“团长，你给豫然面子了。同古一仗，二百师阵亡几千人，我的弟兄十去其九，没一个孬种。你我带兵多年，哪里找这样悍勇的三湘好兵啊！我心里好疼好疼，他们有父母，有兄弟姐妹，虽说是为国捐躯，可兵是我带的，回国我咋交代呢？”李豫然眼圈泛红，脑海不断闪现那一幕幕悲壮、惨烈的画面。

“话不用多说，时下危机我懂。国恨也好，家仇也好，我们和那帮畜生已经不死不休了，我一定找出他们，碾死他们。说吧，几时出发？”李豫然言语异常冰冷，犹如一柄出鞘的利剑。

饶涛眼眶湿润了，他了解李豫然是个一诺千金的硬汉。这个时候，李豫然已把生死置之度外，为完成任务决然会以命相搏。饶涛上前抱了抱李豫然：“兄弟，团部直属排给你了，找到那帮狗杂种，砸碎他们。”

帐篷外，直属排早已待命，清一色的汤姆逊冲锋枪，腰间挂着中正剑，眼中杀气逼人。他们是军中翘楚、饶涛的心头肉，跟着饶涛南征北战、出生入死。可以说他们是饶涛身边的“死士”，不到存亡时刻，饶涛不会轻易使用。

饶涛缓缓环视着一张张熟悉刚毅的脸，森冷地说：“养兵千日，用兵一时。从现在开始，我把你们交给豫然长官了，他背负着二百师官兵的性命和荣誉，他说什么你们做什么，他死你们亦得死，去吧。”

此刻，离二百师驻地十几里外的灌木林中，一支鬼魅般的日军静默地潜伏着，幽暗的森林中不时传来嘀嘀嘀的发报声。

一个身材矮小、精壮的日军少佐向报务员口授着情况，他正是被誉为“丛林猎犬”的冈田吉野，他的四周站立着十几个剽悍的黑衣人，个个都紧握着锃亮锋利的秀吉太刀。

秀吉太刀源自东洋幕府时期一个古老的铸刀家族，刀刃长二尺二寸七分，刀身坚硬，刀刃锋利。冈田吉野很少允许手下用枪解决问题，枪声和枪散发出的火药味让他难以忍受，也被视为对他和秀吉太刀的蔑视、践踏和冒犯。他认为一个高明的猎手应该是丛林冷兵器的王者，刃敌于无形。

冈田吉野出生于北海道一个猎户人家，从小就随父亲于茫茫林海之中捕猎猛兽。他擅长追踪、藏匿，嗅觉灵敏。父亲冈田聪教会了他气味的分辨术，并告诉他除了千草百兽，人的气味最为复杂、奇特。食物不同，地域不同，喝的水不同，内心观念不同，气味均不同。

冈田吉野性格坚毅、自律性强，为了成为一名优秀猎手，他自小就经常赤身裸体在雪地、森林奔走。为了隐匿身上的人类气息，他饮食清淡，常待在各种花草植物之中，欲融入自然世界。

冈田吉野的伪装甚至能让嗅觉灵敏的野兽踏过而不知。他目标明确，能为目标蛰伏几天几夜毫无声响，其毅力、韧性是别的猎人难以企及的。他每次狩猎都满载而归，被猎户们称为“猎犬”。

南洋战事爆发后，冈田吉野奉召入伍，很快在马来亚战役中展露出异于常人的本领，敌手在莽莽丛林中设下的伏击因他而瓦解、溃败。陆军本部视他为珍宝。

在日军攻占菲律宾吕宋岛后，溃散的美军藏匿于丛林深处，和当地游击队不断袭扰日军，给欲殖民教化菲律宾人的大日本帝国带来了冲击。冈田吉野奉命带特遣队清剿，短短几月，覆灭了一支又一支游击队，声名大噪。

此番，渡边司令官调他入缅甸紧紧咬住二百师，就是为了争取在二百师进入野人山之前歼灭他们。本来冈田特遣队行动隐秘，可二百师遭到几次攻击后，行动更加迅捷，并派出侦察人员反过来搜寻他们。虽然二百师侦察队都命丧特遣队刀下，但也让冈田吉野不得不佩服二百师的警觉和敏锐性。

冈田吉野觉得十分有趣，他产生了一种猫戏老鼠的快感。他很享受这种刺激，能让他肾上腺素飙升，他很自信能掌控一切。冈田吉野盯着驻扎在野人山边缘的二百师的方向，嘴角弯起一个弧度，阴笑着伸出五指狠狠一抓。

晚霞染红了天边，热带的风烫伤了无边无际的丛林。树叶蔫了，鸟儿闭上了嘴，知了声嘶力竭的吱吱声在山林回响着。

李豫然率领着小队悄悄朝冈田特遣队潜伏的山巅袭来。潮湿的腐叶散发着馊味、腥味，踏在上面软软的，冒着热气。不时有几只动物飞快地从眼前穿过，消失在丛林深处，远处传来枯枝的断裂声。

李豫然皱了皱眉头，在稍显开阔的地方拔了根头发测了测风向，幸好是下风口。这是唯一一座能观察到二百师扎营处的高地，放眼望去，眼前横卧着几道低矮山梁，并没有遮挡住远方营地几股袅袅上升的炊烟。李豫然不禁倒抽了一口凉气，他挥了挥手："少尉，让报务员过来。"

少尉和报务员迅速靠拢。

"告诉师部快速转移，不要生火，不要停留，即刻进入野人山。"李豫然果断地说。

"让一队跟着我，二队、三队散开，形成犄角，不要发出响声。"李豫然神色严峻，感觉一股危险的气息弥漫而来，汗毛不由得立起，残酷的战斗经验锻造出他非比寻常的感应力。

"长官，是鬼子？"

"不会错的，该死的真会选地方。"

少尉立刻发布指令，布置士兵。李豫然看了一眼精悍的少尉，对他的果断很满意。

"少尉，怎么称呼？"

"回长官，鄙下肖喆，晋西北人。"

"家里还有什么人？"

"没了，日本人进晋西北都杀绝了。一直跟着饶长官，鄙下、弟兄们都是孤儿。"肖喆说得简练，眼底闪过一丝冷芒。

李豫然心里一颤，喉咙发干，干咽了几下："兄弟，活着回去，一定要活着回去！"

"长官说能活着就活着，该死就得死，这是饶长官的命令。"肖喆回答得不容置疑。

李豫然沉默了，心底泛起一丝涟漪，真的能带他们安全回去吗？李豫然心里也没底，总感到心头纠缠着一种不祥之兆，让他心绪难宁。

天渐渐阴暗了下来，热浪消退了少许，山林静得有些吓人。突然，西边响起阵阵隆隆声，十几架日军俯冲轰炸机一下把二百师原营地炸成一片火海。

“长官，真险哪！”少尉不禁咋舌，对李豫然敬佩不已。

“二队、三队迂回搜索，报务员紧跟我，你去带着二队，快！快！”李豫然毫不犹豫说道，人已蹿到几米开外，他知道这是贴近敌人的最佳时机。

突然，五十米开外传来惨叫，然后戛然而止。接着，嗒嗒嗒的枪声撕破丛林的寂静。

搜索前进的三队士兵被从树枝藤蔓滑下、风驰电掣般挥刀袭来的数个黑衣人袭击。一片片白光犹如死亡镰刀，又如闪电，在士兵间游走，顷刻间，几个士兵身首异处。黑衣人步伐诡异飘逸，刀法迅猛刁钻，招招取人要害。

然而这些士兵都是从战场尸山血海中摸爬滚打出来的，加之被饶涛特训过，片刻便从慌乱中回过神来，腾挪间无畏地扣动扳机。

顿时枪声一片，几个黑衣人如枯萎的腐叶飘然落地，汤姆逊冲锋枪火力猛、射速快，再好的身法和刀法毕竟快不过密集的子弹。

不待惊魂未定的士兵松口气，从地下的苔藓、枯叶间又腾起数道黑影，飘荡的树叶裹着一片刀光，无声又急速地劈向残余的士兵，瞬间血花四溅，染红了灌木、草丛。黑衣人刀法狠辣，所过之处，士兵们纷纷倒下。

这一幕被赶到的肖喆看在眼里，他被这残暴的画面激疯了，对着鬼魅黑影一口气打空了弹匣，拔腿怒吼着奔过去。

忽然，一道白光从眼前掠过，肖喆一闪，左臂霎时脱离了身体，不疼不痒，却使身体失去平衡，他顺势侧滚，踉跄站起，顿时，一股钻心疼痛使他闷哼出声。

几步开外，一个黑衣人双手握着秀吉太刀，有些惊讶地看着肖喆：“不错，动作蛮快的。”

鲜血染红了半边身体，肖喆看了看失去的左臂，咬着牙根，右手缓缓抽出腰间的中正剑。

“畜生，带你去见阎王爷！”说着，肖喆一声怒喝，猛提口气，脱兔般向黑衣人杀去。

一切都发生在电光石火间，肖喆甩出的中正剑穿透了黑衣人的胸膛，黑衣人的秀吉太刀也切断了肖喆的脖颈。黑衣人不可思议地看着肖喆屹立不倒的尸身，嘴巴一张，喷出大口鲜血，重重栽在地上。

四周陷入寂静，空气中散发的血腥味使这里犹如修罗场。

远方突然的静默让李豫然预感不妙，他带着报务员和几个士兵欲从侧翼增援肖喆。正在急速穿行间，一声呼啸，一根碗口粗的树枝横扫而来，他后仰躲过，朝前方幢幢人影打了一梭子子弹。

“长官……”

凄惨的喊声从身后传来，李豫然定睛一看，报务员和一个士兵被横扫而来的树枝钉在粗大的树干上。

没受伤的两名士兵疯狂地朝丛林四周扫射着。

李豫然奔去抱住报务员，骇然看到一排绑在树干上如狼牙般的硬木尖已经穿透了报务员的胸膛。报务员颤巍巍地挣扎着，伸手摸着李豫然湿淋淋的泪脸。

“长官，联……络……要断……了，回……回不了家，对……不……起……”报务员断断续续说着，瞪圆着眼睛，不甘地咽下了最后一口气。

李豫然感到嗓子干涩，胸腔如刀片刮般生疼，他痛感自己的无用，目睹一个个弟兄活活惨死眼前。他们多年轻啊，有的还稚气未脱。

“妈的，老子拼了！”李豫然脑门青筋根根暴起，他甩掉头上的帽盔儿，红着眼睛大吼。

“长官，拼了！”

两名士兵嘶哑齐吼着，迅速靠拢李豫然，扭曲的脸庞写满愤怒与决绝。

“出来吧，一帮贼鼠。”李豫然恍悟到这群魔鬼想用最原始、最凶残的屠戮来绞杀他们，这得多歹毒和残忍。这也是为什么他自始至终只听到熟悉的汤姆逊冲锋枪枪声。

“上尉，你很厉害，我喜欢。”

一个声音阴恻恻地从灌木林中传来，三个人影随之出现在不远处黝黑的林荫下。透过朦胧的光线，李豫然看清三个恶魔样的人，黑衣打扮，面目森冷，手持二尺倭刀，为首的五短身材，长着一张吊眉横肉的狐脸。

“你很喜欢玩是吧？老子陪你玩。”李豫然红着眼睛丢掉枪，反手从后背抽出用来开辟道路的关东刀。

“好，一言为定。他们和他们，你和我。”冈田吉野指了指李豫然身边的士兵，又指了指手下的黑衣人，戏谑地说。

“长官，别听他的。”两名士兵急了。

李豫然露出森森白牙：“一只臭虫，不碍事。兄弟，别和他们玩刀，用手上的家伙撕碎他们。等哥宰了他，和你们一起回家。”

华夏中原豫州，自古以来有人人习武的传统，李豫然年少时曾拜过几个师父，刀枪棍棒略为精通，自保有余，这也是他能在枪林弹雨中活下来的原因之一。

他从极度的愤怒和震颤中平复下来，他记得师父曾告诫过他，若遇强敌须戒浮躁，须以凝神静气、心无旁骛为要。他徐徐呼了一口气，右脚猛地一跺，旋即刀身一抖，以招式凌厉的少林“破戒刀法”直取冈田吉野。

冈田吉野也好生了得，身形一扭便消失在原地。

“雕虫小技。”知道套路的李豫然明白冈田吉野隐匿的轨迹，他箭矢般穿过树林，关东刀呼啸着削断了一棵棵树木。冈田吉野不得不抽身闪躲，避其锋芒。李豫然刀法势大力沉，舞起的刀光如一道道闪电。

当当声暴起，双刀骤碰，李豫然被震得右臂发麻。冈田吉野神色大变，秀吉太刀险些脱手，身体如陀螺般旋转卸去力道，狼狈地后退几步，内心惊骇不已。

“你能用刀？”

“呵呵，玩刀，华夏人是你们的祖师爷。”李豫然不屑地晃了晃指头，手腕一抖耍了个刀花。

这时身后枪声大作，李豫然略一分神，冈田吉野贴地掠来。李豫然横刀一挡，左胸依然被秀吉太刀挑破。

冈田吉野见一刀得手，紧接着挥刀连劈。李豫然眼疾手快，一招“破戒回风刃”挡住冈田吉野犀利的刀锋，接着一式“破戒斩魂刀”风暴似的向冈田吉野腰间卷去。冈田吉野不敢硬碰，迅疾缩地成尺，避开李豫然夺命的刀芒。

李豫然腰身一扭，刀尖直奔冈田吉野的喉头——这才是“破戒斩魂刀”的实招。

冈田吉野头一偏，嚓一声，脖颈表皮仍然被挑破。他暴退几步，抹了一把鲜血淋淋的脖子，冷汗流了下来，知道碰到硬茬，面色严峻，一声啸叫，霎时消遁。

李豫然拔腿就追，他绝不会放过这个沾满手下弟兄鲜血的恶魔。

冈田吉野对自己的隐匿身法很自信，却不知人世间，但凡沾染了煞气，便很难洗刷，杀伐过重，深入骨髓的戾气便会形成混浊之味浸淫百骸。

冈田吉野屠人戮兽无数，尽管隐匿手段高明，却永远不知自然界中种瓜得瓜的命数。

循着这股藏不住的龌龊戾气，李豫然死追不放，不知穿越多少山坳和密林，身上的军服被撕碎成条状。极度的悲痛和仇恨填满脑海和心胸，他步伐飘逸，沉入一种既空灵而又敏锐的状态中。

冈田吉野左冲右突，始终摆脱不了李豫然，像是猎物被猎手追得狼狈不堪。他何时受过如此羞辱？在他的猎杀生涯中，一直是他主宰着他人与动物的性命，他视自己为丛林的王者，丛林是他的世界，可李豫然撕碎了他的尊严。

冈田吉野又羞又恼，他要给李豫然致命一击，不能辱没自己“丛林猎犬”的威名。他窜到一道山梁上，如一只地鼠钻进厚厚的腐叶下。

李豫然的脚步毫不停歇，握着刀的手掌布满汗水，他寻着味迹踏上山岗，却不见冈田吉野的踪影。

李豫然心头一紧，这时，脚下的腐叶动了，一道黑影夹着纷飞的落叶凌空而起，伴着嗖的破空声急速朝他袭来，又快又狠。李豫然持刀迎着罡风奋力一撩，当的一声暴响，两把刀同时脱手。

“去死吧！”李豫然飞身跃起，化作一道残影扑向冈田吉野，抱着他滚下几米外幽深的断崖……

几天后，李豫然醒来，发现自己躺在温楠的外公家，他伤痕累累，几乎成了废人。温楠的外公告诉他，他去采药时救了李豫然，而李豫然旁边的黑衣人已摔碎了脑袋。

李豫然承诺过要等他的弟兄，他伤愈后几次出入野人山，可弟兄尸骨无存，他只寻回了那把开路用的关东刀，这一等就是二十多年。

第三章
风波乍起

李豫然泪流满面，不堪的回忆一直在折磨着他。他从垫子下抽出刃口锋利的关东刀抚摸着，泪水滴在锃亮的刀身上。温楠依偎在父亲身旁，心疼地默默为父亲擦着泪。听完李豫然——如今已以“尚米嘎”之名生活了二十多年的男人——的讲述，陆勇的内心被震撼到了，这个表面憨实的男人竟会有这么一段悲壮经历。

“活下来，才叫男人。”陆勇这才理解这句话的含义。

“哥，我爹想家了，想知道很多很多华夏的事儿，他做梦都在喊着豫州呢。”温楠双眼缀满泪花。

陆勇很愧怍自己竟残忍拒绝一个历经苦难、流落异邦的老人对故土的眷恋。可陆勇无法解释华夏的动乱局势，他沉思了一下，坚定地说：“大叔、楠，救命之恩没齿难忘，相信我总有一天能带你们回华夏。”

尚米嘎看到陆勇解除心魔，欣慰笑道：“那敢情好，可别让我们失望。”

“不会的，我一定会带你们回去。”陆勇心中升腾起一股豪气。

“温楠，温楠在家吗？”这时，沙哑的嗓音从楼下传来。

温楠皱了皱眉头，厌恶地说：“爹，糯乍又来了。”

“去吧，有些事该说清楚就说清楚，勉强不来。”尚米嘎愠着脸，朝屋外瞥了一眼。

“和他说了多少次了，他还这样。”温楠气呼呼地走下高脚屋。

“糯乍是？”陆勇一脸疑惑。

“镇长波坎巴的儿子，一直纠缠着温楠。他家势大呀，我们惹不起。”尚米嘎无奈地叹了一口气。

“势大也得你情我愿，不能死缠烂打呀。”陆勇有些来气。

“缅甸很复杂，人分三六九等，讲地位，讲族别，缅族地位高，有时蛮不讲理。你刚来，许多事还不清楚，以后少惹他们。”尚米嘎语气严肃地说，“好了，你慢慢调理，还得几天呢。”他拍拍陆勇，弯着有些佝偻的背下了楼梯。

掸邦夏季闷热干燥，无风的傍晚依然弥漫着烫人的气浪，远方不时传来寺庙和尚敲击的铜磬声，清脆而悠远，给灼热的空气平添了几分韵味和安详，带着迷离的暮色沉沉远去。

睡得有些懵懵懂懂的陆勇被一阵泼水声惊醒了，他循声看去，一幅惊艳的画面顿时让他面红耳赤、心跳不已。

竹楼阳台上，一个女人正在沐浴，她绾着发髻，筒裙高束，双臂丰润，脖颈白皙细嫩，湿漉漉的粉色筒裙如薄纱般紧贴着凹凸有致的胴体，丰满的胸脯起伏出一道高翘的弧线，时不时颤动着，犹如想挣脱束缚的兔子。

水做出的女人。陆勇看得有些痴傻，心怦怦直跳。他不禁坐了起来，心底漾起阵阵悸动。陆勇自懂事以来，还是第一次目睹近乎赤裸的女人。

原来是温楠！陆勇不禁吓了一跳，双手按在篾笆上，发出了一阵吱吱的响声。

“哥，你醒了？”温楠清亮的声音甜甜地传来，并无丝毫尴尬与难堪。

陆勇窘得满脸通红，吞吞吐吐地急忙解释：“楠，我……我……没看……”

“看什么？”温楠有一些莫名其妙，扬起好看的嘴角，“要不，等会儿我给你擦擦，这么热的天，汗浸着伤口，会发炎的。”温楠边说边用木瓢给身上浇着水，很惬意地拉拉筒裙。

“不了，不了。”陆勇急忙回道。

扑哧一声，温楠笑了，笑得陆勇很尴尬。

“你们就这样洗澡吗？”陆勇问。

“整个寨子的女的都这样洗呀。”温楠一脸不解。

“哦，这样啊。”陆勇不由得松口气。他担心善良美丽的温楠误解他，更不敢正视沐浴中的温楠。他心里暖洋洋的，这是除了母亲之外，他见过的最娇俏绰约的女子。

几天后，陆勇能下地干活了。掸邦风情让他充满着好奇，四处别致的高脚屋，掩映在翠绿的竹林间，金碧辉煌的佛塔、缅寺遍布各村寨。

每当夕阳西斜，郁郁葱葱的田间小道上是一群群披挂着晚霞回归的掸族少女，五彩的筒裙犹如在田间草丛翻飞的蝴蝶。

掸邦景拉恬静而安详，洗涤着人的疲倦，在这个几乎全民信奉佛教的国度，仿佛连空气都带着平静优雅的韵味。陆勇帮着尚米嘎犁田耙地、锄草搭埂，浑身有使不完的劲儿。

或许是同胞间的亲情，让尚米嘎对陆勇另眼相待。看到陆勇，他想起了很多很多，想起战死在野人山的士兵弟兄，他们都很年轻，十七八岁，尚没有体味够人间情，便因为战争走向了人生终点。想到自己对他们的承诺，尚米嘎愧疚不已。

陆勇喜欢和尚米嘎到萨尔温江捕鱼，在偏僻的马奈江边，陆勇见到了尚米嘎经常提到的老草医莫半疯，一个孤独怪异的干瘦老头，冷漠邋遢，给陆勇的感觉怪怪的。

莫半疯会不时送些鱼虾给尚米嘎，两人在江边一坐就是大半天。他们缄默地看着萨尔温江的江水流动，感受着江面上的日月清风，仿佛那流淌的江水能带给他们什么人生情趣。

尚米嘎说莫半疯是世外高人。一个风吹都打颤的怪老头，陆勇瞧不出他和世外高人有丝毫的联系，对尚米嘎的评价一笑置之。

陆勇最感兴趣的是回家帮温楠清理鱼虾。看到温楠，陆勇心中每每都会泛起一种莫名的情感，是悸动、渴望，还是久违的温馨，他也弄不清。

陆勇的举动使温楠很意外。她说："哥，掸邦男人是不进厨房、不做家务的，别人看见会笑话呢。"

"笑话什么，都要吃，一起做快一些。"陆勇不以为意。

"华夏男人都这样吗？"温楠好奇地问。

"都这样，择菜、搬煤，什么都干，饭店里的大厨师都是男人。"陆勇觉得温楠很单纯。

"华夏真好，华夏是什么样的？"温楠停下手中的活儿，睁着一双亮晶晶的眼睛看着陆勇。

"华夏很大，南北有异，南方鲜花盛开时，北方可能还是冰天雪地。华夏物产丰富，人口很多。"陆勇尽量把从课本里了解到的华夏讲述给温楠。其实他也只知道生活过的巴蜀的情况，那个安逸的城市，有古迹、小吃、宽窄巷子、熙攘的人流，是一个空气中都飘散着麻辣味的城市。

"哦，难怪爹天天念叨着华夏。"温楠漾起一对好看的酒窝，满脸羡慕。

"楠，等将来回到华夏，我带你去看雪、看海，游名山大川。"

"真的吗？哥会带我去？"温楠羞涩地抿了抿嘴唇，秋水般的目光让人心旌摇曳。

"真的。"陆勇被温楠的神情打动了，那是信任和情愫包裹的柔软真诚，让人不敢说出一句亵渎的谎言。陆勇很感激温楠，是她的温柔体贴和善解人意，慢慢熨平了他身心的伤痕。

看着温楠光洁细腻的面庞，弯弯黛眉，小巧的鼻梁，浅浅的酒窝，没有任何胭脂粉底修饰，如天仙般的圣洁，陆勇的春心萌动了："楠，你真美！"

温楠身体微微颤了下，羞怯地低下头："哥，你的嘴也甜。"

陆勇一把抓住温楠的手："楠，答应我。回华夏我娶你。"

正当陆勇沉浸在甜蜜的喜悦当中，一场风暴悄然来临。一天清晨，温楠去佛寺赕佛，回来被糯乍堵在半道。糯乍谄媚着瘦长的马脸，拉住温楠的手臂，猥琐地笑道："温楠，几天没见又变漂亮了。看看，哥买了一只玉镯，正要给你送过去呢。种、水、色、地一样不差，好玉配美人，我可是花了大价钱呢。"

温楠沉着脸，甩开糯乍的手："让开糯乍，你是尊贵的缅族官家，我是掸人，高攀不起，玉镯你留着送别人吧。"

"温楠，别说你，整个景拉我看上谁，就是谁的福气，天王老子都挡不住。"糯乍贱贱地咧开嘴巴。

"我说过我们不合适，景拉漂亮姑娘多的是，你干吗老缠着我？"温楠无奈地说。

"温楠，你偷了我的心，得还回来。"糯乍凑近温楠，狗一样嗅了嗅温楠。

温楠厌恶地后退几步："你真恶心。"

"那是你没尝过男人的滋味。温楠，娶不了你，睡一回你也行。"

"糯乍，不要脸，你会遭报应的。"

"温楠，佛说我不下地狱谁下地狱。我就喜欢你这小米辣样的女人，看着香吃着辣，够味儿。"糯乍咂咂嘴，舌尖与下颌间发出一阵啧啧声。

温楠知道被糯乍这种无赖缠上了十分糟心：糯乍他爹波坎巴护短，姐姐杜妙缦尖酸刻薄，姐夫是缅北国防军 J 师快速营营长，在景拉树大根深。温楠不想给爹惹麻烦，每次被纠缠都假意周旋，可糯乍愈来愈放肆。

温楠正色道："糯乍，凡事都得讲道理，感情更是勉强不来。"

"我就是道理。"说着，糯乍凶相毕露，猛地一把抱住温楠，右手按在她高耸的胸脯上，一张臭烘烘的嘴凑了上去。

温楠大惊失色，拼命挣扎着，无助和绝望顿时让她眼泪涌了出来。

只听啊的一声惨叫，糯乍的头猛地朝后一仰，腰部被重重踹了一脚，滚出几米远，手上的玉镯摔成了几截。

温楠吓得目瞪口呆，抬头一看，捂着嘴："哥……"

陆勇棱角分明的脸异常森冷，手里捏着一撮头发，对着躺在地上、龇牙咧嘴的糯乍扬了扬："耍流氓是吧？找死。"

“你是谁？敢打老子。”糯乍捂着腰，抽着粗气，眼睛死死盯着陆勇。

“哥，你来了？”温楠泪涟涟地一把抱住陆勇，轻声啜泣着，梨花带雨般的模样刺疼了陆勇的心。

“又是一个华夏猪，婊子、杂种，我要让你们死！”糯乍声嘶力竭地吼了起来。

陆勇搂着浑身发抖的温楠，冷眼一瞅，走到糯乍跟前:“这只蹄子动了楠的身体，不要也罢。”陆勇说着，猛地一脚踩在糯乍肥大的手掌上，来回在沙石地上碾着。

“啊！啊！啊！”糯乍撕心裂肺般号叫着，左手推着陆勇树桩一般的腿，左右晃着却无法撼动。

“哥，算了……”温楠慌忙拉住陆勇，不停向他摇头。

“楠，这种畜生得让他长长记性，不然变成恶蛟，要糟蹋多少女人。”陆勇看着涕泪交加、面色煞白的糯乍，脚掌不断地发力。

“哥……哥……”温楠乞求般看着陆勇，泪水再次涌出眼眶。

陆勇心一软，微微叹了声：“楠，就这么放过他？”

温楠头一扭，拉着陆勇朝家匆匆而去。

尚米嘎站在高脚屋下的院子，看到一脸泪水的温楠和满脸愠色的陆勇，有些愕然。

“爹，出事了。”温楠哽咽地哭了出来。

“出什么事了，慢慢说。”尚米嘎看着泣不成声的温楠，有些焦急。

“糯乍、糯乍非礼我，哥把他打伤了。”温楠边抽泣边说。

“大叔，那就是个畜生，楠不拦着我，我非打断他的手脚，活着就是人祸。”陆勇愤愤地说。

尚米嘎沉默了，思忖半晌，坚定地说:“是福不是祸，是祸躲不过。糯乍过分了，我去找波坎巴说说，做人总得讲理。”

“爹，都怪我，又给你惹祸了。”

“楠，这事也由不得你呀，糯乍死缠着，我知道早晚会出事，想不到他竟如此下作。”尚米嘎疼爱地看了一眼温楠，转过身对陆勇说，“陆勇，谢谢你。我这就去波坎巴家把事情说清楚。”

尚米嘎用棉纸包了几块红糖，双腿沉重地走出了院子。

温楠忧虑地看着父亲蹒跚的背影，眼泪又止不住地涌了出来。陆勇心疼地揽过她，为她擦着眼泪：“楠，没事的，他们不占理，你爹会没事的。”

“哥，糯乍这人很阴损，镇里好多人都怕他。你伤了他，他不会善罢甘休的。”温楠抬眼看着陆勇，一脸的担忧和难过。

“怕什么，他能吃了我？他再缠着你，我见一次揍一次。”陆勇说得很轻松。

“哥，你说，糯乍干吗老缠着我？”

“你漂亮啊。”

“掸邦漂亮的姑娘多了去。”

“可你像天上飞的鸟儿。”

“哥，就你会哄人。”温楠娇羞地捶了一下陆勇，陆勇的话安抚了她紧绷的神经。两人对视着，各自的气息温抚着双方逐渐升高的体温。

温楠丝绸般的肌肤使陆勇滑入了一片柔软之中，他宛若一只小鸟，轻轻衔住了一朵含苞的玫瑰。温润的馨香在升华他的灵肉，他战栗着，想昏睡在那醉香温柔里……

糯乍躺在床上不停地哼叫着，右手缠着绷带，腰部裹着厚厚的麻布。糯乍腰部受伤，右手几根手指骨折。疼痛使他面部不断地变换着各种表情，他咒骂着帮他裹伤的下人。

一旁坐着一个中年人，脸庞赤黑，目光阴鸷，嘴角时不时抽搐，搭在柚木椅上的指头不停弹动着。

他就是波坎巴，景拉镇镇长。糯乍一惊一乍的呵斥声和哼叫声搞得他心浮气躁，他皱着眉头恨铁不成钢地瞥了一眼糯乍，厉声道：“叫，叫，叫！跟你说过多少次了，少玩女人，喏，吃苦头了吧。”

“是温楠那婊子三番五次勾引我的！”糯乍振振有词地吼着。

“一个女人能把你打成这样？”波坎巴鄙夷地撇了撇嘴。

“是一个华夏猪，我要剁碎他喂狗，让桑麻乍他们去把他拖来。”糯乍整个人一副歇斯底里的样子。

“华夏人？怎么刚才尚米嘎没说？”波坎巴一愣，惊诧地站了起来。

“那个废老狗就不是个东西，老子看他就不顺眼。整天摆着一张臭脸，那个华夏猪就是他撺掇来的。”

“哪儿来的华夏人，你确定？”

“化成灰都认得出是华夏猪。”糯乍羞恼得满脸赤红。

“刚才我只让尚米嘎补偿一千缅斤谷子、三头小黄牛，可牵扯到华夏人就有些难办了。”波坎巴皱着眉头，思忖着。

“我不管，我要让他死。你不是镇长吗？手下的民团是吃屎的？”糯乍不管不顾地嚎了起来。

“你……”波坎巴铁青着脸，气得哑口无言。

扯到伤口的糯乍又“啊啊”嚎起来，弄得波坎巴也无可奈何。

“这事儿得叫你姐回来商量商量再说。”波坎巴丢下话，怒气冲冲地走出房间，让民团首领桑麻乍送口信给杜妙缦。

杜妙缦是一个体态丰腴、娇俏媚人的少妇，性格火辣。对一般人她心高气傲，依靠丈夫的身份地位颐指气使，很少把人放在眼里，她住在腊戍军官别墅里，每天锦衣玉食，日子过得十分滋润。

缅甸军人地位崇高，特别是吴波梭这样的军中精英，年纪轻轻就荣升东北军区王牌师的上校、营长，前途不可限量。

杜妙缦丰乳肥臀，姿色上佳，很受吴波梭的宠爱。她在军官太太间周旋讨巧，八面玲珑，连师长的夫人都对她赞许有加。

这天接到桑麻乍送来的口信，她急忙坐着丈夫的军用吉普，加速朝景拉驶去。

杜妙缦很宠爱弟弟糯乍，在这男尊女卑的国家，糯乍是波坎巴家唯一的男丁，家人对他从小就百依百顺。杜妙缦对他也是有求必应，糯乍在景拉、腊戍干出的龌龊事儿，都是杜妙缦来善后。

糯乍的放浪形骸也曾一度让她想借助丈夫的权势，把糯乍放入军队里调教，可缅甸北部接连不断的民族暴乱使她放弃了这个念头。

弟弟被打伤，这个消息让她十分震惊，是谁这么胆大妄为，敢欺辱她波坎巴家？她家在景拉是撼动不了的存在，父亲手中还掌握着民团。可这个事儿让父亲都感到棘手，让她务必回家，她感到事情有些蹊跷。

杜妙缦抵达景拉已是傍晚，她火急火燎地跨进家门，往糯乍的房间奔去。

“糯乍、糯乍，姐回来了。”

“姐……呜呜……姐，弟弟要死了。”糯乍看到杜妙缦，一脸的痛苦状。

“谁干的？怎么被打成这样子？”杜妙缦一脸心疼地摸着糯乍的身子和手臂。

“是温楠那婊子和一个华夏猪，姐你得给我做主，呜呜。”糯乍抱着杜妙缦的手臂，扯着嗓门干号着，挤出几滴眼泪。

“哪儿蹦出来的华夏人？父亲呢？”杜妙缦有些难以置信。

“是有个华夏人，身份不明。”波坎巴冷着脸走了进来。

“那抓起来呀，还等什么？”杜妙缦尖声叫了起来。

“妙缦，这段时间达贡、瓦城因华夏人的事闹得很乱，我担心仓促办事会给波梭带来麻烦。”波坎巴缓缓道。

“什么麻烦？这里是缅甸，不是华夏。”杜妙缦眉梢一扬，瞪圆了眼睛，轻蔑地说。

“妙缦，要冷静。妇人之见，会坏事的。”波坎巴正色地说，他毕竟历经世故，心狠手辣又心思缜密。

“姐，你看看，爹就是个缩头乌龟。”糯乍气急败坏地撺掇着杜妙缦。

“闭嘴。”波坎巴瞅着这个嚣张跋扈，成事不足、败事有余的儿子，气得牙痒痒。

“那你说要咋办？”杜妙缦气呼呼地叉着腰，睨视着波坎巴。

“这不，叫你回来商量嘛。”波坎巴知道女儿性格刁蛮泼辣，不能硬碰，惹怒她准坏事。

“我叫人查了，那小子来路不明，摸不清底细。我们得从长计议，不可鲁莽，再说尚米嘎一家也跑不了。”波坎巴眯着眼，若有所思地说。

杜妙缦听完波坎巴一番话，也冷静了下来。自从嫁给吴波梭，经吴波梭言传身教，她也知道些轻重了。再说涉及华夏人，那是国与国之间的事，是大事，必须慎之又慎，她得听听丈夫的意见。

“累死我了，那休息一晚。盯紧那小子，明早我再回腊戌一趟。”杜妙缦思索了一下，说道。

波坎巴赞许地点点头，安排下人为女儿准备房间，他知道杜妙缦回去一定会征询吴波梭的意见，他这女儿大事可不糊涂，这也是他想要的。

对这个女儿，波坎巴既骄傲又无奈。波坎巴家世平庸，无贵胄根系，在缅甸这个等级森严的国家，想要获取权力、地位、财富比登天还难。好在女儿天生丽质，嫁给吴波梭后备受宠溺，波坎巴一家便鲤鱼跃龙门，成为整个掸邦举足轻重的缅族大家。

可无奈的是，吴波梭一家并不怎么待见波坎巴，波坎巴每次去达贡拜见亲家公时总是小心翼翼，无比拘谨。眼见高门豪宅，琉璃黄瓦，雕梁画栋，下人成群，他仰叹不止，深深明白自己土鸡瓦狗般的那点儿富贵根本不值一提，上位者的霸气和尊贵，是他终生难以企及的。

因此他从不敢在吴波梭面前托大，对个性桀骜的女儿杜妙缦有时也会发怵，只能由着她的性格。好在杜妙缦对他这个父亲孝敬遵规，使他多少有些欣慰。

波坎巴相信，只要吴波梭出面，没有解决不了的事。他喊来桑麻乍仔细地交代了一番，长长舒了一口气。

缅甸政局说变就变，骤然掀起排华浪潮。多年来缅甸军事寡头貌温对温努政府实施的政治、经济、军事等一系列政策颇为不满。貌温是缅甸国防军元老，和国父素山同为国家和军队的创立者，素山被誉为开国将军，貌温被称作缅军之父。

貌温出生于达贡卑谬县，是缅族与华裔的后代，母亲为华夏粤州梅县人，父亲是杂货商，主要经营红豆收购和棉麻产品，在卑谬县有一定声望。

在英国殖民地时期的缅甸，英国人对族群庞大的缅族始终怀有忌惮之心，缅族的桀骜不驯曾让英殖民者吃尽苦头。三次英缅战争后，英国才好不容易征服缅甸，所以对缅族有势力的群体极尽打压之事。貌温的父亲素被殖民官员欺压、盘剥，他们扶持穆斯林罗兴亚人挤压貌温父亲的企业，使他的经营步履维艰。

少年时的貌温对英国殖民者怀有刻骨的憎恶和仇视，在成长的过程中始终萌动着一颗驱英复国的心，后在达贡求学时遇到志同道合的素山和温努，并联合缅族激进青年成立了“德钦党”。貌温曾几次被英国殖民当局逮捕关押。

日本入侵缅甸，貌温认为这是光复国家的大好机会，竭力鼓动素山和日本人合作。

素山沉稳、豁达，在德钦党威信颇高。原本他对和日本人合作一事犹豫不决，但由于英军在抵抗日军的过程中不断地肆意摧毁民宅和古迹寺庙以阻挡日军，踌躇观望的素山改变了态度，成立以貌温为司令的“缅甸独立军”，协助日本人打击英华联军。

缅甸是个信奉小乘佛教的国家，英国人的行为引起了民众的不满。缅甸独立军具有一定的民意基础，为日军击败联军起到关键的作用，素山和貌温多次受到日军本部的嘉奖。然而这种嘉奖使素山、貌温备感羞辱，日军本部一副宗主的态度，并没有把他们当作真正的盟友。

后因看清日本有取代英国殖民缅甸的意图，加之日本在太平洋战场上节节败退，貌温毅然和素山一道秘密联英抗日，并得到盟军大批军援，为缅甸独立赢得了好的时机。缅甸独立军壮大成为一支不容忽视的军队，为缅甸独立打下根基。1948 年，英国被迫签署缅甸独立协定。

貌温体魄强健，个性刚毅，头脑灵活，善于审时度势，有很大的政治野心。素山被刺杀前，貌温表面是素山的忠实拥戴者，暗地却积极培养军中嫡系，他把许多世家子弟召入麾下，给予优厚待遇，赢得占人口绝大多数的缅、孟两族的好感和拥戴。

缅甸民族众多，北部各山地民族民风剽悍，因认知和民风民俗迥异，屡屡和中央政府发生冲突。素山为缓和国内矛盾，维护国家统一，在掸邦彬龙和各少数民族签订了著名的《彬龙协议》。协议强调民族平等，充分尊重各民族权益，自愿加入联邦政府。

协议遭到缅族、孟族等各强势民族的强烈反对，在联邦民族院和人民院也遭到抵制。貌温作为国防军司令，虽说对协议颇为不满，却不动声色，也禁止军方骚动的年轻军官参与时政。

貌温深谙素山在国内外的影响力，任何想撬动素山地位的人都会遭到反噬。尽管许多亲信怂恿，貌温仍选择蛰伏，暗地里却促使军警放纵民族极端分子，最终导致素山被刺杀，《彬龙协议》也变成一张废纸。

温努当选总理后，对内积极发展经济，促进民族团结，对外睦邻友好，对貌温也不敢怠慢，任命他为副总理兼国防部长，统辖三军。

但貌温并不认可温努的施政方针，他是一个坚定的大缅族主义者，认为一切发展均要基于缅族的利益，温努的民族绥靖只会给缅甸带来灾难。

他主张对其他民族采取强硬政策，获得许多缅族精英的支持。随着貌温的羽翼逐渐丰满，权势膨胀，他终于露出了獠牙，发动军事政变，随后以革命委员会主席的身份接管政权。

貌温上台后宣布实施国有化经济政策，没收所有居留缅甸的侨民的财产。当时在缅甸的外国人当中，华裔商人占据百分之八十的比例，这项政策无疑让几代华裔祖辈辛苦积累的财富化为乌有。

渐渐地，随着独裁式的经济政策走向失败，左支右绌的貌温为掩盖执政危机，将矛头再次对准华裔，以华裔扰乱缅甸社会、经济发展，攫取国家财富为由，煽动缅族极端分子充当排华先锋，对华裔展开了洗掠和屠杀，使得排华风暴逐渐向各省邦蔓延。

杜妙缦的丈夫吴波梭作为军政府的中层骨干精英，驻守缅甸北部战略重镇，对整个国内形势了如指掌。

当杜妙缦把弟弟糯乍被景拉一华夏人所伤的事情告诉吴波梭时，他不禁露出鄙夷之色，心高气傲的他觉得杜妙缦有些大惊小怪。时下形势，宰个华夏人如宰只鸡，用得着她疲惫不堪地来回奔走吗？

吴波梭对岳父缺乏果断、小心谨慎的风格嗤之以鼻，堂堂一个景拉镇长，手里掌握着民团，一点儿芝麻小事还要他这个上校出面解决，岂不是让人笑掉大牙。

他淡然地告诉杜妙缦随他们怎么处理，出了什么事由他兜着，也算是给他这个娇媚任性的妻子一个安慰。

吴波梭的张扬、高傲自然有他的资本，他家世尊贵，是少壮派军人，深受军方高层青睐，也受貌温大缅族主义思想影响。

吴波梭早年留学以色列海法军事预备学校，师从库克教官。学校主要培养以军中高级指挥人才，由以色列开国总统一手创办，为以色列输送了大量军事人才。

以缅两国私下关系密切，因若开邦穆斯林罗兴亚人问题而找到共同点，两国暗中开展了许多合作。

吴波梭虽说出身名门，却并无纨绔子弟习气，而是痴迷军事技战术的研究。他早年选择留学以色列，就是因为这个面积狭小、人口有限的弹丸小国，在群狼环伺中几次击败强大的阿拉伯联军，这一事实让他备感震惊和推崇。

犹太人强烈的忧患意识使其敢于创新、勇于冒险，让军人锻造出一种对危机的敏锐性，并且时刻保持风险意识。他们的战术灵活多变，除了拥有先进武器外，还不拘泥于西洋僵化教条式的技战术，一切都为战胜对手。

库克教官曾对吴波梭说过："战争除了需要勇敢、智慧、先进武器外，还要有强大的预判性，就像动物预感危险灾难来临，做好预备才会获取先机。"这让吴波梭受益匪浅，后来他进入以色列"翠鸟"特种部队参训，进一步锻炼自己。

针对缅北少数民族乱象，吴波梭曾向高层提出自己的分化剿抚计划，却被束之高阁。高层军官们只沉浸于奢靡玩乐，享受阿谀奉承的生活，对他不合时宜高论西洋军事理论极尽嘲讽，认为对缅北野蛮、草莽般的山地民族不用讲什么理论战术，要的是粗暴的打击、不留余地的清剿。

奚落和轻视使吴波梭备受挫折，军队等级森严的制度结构，更令他渐渐失望，他也沉入蝇营狗苟、得过且过的生活中。

最让吴波梭尴尬是，自己未因志向才华而受上司赏识，反而是杜妙缦在军官太太间的如鱼得水、奉迎周旋使他摆脱了受排挤和形影相吊的处境。上司不冷不热的态度发生了变化，对他重视起来。吴波梭有留学经历，家族背景深厚，在几次镇压缅北少数民族暴乱的行动中，他率领的第一快速营表现不凡，在军中声名鹊起。

吴波梭于是对杜妙缦另眼相看，不允许大家族的人对出身平凡的杜妙缦有丝毫懈怠和不敬。

杜妙缦得到丈夫的首肯，传信给父亲，并恶毒地告诉桑麻乍，要满足她心爱的弟弟那个小小愿望，讨回些补偿，但为了波坎巴家的声誉，不能留下祸根。

一段时间的平静让尚米嘎紧绷着的心逐渐放松下来，即便波坎巴提出苛刻的补偿条件，他也忍了。波坎巴既然开出了条件，便意味着他放过了陆勇，尚米嘎便释然了少许。

但尚米嘎低估了人性的恶，二十多年的平凡生活，磨平了他的警觉和锐气，也剥离掉他那曾经敏锐的解析力。

尚米嘎自从栖身景拉，有了温楠，在异国他乡逐渐磨平了棱角，习惯了逆来顺受，与世无争。他随了俗，掸族的风土人情渐渐渗透进他的血液之中，时间这把钝刀磨掉了他曾经作为军人的那一腔热血。

看着温楠和陆勇逐渐走近，尚米嘎是欣慰的，他从来没有看到女儿如此开心快乐过。他感到欠女儿太多，温楠从小性格温婉，乖巧懂事，从不惹麻烦。

自从妻子过世，温楠就撑起了这个家，这个家因她而温馨，有了烟火，有了相互间的依靠和希望，给从血与火、生与死中蹚过来的尚米嘎莫大的安慰和寄托。为女儿他甘愿忍受一切，甚至献出生命。

陆勇的出现让温楠如一朵盛开的红莲，娇俏动人，缄默的女儿话多了，脸颊洋溢着青春的韵味。尚米嘎顿悟，女儿长大了，要把自己寄托于她信任的男人。

尚米嘎略感酸涩的同时，更多的是欣慰。

虽然陆勇身份神秘，但他的刚毅倔强、不畏强权，带给尚米嘎熟悉的感觉。复苏的记忆，好似投入古潭中的一枚石子，泛起层层涟漪，这道涟漪是肖喆和那帮生死相随的弟兄。陆勇唤起了他太多的回忆，让他想起那个沉甸甸的诺言。

苦命的女儿，他心尖尖的肉，他祈祷女儿能获得那可遇不可求的天作之合。

景拉最著名的凤凰树正值花期，花朵如火，烧红了西边寺庙的围栏。高挂在寺庙飞檐上的铜铃，偶尔随着凋谢的花瓣叮当几声，安抚着躁动的人心。

一帮赕佛的老人虔诚地在寺庙菩萨塑像下念诵着佛经，寻求着内心的平静和安稳，一切仿佛都显得那么和顺安详，没有罪孽和邪恶。

放眼眺望，空旷的田野蒸腾着灰蒙蒙的雾气，掸邦的夏季闷热却不炙人。在稻田薅草的温楠看着笨手笨脚的陆勇跟着薅，心底荡着丝丝甜蜜。

近来，她的目光始终追寻着陆勇，想黏着他。看到陆勇，她心底便会涌起微微悸动，全身暖洋洋的，犹如有一团火焰在悄悄燃烧，又如一片羽毛在葱绿的草甸上飘荡。

她和许多小女人一样在心底勾勒着一幅幅浪漫的场景，她想倾诉，向天地、向花草袒露心迹，她不再孤独，不再生活得那么忧郁，她把陆勇描绘的华夏美景珍藏在心底，时不时翻出悉心阅读，充满着向往。她企盼着有一天和陆勇执手去看雪、看海，畅游名山大川。

当父亲告诉她波坎巴不再追究陆勇打伤糯乍的事时，她松了一口气。但看着父亲并未因此而轻松，温楠的心又紧绷了起来，她知道获得波坎巴原谅的代价将会超出他们能承受的范围。

波坎巴的狠辣和奸佞让温楠至今都不寒而栗，原先几个打短工的罗兴亚人因讨要短缺工钱，被波坎巴手下民团活活打死，更何况陆勇打伤了糯乍。什么样的代价能抹去糯乍的仇恨？父亲没说，但温楠心底并不轻松。

温楠黛眉紧锁的模样引起陆勇的注意。对温楠，陆勇又爱又怜又心疼，感到她在这种谨小慎微的生存环境中，活得很卑微，甚至受到非礼侮辱，也只能默默忍受着。

对陆勇来说，一个民族对另一个民族的欺压，在他生长的祖国是难以想象的，是决不能容忍的。他并不为打伤糯乍而惧怕，每个人都得为自己的行为负责，何况糯乍卑鄙无耻，试图践踏他的底线，是可忍，孰不可忍。

“楠，歇一歇，还为糯乍的事担心？”陆勇看着心不在焉的温楠，拉着温楠走到树荫下坐下。

温楠抿了抿嘴，叹了一口气，捏弄着手指，她有一种心力交瘁的感觉：“哥，我能靠靠你吗？”

“累了吧。”陆勇揽过温楠，温柔地抚着她的后背。

温楠闭着眼睛，长长的睫毛微微颤动着，桃红温润的脸颊褪去了少许光滑，细腻的额头上沁出晶莹的汗珠。陆勇伸手轻轻为她揩去，温楠抓住陆勇的手，紧贴在自己的脸颊上：“哥，有你真好。”

“楠，遇到你是我陆勇的福分。”

“哥，我们能一直这样吗？”

“怎么不能？哥说过带你回华夏娶你，让你生一大群我们的孩子。楠，你可不许拒绝。”陆勇刮了一下温楠的鼻子。

温楠羞红着脸：“哥有这种本事？”

“哥的本事大着呢。”陆勇拍了拍胸膛。

“只要哥想,生多少都可以。”温楠整张脸埋在陆勇的胸前,流下了幸福的眼泪。

“楠，哥要风风光光地明媒正娶，让你穿着红红的衣裳，盖上红红的盖头，羡慕死别人。”陆勇憧憬般看着远方起伏的山峦，那是故乡的方向，他不禁喃喃念诵着母亲常安抚自己的《成都府》：

翳翳桑榆日，照我征衣裳。

我行山川异，忽在天一方。

…………

陆勇的眼眶湿润了，他相信九泉之下的母亲会喜欢温楠的。温楠娇俏美丽，善解人意，陆勇在温楠身上好似看到母亲的影子，温馨的笑脸，随和的性情，浑身萦绕着一种沁人心脾的女性之味，能洗涤男性的狂躁和粗鄙。

温楠感觉到异样，抬头看到陆勇眼含着泪水，心不禁牵动，她知道陆勇伤感的缘由，她捧住陆勇的脸，深情地把嘴唇印在陆勇的嘴唇上……

第四章 糯乍的报复

尚米嘎病了，一到夏季，旧伤就会发作，让他疼痛难忍。波坎巴家苛刻的补偿条件，更使他心力交瘁。

天刚蒙蒙亮，尚米嘎竭力想起来去把投放在萨尔温江边的捕鱼虾地笼收回，无奈腰疼得直不起来。萨尔温江水势湍急，变化莫测，地笼若不及时收回，容易被江水拖走。地笼的鱼虾是他家一份重要的收入来源，尚米嘎十分担忧。陆勇和温楠劝住尚米嘎，让陆勇去江边收回地笼。

温楠依依不舍地把陆勇送出了很远很远，尽管她知道陆勇很多次随父亲一同捕鱼、收地笼，仍一再叮嘱：不准下江里，别走岔道了，早去早回。

温楠如一个贤惠的小媳妇，就这么拉着陆勇的手一遍遍叮嘱着，弄得陆勇禁不住捏了捏她的脸颊，调侃道："楠，哥丢不了。一个漂亮媳妇儿在家等着，我舍不得呢。"

"那哥亲亲我呗。"温楠说完，噘起嘴，扬起下巴，眯着眼睛。

啵的一声，陆勇在温楠脸上吻了一下："楠，不能再耽搁了，照顾好你爹。"

"哥……哥……"温楠深情地叫着，不知怎么，她突然感觉心里泛起阵阵酸涩，产生了一种莫名的失落。看着远去的陆勇，心中竟涌起一阵伤感，她缓缓地抬手挥着，眼泪打湿了衣裳……

温楠迈着有些沉重的步子踏进院子，猛地一个愣怔，桑麻乍带着一帮民团团丁挡住了她。桑麻乍一脸淫邪，手下的民团团丁手持着弯长的骠刀，杀气腾腾。

桑麻乍阴沉地说：“卑贱的婊子，那头华夏猪呢？”

温楠皱了皱眉头，愠怒地呛声道：“说谁呢？桑麻乍，糯乍干了什么难道你们不清楚？”温楠的脸气得通红，她知道这场灾祸迟早会到来，为了陆勇她已经无畏无惧了。

“呵呵，你一个卑贱的华夏杂种、婊子，少爷看得上你，你该磕头谢菩萨。说吧，他在哪里？不说就拿你爹那老杂毛祭刀了。”桑麻乍伸出舌头舔了舔锋利的骠刀，围着温楠转了一圈。

“你们想干什么？”温楠胸脯起伏不定，看着凶神恶煞的团丁，杏眼圆睁。

“啧啧啧，难怪少爷会被迷住，奶子翘、屁股圆，嫩得掐得出水来，啧啧，有味道。”桑麻乍猥琐地朝温楠的脸上吹口气，喉头滑动了一下，伸手抬起温楠的下巴。

啪的一声，桑麻乍挨了一记火辣辣的耳光。

他摸了摸生疼的脸，阴沉沉地冷笑道：“你是少爷的菜，等少爷吃干抹尽腻了，我会让你尝尝人尽可夫的滋味。”

温楠瞬间脸色绯红，胸中填满悲愤和怒火：“一帮恶魔、畜生，苍天饶不过你们的。”

桑麻乍不屑地晃晃手指，对一名手下道：“貌缪，去请少爷，其他人去把那老狗拖下来。”

温楠脑袋嗡的一声，如遭雷击。她面色苍白，欲冲上楼，被桑麻乍狠狠撂倒在地上。

“桑麻乍，你把我爹怎么了？”温楠咬着牙，浑身战栗。

“还有一口气，但离阎王爷不远了，这是他自找的。”桑麻乍冷哼道，幸灾乐祸地看着温楠。

“祸因我而起，与我爹无关。”温楠泪流满面，心脏堵闷着，仿佛要窒息。

“少爷马上就到，他说了算。”桑麻乍拿着刀，露出一抹冰冷而又残忍的奸笑。少爷糯乍的秉性他知道，玩女人的手段花样百出，女人越挣扎，越能让糯乍亢奋刺激。只要不死，糯乍什么都玩得出，事儿大了，让糯乍那手眼通天的姐姐善后就是。

只是温楠这婊子娇俏妩媚，令人心旌摇曳，就这么糟蹋了，桑麻乍都觉得可惜。

“桑麻乍，事儿办得怎样了？”院外传来一声冷喝。

“按少爷的吩咐正办着。”桑麻乍一溜烟跑到门口，忙不迭地说。

糯乍吊着绷带，弯着腰，扶着团丁貌缪的肩膀走进院子。糯乍面庞铁青，布满血丝的眼睛狠戾而阴毒。

“那头华夏猪呢？”糯乍恶狠狠地说。

“可能逃走了，我们一早到时就没见到他。刚才就这婊子回来。”桑麻乍小心翼翼地回道。

糯乍表情狰狞，盯着温楠说：“臭婊子，老子今天要把你像拔了毛的鸡一样，让他们玩你。啧啧，可惜了，要是那头华夏猪看到，就刺激了。”

“糯乍，人在做天在看，你会不得好死的。”温楠绝望中说得异常平静，她知道与魔相商除非自己成魔。她紧咬着的唇已溢出丝丝鲜血，她无力地仰望天空，朵朵白云无声地飘浮着，仿佛无视大地苍生。

掸邦这片貌似安详的天空下掩盖了多少龌龊和罪恶。上天为什么要这样？锥心的疼痛使温楠不由得颤抖着。

她想到了那个带给她从没有过的短暂甜蜜的男人：“哥，今生遇到你真好，温楠不枉来世上走一回。”她的脸上渐渐浮现出决绝，睥睨着糯乍。

温楠这种高傲的平静和藐视使糯乍羞恼不已，这是一个他永远征服不了的女人，永远使他抓狂和七窍生烟的女人。他胸腔发堵，如狂躁地抓着板壁的病猫，此时此刻从心底升起的歹念在鼓动着他，他要残忍地玷污她、撕碎她，才能泄去心头的冲动和占有欲。

糯乍摸着裹着绷带的手掌，龇着牙道：“桑麻乍、貌缪，剥光她的衣服，让我瞧瞧这婊子是什么货色。”

早被欲望塞满了脑袋的桑麻乍和貌缪，像两只饿极的豺狼，急不可耐地扑向温楠。

“住手！”一声暴喝从竹楼传来。

尚米嘎颤巍巍地站在竹楼楼梯上，浑身血迹斑斑，他眉骨开裂，脸庞青肿，残破的身躯散发着一股凛冽之气。

“糯乍，我和你爹已经说定了补偿条件，你为什么还不放过我们？”尚米嘎推开两个团丁，踉跄地上前几步。

“补偿？说得轻巧。我波坎巴家缺那点儿鸡零狗碎的东西？尚米嘎，动了本少爷，菩萨都保不了你们。”糯乍咧咧嘴，露出鄙夷的神情。

“你想干什么？”尚米嘎绷直佝偻的腰。

糯乍龌龊地奸笑，扫视着温楠：“桑麻乍，我要让这老狗看一场很刺激的游戏。去，扒了那贱人的衣裙，让大家都养养眼。”

“你敢！”尚米嘎怒叱。

“扒，当着这老狗的面！你，还有你，统统都上去尝尝那贱货的味道。”糯乍指着一帮团丁，兴奋地提高嗓门。

刺啦，温楠的上衣被撕开了。白皙的肌肤和傲人的乳峰在烈日下分外耀眼，刺激得桑麻乍和一帮团丁目眩神迷，呼吸急促，他们呆呆地看着温楠白洁丰润的胴体。

温楠停止了挣扎，眼眸中闪过一丝悲怆，几滴晶莹的泪珠滑过眼角，她凄然地望了一眼怒目圆睁的尚米嘎：“爹爹，楠不会给你丢脸的。”说完，她扑向桑麻乍的骠刀。这一切发生得那么突然，让人猝不及防，众人都惊呆了。

尚米嘎看着被骠刀贯穿身体的女儿，目眦尽裂，大吼着：“人狗不食的畜生，杀……”

尚米嘎动了，军人的血性复苏了，他如一只敏捷的猎豹，双臂一摆，上前几步，对着不远处的团丁一扣一擢，夺过骠刀，刀光一闪，一招略显生疏的少林“破戒风雨落”劈向前方愣怔的团丁。嚓一声，错愕的团丁被开了膛。鲜血喷溅在尚米嘎身上，他抹了一把脸上的鲜血，提刀朝糯乍奔去。

糯乍吓得肝胆欲裂，一屁股坐在地上：“快，救我……”

反应奇快的貌缪一个懒驴打滚，挥刀扫向尚米嘎的脚踝。尚米嘎毕竟已重伤，加之旧伤复发，气短神虚，脚踝旋即被砍一刀，前冲几步跌跪在地上，喉头一阵发腥，哇地喷出一口血来。

桑麻乍和一帮团丁如梦初醒，朝尚米嘎蜂拥而去。

“糯乍……畜生……看刀！”尚米嘎怒发冲冠，奋力掷出手中的骠刀。刀如箭一般飞射向糯乍，贴着脸颊削去了他半边耳朵。糯乍惊痛地瘫软在地上。

“剁碎他们，给老子剁碎他们……”糯乍撕心裂肺的喊声久久回荡在天空，撕裂了寂静。

尚米嘎倒在一片呼啸的刀光剑影之中。

四周弥漫着浓郁的血腥味，喷溅在院落的鲜血凝固了花草，也凝固了人心。炎炎烈日下的景拉，随着渐渐西移的阳光见证了这惨烈的一幕，却不知在未来，将会被一场血雨腥风，长久笼罩在惊悚的梦魇之中。

陆勇踏着傍晚的余晖走近景拉时，没有看到温楠，稍感意外。以往陆勇外出回来，都能在寨边看到笑意盈盈等待着自己的温楠，她喜气的模样能涤人疲倦，洗人心肺。

可愈走近温楠家的高脚屋，愈有一种不安萦绕心头，一股浓郁刺鼻的怪味飘荡四周，陆勇快步推开院门，一幕让他烈火焚心的场景显现眼前。

尚米嘎四肢残缺，血肉模糊。温楠赤身裸体，刀痕遍布全身，蜷缩在地上。陆勇几乎要晕厥过去，他踉踉跄跄奔走几步，瘫跪在地上。

他如同遭到雷击，感觉心脏欲裂，四肢僵硬，浑身颤抖，不能控制自己。这想象不到的悲惨画面，颠覆了他的认知，血腥的杀戮撕碎了他仅存的理智。

他发出一阵野兽般的号啕声。

四周慢慢沉入昏暗，枯坐着的陆勇好似毫无生命的树桩，呆滞地仰着头，他想质问苍天为何如此残酷无情，藐视善良生灵。他看着阴沉的天空，恍若陷入一场噩梦，迟迟无法醒来。

渐渐地，他感到头颅欲裂，强烈的痉挛撕扯着全身，耳朵嗡嗡响着，手臂青筋暴起，手指硬生生插进血染的泥土中。良久，他大吼一声，猛地站起，直奔竹楼，抽出尚米嘎藏在篾笆垫子下的关东刀，跨下竹楼。

一道黑影陡然出现在院子当中，精壮魁梧、肌肉虬结的身躯透着狠辣的杀气，是貌缪，他面无表情地看着摇摇晃晃走下楼梯的陆勇："果然，我知道你会回来。"

"你们干的？糯乍呢？"陆勇目光冰冷，杀意弥漫。

"轮不到少爷动手，我貌缪就行。"貌缪面无表情，缓缓抽出骠刀。

"你们杀了他们，毫无人性地屠杀分尸，比野兽都凶残，那得把命还回来。"陆勇的声音仿佛从牙缝里挤出。

"那你得有这本事。只可惜没玩了那婊子，啧啧啧，我也想尝尝华夏杂种的味道。"貌缪淫邪地瞟了一眼温楠残破的尸体，摇摇头。今晚，他要独自擒下这个糯乍恨之入骨的华夏人，让波坎巴瞧瞧他的本事。

"你是陪葬的第一个。"陆勇用刀指着貌缪，双眼冒出道道寒光。

"小畜生，找死。"貌缪捋起笼基下摆掖在腰间，嘴角一抽，和迅捷杀来的陆勇绞在一起。一片刀光闪烁，双方腾挪间，刀刀直指对方要害，悲怒填满胸腔的陆勇不避不让，迎着貌缪飞舞的骠刀步步紧逼。

貌缪愣了一下，他被陆勇不要命的杀伐吓了一跳。他没料到，看似瘦削的陆勇，力道却强劲无比，挥出的刀光带起阵阵罡风，舞得如风火轮一般，刮得他脸颊生疼。

貌缪是民团"第一刀"，刀法走的是阴狠毒辣的路数，出刀刁钻。他使的刀法相传为古骠国国王雍羌遣子所创，曾一度失传，后为罗刹女山陀迦罗寺长老祐巴拉暖偶得，经过整理修改用来强身健体。

貌缪骠刀玩得不差，面对疯魔似的陆勇却越打越力有不逮，心暗暗提了起来。陆勇刀刀杀机腾腾，力道强劲，狠辣锐捷。貌缪不由得心惊肉跳，心气有些泄了。

刚想退避，腰间陡然飙出一串血花，疼得他七荤八素的。事关生死，他牙根一咬，放弃闪避，骠刀回手一旋插进陆勇的肩胛。

陆勇忍着剧痛，狂暴地大吼一声，一步跨出，如猛虎扑食，朝门户大开的貌缪横刀一劈，削断了他的双腿。

貌缪惨叫着滚倒在地。

陆勇喘着粗气，龇了龇牙，硬生生拔出插在肩胛上的骠刀，甩插在地上，朝倒地抽搐翻滚的貌缪啐了一口血痰。

他仰头看着天空，眼珠血红，表情怪异狰狞，如一头凶兽。片刻后，他朝貌缪步步走去。

嗒，嗒，嗒，好似要踏破人的心脏。

貌缪如坠冰窟，他崩溃了，颤抖地哀号："别过来，别过来，这都是糯乍和桑麻乍干的！"

"你不是很横吗？我说过，都得死。"那种冷冽入骨髓的声音，能刺穿人的灵魂。陆勇盯着貌缪，那是一双什么样的眼睛？没有一丝人类的感情，毫无波澜，如一潭黑洞洞的死水，看得貌缪头皮发麻。

貌缪忘记了疼痛，极度的惊骇使他陷入虚无幻影里，天空在他眼里变黑了，刮着寒风。他感到身体在刀光中慢慢被分割，四肢毫无知觉地离开了躯干，像一只被剥皮抽筋的牲畜，冥冥中好似看到一只破碎的乌鸦，黑色羽毛四处纷飞，幻化成一张血盆大口，啃噬着他，撕咬着他，他绝望地坠入黑暗之中……

高脚屋燃起冲天大火，烧红了景拉，也烧红了天际，惊醒的人骇然看着那栋熟悉的高脚屋被吞没在熊熊烈焰中，轻轻叹息一声，各自关上了门。

第五章
峨眉刀字诀

陆勇跌跌撞撞地奔向黝黑、嶙峋的莱卡丛林，身后不时传来一阵阵枪声，子弹撕碎了身边的树干，惊飞一群群飞鸟。陆勇快速攀爬、躲避，肩胛不断地涌出一股股鲜血，温温地浇湿了半边身体，剧烈的运动撕扯着伤口，锥心的疼痛让他几近晕厥。

桑麻乍带着团丁一路追杀着陆勇，他们拿出缅北军政府配备给民团的老式步枪，朝着陆勇逃跑的方向射击着。

昏暗的森林无边无际，荆棘、藤蔓宛若蛛丝遮天蔽日，覆盖住了沟壑和岩石，陆勇犹如投入汪洋中的一枚石子，很快就消失得无影无踪。

桑麻乍不过是敲簸箕吓雀，希望把陆勇赶进丛林深处。掸邦山脉绵延几百公里，豺狼虎豹、蛇蝎毒虫密布，人一旦陷入其中，鲜有能活下来的。

陆勇的强悍让桑麻乍悚然，强横的貌缪都死于陆勇的刀下，那场景骇人听闻，让桑麻乍震颤不已。貌缪原是瓦城一个世家子弟，从小就被家人送至罗刹女山出家为僧，师从陀迦罗寺长老祜巴拉暖。祜巴拉暖不但佛法高深，也习得一手骠刀功法。

相传罗刹女山建寺两千多年，有二百多座大佛塔和一千多座小寺院，香火旺盛，经年不衰。即便在整个罗刹女山，陀迦罗寺也是举足轻重的。貌缪性情暴戾，好勇斗狠，多次打伤师兄师弟，屡犯寺规，被逐出陀迦罗寺，勒令还俗。

他常年混迹于瓦城市井，结识了糯乍，一身武艺深得糯乍赏识。糯乍把他收为己用，其劣迹被波坎巴知道后，为了避嫌将其转入民团，实为糯乍的保镖。

桑麻乍见识过貌缪的刀法，凶狠无比，可貌缪仍然被那华夏人干掉。他吓得冷汗直冒，貌缪因自大逞勇去蹲守，结果命丧黄泉。

桑麻乍只希望把这恶魔般的华夏人驱逐得远远的，必须给波坎巴和糯乍一个交代，他相信莽莽原始丛林终将吞噬这个凶悍的华夏人。

桑麻乍指挥着团丁在丛林边缘放了一夜的乱枪。

夜幕下，陆勇无意识地攀爬着，全身衣裤被树枝、棘刺挂得破破烂烂，脑海中始终充斥着尚米嘎和温楠惨死的一幕。人为什么比猛兽还要凶残歹毒？这种痛苦悲愤始终折磨着他，让他欲疯欲狂。

极度的心理躁动后，一阵阵眩晕向他袭来，他感到困得不行，眼皮沉重，被刀贯穿的肩胛已麻木，一阵紧似一阵的疲倦和困顿包裹着他。

要死了吗？怎么能死？活下去的信念顽强地支撑着他。他浑身无力，时冷时热，意识渐渐有些模糊，昏昏沉沉中，他好似看到母亲牵着他的手徜徉在芳草青青的峨眉山栈道上。

母亲春光拂面，看着树枝上跳跃嬉戏的猴群，开心地笑着，笑得矜持而妩媚。

陆勇有些迷惘，他隐隐约约地听到那软软的喊声："哥……哥……"是温楠，那甜甜酒窝里盛满甘醇的酒，能醉死人。

哦，楠！陆勇想把娇俏温柔的她拥在怀里，好好疼她爱她，他伸出双手……

"呜嗷——呜嗷——"一声声低吼，从阴森的丛林深处传来，打破了寂静。陆勇脑海中美好的回忆如镜子般破碎了，他顿时回过神来，看到十几米开外一对鬼火般绿幽幽的圆光在摇曳着，呜呜的低哼声冲击着他的耳膜。

是狼！陆勇心头一炸，浑身汗毛竖起，这畜生嗅到了血腥味。强烈的求生欲望使他绷紧神经，攥紧着手中的关东刀，他迫使自己冷静下来。

记得在峨眉山时，师兄带他到深山老林历练，曾告诫过他，狼是一种极为残忍聪明的动物，领地意识很强，在它们的活动范围内，一般动物不敢轻易闯入。

遇到狼这种畜生，不能慌张，更不能退缩。这种畜生十分狡黠，会试探攻击再试探攻击，直至扰乱猎物的心神，让猎物丧失抵抗意识，然后在猎物惊慌失措时撕碎猎物。

狼前冲几步又退回去，龇着森森的獠牙挑衅似的盯着陆勇。陆勇没动，手臂在运力，他脑海里琢磨着是遇到了群狼还是孤狼。

这头狼并没仰天嗥叫、呼朋唤友，只是不停地左蹿右跳，企图通过恐吓使陆勇乱了心神。陆勇舒了一口气，虽说孤狼异常凶恶，但他并不畏惧，他得活着，大仇未报，不能就这么轻易死去。

陆勇和狼就这么对峙着，他身上的血腥味不断地刺激着恶狼。这畜生终于忍不住了，一声咆哮，闪电般扑过来。陆勇挥刀一撩，这畜生也好生了得，腾空跃起，避过刀锋，蹿出几米远，龇着獠牙，再次掉头盯着陆勇，幽绿阴森的瞳孔放大了许多，如两盏幽冥的灯笼。它暴躁不安地低哼着，一股股腥臭味直扑陆勇鼻孔。

陆勇晃了晃有些晕乎乎的头，咬破了舌尖，一阵钻心的刺痛使他清明了许多。“来吧，畜生。”陆勇一声低吼，向前几步，举起明晃晃的刀。

陆勇的举动激怒了孤狼，嗷的一声，它嘶吼着箭矢一般飞奔过来，狼爪欲拍开陆勇的关东刀，锯齿般的大口直扑陆勇喉咙。

霎时，陆勇双膝跪地，唰地一滑，刀尖闪电般朝狼的腹部狠狠穿刺过去。刺啦一声，腾在半空中的孤狼整个腹部裂开，五脏六腑甩了出来，它摔在地上。

陆勇浑身力竭，趴在枯叶上大口喘着粗气，死死盯着几步开外的孤狼。饥饿和疲惫渐渐袭来，他提了一口气，跌跌撞撞地站起朝孤狼奔去，一头栽在它的尸身上。

清晨，森林里洒下点点阳光，幽寂的丛林渐渐有了生机，虫鸣声、风吹树叶的沙沙声，此起彼伏。几只松鼠在树枝上蹦来跳去，突然盯住扑在狼尸上的黑影，一声尖叫后四处逃散。

黑影慢慢蠕动着，狼血浸染着的衣裤变得紫黑发硬，他的脸颊、嘴巴糊着黏糊糊的红色液体，无比瘆人。陆勇从狼尸上翻身滚下，看着遮天蔽日的林荫，眼睛尽量适应那从树叶缝隙漏下的星星点点光斑。

“活着，我还活着。”他深深吸了一口气，目光停留在狼尸上。他竭力回忆着什么，可脑袋涨疼，一段惊悚的记忆袭来，那狰狞恐怖的画面逐渐清晰，他大叫一声霍然站起。

四周寂静，空气中弥漫着狼腥味，他张了张充满血腥味的嘴，肚子里翻江倒海，一阵恶心直冲喉头。

他难以置信地抹了一把嘴巴，盯着手掌上的血，喃喃道：“我喝了它的血？生喝了狼血？”他张着血盆大口，狂笑起来，泪如泉涌。

笑声变成了嚎声，回响在阴森森的丛林上空，一幕幕泣血画面出现在他的脑海中，残酷地刺激着他，他的亢奋戛然而止。

他隐隐听到一个黄钟大吕般的声音反复敲打着他：“陆勇，杀了恶狼又怎样？你就是个废物，连心爱的人都保护不了。”

陆勇圆睁着一双呆滞的眼睛，枯坐地上，仿佛被抽干了力量。他想到自己如丧家之犬亡命丛林，一个貌缪几乎要了他半条命。面对波坎巴家族强横的势力，他如蝼蚁般渺小，凭什么去复仇。

他颓丧地低垂着头颅，升起的希望如风吹草灰，消遁无迹。

他又似坐禅入定的老僧，身心枯槁，无生无死、无欲无求，萦绕心头的执念消散在坍塌空间，白茫茫的一片雾霭浮起，裹挟着他沉沉远去。

风来了，摇曳着森林；雨来了，冲刷着尘埃。孤寂阴森的丛林中，枯坐的黑影，枯白的头发，浓密的胡须，灰白沧桑、毫无生气的脸颊。

混沌的陆勇逐渐清明，一缕穿透黑暗的辉光透进脑海，他恍若看到了慈眉善目的长惠师尊，师尊的谆谆教导洗涤着他的灵魂。这是一种涅槃。

“如若心神难定，以三才混元行气，无混沌杂浊之念，以汇聚周身能量并求得内气、内力的圆满与统一，返观内照全身，以平稳安帖稳住心神，壮大内力，一扫尘嚣……”长惠师尊永远那么镇定安详。

陆勇依言而行，运气吐纳，渐渐从昏昏然然中稳住了心神，一股温润气息直贯脑颅，然后周身舒泰。他猛地睁开双眼，身形一抖，站了起来。他气贯周身，仰天大吼了一声，响若雷鸣，然后大步朝插在地上的关东刀走去。

大仇未报，安敢言死？如要成魔，他便入魔，为了惨死的尚米嘎、温楠，手刃波坎巴一族。陆勇睨视莽莽丛林，伸出布满青筋的手，提起那把血迹斑斑的关东刀，怔怔地端详着。他看到刀刃上有几道浅白色的豁口。貌缪快捷狠辣的刀法给了他极大启示，如若不是他拼着一条命，恐怕不是貌缪的对手。

师尊曾对他说：“天下刀法，唯快不破。只有化刀为人，人刀一体，才是上乘刀法。刀者，切忌花哨浮躁、华而不实，当以劈、撩、挂、穿、扫、斩为主，加以观、听、摸、感为辅。”他醍醐灌顶。

他得快，用闪电般的速度破除一切。陆勇眯着眼沉思片刻，提着刀朝一道发出隆隆响声的山坳走去。他要打造一把身心合一、得心应手的复仇之刀。

山坳窄窄峡谷间，冲出一股汹涌溪流，水势湍急，落差很大。两旁山石陡峭，形成无数道飞瀑，白练般在空中划出条条晶亮的弧线。

陆勇来到瀑布下粗糙的岩壁前，摸着凹凸不平的坚硬石壁，把刀刃紧贴壁上，嚓地摩擦起来。这是一场意志力、钢铁与岩石的较量。陆勇棱角分明的脸庞写满执着与倔强，炯炯的目光燃烧着，仿佛能焚烧一切。空旷山坳中回荡着铁石摩擦的尖锐声。

时间在消逝，刀刃渐渐锋利，闪烁着冷冽的光芒，摄人心魄。陆勇双手的茧子粗糙而坚硬，那是蜕去一层又一层皮肉后形成的盔甲般的角质。

岩壁被摩擦得光滑如镜，映照着飞流直下的瀑布，陆勇缓缓举刀，飞身穿过白练似的瀑布。他气沉丹田，腰身拧转，挥刀一扫，破空声并没带起半点儿水花。这是一把经过岩石与鲜血洗礼，略显怪异的血色关东刀，它鲜活而充满着灵性，仿佛能与人心意相通。

陆勇如一只山魈奔跑在丛林间，他默念着峨眉刀字诀，风驰电掣般挥刀，劈、撩、挂、穿、扫，刀刀斩向一棵棵树木。他几次被树木撞翻在地，身上血迹斑斑。

他无法自如地挥刀穿行在密林间。他一次次不甘地低吼着“再来、再来”，一次次皮开肉绽，直至疲软地瘫在地上。

他心绪躁动，无法平复，那复仇的腾腾杀意弥漫全身，使得他气血翻滚，难以自抑。随着一次又一次被撞翻在地，他的眸子渐渐暗淡下来，他沮丧、绝望地扑在厚厚的腐叶上。

静谧的丛林蒸腾着枯枝败叶发酵后的腥腐味，徐徐钻进陆勇的鼻孔，给了他不一样的感触。

“世间万物周而复始，然则，焦则浊，清则明，只有扫除心魔杂念，才会看山不是山，看山又是山。”陆勇心底一颤，长惠师尊的教诲又在耳边响起。

陆勇渐渐沉浸在空灵无我的状态之中，全身放松，平心静气，让那股躁动杂乱的心绪趋于平静。他吐纳着气息，安稳心神，缓缓融入自然，融入莽莽林海。

冥冥中，他好似触摸到山的呼吸、天的明澈、风的缠绵；渐渐听到花开的声音、树叶凋零的叹息；看到林木慵懒地伸枝摇曳，松鼠在翻转、咀嚼果实。远方山坳，飞瀑凌空闪耀着七彩霞光。

一切都是那么真实，无我无刀，无欲无情，他的身影穿行于林木间，裹挟着阵阵罡风呼啸而过，似一缕轻烟，缥缈而凛冽，跳跃劈穿如入无人之境，道道残影似幻似风，穿云破雾一般，刀刃铮铮的鸣响刺人耳膜。

待他徐徐收刀站定，一道闪电般的明悟划过脑海，云开雾散，他不禁纵声大笑，笑得泪花四溅，眼睛绽出缕缕瘆人凶光，张口一喊：“倒！”顷刻间，棵棵碗口粗的树木应声而断，断口光滑。

“大叔、楠，我给你们索命去了，让他们拿命来还。”

陆勇站在山巅，挥刀指着苍茫林海，嘶哑地吼出了久久郁结在心头的戾气和愤怒，毅然朝山下走去。

第六章
吴波梭家族

杜妙缦刚随丈夫吴波梭从达贡省亲回到腊戌，就迫不及待赶回景拉。

这次达贡之行，给公公吴丁敏莱做寿，让杜妙缦大开眼界，也赚足了面子。她惊叹贵胄家族的奢华与高贵，也深知古老家族的底蕴，没有岁月的积淀，是难以散发出如此雍容华贵的光芒的。

吴波梭家族，其发家史是一个离奇的故事，可追溯至瑞帽王朝时期。其祖上吴貌貌钮出身于低贱的象奴家庭，因其天赋异禀、才智过人，被国王雍籍牙赏识，成为国王的心腹幕僚。

瑞帽王朝是缅甸最后一个兴盛的王朝，国王雍籍牙志存高远，作为古骠国王室的后裔，他欲重振先祖的荣光，追随先祖雍羌遣子书写一代传奇。

可雍籍牙生于乱世之中，正是东吁王朝末年，占据统治地位的莽氏走向衰落，狼烟四起，民生凋敝，缅、孟、掸等族相互攻讦，国家面临分崩离析。

缅甸历经三个一统全境的王朝——蒲甘王朝、东吁王朝、瑞帽王朝，而瑞帽王朝正是雍籍牙开创的。

年轻时的雍籍牙四处游历，饱尝世间苦难。作为缅族部落的公子，他地位崇高，衣食无忧，但他并未沉湎声色犬马，而是内敛善思、简朴低调，常常游走于僧俗间，浪迹于城郭部落，体察民间冷暖。

他深深体察国之不国，民苦于部族仇恨、政乱于官贪苛酷的恶性循环，肥沃的土地并没给人丰厚回报，伊洛瓦底江充沛的水网反而泛滥成灾，民不聊生。

缅、孟两族的争斗，又卷入掸族莽氏，致使仇恨愈结愈深，战乱暴起，带来更大的人祸。

缅甸是一个历史错综复杂的国家，最先在缅甸建立起国家的孟人历来视自己为这片土地的主人，有很强的优越感。孟人族群不大，势力却很大，占据了缅甸的主要城邦。孟族农耕技术发达，手工业先进，早在公元四世纪便利用印度波罗婆文字和迦檀婆文字创造了文字，为缅文的创立奠定了基础。

蒲甘王朝时期，缅、孟两部族为征泰国、打老挝、平高棉齐心合力。在民生上，国王阿奴律陀呕心勤政，兴修水利，使中西部平原地区不再受水患和干旱的困扰。

孟族也受益匪浅，作为国王的阿奴律陀认可孟人的特殊地位，顾及他们的利益和诉求，挑选不少孟人才俊为朝中大臣，进入内廷，参与朝政。

为了更好地驾驭民众、教化百姓，国王大兴土木，四处建造佛塔，把佛教尊为国教。

历代国王都以建造佛塔为耀，乐此不疲，平民百姓甚至鳏夫寡妇都建造自家佛塔作为供奉，使民间的建塔技术登峰造极，各类佛塔极尽奢华。其中，阿南达塔、达玛央吉塔最具代表性，红砖青石，佛像逼真精美，雄伟的砖石高塔没用一根木料，为后世所惊叹。

由于盲目崇拜佛教，国民认为做僧人会受到国家和黎民百姓供养，争相入寺为僧，致使大量农田荒废，手工业没落，给国民经济造成毁灭性打击。一时间，危机四伏，百姓离心，受歧视的掸族、若开族等部族趁机壮大势力，伺机而动。

蒲甘王朝末代国王那罗梯诃波帝沉浸在虚假的繁华江山梦中，无视东方崛起的元朝。

元朝原本只想与蒲甘通商交好，最终打通印度商道。元朝皇帝忽必烈派出使者，携重礼和文书觐见那罗梯诃波帝。蒙古人浑身膻味，狂放不羁。特使脚蹬高筒马靴，因不谙缅族礼节，没有脱靴。那罗梯诃波帝勃然大怒，斩了元朝特使。

狂妄的蒲甘王朝以蒙古人蔑视缅族尊严为由，率先派兵攻打元朝永昌府。

缅族的行为彻底激怒了忽必烈，他派出勇悍的猛将纳速刺丁征伐攻入永昌府的蒲甘军，打败了自以为无敌，横扫东南亚小国的蒲甘象阵。

蒙古大军直捣蒲甘，蒲甘终于尝到了蒙古帝国铁骑弯刀、强弓硬弩的滋味，辽阔的疆土四分五裂。

近两百年的混乱后，莽氏于 1531 年建立东吁王朝，灭了掸族统治的阿瓦王朝和孟族统治的白古王朝，建立起强大的势力。

为了扩张疆域，莽氏王朝的军队屡次侵扰明朝西南边疆。异域蛮兵的进犯，令明神宗朱翊钧震怒。为平定边患，云南巡抚陈用宾奉命调兵遣将，名将邓子龙率部驰援，在云南边境与东吁军队展开激战。明军凭借火器之利，仅用数月便击退缅军，迫使其退回伊洛瓦底江以西。

然东吁王朝气数未尽。自 1599 年国王莽应里被阿拉干军队俘获处决后，王室陷入长达百年的内乱。1752 年，孟族军队攻入东吁都城阿瓦，曾横扫中南半岛的东吁王朝终在内忧外患中覆灭，徒留佛塔残垣诉说着往日的辉煌。

在多邦混战，四处狼烟，民族矛盾愈演愈烈之际，雍籍牙在游历勃固时遇到了吴貌貌钮，一个象奴青年。在奴隶拍卖市场，一个孟人贵族正在拍卖吴貌貌钮，开价颇高，引起雍籍牙的好奇。

这是一个精悍、气宇轩昂的象奴，虽然铁链横穿锁骨，可眉宇间不乏倔强刚毅之气。他的目光犀利冷漠，神态倨傲，看得出来，他是一个不寻常的象奴。

象奴，又称驯象奴，而驯象是极其危险的工作。象奴地位高于其他奴隶，有一些驯象手段高超的象奴，主人并不把他们当奴隶对待。象，又分为战象和坐象，战象要冲锋陷阵，身形高大，健壮威猛，脾性烈躁；坐象性情温顺，供皇室成员和贵族出行。

能否将象驯化为战象和坐象，全看象奴的手段和本领。象是一种极其聪明又充满灵性的动物，要让它们认可和惧怕，象奴需要以长久的耐性和象沟通，若沟通不畅，便可能被暴躁的象踩死或摔死。

象奴必须心性沉稳、胆大心细、临危不惧，身体素质要适应这个高危工作。象作为国家的一种战略资源，备受历朝历代国王重视，象奴的作用可想而知。骠国历代王朝的象阵，声势浩大，威武善战，让其他国家十分忌惮。

作为一代枭雄，雍籍牙发现了这个象奴的不凡，不顾亲信侍从劝阻，执意买下吴貌貌钮。

没想到，雍籍牙志在必得的行为受到了挑战。和雍籍牙竞拍吴貌貌钮的，是一土邦王子南毗颉罗，此人一身华贵的绸缎，珠光宝气，肤色黝黑，面带淫邪之色。南毗颉罗因家族和勃固城主交好而趾高气扬，他对象奴吴貌貌钮的底细也略知一二，曾试图招揽他。

因南毗颉罗恶名在外，吴貌貌钮拒绝了他的招揽。南毗颉罗十分不爽，但碍于其主人同为孟人贵族，只好作罢。

此番吴貌貌钮被主人售卖，是因小家主被坐象重伤，险些殒命。坐象暴怒，皆因小家主三番五次恶作剧，用铁签捅插坐象的鼻子。

象是有记忆的，每一次受到的刺激都会沉淀于脑海深处。后来，坐象又一次被伤害，终于恼了，它把小家主卷甩至空中，多亏吴貌貌钮及时出现，小家主才捡回一条命。主母迁怒于吴貌貌钮，用铁链穿其锁骨，牵入奴隶市场售卖。

雍籍牙和南毗颉罗的竞价引起轰动，双方互不让步，剑拔弩张，奴隶市场的气氛十分紧张。

南毗颉罗自恃身份高贵，没把雍籍牙放在眼里，其家丁冲着雍籍牙一行龇牙咧嘴。雍籍牙不屑一顾，神情坚定，志在必得。

勃固的奴隶市场有一行规——“断绳为大”，率先割断捆住奴隶手绳的买家有优先购买权。这是城主制定的规矩，主要是为了防止恶性竞争，引发血斗。

雍籍牙的侍从看主人态度坚决，早已断绳。看着雍籍牙一行为吴貌貌钮卸下锁骨铁链，扬长而去，南毗颉罗恼羞成怒，他盯着远去的雍籍牙，面露凶光。

出城的道路尘土飞扬，车马寥寥无几，和往日的喧嚣大相径庭。

勃固富庶一方，商贾云集，孟人曾在此建过国都，却因战乱和贵族的贪婪盘剥没落了。雍籍牙看着奢华的佛塔、破烂的高脚屋、沿途乞讨的流民，心情十分沉重。

雍籍牙是一个身材精瘦、面部线条硬朗的青年，双目炯炯有神，眉宇间透出一股浩然正气。吴貌貌钮隐隐诧异，王公贵族他见多了，哪一个不是骄奢淫逸、鼻孔朝天，何曾有这般沉稳低调、体恤百姓的贵族公子。吴貌貌钮打量着气场逼人、不怒自威的雍籍牙，冰冷的心不禁泛起了一丝波澜。

他只是一个象奴，南毗颉罗想买他，不过是为了蓄奴，特别是象奴。因为象奴蓄得越多，越证明主人拥有不俗的地位和财富，若象奴能被国王征调驯化战象，其主人便能得到封赏，位极人臣。

吴貌貌钮在象奴中知名度很高，他的驯象技能独树一帜，任何暴烈难驯的象在他手里都能服帖。

吴貌貌钮有一套不为人知的家传的驯象秘籍，他能通过声音和象脚踏地的震动感知大象的情绪变化，并能和象进行沟通交流，这是其他象奴难以做到的。

吴貌貌钮发现侍从把他和雍籍牙围在了中间。侍从个个精悍，身挂骠刀，刀鞘为青铜制作，雕刻精致，上下刻有植物暗纹，中段是神话传说中的战神哈奴曼的高浮雕装饰。从侍从佩刀可以看出主人的尊贵和不凡。

吴貌貌钮知道南毗颉罗顽劣卑鄙，一直在犹豫是否要提醒雍籍牙有所防范，碍于身份卑微，几次欲言又止。

吴貌貌钮忐忑不安的神情被雍籍牙捕捉到了，他微微一笑："怎么，有话要说？"

吴貌貌钮双膝跪地："主人，得小心，南毗颉罗王子是不会善罢甘休的。"

雍籍牙扶起吴貌貌钮，不屑道："无妨，一个纨绔子弟，掀不起什么大浪。"

雍籍牙淡淡一笑，又讥讽道："他们早就尾随来了，不过是在寻找机会，一个时辰准会现身。"

吴貌貌钮被雍籍牙的镇定和从容吓了一跳，又注意到一帮侍从身体绷直，手攥刀柄，一副临战状态。

他们进入一片洼地，身后扬起一片灰尘，冲出十几匹战马，马蹄嗒嗒，朝雍籍牙一行人风驰电掣般卷来，骑手高举弯刀，哇哇呼喊着，杀气腾腾。

侍从闻声而动，迅速抽出骠刀组成一道人墙，挡在雍籍牙和吴貌貌钮前面。

危急时刻，路中三五成群的貌似行游赶路的僧人、流民猛地掀去僧袍、破衣，拽出弓弩，动作娴熟。他们组成梯队，弯弓搭箭，迅疾射向汹汹杀来的骑手，整个动作一气呵成。

呼啸的箭矢如雨点般穿进挥刀狂舞的骑手间，霎时人仰马翻，一片惨厉之声。吴貌貌钮看得目瞪口呆，惊愕不已。

不待吴貌貌钮回过神来，一个魁梧侍从提着鼻青脸肿的南毗颉罗来到雍籍牙跟前，把他丢在地上。

“主人，剁了他？”侍从恭敬地问道。

“我是土邦王子，不能杀我。你是谁？是谁？”南毗颉罗看着雍籍牙，嘶声问道。

“大胆，卑贱的蚂蚱。”侍从厉声呵斥，抽出骠刀。

雍籍牙挥挥手，制止侍从，睨视着南毗颉罗：“杀你？你还没这资格。回去告诉你王父，吾叫雍——籍——牙。”

雍籍牙轻蔑地大笑一声：“好好活着。”转身潇洒离开。

吴貌貌钮依靠驯象技能，投桃报李为瑞帽王朝组建了强大的象阵，并成为雍籍牙手中的一张王牌，追随雍籍牙南征北战，打出了瑞帽王朝的雏形。

然而，因难以整合东吁残部与掸族土司，新建立的瑞帽王朝遭到了极大的挑战。虽然雍籍牙励精图治，通过战争掠夺和扩充兵源、强化王权，但频繁征伐导致地方怨声载道。一时间，东吁残部与掸族首领纷纷举兵反抗，瑞帽王朝的统治根基摇摇欲坠。雍籍牙为巩固权力，对异己势力采取铁腕镇压政策，却进一步激化了矛盾，局势陷入两难。

在廷议时，抚、剿两派各执一词，且缅族上下部落分歧也较大，给决策带来极大的干扰。

此时，阿瓦城聚集着七八万掸人兵马，勃固、土邦也声势浩大，一些边缘城邦各成骑墙之态，听宣不听调，瑞帽王朝危机重重。

雍籍牙在皇廷辗转难眠，思索、分析着抚、剿的利弊，皇廷宫灯几天来彻夜不熄，宫奴们惶惶不可终日。

雍籍牙是一个性格坚毅、做事果断的国王，有着雄才大略和一统江山的胆识。“剿”是必定的，这一点雍籍牙坚定不移，他要彻底降服掸人，一仗定乾坤。

关键是怎么打？时下缅、孟、掸、若开和东吁残部各怀鬼胎，已成掣肘，形势犬牙交错，但“抚”只会助长分裂势力，极有可能导致新生的瑞帽王朝分崩离析。

此番不以雷霆手段震慑，难免有的族群王侯会存有觊觎之心。必须敲碎他们的侥幸心理，挫败他们的谋逆之意，让他们在象蹄下颤抖，在骠刀下哀号。

可雍籍牙还是心绪难宁，他想到了一个人，思索片刻，对着廷外大喝一声：“备马，到象营！”

一队骑手护着雍籍牙离开皇廷，朝象营奔去。

象营大帐内，吴貌貌钮已坐了几个时辰，眼睛始终盯着桌子上的皮图，这是一张阿瓦城的地形图。因军令迟迟未到，吴貌貌钮充满焦虑和不安。经过一场场大战的洗礼，吴貌貌钮用自己的智慧和能力摆脱了奴籍、获得了财富，也展示了一个睿智国王的驭人之术，让许多流民、奴隶看到为王国建功立业而改变自己命运的曙光。

吴貌貌钮象营的士兵大多是他招募的流民和奴隶，打起仗来个个拼命。但是此次掸人大规模的聚集暴乱非比寻常，引发了吴貌貌钮的深思。彻底剿杀，并不能解决民族问题，尚需一个周全的策略。

吴貌貌钮也知道皇廷大臣们的抚、剿之争，个性小心谨慎的他，从不肆意妄评军国大事。他相信国王雍籍牙，那是一轮煌煌朝阳，不是乌云遮得住的。

正当吴貌貌钮陷入沉思时，一只大手拍在他的肩上，他回头一看，吓得连忙双膝跪地。

“王，吴貌貌钮失礼了。”

吴貌貌钮愠怒地瞥了瞥大帐门旁肃立的侍卫。

“不怪他们,是我不让通报的。”雍籍牙扶起吴貌貌钮,睃了一眼桌子上的皮图,在帐内慢慢踱着步。

“你怎么看待当下形势？”

“一切遵从王的安排。”吴貌貌钮回答得小心翼翼。

“你真是这么想的吗？”雍籍牙自嘲一笑，转身盯着吴貌貌钮，目光烫人。

吴貌貌钮浑身一凛，紧张得不敢多言半句。

雍籍牙走到桌前，看着皮图上阿瓦城的各种标记，片刻，抬头严肃地看着吴貌貌钮。

“所以，你笃定是要剿的喽？”

“不敢妄猜王的意图，只是闲时随意画画。是剿是抚，全凭王的旨意，末将肝脑涂地定当效命。”吴貌貌钮吓得慌忙跪地。

雍籍牙漾起笑意,扶着吴貌貌钮一起坐下,明澈的目光真诚而坦荡:“不必踧踖,我思忖了几天，此番前来是想听听你的真实想法。”

吴貌貌钮心头一松，感动地点点头：“王，这仗得打，必须狠狠打。怕不得，不然王朝就险了。”吴貌貌钮停顿了一下。

“哦，接着说。”雍籍牙赞赏地看着吴貌貌钮。

“这是一场立威之战、定国之战，胜了，一解掸人长期愤恨祸乱之灾。接下来欲强国，需对孟、掸、若开等族的归顺制定一个长久之策，不然族与族的厮杀没个尽头。”

“哦，说来听听。”雍籍牙目光一亮。

“末将经几天思考，琢磨出了十六个字：分化清剿，宽抚贵胄，化掸入缅，消弭仇恨。其他族群亦如此。”

雍籍牙默默复述了这十六字定国策略，拍案而起：“好，好一个十六字，真是疏我胸臆。”他兴奋地拍了拍吴貌貌钮的双肩，感叹道：“佛祖赐我良将，瑞帽何来不兴？”

吴貌貌钮得到雍籍牙的赞许，十分振奋："王，攻打阿瓦，象营愿当前锋，誓死夺下阿瓦城。"

"不，不，阿瓦城城墙坚固，垛上弓弩密集，掸人狂妄，主力多集中阿瓦，定会于城下与我方对决，象营动作迟缓，容易成为靶子。我将用骑营迅速对冲，打乱他们的阵列，用双方人马填埋沟壕，混乱之间，象营压阵突袭，一举拿下阿瓦城。"雍籍牙指着皮图，详细讲解着攻城步骤。

"王已成竹在胸，末将誓死效命。"吴貌貌钮一脸豪气。当晚，大帐的灯整整亮了一夜。

第二天一早，皇廷宫门大开，戒备森严，王公贵族鱼贯而入，分立两侧。侍从宣读王书，雍籍牙安排事宜，按十六字方略，拉开了兴国之战的序幕。

雍籍牙派出大批能言善辩的王族重臣，携玛瑙珠宝分赴孟、掸、若开等部落拜谒各族贵胄重臣，分化策动，极尽安抚笼络之能事，为阿瓦城大战做策应。

战争走向如雍籍牙和吴貌貌钮所料。这一仗声势浩大，双方伤亡惨重，两族军队在阿瓦城轰然对撞，骑营、象阵、步卒悍不畏死，杀得天昏地暗，让人胆寒。掸人领略到了新生崛起的瑞帽王朝军队如狼般的锋利和悍勇。

由于王族大臣策动效果显现，王朝军队得到东吁残部的支持，勃固、土邦按兵不动，终使阿瓦城败亡，阿瓦城主被斩杀示众，其族被诛。趁掸人内耗之际，瑞帽军队相继攻下勃固、土邦，南毗颉罗父子所代表的土邦主战派遭到了覆灭。雍籍牙完成了缅甸历史上第三次统一，被尊为"雍籍牙大帝"。

后来，吴貌貌钮在攻打达贡时重伤致残，告老于达贡。雍籍牙为表彰其功勋，封赏土地千顷，享王侯爵，以示皇恩浩荡。

吴貌貌钮一族从此植根于达贡，其家族善于审时度势，历经百年，代代均有人才出，积累了雄厚的财富和人脉，在朝野举足轻重。吴波梭便是家族中的翘楚，年轻一代新的领军人物。

第七章
魅影萧萧

一弯残月孤悬半空，辉光暗淡，影影绰绰的翘角楼房，宛如阴森的魍魉。陆勇踏着夜色靠近景拉，盈盈辉光映照着他一头枯白杂草般的头发和一张瘦削漠然、满是疤痕的面庞。

他冷眼注视着熟悉的景拉，这里摧毁了他美好的情感，也埋葬了他最后一丝留恋。他踩着冰冷的月光，提着那柄索命刀，悄无声息地朝一栋显目的三层楼房的四合院慢慢走去。

这是景拉唯一一栋别墅式四合院，掸式风格，四角琉璃飞檐，碧绿瓦顶，门庭装饰精致，气势不凡。

客厅中，不时传出杜妙缦尖锐放肆的笑声。穿金戴银的杜妙缦绘声绘色地给家人描述着夫家那场寿宴盛景，吴家公馆云集多少达官贵人，荟萃多少珠宝玉器，食色缤纷，炊金馔玉，听得波坎巴和糯乍一愣一愣的，羡慕不已。

最近，波坎巴过得心神不安。貌缪殒命，陆勇出逃，他始终感觉心头插着一根刺，貌缪都杀不了的人，那个华夏人可不简单。

他反复盘问桑麻乍陆勇出逃时的每一个细节，使糯乍都有些厌烦。看儿子没心没肺的模样，波坎巴气不打一处来，只希望掸邦山脉的原始丛林能吞噬那个华夏人。

向来谨慎的波坎巴为防不测，把民团布置在别墅四周，并要求糯乍减少外出，气得糯乍只好拿桑麻乍和下人出气。

糯乍生性浪荡，如何耐得了此等寂寞。杜妙缦回家，他如遇到救星，不断向杜妙缦诉说着自己的寂寞孤独，弄得杜妙缦哭笑不得。

弟弟的德性她哪儿会不知，他就是一个没女人滋润就毛焦火燎的货。她劝弟弟找一个富贵人家的小姐把婚结了，免得四处偷腥惹事，比如这次杀了尚米嘎一家，就弄得父亲头疼不已。

不过，杜妙缦也认为父亲过于谨慎，小题大做，把家搞得戒备森严，死气沉沉的。杜妙缦看到那些游荡的团丁，个个猥琐不堪，她满脸嫌弃，便遣散他们，只留下桑麻乍打打杂。

杜妙缦这次回家心情很好，一则为了炫耀，二则带来了许多从夫家扫来的私货，有布匹绸料、玛瑙珠宝、珍馐海货，让父亲和弟弟大开眼界。

她有着自己的小心思和虚荣心——得让他们这种小家小户有一些积蓄，累积一些财富，不然，娘家底子太薄，在上层圈子容易遭人嫌弃。

波坎巴看着珠圆玉润、气质高贵的女儿，一扫往日的阴霾，心情大好，对糯乍的不满也消散了许多。一家人沉浸在杜妙缦营造的海市蜃楼般的美景之中。

四合院静悄悄的。这时，院子紧闭的厚重实木大门缓缓开了，无声无息。一个黑影仿佛裹着一层冰霜，踩着院中的青石板慢慢悠悠地走来，他面庞冷酷，双目锐利，手中刀刃在月光下闪着寒芒。

嗒，嗒，嗒，他好似一只发现猎物的猫科动物，轻巧而灵动，鬼魅而阴森。

“谁？”响声惊动了院内的桑麻乍，他握着骠刀走了出来。

“你是桑麻乍？”陆勇站定，冷飕飕地看着桑麻乍，声音不带一丝情感。

“你是谁？怎么开的门？”桑麻乍记得门闩是他亲手闩住的，居然毫无声响就开了，顿时一股寒意直蹿背脊。他眼睛一瞪，刚想张开嘴巴，刀风疾速掠过，嚓的一声，他的脑袋离开了脖颈，眼前变得一片漆黑。

陆勇出刀戳住即将落地的头颅，看着倒下的躯体，眼底渐渐泛起道道精芒。他猛地把头颅掷向客厅大门，紧跟着一步跨出，撞向大门。哐当一声，门框应声而倒。

客厅里温馨的气氛随着暴雷般的响声迅速冰封。波坎巴一家看着飞进客厅的血淋淋的人头，都惊呆了。好一会儿，杜妙缦才发出尖厉的号叫声。

波坎巴拔腿就往楼梯奔，一道黑影飘然而至，掐住他的脖子，五指如铁钳般，波坎巴好似听到颈骨的碎裂声。

糯乍已经瘫软在地上，浑身战栗。

陆勇手腕一抖，松开波坎巴，飞起一脚踹在他的髌骨上，波坎巴摔在地上，脸颊不断抽搐。

陆勇捋了捋遮住脸颊的枯白头发，露出诡谲的微笑，扫视着瑟瑟发抖的三人。

“你是谁，想干什么？”杜妙缦首先清醒过来。

“索命的。”陆勇咧嘴，露出森森白牙。

“华夏人，那个华夏人！”糯乍脸色发白，惊骇地指着陆勇。

“对，华夏人陆勇。”陆勇毫无表情。

“你别乱来，不然我丈夫饶不了你。”杜妙缦想用吴波梭来狐假虎威，吓唬陆勇。

扑哧，陆勇笑了，他阴沉沉地走到杜妙缦跟前，挥刀抵在她的胸前，说道：“曾经，有一个善良美丽的女人，她只想好好地、平静地生活，可是被残忍地杀了。杀人偿命，自古天经地义。”

“我可以给你钱，很多很多的钱。”看着全身笼罩着阴森杀气的陆勇，杜妙缦怕了，身体不由得颤抖着，她从陆勇那张毫无表情的脸上嗅到了死亡的味道。

“我不要钱，要命。”陆勇双眼弥漫起一层血色。

“不，不要，不要杀我们，我什么都可以给你，温楠能给你的，我也可以给。”杜妙缦已经失去往日的傲慢和高贵，她想活着，她的富贵生活才刚刚起步，她不想失去，为此她可以不惜一切代价。

她慌忙撕扯下衣服，袒露出白皙的胸脯，伸出纤纤玉手，拨开陆勇的刀尖，眼神魅惑地看着陆勇。

在她看来，男人哪儿有不贪腥的，温楠那小婊子她见过，胸翘臀美，着实诱人，但她未必会输。

陆勇冷眼看着杜妙缦:“呵呵,不知廉耻,没用的,很快你们就会变成一堆臭肉。”

听杜妙缦提到温楠，陆勇杀心更浓，那双犀利的眼睛像针，扎向波坎巴和糯乍，他得让他们慢慢死，在恐惧中崩溃绝望。

陆勇陷入一种疯魔般的迷障，随着意动，一道刀光凌空一闪，波坎巴瞬间断成两截。杜妙缦和糯乍魂飞魄散，晕厥过去。

待糯乍悠悠醒来，已被吊在院子里的一棵树上。杜妙缦赤身裸体，瘫在地上蜷缩成一团——这场面似曾相识，是温楠被杀时的画面。糯乍啊啊嘶叫起来，目光涣散，他彻底崩溃了。

陆勇用刀面拍拍糯乍的脸，悠悠说道：“你知道吗？有一位老人不远千里，抛家离国来到缅甸，为你们打倭贼，伤痕累累，无求于功名，无求于厚待，只想平平淡淡地生活。可你为了淫欲，竟然残暴地杀死了他，天理何在？！在古老的华夏，对大奸大恶之人有一种刑罚，叫凌迟，又叫脔割。想尝尝吗？”

陆勇的声音温柔而诡异，仿佛来自地狱，糯乍呆滞地看着满脸疤痕的陆勇，陷入绝望。

陆勇小心翼翼地为糯乍剥去衣裤，用刀面轻轻地在他的皮肤上，一寸一寸仔细磨着，神情专注而温柔，低头喃喃自语：“脔割，共用三千刀。刀儿，宝贝，要用力呀。”

陆勇锐利的目光瞬间暗淡，眼眶好似蒙上一层白雾。话音刚落，便卷起一股飓风围着糯乍旋转着，薄如蝉翼的肉片簌簌滑落。

糯乍惨叫的声音渐渐转为喉咙发出的咕咕声，最后悄无声息。

陆勇浑身溅满鲜血，他抬头仰望星空，残月昏黄，寂寥的景拉沉浸在血腥微风中。陆勇痴痴站立片刻，瞥了一眼瘫软一团的杜妙缦，走出了波坎巴家的四合院。

四合院传来杜妙缦疯魔般的哀号……

平静的景拉，随着杜妙缦的哀号合奏起阵阵疯也似的狗吠声。夜笼罩在残月的辉光中，拉长的黑色树影如无数潜伏的魑魅魍魉，随着狗吠声蠢蠢欲动……

陆勇来到温楠家的废墟旁，扑通跪下，一阵悲恸涌上心头。这个曾经熟悉、布满温馨的小院，此刻满目疮痍，疯狂的杂草短短几月便铺满院落。

陆勇的眼睛湿润了，他哑着喉咙道：“大叔、楠，我想和你们说说话。唉！陆勇失言了，不能带你们回华夏。楠……我说过要带你去看雪、看海，游名山大川，给你盖上红红的盖头，可哥无能啊……你走了，哥的心也空了……哥杀了波坎巴，剐了糯乍，可放了杜妙缦……哥不杀女人，更不想杀手无寸铁的女人，哥想你也会同意的。楠……”

陆勇哽咽着说不出话来，他垂下头抵着地上的泥土，任凭泪水浇洒着熟悉的土地，这块曾见证着他短暂甜蜜的土地，温楠踏过整整十八年的土地。

这土地有心跳吗？有楠的余温吗？陆勇真想匍匐在它的怀中，触摸它，贴紧它，告诉它自己的悲伤和迷惘，一雪前仇后的空虚。

“楠，我该怎么做？没了你，哪里是我的归宿？能告诉哥吗？楠……”

陆勇感到自己很孤独、很疲惫，他仰着头痴痴望着星空，天空广阔，一颗流星拖着长长的尾光消失在天边。迷惘渐渐代替疼痛，使他茫然不知所措，他只能靠点滴的回忆去修补遍体的创伤。

然而这种修补带来更深的痛苦和悲恨，血腥的场景，始终梦魔般纠缠着他，使他的每一个细胞都在沸腾，憋得他胸腔发疼，控制不住地想暴走宣泄。

过了不知多久，他缓缓站了起来，用刀割下一角衣服，捧起院落中的一把泥土，用布料包裹起来：“大叔、楠，我会带你们回故乡的。”

说完，他跌跌撞撞地向夜幕中走去……

第二天一早，镇长波坎巴家发生的血案震动了景拉，场景骇人，幸存的杜妙缦疯了，消息如野火般迅速传遍缅北。

吴波梭带着副官赶到波坎巴家时，忍不住干呕起来，他从戎以来首次遇到如此血腥的场面。

看着糯乍的森森骨架，吴波梭眼底渐渐升起燃烧的火焰。他让警卫围住四合院，任何人都不许踏入。他万万没想到，杀了一家不足挂齿的蝼蚁，竟然导致如此惨烈的后果，甚至这户人家姓甚名谁他都毫不知情。

杜妙缦已被警卫转移至一大户人家，她情绪起伏不定，时而哭泣时而战栗求饶，已失去往日嚣张跋扈的军官夫人之态。当吴波梭出现在她眼前时，她依然惊恐万状。

吴波梭看着自己曾怜爱宠溺、风情万种的夫人变得如此狼狈凄惨，羞恼夹裹着滔天的杀机，他阴沉着脸对着副官咬牙切齿地说："找到那个华夏人，我要活的，这是命令。"

副官面色一凛，转身出了房间。

吴波梭的第一快速营是缅甸国防军 J 师的精锐，吴波梭严格按照以色列的训练方法来治军，并不像其他部队追随苏式的训练方法。由于在平定缅北各少数民族武装暴乱中，吴波梭的快速营战绩斐然，上司并没过多干涉他的做法。

缅甸国防军配备的武器以苏式 AK47 步枪和老式的 SKS 枪械为主，而吴波梭的快速营装备的是以军的加利尔突击步枪，混杂少量 AK47 步枪。

加利尔突击步枪性能优异，精度普遍比 AK47 步枪高。这批枪械的购置主要由吴波梭的家族出资。第一快速营配备有狙击手，使用的是昂贵的 M21 狙击步枪，它在缅甸国防军中凤毛麟角。

吴波梭治军思想深受库克教官的影响，以色列军队在和黎巴嫩及巴勒斯坦的游击战中总结出一套经验，被吴波梭灵活运用于丛林战中，效果很好，他的快速营由此成为 J 师一支劲旅。

此番发生在波坎巴一家的祸事，不啻把他的傲慢和尊严按在地上摩擦，特别是杜妙缦这副模样，传到军官太太的圈子里，吴波梭的尊严何在？达贡的庞大家族会怎么想？

吴波梭不禁为自己的疏忽而懊恼，也对陆勇狠辣的手段盛怒不堪，他要尽快抓住陆勇，一泄心头之恨。

副官带着警卫沿着通往景拉的各条道路分散搜索，在民团的引导下很快就追查到陆勇的踪迹。

陆勇正恍恍惚惚地向萨尔温江走去，那里有尚米嘎留下的小船，他要离开这个让他心灵破碎、伤痕累累的地方。陆勇蓬头垢面，血渍满身，路人吓得纷纷避让。

副官和一队士兵很快就追上了陆勇。因吴波梭要活的，副官命令士兵围住陆勇，准备活捉他。士兵气势汹汹，盯着这个弥漫着凛冽寒意的人，如临大敌。

“华夏人，陆勇？”副官用枪指着他，厉声问道。

陆勇清冷地睃了他一眼：“是又如何，不是又如何？”

“你好大的胆子，杀了人想逃。”副官轻蔑地哼了声。

“杀该杀之人，理所当然。”陆勇眼底泛起一道冷芒。

“你可知道杀的是吴波梭上校的家人？你逃不了的，不死都难。拿下，听凭上校发落。”副官高仰着鼻孔，朝士兵大手一挥，士兵唰啦一声围住陆勇。

陆勇迷惘的双眼转瞬变得冰冷，嘴角弯起弧度，鼻腔一哼：“一帮蝼蚁，找死！”他身形一闪，如陀螺般突然暴起，雪白的刀光一扫，围住他的士兵们还来不及行动，脖颈便出现一道细细的血线，下一刻，脑袋便离开了身躯。

副官惊愕地张着嘴，裤裆被尿得一片潮湿，有些站立不稳。

陆勇鄙夷地用刀背敲敲呆若木鸡的副官的脑袋：“回去告诉吴波梭，想杀我，到莱卡丛林，我恭候着。”

陆勇步伐一改虚浮，转身朝前方走去。

吴波梭欲用军队来追杀，激怒了余怒未消的陆勇。他本想离开这片伤心之地，择机回国，疗抚创伤，忘记过往，让尚米嘎和温楠魂归故里，可吴波梭并没放过他。那就来吧。陆勇改变了想法，他要让这些高高在上、肆意妄为的权贵家族颜面扫地。

失魂落魄的副官回到景拉，面对吴波梭，还未从惊惧中清醒，作为军人，他还从未见过如此变态暴戾的杀人方式。

看着面如土色、颤颤巍巍的副官，吴波梭问道："人呢？"

"死了……都死了……"

"我不是让你抓活的吗？"吴波梭一把揪住副官的衣领，声色俱厉地说。

"不，上校，那不是人，是魔鬼，我带去的士兵全被杀了。"副官冷汗涔涔，状若疯癫。

吴波梭倒吸一口凉气，看着副官煞白的面容，不禁想起糯乍的骨架，面色阴沉起来。

"上校，他说、他说在莱卡丛林等你。"副官战战兢兢地看着脸色铁青的吴波梭。

"狂徒，我倒要看看他有多大能耐。"吴波梭冷哼一声，一个只持冷兵器的人能胜得过装备着现代武器的军队？竟敢挑衅他，不是脑子短路就是脑子进水。吴波梭远眺隐隐约约的掸邦山脉，不屑地开口。

"好吧，卑贱的华夏人，我将在莱卡丛林撕碎你。"

第八章
阻击 狙击

腊戌郊外，一片丘陵地带布置着整齐的军营，军营呈三角形扼守着高地，控制着进出腊戌的主要通道，军营为英式风格，原属英国殖民军。吴波梭已经在快速营指挥部坐了两天两夜，等待师部的答复。

由于缅甸军政府对缅北采取高压态势，各少数民族纷纷建立自己的民族武装。加之排华事件，导致缅甸和东方邻国产生极大的矛盾，缅北局势骤然变得紧张起来。

吴波梭想调动第一快速营——J 师的精锐部队，必须得到高层的批准。J 师作为镇守缅北战略要地的军队，装备精良，在缅甸国防军中举足轻重，历任高层都会成为国防军的中流砥柱。

J 师师长很同情杜妙缦一家的遭遇，对杜妙缦也深有好感。然而，面对吴波梭执拗的请求，他不敢擅自决断。吴波梭提出一个折中的办法，只带狙击小队狙杀陆勇，J 师师长思忖了片刻便同意了。

平日里 J 师师长夫人和杜妙缦走得很近，得到不少实惠，几次到达贡游玩采买都是吴波梭家族买单。J 师师长夫人天天跟 J 师师长吹枕边风，J 师师长便乐于做个顺水人情。何况华夏人陆勇动了地位尊贵的军人家眷，必须给予严惩。

吴波梭提出只带他的狙击小队，是他几天来思索出的结果。一来出动快速营全员动静太大，容易惊动上面，再说追杀一个小人物兴师动众也惹人耻笑；二来莽莽丛林带再多的士兵也于事无补，反而会打草惊蛇。吴波梭相信自己的能力，狙击小队是经过国外教官训练出来的，也该拉出去实战检验一下。

吴波梭召来他的狙击小队，这是他精心培养的小队，一共七人，除小队负责人外，有三个狙击手、三个观察员，个个身体强悍，反应敏捷。他的狙击小队按以色列特种狙击小队配置，使用的是 M21 狙击步枪，该枪全枪长约 1118 毫米，空枪重约 4.9 千克，可加装消音器执行特种任务，兼具精度与便携性。

小队负责人是乃乃梭少尉，皮肤黑，言语少，军事技能强，遇事冷静，深得吴波梭赏识。小队成员个个一身迷彩，神情肃然，一行人上了军用吉普，朝掸邦山脉的莱卡谷地驶去。

掸邦山脉地形复杂，山陡林密，南北长达一千二百公里，莱卡丛林是山脉的尾部，紧靠景拉，属于山脉的边缘地带，丛林树冠如盖，株株牵连，遮天蔽日。

陆勇回到熟悉的莱卡丛林，经过一场血腥的复仇，郁结在心头的戾气和狂躁消散了少许，他逐渐冷静了下来。他相信吴波梭会来，同样怀揣着复仇的火焰，定会和他不死不休。

他坐在飞瀑旁的一道山崖上，气定神闲地注视着好似弯弓般的飞瀑，隆隆的响声仿佛给他注入了强大的动力，让他血气沸腾。接下来他要面对的是一群军人，手持现代武器的军人。在异国他乡为生存、为复仇而战，这是他没想过的，陷入绝境的人，要么沉沦等死，要么置之死地而后生。他不会妥协，既然要战，他不介意神来杀神，佛来杀佛。

陆勇环视着阴沉沉、密匝匝的丛林，有的地方潮湿阴暗，铺满厚厚的苔藓，有的地方怪石嶙峋，尖锐险峻，一棵棵参天大树遮蔽了阳光，使丛林显得昏暗而阴森。

溪流边藤萝交错，编织了一张长长的绿毯，遮盖住溪流山石。飞瀑下长着一棵棵野芭蕉，挂着一串串沉甸甸的金色果实。

这里曾经是那条恶狼的领地，少了别的动物侵扰，就连鸟的啼叫声都显得格外小心翼翼。

陆勇不敢有丝毫怠惰，他缓缓走下山崖，沿着当初练刀的路径仔细踏勘。古人云：“善守者，藏于九地之下；善攻者，动于九天之上。”他得有备无患，像那条恶狼坚守着自己赖以栖身的领地，撕碎一切擅闯者。

夜幕笼罩着丛林，无数蚊蝇嗡嗡叫着，寻找着猎物，使丛林显得更加寂寥狰狞。

一夜无事。

当一束阳光透过丛林，吴波梭带领着他的狙击小队慢慢靠近丛林。小队蹑手蹑脚，伪装和灌木融为一体，小队两人一组，行进中交替掩护，保持着高度的警惕。

吴波梭虽然没把陆勇放在眼里，但对乃乃梭狙击小队谨慎而敏捷的行动还是十分满意的。莱卡丛林地形复杂，十几米外就难觅队友，只能靠彼此的默契和微弱的声音相互联系。

乃乃梭一直在寻找一处高地，他想放一支小队，确保安全，危急时刻也可保命。可乃乃梭的想法被自信狂妄的吴波梭否定了。吴波梭不以为意，他不相信陆勇能有此军事本领。

吴波梭带领的快速营多次在缅北山地丛林和各土著民族武装周旋交战过，每次都大胜，他认为区区一个陆勇用不着小队如此小心谨慎。

扑棱棱，陆勇十几米开外飞起几只野鹦鹉。

只一瞬，藏匿在枯叶下的陆勇眼前突然出现两个身着迷彩服的观察员，他们脚尖踩地，毫无声息，犹如两只灵猫。

陆勇脸色严峻，心起意动，他单手一撑，腾空跃起，用凌厉无比的峨眉扫字诀，朝两人横扫过去。

锋利狠辣的刀刃嚓一声横切了一名愣怔的观察员，陆勇余光迅速扫过另一名观察员的腰部，他顿时鲜血喷涌，疼得大叫一声。陆勇挥出的第二刀迅疾闪过，声音戛然而止。

陡然，陆勇汗毛倒竖，他毫不犹豫，双脚一蹬，朝一旁大树蹿去。

砰！砰！两声枪响，子弹打在他刚停留的位置。

霎时，陆勇躲避的大树树屑纷飞，枪声撕裂了空气，丛林弥漫着浓烈的火药味。

M21狙击步枪口径大、穿透力强，闷雷似的打在大树上，震得树叶纷纷飘落。陆勇狼狈地左右避闪着，屏住呼吸，伺机而动。

两侧随即响起枯枝的断裂声，对手从两侧迂回包抄过来。陆勇心头一紧，趁着枪声略微停顿，扭身横跃，唰地隐进一侧灌木丛中，身后是子弹的嗖嗖声。树枝断裂，乱石纷飞，陆勇内心不停催促着自己，如脱兔般迅速蹿进一旁沟壑。

“上校，不要追击！”包抄过来的乃乃梭大声提醒道。

乃乃梭知道狙击任务暂时失败了。狙击手宜静不宜动，应在适当距离选择好最佳位置，伺机击杀对手，却没想到陆勇竟然利用陡峭的坡地伏击他们。

两个士兵被劈杀的死状使乃乃梭感到惊悚，他不禁倒抽了一口凉气，这是一个强悍、凶狠的对手，狙击手近距离和他对决无疑是找死。

吴波梭气喘吁吁，气急败坏地朝藤萝覆盖的沟壑扫射了一梭子子弹，红着眼睛瞪着乃乃梭，两个观察员突然被劈杀，气得他乱了方寸：“怎么办，就这样让他逃了？”

“上校，得调整位置，派两人占据对面高地，掩护我们搜索，必须尽快击毙他。”乃乃梭朝四周看了看，冷静地说。

长期的训练使乃乃梭性格沉稳，一名狙击手，除了精通射击技巧，还要善于把握对手的踪迹，准确判断地形、风力对射击的影响以及隐藏行踪。特别是面对危机时，必须一枪制服对手。可现在他们已经丧失了先机，得另辟他途。

乃乃梭的冷静使吴波梭激愤的心绪平复了下来，他收起轻蔑之态。乃乃梭指了指沟壑对面的乱石岗，对两名狙击手打了一下手势。

乃乃梭掏出手雷，吴波梭点点头，手雷迅速投向沟壑，轰隆轰隆的爆炸声响彻山谷。两个狙击手迅速向对面山岗奔去。

“晚了！”一声断喝，一道黑影飞身挡住了两个狙击手，闪电般的刀光划过，两具前冲的身躯霎时身首分离。

陆勇舒了一口气，看着两具尸体，抽出夹在胳膊下雪亮的关东刀擦拭，感觉两个狙击手很没有挑战性，他意犹未尽。

连续的手雷爆炸声，掩盖了一切。

陆勇看着沟壑中被炸得七零八碎的藤萝，冷哼了一声，他对四周了如指掌，想算计他可不是那么容易的。这儿是他的领地，他的丛林，他要把他们的尸体变成丛林的养分。

陆勇俯身捡起 M21 狙击步枪，通过瞄准镜观察着吴波梭带领的小队。尽管林木影影绰绰，瞄准镜的清晰度仍然令陆勇大吃一惊。

他思忖了一下，再次端起了枪，随着焦距的变化，人影逐渐清晰，陆勇瞄准一个手持狙击枪的士兵，扣动了扳机。

砰！清脆的枪声打破刚刚平复的寂静，吴波梭身旁的狙击手胸前炸起一朵血花，吴波梭和乃乃梭吓得慌忙趴在树丛里。

乃乃梭一脸阴沉，他知道他们彻底输了，弄不好一个也逃不了："上校，你得活着回去，我来对付他。"

"少尉，不行，一起干掉他。"吴波梭依然不甘心。

"他很厉害，对地形很熟悉，现在手上还有狙击枪。上校，我们没机会了。"乃乃梭叹了一口气，目光露出一丝惨然，他为自己的疏忽和轻视对手而懊恼不已。

吴波梭环视着莽莽丛林，并没发现陆勇的踪迹。短短半天时间，人影都没看清，五个士兵便被斩杀，焦躁的吴波梭冒出一身冷汗。看着乃乃梭凝重的神情，他不得不认清身处的险境。

"上校，如果我回不去，你一定要带着它到泰国地下拳馆找到我的弟弟，他叫尼吞。"乃乃梭平静地说，从前胸衣兜摸出一块残缺的玉器递给吴波梭，脸上渐渐露出狠厉之色。

"少尉！"吴波梭捏紧玉器，嘶哑着嗓门，脸色涨红，他为自己的自大冒进而后悔。

"上校，一开始我们就错了，犯了狙击手的大忌，让我来弥补过错吧。"乃乃梭叹了一口气，眼睛炯炯地盯着前方，没有半点儿犹豫。

这是一个优秀的军人，不推脱责任，敢于承认错误。一直高高在上的吴波梭面露羞臊，朝乃乃梭点了点头。

“走，走。”乃乃梭奋力朝陆勇射击的方向投出两颗手雷，拔出贴着腿部的一把弯刀。弯刀很短，八寸多长，锋利而精致，刀弓厚实，刀刃轻薄雪亮，刀柄上镶着两颗碧绿的玉石，这种刀是缅人用来剔骨切肉的。

爆炸声腾起一片浓浓烟雾，吴波梭和最后一名观察员消失在丛林中。

乃乃梭刚想躲进烟雾，一道挺拔的身影挡住了他。

乃乃梭看到了一张年轻但饱经沧桑的脸，脸颊布满条条结痂的疤痕，神情清冷，目光锐利。

陆勇站定，面无表情地盯着乃乃梭：“敬你是条汉子，我不杀你，让开。”

乃乃梭站得笔直，扯下迷彩服外套，露出紧身的墨绿色内衣，他森冷地回道：“有我在，你不能杀他，也杀不了他。”

“哦，你有这等本事？”陆勇一愣，看着平静的乃乃梭，嘴角挂起一丝嘲讽的笑。

“我是军人，他是我的长官，军人以服从命令为天职。”乃乃梭没有丝毫的胆怯和慌张，转了一下手上的弯刀。

“是条忠诚的看门狗，我会让你有尊严地死去。”陆勇缓缓举起刀。

“狂妄。”乃乃梭话音刚落，身体一弯，如一张拉满弦的弓箭，朝陆勇疾速射去。

当当当，刀影纷飞，银光闪烁，乃乃梭的刀法诡异刚健，竟然连续挡住陆勇劈出的三刀，让陆勇大感意外。

乃乃梭的刀法由骠刀刀法演化而来，以削、挡、刺、捅、扎为主。使刀者，刀尖、刀刃、刀背、刀柄皆可伤人，要的是出刀如电，先发制人，贴身近搏。

刀，一寸长一寸强，全看持刀者的腕力内劲，刀随意走。持短刀者，刀越短越能体现其对自身技能的自信和内力的充沛。

陆勇不禁对乃乃梭的刀法暗暗称奇，短小弯刀竟能挡住他势大力沉的关东刀，他对乃乃梭不得不刮目相看。

乃乃梭舒了一口气，他被陆勇狠辣迅猛的刀法劈砍得胆战心惊，握刀的手臂阵阵酸麻，虎口开裂，禁不住微微颤抖着，血滴答滴答溅落在枯叶上。

“很不错，你，比貌缪强，但还是得死。”陆勇挥刀，冷飕飕地指着乃乃梭。

“我知道你很强，死又何惧，来吧。”乃乃梭自有军人的傲气和血性，他可以战死，但不会屈服。

“那么，成全你。”陆勇双眼微微闭合，右脚一踩，兔起鹘落般朝乃乃梭掠去，刀影如滚滚白浪。

乃乃梭刚做出起手式，眼前白光乍现，一裂空银蟒穿胸而过，口中旋即喷出一团鲜血。

“真……快……”他喃喃自语，圆睁着眼睛，不可思议地摸了摸贯穿胸部的关东刀，张了张嘴，轰然倒地。

第九章
泰国之行

吴波梭并没有等来乃乃梭的回归，他引以为傲的狙击小队折戟莱卡丛林，几乎全军覆灭，过程如梦魇般使他心如刀割。陆勇鬼魅凶狠的手段，颠覆了他对冷兵器的认知。陆勇仿佛就是为丛林而生的，无声无息，虎狼一般嗜血。

他沉浸在深深自责之中，他得兑现承诺，去泰国找到乃乃梭的弟弟尼吞，弥补对乃乃梭的亏欠，报答救命之恩。

吴波梭带着杜妙缦回到达贡，把事因告诉了父亲吴丁敏莱，吴丁敏莱盛怒不已。吴家在缅甸政商两界都有强大的人脉，是高门豪强，吴丁敏莱是联邦议会议员，经营的产业遍布全国，垄断着石油产业，私下和英美著名石油巨头都有来往合作，谁都不敢小觑。

吴波梭的泰国之行没有丝毫阻碍，吴家在曼谷的办事处早已为尊贵的少爷张罗好一切。

曼谷，一座繁华璀璨的都市，四处霓虹闪烁，游人如织。然而达贡曾经的繁华并不输给曼谷，缅甸资源、物产丰富，历史上也是胜泰国一筹，几次重创过泰国。

吴波梭一行人到达曼谷时，已经是华灯初上。家族给他预订的是奢华的查克洛博瑟别墅酒店，酒店位于昭披耶河（华夏称湄南河）河畔，建筑外观独树一帜，它巧妙结合泰国和欧洲巴洛克建筑风格，装饰精美，金碧辉煌。

值得一提的是套房客厅外面朝昭披耶河的宽大露台，可边喝酒边欣赏河对岸的阿伦寺庙，享受落日余晖和河面徐徐吹来的凉爽微风。

吴波梭却毫无兴趣欣赏这一切，他要尽快找到尼吞。由于吴波梭来得十分突然，接到消息的办事处职员还来不及深入曼谷各大地下黑拳馆，打探尼吞消息。吴波梭很恼火，把职员们狠狠训斥了一顿。

曼谷黑拳馆鱼龙混杂，汇集着三教九流的人物，人们为赌而疯狂，为拳手血洒拳台而亢奋，场面血腥。拳手很多都是被生活挤压的亡命徒，一般贵族和身份高贵的人很少涉足此类场地。

作为军人的贵族少爷如此急迫地寻找一个低贱的黑拳手，这让许多职员有些糊涂，被训斥得一愣一愣的，看少爷气急败坏的模样，急忙分头到各大黑拳馆打探尼吞的消息。

吴波梭在酒店里如坐针毡，随行的几个保镖大气都不敢喘。

好在很快传来消息，尼吞打黑拳的地方叫芭哈拳馆，离查克洛博瑟别墅酒店也就十几分钟车程，吴波梭立马带着保镖朝芭哈拳馆赶去。

尼吞在芭哈拳馆名声响亮，有一绰号叫“疯魔尼吞”，是少有的能连赢十几场的金牌拳手，很少有拳手敢挑战他。他性情暴戾冷酷，擅长泰拳、缅拳，出拳凶残，是芭哈拳馆的摇钱树，拥有很高的人气。

黑拳手上场要签生死状，无任何规则限制，为争胜可以打伤、打残对手，丰厚的佣金使拳手无所不用其极。

尼吞在芭哈拳馆滚打多年，靠拳头巩固了地位。如果拳馆不出现强劲对手，老板轻易不会让他出场。

吴波梭赶到拳馆时，拳台上一对拳手正打得死去活来，拳拳到肉，血染拳台，场面触目惊心。

馆内人声嘈杂，男女赌徒状若疯癫，空气里弥漫着浓郁的血腥味和汗的酸臭味，各种嘶喊声、吆喝下注声、谩骂声此起彼伏。

吴波梭一行人不凡的气势，引起了拳馆安保人员的重视。不一会儿，一个衣着考究的中年人便出现在吴波梭跟前，被吴波梭的保镖挡了下来。

中年人双手合十，恭敬地说：“我是拳场主管颂帕，敢问尊贵的先生，是买拳手还是对赌？”

拳场主管常年周旋于此，善于察言观色，对赌徒的心理揣测得十分精准。

看吴波梭就知道他出身高贵，并没有赌徒那样的躁动和张狂，面庞平静，一双冷漠的眼看不出任何情绪变化。这类人，要么是来下重注，要么就是来找茬儿。

吴波梭平淡地说：“有安静一点儿的地方吗？”

“有，有，包厢请。”

颂帕弯着身子带着吴波梭一行人进了楼上的包厢，包厢设计得很舒适，有清凉的空调，迷你吧台，吧台上摆满各种酒水，一名娉娉婷婷的女子站在吧台内，面带微笑随时听候吩咐。宽大的软垫沙发坐着很享受，整个拳台尽收眼底，视线极佳。

“先生满意吗？如还有什么需要尽管吩咐。”颂帕看着吴波梭坐下，谄媚着笑脸，小心翼翼地征询。

“她，出去。”吴波梭指了指吧台内的女子。

颂帕努了努嘴，女子鞠了一躬，退出包厢。

“我要尼吞。”

“今晚……今晚……没安排尼吞的拳场。”颂帕一怔，看着一脸森冷的吴波梭，心里十分忐忑。

吴波梭打了一个响指，保镖拿出一沓美钞放在茶几上。

“告诉我他在哪儿，这些都是你的。”吴波梭把钱推到颂帕跟前，睃了他一眼。

“先生，凡涉及尼吞的事儿，我们都做不了主。”颂帕紧张起来。

“那谁做得了主？”吴波梭把玩着茶几上的一只杯子，漫不经心地问道。

“这个……这个……”颂帕欲言又止。

“放心，我们从达贡到这儿，不是来找事的，尼吞是缅人，我们是故交。”吴波梭看着一脸紧张戒备的颂帕，宽慰道。

“那得经老板素挺缇查先生同意。”

“素挺缇查是吧？”

吴波梭沉思了片刻，站起来，走出了包厢，留下张着嘴，一脸茫然的颂帕。

素挺缇查在曼谷是黑白两道大名鼎鼎的人物，居住在通罗区的素坤逸路中心地带。

一栋三层独幢别墅，四周围墙高筑，院内有一个游泳池，门庭建有两根罗马柱，气派、高端。大厅全部用黄花梨木和酸枝木装饰，边柱上雕有佛经故事人物，雕工精细，厅阁雍容，地上铺着华丽的波斯地毯，显示着主人的富贵和奢靡。

素挺缇查明里经营着曼谷最大的车行，售卖各类卡车、轿车，暗地里开了几家地下黑拳馆，控制着庞大的娱乐场所，和军界、警界都有关系。

素挺缇查体形肥硕，脸庞赤红，两只胳膊布满刺青，挺着个大肚腩，走起路来派头十足。

客厅里跪着颂帕，他已经把前一天晚上吴波梭寻找尼吞的事全部向素挺缇查做了汇报，并把吴波梭留下的一沓美钞放在素挺缇查面前。他可不敢私藏，素挺缇查好似无所不知，敢私藏，除非嫌自己命长。

素挺缇查似笑非笑地看着颂帕，一双细眯的眼睛如鹰眼般。

“这事儿，尼吞知道吗？”

“没告诉他，他还和那几个婊子厮混着。”

“你说那几个缅人不是来找事的，和尼吞仅仅是故交，那他们想干什么？”素挺缇查皱了皱眉，有些不解。

“我派人查清了，他们住在查克洛博瑟别墅酒店，看来身份不简单。”颂帕担心素挺缇查怀疑自己，急忙把前一天晚上派人跟踪一事也告诉了他。

素挺缇查心机很深，手段毒辣。忤逆之人要么被他沉江，要么被浇灌进建筑物中，上上下下对他噤若寒蝉，不敢有半点儿非分之想。

“老爷，要不叫几个小弟去探探？”颂帕看着脸色阴沉的素挺缇查，小心地征询。

素挺缇查挥挥手，没有吭声。他心里纳闷儿，这么一个有身份地位的缅人，出现在曼谷寻找尼吞，和尼吞是什么关系？尼吞性格孤僻，几年来在曼谷很少和人交往，事情恐怕不简单。

如果纯粹是尼吞在缅甸惹了事，仇家寻上门，这儿是他素挺缇查的地盘，尼吞是芭哈拳馆的摇钱树，他是不会让尼吞轻易出任何岔子的。

“让宋猜带几个人去酒店查查，一定要查清楚他们的目的。尼吞那里再加派些人手跟着。事情暂不要告诉尼吞，免得他又发疯。”

素挺缇查叮嘱过颂帕，转身看着墙上身着军服的国王挂像。他相信自己的实力，凭他军警两界的关系网络，任何人想撬走他的人，无异于虎口拔牙。

“钱，你收着吧，干得不错。”素挺缇查淡淡地说。

颂帕如释重负地舒了一口气：“谢老爷，按老爷吩咐，我这就去办。”

颂帕缓缓退出了客厅……

曼谷不愧为国际大都市，繁华而喧嚣，各色人等鱼龙混杂，摩肩接踵游走在华丽商场间，熙熙攘攘，马路上塞满各种车辆，小商小贩的叫卖声此起彼伏，一派欣欣向荣的景象。

离马路很远的查克洛博瑟别墅酒店显得幽雅而宁静，酒店内，吴波梭的保镖不敢有丝毫的懈怠。吴波梭是家族的继承人，这次深入曼谷寻找尼吞，老爷严令不得有任何闪失。

吴波梭身份敏感，曼谷的地下世界复杂险恶，选择查克洛博瑟别墅酒店作为下榻之地，是因为酒店虽价格昂贵，但环境清幽，封闭性好，客房少，办事方便。酒店房间被吴家预订了大半，值班总管和服务生也上下打点好了。

宋猜才出现在大堂，消息就传到了保镖那里。宋猜打听的人恰恰是少爷吴波梭，一众保镖顿时紧张了起来。

客房内，吴波梭已经从职员口中了解到素挺缇查的身份。他多少知道，对于黑道，钱是万能的，凡能用钱搞定的事儿那就不是个事儿。

对地下黑道，吴波梭不屑于打交道，也知之甚少。作为一名职业军人和大家族的少爷，他并没把素挺缇查放在眼里，只要查到尼吞的行踪就好。

只是听到尼吞的神勇传奇，吴波梭震撼不已，他万万没想到乃乃梭少尉在异国他乡竟然有一个拳法高超、手段狠辣的弟弟。明白了乃乃梭的用意，心态一度灰暗的吴波梭欣喜不已。

陆勇的悍勇他见识过，杀人于无形，尼吞或许会带给他惊喜。他走到露台，看着水流平静、波光潋滟的昭披耶河，暗自沉吟：“无论花多大代价，必须带回尼吞。”

宋猜在酒店服务台纠缠了半天，仍然一无所获。酒店客人的信息是严格保密的，尽管他软硬兼施，仍没有得到想获取的信息。酒店隶属西洋人，宋猜不敢过分，只好悻悻走出了酒店。

然而，走出酒店的宋猜被两名精悍保镖挡住了。

“你是什么人，想干什么？”保镖盯着宋猜，厉声问道。

正在气头上的宋猜一看竟有人敢拦着自己，心底冒起一股邪火。宋猜曾经打过黑拳，身手不算太差，算是素挺缇查的得力干将。

“你们又是哪路货色？想干什么？”宋猜轻蔑地说。

“不知死活的蚂螂。”其中一名保镖怒了，手指着宋猜。

宋猜何时受过这种侮辱，恼怒地飞身屈膝向保镖袭来。保镖毫不退让，跨步迎身而上，踹向宋猜。两人轰然对撞随即弹开，短短几秒，已闪电般过了好几招。

闻讯赶来的几个宋猜的小弟欲上前围攻，被另一名保镖拦住了。

吴家保镖可不是吃素的，看宋猜拳法凶猛，他眉头一皱，腿、肘、膝环环相扣，攻击一波波向宋猜袭去。

缅拳招式简捷、拳法硬狠，充分运用身体的各个部位，把劲力、速度、腿法融为一体，以快制快，招招直取要害，逼得宋猜连连后退。

不待宋猜喘息，保镖发现他的破绽，猛然一个甩头磕在宋猜的下颌。咔嚓一声，宋猜的下颌骨被撞得粉碎，他一声惨叫，摔倒在地。

“警察，站着别动！”

犹如平地一声惊雷，一帮武装警察突然围住了众人，黑洞洞的枪口指着两个保镖。

警察的出现，打破了酒店的平静。蜂拥而至的警察对人员入住信息进行盘查验证。显然，警察有备而来，酒店主管上前交涉也无济于事，盘查对象明确，并非例行公事。

酒店喧嚷的人声惊动了吴波梭，他刚要探个究竟，几个保镖和职员便推门而入。

“少爷，出事了！”一名保镖紧张地说。

“什么事？”吴波梭一脸疑惑。

“有人探查少爷信息，和保镖起了冲突，被打伤了。现在警察介入，正在盘查。”保镖不禁流下汗来。

“哦，警察都来了？看来事情不简单。”吴波梭毕竟是军人，马上就觉察出事情的蹊跷，他冷静地思忖着对策。

“少爷，我们留下，拼死也会杀出条血路，保你走。”众保镖个个神色坚毅。他们知道少爷就是他们的命，容不得半点儿闪失，否则万死难辞其咎。

“不要妄动，事情没那么严重，配合他们。”吴波梭果断地说。

“另外，尽快把消息传回国内给父亲，派人到曼谷大使馆通融，任何人不得泄露身份信息。”吴波梭知道自己的军人身份十分敏感，在任何国家都很忌讳。此次来到曼谷，吴波梭一行所持的是商业护照，为的就是避免麻烦，看来素挺缇查能耐不小。

吴波梭一行人被带到了警局，他们很配合，却被粗暴地关进了拘留室，重伤宋猜的保镖被戴上脚镣手铐，严刑审讯。

警局里有一位不好惹的上尉，让警察给吴波梭戴上了手铐。吴波梭是一个历经各种风浪的人，对此等手段嗤之以鼻。他一言不发，缄默等待，他相信父亲的分量、家族的能耐。

吴波梭傲慢的神态惹恼了上尉，几个警察上来就是一顿拳脚招呼，打得他四处淤青，嘴角溢血。

警局的上尉长期靠素挺缇查私下供养着，为他办事。像吴波梭这种公子哥儿，刚进局子哪个不是鼻孔朝天，得用警棍和拳头把他们的高傲挫下来，他们才会乖乖配合。

面对一帮警察的拳打脚踢，吴波梭依然一声不吭，始终冷冷地迎接着这一切，气得上尉七窍生烟，欲用大刑伺候。

这时，拘留室的铁门哐当一声被踹开了，上尉一看，吓得一愣，曼谷警察局局长讪育上校，陪着一群气度不凡的人走了进来。

“少爷。”一个衣冠楚楚的中年人急忙上前扶着血迹斑斑的吴波梭，转身盛怒地逼视着讪育上校，“上校，这就是泰国的待客之道？”

“大使先生，可能是发生了某些误会。”讪育上校忙不迭地说，让警察解开吴波梭的手铐。

“对他国公民滥用刑罚，是一句误会就能解释得了的吗？我们将向泰国提出严重抗议！”

“我们一定会彻查此事，给大使先生一个交代。”讪育上校恼怒地瞪了一眼上尉。

这时又走进了一群欧美人，个个趾高气扬。讪育上校一看，分别是英国驻曼谷商会会长和一行商业大佬，他们围着吴波梭，对讪育等警察劈头盖脸就是一通威胁和训斥，讪育头大了起来。

这些欧美商业大佬都是吴家的合作对象，吴波梭之前并不想把事情闹大，暴露身份，尽管心里十分憋屈，也受了一番皮肉之苦。

“不怪他们，确实是误会，是手下职员和贵国人员产生了冲突，双方都受了伤，警察也是例行公事。”吴波梭表面大度地说，心里却如同吃到一只臭虫。

一番话使讪育如释重负。看这阵仗，如果吴波梭纠缠着不放，他这个警察局局长吃不了兜着走。他装模作样地对上尉和警察一番痛斥，双手合十不断地向吴波梭致歉。

吴波梭在一帮人的簇拥下走出了警局，回到查克洛博瑟别墅酒店。他得尽快了断尼吞一事，免得夜长梦多。他本想低调处理此事，不料却闹出这么一番风波来，因而更不能长时间滞留曼谷，事情若传回国内军部，对他并不是一件好事。

他简单处理一下伤势，即刻唤来办事处负责人，他要见素挺缇查，让他们先行通报。不久，负责通报的职员被素挺缇查的管家断然拒绝，无功而返。

素挺缇查的别墅内，素挺缇查已经了解到了事情的经过。缅甸大使和英国商会的插手让他十分意外，吴波梭显然不想扩大事态的处理方式又把他给整糊涂了，他不知吴波梭葫芦里到底卖的什么药。

由于上面严厉警告，他不得再和吴波梭纠缠冲突，再大的不满也只好硬压着。素挺缇查混迹江湖多年，知道有些事儿不是靠下贱的手段就能摆平的，有许多他惹不起的存在。

对他们这种在黑白两道夹缝中生存的人，懂深浅、知进退才是王道。虽然宋猜重伤让他心中十分不爽，但那缅人并非池中之物。黑不和白斗，商不和官斗，这是亘古不变的定律，要生存就得守某些不成文的规矩。吴波梭执意要见尼吞，他确实感到棘手，也窝着一股怒气，但确实找不到更好的解决办法。

正当素挺缇查心绪不宁时，手下通报吴波梭来访，素挺缇查大为诧异，他不想生事找茬儿，也拒绝了吴波梭下人的求见，可吴波梭还是亲自找上门了，当他是任人拿捏的泥菩萨吗？素挺缇查压抑着的火气腾地蹿了上来，他让颂帕带着一帮人去看看吴波梭到底想干什么，自己则拿起一串油光黑亮的佛珠拨弄着，调理着气息，思考着对策。

颂帕很快回到了客厅，告诉素挺缇查，吴波梭只带了一个保镖在大门外候着，态度和蔼，不像是来找事的。

素挺缇查想晾一晾吴波梭，泄泄自己的火气，也杀杀这个贵族公子的威风。

大院外，吴波梭看着素挺缇查高大奢华的别墅、气派的门庭、院里游荡的人员，感到还是小觑了这个掌控着尼吞的人。一个在曼谷富人区有如此宽大别墅的地下世界大佬，恐怕并非善类。他收起轻蔑、傲慢之态，对受到的冷遇也泰然处之。

客厅里，素挺缇查微合着眼，如一尊老佛般淡定，唯有手中的佛珠发出轻微的摩擦声。

颂帕有些忐忑，关于吴波梭的背景，警局上尉已经私下通报过，颂帕担心老爷如此怠慢，会又生出事端，毕竟那是一个能惊动高层的人物。

这样等待了半天，素挺缇查才微微睁开眼，瞥了一下惴惴不安的颂帕："去吧，把客人请进来。"

吴波梭踏进别墅大厅，就看到一个五十多岁、魁梧大肚的人，那人气场很足，神情淡然地看着自己。

吴波梭双手合十，谦逊地说道："缅人吴波梭拜见素挺缇查大人，冒昧打扰了。"

素挺缇查看着这个脸颊轮廓硬朗，身躯挺拔，没有丝毫傲慢的青年，紧绷着的紫黑面庞缓和了许多，说道："我素挺缇查是个粗人，怠慢了少爷，还请多担待。"

"大人不必过谦，晚辈是来赔罪的。下人不知轻重伤了贵府的人，人我已经带来了，晚辈甘愿受罚。"吴波梭一脸真诚地说。

"哦！"素挺缇查大感意外，憋在肚里的气也消了大半。要说冲突，毕竟自己理亏，不是自己让宋猜去摸查吴波梭的底细，哪儿来宋猜重伤一事。但吴波梭的话说得让人十分舒坦，反而显得自己心胸不够磊落和敞亮。

"少爷不必在意，怪只怪那小子不长眼，冲撞了少爷，都是自找的。"素挺缇查老脸一红，尬笑了几声。

"请坐，请坐，上茶。"素挺缇查把吴波梭请到红木座椅上。

"大人大量，晚辈受教了。晚辈有一个不情之请，愿和大人结个善缘，交个朋友，不知大人意下如何？"吴波梭感觉到素挺缇查逐渐放下戒备之心，便套上了近乎。

素挺缇查毕竟是黑道中人，话题兜兜转转的，绕得他很不适应。

他看着吴波梭冷冷说道："少爷，我素挺缇查就是个粗人，只要少爷不嫌弃，这个朋友我交。但请把话说开了，少爷找尼吞到底有何事？”素挺缇查不想遮遮掩掩，直奔主题。

“找尼吞是受人之托，忠人之事，也是不得已而为之，请大人见谅。”吴波梭语调沉重，脸上浮起一层阴霾。

“此话怎讲，你确定不是来找麻烦的？”素挺缇查仍然半信半疑。

“我和尼吞的哥哥乃乃梭是挚友，他哥哥惨遭不幸，托我转交一件信物给他，他看到就明白了。”吴波梭拿出那块残缺的玉器，递给素挺缇查。

玉器碧绿晶莹，雕刻精致，牌面雕像并非观音或弥勒菩萨，而是印度神话中的战神哈奴曼，看得出是从中间一分为二。素挺缇查怔怔地看着半面玉器，脸色渐渐严峻起来。

杀兄之仇，不共戴天，疯魔尼吞的秉性素挺缇查十分了解——尼吞知道真相一定会发狂入魔，不管不顾，谁也挡不住。只是自己将失去好大一棵摇钱树，素挺缇查不禁一阵肉疼。

吴波梭把素挺缇查的心思摸得很清楚，他有意结交素挺缇查，在泰国地下世界，这不是一个简单人物，往后或许能用得到。吴波梭朝一旁的保镖挥挥手，保镖把一个密码箱摆在宽大的茶几上。

“大人，初次见面不成敬意，这是一百万美金，权当给受伤弟兄的补偿。如若尼吞回国，给拳馆造成的损失，届时我会派人对接，还请大人不要为难尼吞，一切由他定夺。”吴波梭说得十分诚恳，目光灼灼地注视着素挺缇查。

素挺缇查感受到吴波梭的慷慨和满满诚意，吴波梭作为一个异国大少爷，权势滔天，如果凭借着背后的势力强压自己，自己也没有办法。

“少爷的胸襟让素挺缇查敬佩，在下一定转交给尼吞，回不回去由他决定。”素挺缇查站起，双手合十。

“好。谢大人，告诉尼吞我在查克洛博瑟别墅酒店等他。”吴波梭朝素挺缇查双手合十，鞠了一躬，走出了大厅。

素挺缇查赞许地点点头，不愧为豪门少爷，出手阔绰，做事大气干脆，毫不拖泥带水，和自己脾气很对路。

尼吞被素挺缇查安置在别墅不远处的一栋公寓，公寓环境幽雅，绿树成荫。公寓配套设施一应俱全，有拳击练习室、游泳池、按摩室。

几年来，尼吞为拳馆赢了不少钱，也震慑过素挺缇查的对手。疯魔尼吞心狠手辣，对人对事从不留情，是素挺缇查解决事端的一把利刃。尽管素挺缇查万般不舍，但涉及尼吞的骨肉血亲，他不敢大意，更不想惹恼尼吞。

素挺缇查来到尼吞的公寓时，只见几个保镖在猥琐地窃窃私语，时不时看着游泳池方向，一副垂涎欲滴、饥渴难耐的模样。

游泳池方向不时传来女人酣畅的呻吟声，燕语莺声，放荡淫浪。

尼吞性情怪僻，嗜色如命，一人能御几女，一场生猛拳赛下来要宣泄几天，把许多女人弄得哭爹喊娘，甚至得让人抬出公寓。

尼吞的暴虐，是凶险的地下黑拳场铸就的，他唯有靠蹂躏女人来稀释滚烫的血液，靠沸腾的荷尔蒙来释放焦躁。

作为长期游走在伤与残、生与死边缘的黑拳手，尼吞这样的黑拳手的心态是畸形的，他们无仁义道德之心，更无寡廉鲜耻之意，怜悯是洞穿自己的钢刀，他们活在一个浑浑噩噩的世界里，这样才会锻造出杀戮心性，才会有一次次活下来的机会。

素挺缇查来到游泳池边，看到三个女人正赤身裸体和尼吞嬉戏着。

三个女人为迎合尼吞，声调婉转，弄得素挺缇查面红耳赤、口干舌燥。好在这种场景在尼吞公寓他已司空见惯，为了不打扰尼吞的兴致，他坐到游泳池边的躺椅上。

三个女人看到素挺缇查后，顿时神色紧张，欲起身行礼，被尼吞抓着敏感部位，欲动不能。

“素挺老爷，要不要一起玩玩？”尼吞瞥了一眼素挺缇查，戏谑道。

“你自己玩吧，尼吞，可别玩脱力了。”素挺缇查摆摆手。

“就她们？呵呵，爷再玩个两三天，看她们还熬不熬得住。”尼吞咂咂嘴，不屑地说。

“你呀，好身体。我老了，没你那种肾，我可想多活几年。”素挺缇查自嘲地笑了笑。

对尼吞这种嗜好，他从来没有阻止约束过，反而交代属下尽量满足尼吞。他要的是尼吞生龙活虎，横扫拳场，给他带来滚滚财富。

“素挺老爷不会是专程来看我玩女人的吧？”尼吞呵呵一笑。

尼吞如一头猎豹，后背肌肉虬结，双臂黝黑有力，仿佛要把女人那粉白红嫩的丰臀细腰折断。

素挺缇查手摸着下颌，思忖了一下，悠悠说道：“有人托我带一个玉器给你，是缅甸达贡来的。”素挺缇查摸出那半截玉器，在手里颠了颠。

“玉器？给我的？”尼吞身体一颤，转过身，紧张地盯着素挺缇查手中的玉器。片刻，尼吞推开女人走向素挺缇查，一把抓过玉器。渐渐地，他的呼吸变得急促起来，脸色阴森恐怖。

“给你玉器的人呢？”

“他在查克洛博瑟别墅酒店等你。”

尼吞一言不发，大步流星地走出了公寓。

吴波梭在酒店等候着尼吞，心里充满了焦灼。他不敢肯定尼吞会来，尼吞在曼谷地下黑拳馆浸淫多年，这种冷酷的环境泯灭人性。黑拳手每时每刻都在用凶悍来铸造血腥的辉光，用肮脏的金钱累积自己的价值，少了亲情，多了狠辣，他不知乃乃梭和尼吞的底细，以及他们兄弟的感情。

作为军人的乃乃梭恪守规矩，从没与人交流过家事，吴波梭也不屑和一个小小少尉有更多的交集。若不是因狙杀陆勇，乃乃梭不过是吴波梭眼中的一个小角色。

铁打的兵营流水的兵，吴波梭志不止一个快速营营长，他要成为军界一颗冉冉升起的将星。但这一切因陆勇发生了改变，他和乃乃梭的命运被牵连在了一起。

吴波梭走到吧台斟了一杯威士忌，俯视着昭披耶河，心里充满苦涩和自嘲。

堂堂吴家大少爷，军中骄子，一趟泰国之行，弄得灰头土脸、备受屈辱。对陆勇的恨融入他的每一个细胞，他恨不能把陆勇大卸八块。

疯魔尼吞确实带给他复仇的希望和惊喜，这个在血海中滚打出来的人绝非善类，黑拳场的残酷和血腥使尼吞堕落成一台杀戮机器、一把锐利的刀，让他期待得如此迫切和煎熬。

几天的高度紧张使他感到全身酸疼、疲惫乏力，他想放松一下，端起威士忌很享受地抿了一口，静静看着昭披耶河。

陡然，吴波梭感觉后背发凉，心头一紧。他猛然转身，一阵骇然，客厅里站着一个男人，中等身材，孔武有力，一脸阴鸷，目光凛冽，死死盯着吴波梭，吴波梭感到房间温度骤降。

“乃乃梭的玉器，怎么在你手上？”尼吞的声音透着寒气。

“尼吞！”吴波梭吃惊地大张着嘴。房门紧闭，尼吞是怎么进来的？连保镖都毫无察觉。

“说，不然就得死。”尼吞脸上没有任何表情，他的手臂布满刺青，暴起的青筋如蚯蚓般根根毕现。

吴波梭竭力克制住慌乱，他知道对尼吞这种人得实情相告：“我是缅北国防军 J 师第一快速营上校吴波梭，乃乃梭少尉的上司。少尉托我找到你，把玉器交给你。”

“谁干的？”

尼吞的话没头没脑，但吴波梭知道他在问什么：“一个华夏人，很厉害，我们一个狙击小队几乎全部阵亡。”

“垃圾。”尼吞鄙夷地哼了一声。

尼吞拿出两块玉佩，合二为一，刻在玉器上的战神哈奴曼栩栩如生，引人注目。

“玉器不离身，这么说乃乃梭死了？”

“恐怕是凶多吉少。”吴波梭面露哀戚，想到莱卡丛林乃乃梭送别他时的决绝，他不禁悲从中来。

尼吞沉默不语，脸上的嚼肌不停地颤动，显得狰狞而恐怖，他的手掌紧紧攥着合二为一的玉器。片刻，尼吞手一扬，玉器粉碎，散落地上。

“告诉我，那个华夏人在什么地方？”

“缅北掸邦莱卡丛林。”

“几天后我会过去，砍下他的头颅。”

“尼吞，需要我们怎么配合？”吴波梭心头大喜，急忙问道。

“你们？呵呵，我不需要垃圾。”尼吞鼻腔一哼，轻蔑地睨了一眼吴波梭，转身走出了房间。

尼吞小时候，父母死于一场瘟疫，他和哥哥乃乃梭相依为命，颠沛流离于瓦城，饱尝世间冷暖，在备受歧视的生存环境中卑微地成长着。

尼吞十岁那年患了严重伤寒，危在旦夕，乃乃梭背着尼吞四处求医无果，遇上了陀迦罗寺长老祜巴拉暖。长老救了尼吞，收留了兄弟俩，他们靠为寺院打杂安顿了下来。

本来乃乃梭欲带尼吞入寺为僧，因不能自证父母双亡，被祜巴拉暖长老拒绝。佛家讲究“和合增上”，如若出家，需经双亲同意，众亲赐福。

祜巴拉暖并没嫌弃孤苦的兄弟俩，看他们身体单薄，祜巴拉暖把雍羌遣子骠刀心法传授给他们，用以调和经络脏腑，强身健体。或许是天赋使然，娇嫩小草逐渐长成了参天大树。成年后，脾性火爆的尼吞倔强坚韧，痴迷于缅拳，遍访各地的缅拳高手，屡败屡战中总结出一套凌厉凶狠的拳法，打出了名声。

后来，性格沉稳的乃乃梭选择入伍从军，尼吞则选择入泰国挑战泰拳。尼吞性情暴烈，乃乃梭为此十分担忧，他到陀迦罗寺长老祜巴拉暖跟前跪了一夜，恳求长老收尼吞为徒，磨砺心性。祜巴拉暖叹了一口气，告知乃乃梭：“尼吞尘缘未了，不必强求，届时自然会因缘而聚。”

兄弟俩临别前，乃乃梭拿出一分为二的玉器，慎重嘱咐尼吞：“器不离身，见器人亡。”这是兄弟俩的生死约定。

可首先见到对方玉器的，并非顺风顺水、看似风平浪静的乃乃梭，反而是地下世界身处险境的尼吞。噩耗使尼吞盛怒不堪，当晚便把整栋公寓的家什砸了个稀巴烂。

第十章
莱卡惊心

莱卡谷地上，陆勇正闭目调息。吴波梭的败退并没使陆勇松懈下来，反而使他心绪浮躁，让他有一种莫名的不安。好在他得到了三支M21狙击步枪，稍感慰藉。他第一次接触枪械，充满了新奇，他把枪拆卸研究，再连续试枪，枪枪命中靶心，他不禁暗暗庆幸没有倒在狙击枪下。持有如此精密枪械的狙击手，竟然都被他干掉了，是侥幸还是别的原因，他不得而知。只是吴波梭最终的逃脱，让他深感遗憾和不甘，这意味着报复追杀并不会轻易结束，或将迎来更加猛烈的狂风暴雨。

此前，乃乃梭放弃逃生让陆勇十分意外，不禁让他有些惺惺相惜。乃乃梭是条汉子，宁可站着死不愿跪着生，一把短小的弯刀使得快捷狠辣，出刀角度刁钻，疾若奔雷。

貌缪如此，乃乃梭亦然，长刀短刀都疾如闪电，但乃乃梭的刀法比貌缪有劲道，似乎融入了某些炼精化气的功法，所以能挡住他臻于至刚的峨眉三刀，陆勇不由得警觉起来。

不知吴波梭会玩出什么花样，他确定吴波梭绝不会接受这般羞辱，更不会善罢甘休。

陆勇在一个稍显开阔的丘陵地段很好地安葬了乃乃梭，他敬佩有骨气的人，不想把对方抛尸荒野。他把乃乃梭精致的弯刀放在坟前，坐了半天。

一场暴雨席卷丛林，闷热的天气骤然凉爽，闷雷滚滚，阴暗的丛林上方，云层遮住了阳光，白雾缓缓袭来，如一张茫茫纱罩，盖住了高高低低的丛林山丘。

在乃乃梭的坟前，影影绰绰站立着两个精悍的人，他们久久注视着土坟，浑身弥漫着瘆人的杀机。

尼吞来了，悄无声息。他满脸寒霜，身旁站着一个欧美人。欧美人叫勒萨尔，身体协调匀称，鹰眼虎臂，面色苍白，背着一支狙击枪，是素挺缇查指派来保护尼吞的。勒萨尔在南美洲、非洲当过雇佣兵，狙击经验丰富，帮素挺缇查干过不少脏活儿。

尼吞原本对勒萨尔并不感冒，拒绝了素挺缇查，可素挺缇查执意推荐，并历数着勒萨尔做过的凶险事儿，使尼吞不再好拒绝。两人见面后，自傲的尼吞告诫勒萨尔，不得插手他和仇人陆勇的对决。

勒萨尔十分不满尼吞对他的轻视，碍于“疯魔尼吞”大名鼎鼎，手段比他更加凶狠毒辣，不讲规矩情分，他不敢过多造次。在强者的世界里，弱者得有弱者的觉悟，否则都不知自己是怎么死的。

勒萨尔善于审时度势，作为一个优秀的狙击手，他在任何场面都能保持淡定的心态。尼吞可以把他当空气，但他得兑现给素挺缇查的承诺，尼吞在素挺缇查心中价值很高，他得确保尼吞安全返回曼谷。

两人在霏霏细雨中站了许久，尼吞缓缓走到坟前，拿起那把熟悉的弯刀，轻轻摩挲着，面肌不断地抽搐，喘着重重的粗气。

他仰起头，任凭雨水浇洒着紫檀色的脸颊，眼中渐渐泛起道道血丝。他猛地一声大吼，转身朝丛林深处走去。勒萨尔也悄声掩匿于丛林之中。

尼吞嘶哑沉闷的吼声在丛林回荡着，夹着雨点，飘得很远很远。

正在一棵粗大红毛树树荫下打坐冥想的陆勇微微一怔，这是蓄积内力于丹田发出的声音，气血充沛，无惧一切。陆勇隐隐感到这是一个强劲的对手，自己还是小瞧了吴波梭的能耐，他竟然能寻到这样的人。

陆勇运气于丹田，六识渐渐清明，察觉到了远远走来的尼吞。这是一个从杀戮场中走出来的人，如猎狗般敏锐、冷血，周身弥漫着死亡的气息。

他头发很短，如一簇簇钢刷，面庞疙疙瘩瘩，一双冷厉的眼睛布满血丝。

陆勇站起，眯着眼，盯着这个陌生而危险的对手。

尼吞盯着十几米开外的陆勇，颤动着嚼肌，一步步向前，手中的八寸弯刀闪着寒光。

陆勇一眼便认出这把乃乃梭的弯刀。

尼吞轻轻抬起刀："认识它吗？"

"一把死人的刀，有意义吗？"陆勇冷哼了一声，转动一下手中的刀柄。

"你不该杀了他。"尼吞抚摸着弯刀，面露悲伤。

"我们立场不同。"

"那么，我会用它砍下你的头。"尼吞咧了咧嘴，身体突然跳起，滴溜溜一转，以迅雷不及掩耳之势朝陆勇袭来。

当当当，犹如铁石铮鸣，电光石火，尼吞挥出的刀芒密不透风，短短弯刀竟舞得如风车一般，四周草屑纷飞，落叶碎裂，根根削断的枝条箭矢般四散穿梭。双方快得如一道道残影，白光闪烁。

刀与刀的碰撞，声震耳膜，一棵棵遮挡的树木被拦腰切断。

双方以快制快，突然，陆勇撩起的刀尖带出一串血花，尼吞一声啸叫，躲过再次袭来的刀锋，单手撑地，双腿迅疾踹向陆勇。

砰的一声，陆勇前胸挨了一脚，噔噔地退了几步，他疼得有些喘不过气来，喉咙一阵腥味。

尼吞同样难受，脸颊被划开了一道口子，皮肉外翻，鲜血染红了脸颊。他面庞一狞，毫不停歇，八寸弯刀疯魔般发力，出刀如电，在空气中唰唰作响。

陆勇不敢懈怠，提气飞身跃起，聚力于刀，削出一道蛇芯似的刀芒，嚓的一声暴响，尼吞的弯刀被陆勇强力的关东刀削成两截。

尼吞毫不迟疑，右手一扬，半截刀柄朝陆勇门面呼啸袭来，陆勇横刀磕飞刀柄。

不待陆勇喘息，一道纤细白光夹着罡风呼啸而至，陆勇心中大骇，鹞子翻身，避过致命的一击。

尼吞抽出一把柔软、轻薄的缠在腰间的骠柳刀。骠柳刀，又称绕指刀，刀身柔软细长，刀锋薄得透明，使刀者要具备雄厚的内力和腕力，利用缠、劈、削，出其不意置人于死地。

尼吞并没给陆勇喘息之机，刀身一抖，如一条毒蛇欺身而上，柔软的骠柳刀诡异地倒卷缠住陆勇劈过来的刀，他瞬间屈膝朝陆勇的裆部狠狠顶去。

陆勇侧闪躲开，后背仍然被锋利的刀尖划破，一阵刺痛。

这是一个能把骠刀和泰拳相互融合的劲敌，招式毒辣。陆勇盯着尼吞软弹飘逸的骠柳刀，面色森然。

“你，不错，有资格成为我的对手。”尼吞倒卷骠柳刀，捏住刀尖划了一个圆圈，呼吸平稳，轻蔑地看着陆勇。

“来吧，看看谁砍下谁的头！”陆勇怒了，双眉一展，气沉丹田，以三才混元行气，沉入空灵之中。

他感悟到骠柳刀划出的弧线，闪动的轻薄刀芒如汪洋中游动的鱼，徐徐向他游来，又如一条伺守在灌木丛中的毒蛇，吐着猩红的芯子，蜿蜒蛇行。罡气切断一棵棵遮挡的树木，搅得落叶纷飞，犹如金蛇狂舞，围着他疯狂旋转着。

陆勇眼中乍现一道道重影，似糯乍，似貌缪，又似吴波梭，陆勇怒火焚心，使出一式暴烈霹雳般的“峨眉拨云见日”，关东刀闪电般劈向那团迅速袭来的白光，一声惨叫，白光中飞出半截手臂，陆勇收刀挺立。

尼吞踉跄后退几步，脸颊煞白，惊骇地看着自己左手的创口。

尼吞不愧为狠辣的拳手，他面肌痉挛，张口咬住骠柳刀，撕下短衣缠住断臂，止住喷涌的血。

陆勇也不会让尼吞喘息，一步跨出腾起，欲用峨眉劈字诀结果他。

砰的一声枪响，腾在半空的陆勇身子瞬间一偏，胸前一阵撕裂般的疼痛，咚一声重重摔落在常冥想打坐的树下。

勒萨尔现身了，肩扛着狙击步枪，悠闲地朝他们走来。他似笑非笑地瞥了一眼满脸汗水、疼得脸颊扭曲的尼吞，摇了摇头：什么时代了还玩冷兵器，纯粹是脑残，一枪能解决的问题，非得刀来剑往地折腾半天。

他实在理解不了东方人的思维，不过看到尼吞被削掉的半截手臂，仍倒抽了一口凉气。

他抬头朝中弹的陆勇看去，骇然呆立，一个黑洞洞的枪口正指着他。勒萨尔双眼一瞪，胸前顿时炸开一朵血花。

天变得殷红，茂密的丛林笼上了一层血色的雾霭，四周渐渐模糊，勒萨尔难以置信地摸了摸被洞穿的胸脯，重重倒在枯朽的落叶上。

这个一直征战在南美洲、非洲、亚洲黑暗世界的雇佣兵，至死都不明白为什么陆勇被射中后没有倒下，反而还拿出了狙击枪。

陆勇挣扎着转动枪口，可双眼模糊，控制不住地沉沉闭上了眼。

尼吞看着倒下的勒萨尔，忍着剧痛，紧握着骠柳刀朝陆勇走来。唰的一声，一道猎豹般的影子落在尼吞跟前，一肘横出，捣在猝不及防的尼吞的左胸上。

尼吞大叫一声，口喷鲜血，滚出几米远，左胸肋骨全部折断，晕死了过去。

这是一个健壮刚毅的年轻人，穿着一身草绿色军装，腰扎着武装带，一顶绿军帽格外显目，脸颊略黑。他睃了一眼一动不动的尼吞，朝陆勇走去。

陆勇的枪伤很重，穿胸而过的子弹把后背撕开了一个大洞，年轻人查看了陆勇的伤势，打了一声呼哨。

林中几个手持 AK47 自动步枪的人迅速奔来，其中一个气喘吁吁地说：“缅军压上来了。”

年轻人挥挥手，背着陆勇消失在丛林深处。

第十一章
陌生队伍

几天后，陆勇悠悠醒来，发现自己躺在一间茅屋里。屋里有一排竹子扎成的床，铺着篾笆，床上躺着几个裹满绷带的人，横七竖八的盐水袋吊在半空的绳子上，空气中充满了呛鼻的来苏水味儿。陆勇挣扎着欲起身，可动弹不了，胸口疼得他龇牙咧嘴的。

“别乱动，会要你命的。”冷冰冰的声音从一侧传来，吓了陆勇一跳。

更让陆勇诧异的是，说的话竟然是他熟悉的巴蜀口音。陆勇心头一热，回国内了？！他定睛一看，却有些愣住。

一旁坐着一个眉清目秀的女子，皮肤白皙，脸庞清冷，她身穿白大褂，戴着一顶绿色军帽，军帽上的五角星是红布剪出来缝上去的。这熟悉又有点儿陌生怪异的装扮把陆勇整愣了。

女子看陆勇苏醒，凑过来查看他的伤口。女子眼睫毛很长，眼睛扑闪扑闪地眨着，很有灵性，只是神情冷漠。

因气候炎热，陆勇的伤口周边微微有些红肿，女子拿了一团黑乎乎的草药仔细地敷在他的伤口四周。

草药味儿很重，刺激得陆勇有些鼻腔发痒，忍不住打了一个喷嚏，啐了她一脸。女子面带愠色，嫌弃地狠狠瞪了陆勇一眼。

“忍住，伤口崩开，你这条命就完蛋了。”

“这味儿……太臭，太熏人……”陆勇有气无力地支吾。

“味儿不臭，你命早丢了。”女子冷冷地说，走回一旁的凳子坐下来，似乎很倦怠。

陆勇脑子很乱，他在莱卡丛林兜兜转转几个月，除了复仇、拼杀，几乎与人没有任何交流。他习惯了静默独处，和丛林为伴，看天上的云，听鸟的叫声，习惯了丛林阴湿的腥味，他就像一头舔着伤口的凶兽，潜伏着，随时准备出击，神经高度紧张。

这么一松懈，感觉空空荡荡的。他感到身边的人没有敌意，便丧失了任何抵抗力，如一只待宰的羔羊，想爬起来都难。

只是这女子的穿着让他感到怪怪的，忍不住浮想联翩。这儿是什么地方？她是什么军人？一个个疑问在脑海里闪现，他新奇、茫然，又有些沮丧。

女子看陆勇一直盯着自己，撇了撇嘴，调侃道：“怎么，没见过女人？”

“你是巴蜀人？”

“巴蜀眉山的。”女子听出来陆勇的口音，是老乡，她脸色好了些。

“听说你从莱卡游击区缴获了几支狙击枪，西洋那边造的，军区领导高兴坏了，宝贝得不得了，要求无论如何要救活你，真的假的？”女人狐疑地问道。

陆勇一脸怪异又糊涂：“狙击枪？”

经她提醒，陆勇想起自己斩杀了吴波梭带着围剿他的一队士兵后，缴获了他们的枪械，只是他第一次听到“狙击枪”这个名词。他突然想起了什么。

“刀，我的刀呢？”陆勇撑起上身，脸色冷峻，厉声问道。

女子一愣，看着脸色发青的陆勇，从篾桌下的木箱里抽出关东刀：“喏，不就是一把刀，凶什么凶。”

陆勇长舒了一口气，接过女子递过来的刀，小心地放在床的一侧。刀就是他的命，他可不在意什么狙击枪。由于动作过大，伤口一阵剧痛，他不禁闷哼出声。

女子皱了皱眉，幽幽地说：“你应该庆幸自己能活下来，只差那么一点儿，你就去见阎王爷了，不安心静养，够你受的。”

陆勇不置可否，他现在一肚子的疑惑。他不知身处何方，问道:“这儿是哪里？”

“缅北帕康根据地。”

“什么根据地？”

“缅共人民军的根据地呀，难道你不是人民军战士？”女子似乎很惊讶。

陆勇对女子误认为自己是人民军战士感到十分无语，他对眼前的这一切都一无所知，也不知道怎么会出现在这里。他摇摇头，怔怔地看着茅屋顶。

接下来怎么办，他很迷惘，和尼吞那番拼杀凶险而惨烈，每每回忆起来都暗暗心惊。他小看了吴波梭家族的势力，那冷不丁冒出来的狙击手给了他极大的心理冲击，若不是他六识清明，预感敏锐，恐怕早已命丧黄泉。

尼吞的狠辣也超出了他的认知，自己单枪匹马，还能继续和吴波梭对抗下去吗？只要他活着，就摆脱不了被追杀的命运。

女子看陆勇满脸苦涩，眼含哀伤，不禁有些动容。他虽然年轻，却一脸沧桑、满身疤痕，到底经历了什么？女子对他产生了好奇。

“你是怎么到缅北的？”女子轻声问道。

陆勇不想回答，他感觉很累很累，浑身肌肉僵硬，钻心的疼痛、狙击枪的威力挫败了他的骄傲。

“我叫唐茵语，守了你几天了。你好歹得说声谢谢呀。”唐茵语看着一声不吭的陆勇，不悦地说。

“你救了我？”

“救你的是捏勒他们，我只负责医治你。”

“你能治疗枪伤？”陆勇半信半疑。

“怎么？看不起人是吧？”唐茵语撇撇嘴，给陆勇换了一袋盐水，“你也是华夏巴蜀人，是知青吧？”

“孟底知青。”

“我是孟洳知青，我们过来了一帮人呢，被分配到不同的根据地，一年半载也难得见一次。”唐茵语显然有些沮丧。

唐茵语的话让陆勇吃了一惊：“怎么过来这么多知青？”

“瞧你这觉悟，国际支左，帮助东南亚人民反抗压迫和剥削呗。”唐茵语一副骄傲的模样。

一番话说得陆勇无言以对。陆勇屡经生死边缘，知道战场的残酷，他和缅甸国防军交过手，乃乃梭那样的硬汉军人便是其中一员。激情代替不了强悍的战斗技能，他不禁为白纸一样单纯的唐茵语担忧。

这时，门外传来一阵熙攘声，茅屋里拥进了一帮军人，唐茵语朝一个身材魁梧、脸庞黝黑的中年军人敬了一个军礼。

“副司令好。”

“小唐医生，他醒了？伤势怎么样？”中年军人面容慈祥，他面部线条硬朗，皮肤很粗糙，显然是掸邦一带的山地民族。

“醒了，不过伤很重，还得慢慢调理。”唐茵语看了一眼陆勇。

中年军人走到陆勇床前，看了看陆勇的伤口，感叹地说：“小同志，不简单哪，听捏勒说你干掉了一个西洋狙击手，还缴获了几支先进的狙击枪，我们要给你记功，记大功。”

“这是私仇，和记不记功没关系。谢谢你们救了我。”陆勇很淡然。

“嗬，小同志，有胆气。叫什么名字？”

“陆勇，华夏巴蜀人。”

“哦，和小唐医生是老乡。她照顾你几天几夜都没合眼，要谢你得好好谢谢她。”中年军人看了一眼唐茵语，依然乐呵呵的。

陆勇看着唐茵语，这才发现她一脸倦怠，心里泛起一丝感动，他真诚地对她说：“唐医生，谢谢你！”

“谢什么，都是革命需要嘛。”唐茵语正色道。

一句话又把陆勇给整无语了，也勾起他的好奇心。

“捏勒。”中年军人喊了一声。

“到。”一个健壮的年轻人站了出来。

“小唐医生有什么需要，你负责落实。陆勇同志，你安心养伤，S 军区可需要你这样的人才。”中年军人拍了拍陆勇的肩，和周围伤员打了一声招呼，笑呵呵地走出了茅屋。

“他是谁？”看着离开的一帮军人，陆勇脑子里乱得如一锅粥，怎么也理不出头绪来。

“缅共人民军 S 军区大名鼎鼎的聂恩副司令，你看你多宝贝，军区副司令都亲自来探望你。”唐茵语颇有些羡慕。

陆勇看到站在一旁没吭声的精壮军人，疑惑地看了看唐茵语。

“哦，他叫捏勒，就是他救了你。”

捏勒朝陆勇点了点头：“你的对手很强，你却能断了他的手臂，怎么做到的？”

“他狠，我就得比他更狠，没什么方法。但我还是输了，没你我恐怕得葬身莱卡。”陆勇自嘲地说。

“能躲过狙击手的子弹，没人有这等本事。”捏勒敬佩地看着陆勇，眼里闪着一丝亮光。

“出去，出去，捏勒，他得静养，你去找老乡买一只鸡，给他补补。”唐茵语打断他们。

“兄弟，伤好后，交流一下。”捏勒朝陆勇点点头，转身走出了茅屋。

“他一根筋，KNO 人，犟得很，不过打仗很厉害，是个不要命的货。”

陆勇沉默了，捏勒身上透露出的气息告诉自己，捏勒是从死人堆里滚打出来的。缅共人民军到底是一支什么样的军队？弥漫在陆勇心头的疑惑愈来愈浓。

“能告诉我人民军到底是怎么回事吗？”陆勇皱着眉询问道。他对唐茵语放下了戒心。陆勇是一个知恩图报的人，因军区副司令所谓的指示，唐茵语就不休不眠地照顾了他几天，他不想不明不白受人恩惠。

唐茵语对缅共人民军的历史也不甚了解，她是怀着一腔热血和同伴跨过界河的。她读过国际主义战士白求恩的故事，有一身家传的医术，她也想像白求恩一样，成为国际主义战士。

“人民军我知道的不多，反正是人民的军队。有许多缅甸北部的少数民族加入，民族平等，官兵平等，和我们华夏军队是一样的。”唐茵语说得严肃认真。

唐茵语一番话勾起陆勇的回忆，他想到了父亲，父亲曾经也是一名华夏军人，作为军代表，父亲没多大架子，经常和厂里的工人打成一片。

父亲很爱母亲，尽管脾气暴躁，嫌母亲规矩多，有城市小资产阶级的习气，脱离工农生活，曲高和寡，不接地气，但也时时迁就、宠溺母亲，很多事情最终还是母亲说了算，这些温馨的回忆不禁使陆勇鼻子一阵酸涩。

唐茵语有些诧异，这个看似冷冰冰的男人，也有柔软的一面。她不知陆勇经历了什么。一个强悍男人不经意透出的脆弱，往往最容易击中女人柔软的心扉，唐茵语的心不禁咯噔了一下，她很想读懂眼前这个伤痕累累的男人，给他慰藉。

“陆勇，别想那么多，帕康根据地是安全的，你的伤也很快会恢复，这点我可以保证。”唐茵语为陆勇把了脉，拉过毯子轻轻给陆勇盖上，走出了茅屋。

帕康不大，坐落在一个丘陵地段，四面环山，居住着掸族和KNO族，有三四十户人家，全部是低矮的茅草房。茅草房简陋破烂，由于缺少水源，山民多以玉米、荞麦为主食，生活异常艰苦，唯一的几十间醒目的铁皮房便是S军区的军营。

帕康偏僻落后，只有几条羊肠小道通往外面。缅共人民军在此建立军区之前，帕康鲜为人知。随着S军区的建立，帕康人气逐渐提高，建立了集市，由于人民军倡导民族平等，买卖公平，因此吸引了周边UWSA等民族前来交易山货，帕康渐渐在缅北山区声名鹊起。

S军区战斗力强，在人民军中以善打硬仗而著称，曾重创前来围剿的缅甸北部军区几支快速营。后来，S军区扩大了根据地，建立了几大游击区，被缅甸国防军中部军区和东北军区视为最大威胁，已然成为整个帕康根据地的中流砥柱。

缅甸共产党成立于1939年8月，是缅甸最早成立的政党之一。素山作为创始人之一，和德钦东、德钦梭、巴登顶等人共同创立了缅共，后遭英国殖民当局的通缉、抓捕。缅共由此陷入了低潮，许多党员相继脱离。日本进攻缅甸后，缅共便转入地下活动，素山、温努创立了新的政党。

1944 年，素山联合各抗日党派组成“缅甸反法西斯人民自由同盟”，素山任主席，缅共新当选总书记的德钦东出任秘书长。

缅共善于发动孟、缅等族的底层平民百姓，深得人心，德钦东敦厚沉稳，善于包容，在自由同盟中广泛团结各派别，协调一致，为巩固、壮大自由同盟发挥了重要的作用。

第二次世界大战结束后，英国重返缅甸，素山掌握着军队，不经协商和英国达成秘密协议。

自由同盟内部对素山擅自和英殖民地官员合作达成的独立协议，产生了严重分歧。在协商无果的情况下，缅共组织了大罢工，貌温率军队对其镇压，缅共再次遭到重创，随后素山联合其他党派将缅共驱逐出自由同盟，宣布其为非法政党。

缅共内部遭此重创，也产生了分歧，终成一盘散沙。1962 年，貌温推翻民选政府，引起东南亚各国不满，缅甸政治、经济被多方制裁。

巴登顶等人借机重召旧部，借鉴东方大国的革命经验，提出了“赢得战争，武装夺取政权”的斗争路线，并于 1968 年 9 月在缅甸北部山区开辟根据地。

缅共倡导的“民族平等、共谋发展”的理念，赢得缅北各民族的人心，各民族纷纷团结在缅共的旗帜下，经过几次战役，KNO 邦、UWSA 邦、掸邦根据地几乎连在一起，游击区直抵泰国和老挝边境。

第十二章
唐门茵语

陆勇在唐茵语的精心治疗下，伤势逐渐恢复，由于药品稀缺，唐茵语常常到丛林采挖草药。她自有一套中医治疗手段，除了望、闻、问、切之外，用药方法独特，会选择一些剧毒怪虫作为药引。她常常把毒蜘蛛、箭蛙、蝎、水蚂蟥之类的东西，暗暗圈养把玩，曾让无意中窥探到的捏勒吓得魂飞魄散。

唐茵语采药历来独来独往，敢深入原始丛林，寻找她需要的药材。俗话说“药藏深处必是宝”，要寻找到珍稀好药，就得敢闯险峻山林。缅甸北部茫茫无际的原始丛林，对唐茵语来讲就是一座巨大的天然药材宝库。

她常常深入丛林，一去就消失几天，丛林里虎豹豺狼极其凶残，一般猎手都不敢过分深入。

她一个羸弱女子一去就几天，弄得医院领导担心不已，几次让擅长丛林追踪的捏勒去寻找。可捏勒似乎很忌惮唐茵语，不敢招惹她，但拗不过医院领导，只好在丛林边缘游荡，等候唐茵语。

唐茵语的做派也引起了陆勇的注意，这是一个另类的女子，若即若离，捉摸不透，仿佛罩着层纱，你无法了解她的真实性情，她看似离你很近，其实远隔千里。

对于跌打损伤，陆勇在峨眉山时，多少从师兄师弟的用药上知晓些皮毛。但唐茵语对中药的内服外敷，用法截然不同。她竟然能从许多伤员的脉象中探出病情，对症下药，疗效显著，让陆勇十分诧异。

半年多的疗伤静养把陆勇憋坏了，丛林幽寂的环境、清朗的空气，能荡涤人的污垢之气。他很不习惯茅屋里的来苏水味，渐渐有些怀念丛林，那里能让他六识清明，放飞自我。他习惯独处，沉浸在绿色的林海间，感受天、地、林、人合一的空灵感。

唐茵语又要上山了，她衣着简练，靛蓝色的衣裤很紧身，衬托出窈窕的身姿，长发扎成个辫子盘在头顶，显得飒爽精干。她背着个小箩筐，里面放着短小的药锄和药刀。

唐茵语看到挡住自己的陆勇，愣怔了下：“怎么，有事？”

“我想和你到山里走走。”

“呵呵，我可是要去上接云天、下临绝壁的深山老林，你这身体，确定要去？”唐茵语似笑非笑地看了陆勇一眼。

“吓唬人。”陆勇不屑地哼了声，独自向山中走去。

唐茵语并不讨厌陆勇，他身上的独特气质让人想一探究竟，但陆勇很清冷，把自己包裹得很严实，很少和人过多交流。

一路无话，唐茵语上山穿林的行脚功夫，让陆勇有些吃惊，她步伐飘逸，落地轻捷，不像城里的娇柔女子。

陆勇腿脚暗自发力，弄得自己气喘吁吁，她依然没落下。她气息平稳，轻松自若，陆勇对她不禁产生了怀疑，她的来历恐怕不寻常。

进入丛林深处，唐茵语走到一蓬植物前，揪了一把叶子，嗅了嗅，自言自语道：“马钱子。”

“马钱子可是有毒性的。”陆勇多少知道些药材，提醒了一句。

唐茵语嘴角一撇，讥嘲地说：“你是医生还是我是医生，我用药时，你还在喝粥呢。”

“这么厉害？”被唐茵语小觑，陆勇很不爽。

唐茵语看陆勇不快，不想过多刺激他，这是几月以来他们言语交流最多的一次。她耐心地解释："军区医院西药稀缺，战士们身上的大多是枪伤，消炎很关键。马钱子富含马钱子碱和番木鳖碱，有通络散结、消肿止痛、剔除瘀血之效，看似普通却不普通。你身上的枪伤我也用了马钱子。"唐茵语狡黠一笑。

"你哪儿学的，怎么知道那么多药材？"

"不管哪儿学的，管用就行。世上凡药三分毒，相生相克，会用的人，毒就是药，不会用的人，药便是毒。"唐茵语没有正面回答陆勇，把马钱子放进筐里。

"一方水土养育一方人，草药也同理。一方草药治疗一方人，疗效也更好一些。这地方一屁股能坐到一堆药材，是块宝地呀。"唐茵语感慨道，神情透着一分欣喜。

"你真是巴蜀眉山的？"

"如假包换。"唐茵语莞尔。

"你伤刚好，不宜太疲惫，就在这地方转转，我再进去看看。"唐茵语不待陆勇回答，便一溜烟地消失在丛林中。

回到熟悉的丛林，陆勇全身涌起舒心的快感，仿佛每个毛孔都张开，吸纳充沛的氧气，一扫之前颓丧。

踏在软软的枯叶上，心里格外踏实，他如一只猫科动物巡视领地，在林地里轻快地畅游着，无比惬意。

在接近一座丘陵时，陆勇莫名打了个寒噤，心底一阵发怵。不远处，一棵根须铺满四周的高大树木下，坐着两个身披袈裟的僧侣，僧侣一老一少，眯眼好似禅定一般。

缅甸虽说是个信奉佛教的国家，可缅北各山地民族大都信奉基督教和自然崇拜，哪儿来的僧侣？陆勇不由得绷紧了浑身的肌肉，凝视着他们。

"来者，施主陆勇乎？"老和尚声音低沉、浑厚。

陆勇一听，老和尚竟然知道自己的名字，心顿时提了起来。

"你是谁？"陆勇并无畏惧，凛然跨前几步。

"老衲乃瓦城罗刹女山陀迦罗寺院长老，祜巴拉暖。"老者依然合着双眼，清瘦的脸颊毫无波澜。

陆勇不知陀迦罗寺是何方神寺，他和僧侣也没什么瓜葛，只觉得老和尚身边年轻的光头和尚有点儿面熟。

“长老有何赐教，请指点。”陆勇抱拳，语气淡漠。

“看来陆施主怨念颇深。但你尚有慧根，佛家讲境随心转，佛经有曰：不念旧恶，不憎恶人。怀清净心、慈悲心、平常心，方能修培自己的福报。”祜巴拉暖轻声唱了句佛号，双手合十。

“长老意欲何为？”

“化干戈为玉帛，解除冤仇。”

“我的冤仇又和长老有何关系？”

“冤冤相报，生生世世，没完没了。清净慈悲，一切都会善了。尼吞，给陆施主一个承诺，望陆施主宽大为怀，消除冤仇，往事归为尘烟。”祜巴拉暖朝一旁的年轻和尚点点头。

陆勇这才看清，眼前的年轻和尚正是半年前差点儿要自己命的那个狠人。他不禁怒从心头起，恶向胆边生，那一幕幕血淋淋的场景霎时不断闪现。

想善了，怎么向九泉之下的尚米嘎、温楠交代？想善了，为什么对他三番五次地追杀？他也曾想善了，可吴波梭他们逼得他九死一生。

陆勇浑身颤抖，大喝一声：“拿命来！”挥刀即朝尼吞卷去。

祜巴拉暖袈裟一挥，陆勇刀芒化于无形，袈裟无风自鼓，猎猎作响，陆勇眼前泛起一片金黄，一股雄浑的气流裹挟着他滑转，他脚下把控不住，犁出两道深沟。

祜巴拉暖抖了抖手上的袈裟，翻转裹身，制止住脸色发黑、蠢蠢欲动的尼吞：“勿躁，尼吞。旁人辱我、杀我、毁我，不嗔不躁，降伏心中魔怨。”

尼吞面色一沉，坐定，口中念念有词。

仇人近在眼前，陆勇恨意滔天，怎会甘休？怒火熏红了眼，他再次提气使出峨眉穿字诀，欲一刀斩杀尼吞。

“陆施主，适可而止。”祜巴拉暖袈裟一甩，缠住陆勇电光般刺来的关东刀，一扯一拉，手掌随即印在陆勇的肩膀上，陆勇如遭到一股磅礴的激浪拍击，关东刀脱手而飞，人跌出几米远。

嗖嗖嗖，一串破空声直奔祜巴拉暖而去。祜巴拉暖脸色骤变，飞身舞着袈裟，打落破风而来的钢针，但仍有一枚扎进了他的手臂。

一道娇小的身影从林中蹿出，迅速扶住了陆勇。

“梭子针，你是巴蜀唐门什么人？”祜巴拉暖拔出钢针，手臂顿时发黑一片，他封住穴道，厉声问道。

陆勇胸口发堵，看着扶着自己的唐茵语，也愣了——她竟能使暗器？

“老和尚，你管我是不是唐门，不要脸，两人欺负一个伤者，算什么佛门中人。”唐茵语冷哼了声，把住陆勇脉搏，查看伤情。

祜巴拉暖端视唐茵语片刻，缓缓说道：“姑娘不简单，你医术不凡，老衲敬佩。你放心，陆施主已经没什么大碍。我们此番前来并无恶意，是为化解冤仇。尼吞已经遁入佛门，不再过问世事，如陆施主尚有心结，可到陀迦罗寺找我。阿弥陀佛！”

祜巴拉暖说完，携尼吞飘然离去。

陆勇看着远去的祜巴拉暖，陷入了沉思。祜巴拉暖的强大，让他想起峨眉山的长惠师尊，表面波澜不惊，却暗藏滔滔气流。陆勇感觉到自己在他那磅礴的气海面前，如沧海一粟，又如一叶扁舟，顷刻就能翻覆。

显然，祜巴拉暖并不想伤害他，那一掌使他气血短暂抑滞，通畅后反而神爽身轻，周身通泰。

看着祜巴拉暖离开，唐茵语大舒了一口气，拍了拍痴痴呆呆的陆勇：“没被那老和尚打傻吧？”

自己的狼狈相被唐茵语看到，陆勇有些又羞又恼：“去去去，你才傻呢。”

“哟，不领情是吧？我可是救了你两次命呢。”唐茵语鄙夷地瞥了一眼陆勇，抹了抹脸上的汗珠。

陆勇疑惑而肃然地盯着唐茵语，对她怪异超然的医术瞬间明白了大半：“你是唐门传人？”

“你也知道唐门？”

“在峨眉山时听说过一些。”

“难怪能挡得住老和尚一招半式。峨眉名门大派，牛着呢。”

“我称不上峨眉弟子，只是少时身体太弱，被家母送到那里修行过一段时间。”

唐茵语走到树旁，拔出几枚乌黑的钢针，装进一个精致的皮套里。

唐门，巴蜀一个真实存在又神秘的宗派，用毒用药登峰造极，又被称为“毒门”，各大门派对它褒贬不一。这个传奇宗派的门人，竟然出现在陆勇眼前，让陆勇错愕不已。

唐茵语被陆勇这么盯着，嬉笑的面孔沉了下来，知道藏不住了，幽幽说道：“不错，我是唐门中人，唐门已经上百年不涉江湖事了，因为唐门门人颠沛流离，受尽了苦难。其实唐门一直都在，只是人们的误解颇多，很多门人都在用医术治病救人。”

陆勇看着略显瘦弱的唐茵语，生出了丝丝怜惜之意，这个平日让人捉摸不透的女子，竟藏有这么一段辛酸的经历。陆勇生出一种不想让她受到任何伤害的念头。

“唐医生，我们要活着回国，一定要活着，去见父母和兄弟姊妹。”陆勇坚定地说。

“别叫我唐医生，叫我茵语吧。我没有父母，一直跟着九娘生活。”唐茵语哑着嗓子说。

陆勇沉默了，心底涌上一股酸楚，他拿过唐茵语塞满各种草药的箩筐，背了起来，朝前走了几步。

唐茵语没动，满脸凄怆：“你是不是觉得我很可怜？”

“都是可怜人，所以得好好活下去。”陆勇仰头叹了一口气，话虽如此，在危机四伏的异国他乡，谁也不知能否好好活下去。

唐茵语看着陆勇寂寥的身影，不知不觉好似跟他拉近了距离。一直以来，她活得很封闭、很低调，少时没有同龄人那样的快乐时光，没有父母亲人的陪伴，是一个叫唐九妹的江湖郎中收养了她。

她自小面对的是唐九妹古板、不苟言笑的脸，玩伴是那些让人闻之色变的毒虫和稀奇古怪的甲壳类小动物。

唐九妹一生不婚，精通医术，教她识别各种动植物，教她使用各种暗器，对她十分严苛。

唐九妹经常严厉要求她短时间内记住上百种草药的名称和疗法，带着她辗转于城市与乡村之间，靠行医为生。

直到有一天，唐九妹救治了巴蜀一户大家族的公子，在他们资助下，两人才从眉山迁居省城。

后来，唐九妹被卷入纷争，主动和唐茵语解除了收养关系。唐茵语报名参加知青下乡，然后加入缅共人民军。性格孤僻的唐茵语几乎没有同性朋友。

唐茵语有时也会想念唐九妹，她对唐九妹的感情很复杂。唐九妹是她唯一没有血缘关系的亲人，这个被她称为九娘的女人，个性刚毅、倔强，暗器使得精绝奇妙，一手梭子针能打落空中飞舞的蚊蝇。梭子针是种似针似梭的暗器，是唐门的独门绝技。唐九妹传授给她时就再三叮嘱，不到性命攸关时，不得使用此暗器，否则会带来极大的后患。

适才看到老和尚一掌拍飞陆勇，情急之下，她使出了梭子针，不想被老和尚一眼窥破，接下来是福是祸，她不得而知。

陆勇看着黯然神伤的唐茵语，轻轻拉着她的手，语气坚定地说：“走吧，茵语，有我在，没人能伤害你。”

第十三章 弄板血战

帕康S军区进行紧急战前军事动员，总部准备进攻缅北重镇弄板，打通连接北部KNO、中部UWSA和帕康的军事运输线，为北上部队提供后勤支援。

帕康聚集了大批部队，陆勇第一次遇到如此多来自国内的知青，有川渝的，有滇黔的，分属不同的部队，大家聚在一起有说不完的话。

陆勇在聂恩副司令的关照下，被分配到S军区直属侦察分队，和捏勒一个连队。侦察分队的战士分别来自缅北山区各少数民族，他们熟悉缅北的地形地物，素质相对较强。

陆勇不太喜欢喧嚷的场面，他独自走出营房，朝简陋的训练场走去。

自打和祐巴拉暖交过手，他受到了极大震撼。域外也有不亚于长惠师尊的高手，任何人都并非无敌的，要想活下去，只有自己不断变强，才是唯一的出路。

他分配到了一支AK47半自动步枪，但他对枪械不太感兴趣。缅北山地树木密集，茅草深厚，荆棘藤蔓四处攀爬，极容易阻挡视线，枪支远没有刀来得痛快，除非是勒萨尔那样的超级狙击手。

他注意到AK47半自动步枪的三棱枪刺银灰发亮，用关东刀和枪刺硬碰，枪刺竟无半点儿痕迹，他不由得生出极大兴趣。

他反复打量着三棱枪刺凹进的三道血槽，扁平的尖刃，冰凉的刀身。他竭力回忆着乃乃梭和尼吞出刀的招式。两人都把八寸弯刀使得如风火轮般，密不透风，特别是尼吞，刀刀迅疾如风，刁钻狠辣，直取人的要害。陆勇想找到一种把关东刀和枪刺结合起来运用的方法，关键时刻或许能保命。

陆勇平稳呼吸，缓缓闭上双眼，运气于丹田。脑海里，尼吞使刀的画面一幕幕跳了出来。

他心念一动，骤然发力，一团白影平地而起，犹如游龙翱翔半空，刀风过处，野草伏地。陡然空中暴起一声惊雷般的“杀”，近旁两棵杉树，一棵倒地，一棵发出咔嚓的断裂声。

“漂亮！”一道土坎上出现了三个黑影，其中一个瘦削的年轻人禁不住大声喝彩。

陆勇收刀、刺，冷眼看着走下土坎的三人。

“勇哥。”唐茵语挥了挥手。

“茵语，你怎么在这儿？”陆勇有些意外。

“都找了你半天了。”唐茵语噘了噘嘴，有些不太高兴。

“他们是……”陆勇看了看唐茵语身旁两人。

“我叫崔建国，春城知青。勇哥厉害！”瘦削的年轻人一脸敬佩，连忙自报家门。

“我叫石垒，巴蜀知青。”另一个魁梧似铁塔的壮汉瓮声瓮气地说。

“勇哥，你别介意，他俩的命都是我从鬼门关捡回来的。”唐茵语知道陆勇的性格，若不对脾气，马上就会甩脸子。

“你们怎么不找朋友聚聚？”陆勇奇怪地问道。

“勇哥不也是一个人吗？”崔建国眨了眨眼，回道。

“和他们叽叽歪歪没啥搞球。”石垒显然憋着一口气，啐了一口。

“石垒是个直性子，勇哥可别在意。”崔建国解释道，生怕陆勇有什么想法。

“听茵语说，勇哥威武，是一路从北边杀过来的，还缴了几把古怪的狙击枪。”石垒两眼放光，显然对狙击枪充满兴趣。

“来来，别整天枪枪炮炮的，大战马上要开始了，大家也难得一聚，我给你们弄了点好东西。”唐茵语说着，从一旁的篾筐里拿出军用水壶和几只土碗。

“酒！”崔建国和石垒异口同声，一脸亢奋。

“哪儿弄来的？”陆勇纳闷儿，他知道帕康物资紧缺，当地少数民族又嗜酒，能搞到可是十分稀罕。

崔建国呵呵一笑：“茵语能酿酒呗，石垒养伤期间常偷她的酒喝，可没少被茵语收拾。”

“崔建国，皮痒是吧？”石垒吼道，一脸尴尬，举了举拳头。

陆勇疑惑地看了看捂嘴偷笑的唐茵语，有些摸不着头脑。

唐茵语把碗递给三人，收敛起笑容：“来，干一个，权当茵语给你们送行了。”

陆勇喝了一口，差点儿被呛到，满嘴浓浓的酒精味辣得他直皱眉头：“这酒……”

“兑了酒精，不过加了几味药。”唐茵语不好意思地低下头。

崔建国忍不住大笑起来：“勇哥，这地方能搞到酒，比搞到金子还稀奇。不过难不倒石垒，这方法就是他弄出来的。”

“你会酿酒？”看着五大三粗的石垒，陆勇有些意外。

“巴蜀五粮酿酒大师。”崔建国补了一句。

“勇哥，别听他胡扯。石垒养伤期间，老偷酒精，弄得我挨了院领导几次批评，说我浪费宝贵的医药资源。后来我才发现他偷去兑水喝了，还自己琢磨着加了其他东西，幸好没喝死他。”唐茵语白了石垒一眼。

“整天待在这屁大的地方，闷嘛，解解酒瘾。”石垒憨憨地说，抬起碗又咕咚了一口。

崔建国的幽默、石垒的直率使陆勇对他俩充满好感，陆勇久违地露出了笑容，爽快地端起碗，和三人碰了下，一饮而尽。

“勇哥、石垒，这次北上战斗，大家要多加小心，风险很大。总部太冒进了，立足未稳就急于北上，虽然打了几次胜仗，士气很盛，但几块根据地后勤补给困难，人民军还远没有和缅甸国防军硬碰硬的实力。弄板虽说只驻守着国防军一个营，但离腊戍近，交通便利，驻腊戍的J师、H师是整个国防军中的劲旅，几个快速营机动性强，可快速增援。这仗胜算很小。”崔建国脸色严肃。

陆勇刚到帕康，对人民军还不了解，听崔建国一番话，不禁警惕起来，对崔建国的冷静和善于思考分析问题，也十分欣赏。

“上面要打就打，老子就想突突他们，管他呢。”石垒大咧咧地说。

“你看，勇哥，他就是个大炮仗，一点就炸，到时死都不知咋死的。要我说，环境改造人，整天和那些山地民族混在一起，头脑简单，被同化了呀。”崔建国嘲讽地晃晃头。

“崔建国，你这货别尽整些风凉话！”石垒吼了起来。

“对了，我听说聂恩副司令也反对这个方案。他的意见是向南部发展，扩大根据地。”唐茵语插了一句。

“缅北南部多丘陵，山高林密，交通不便，可扬长避短。看来还有明白人，只可惜聂恩副司令说了不算。”崔建国微微叹了一口气。

缅北民族问题十分复杂，虽说缅共暂时抛开了民族成见，把各民族统一在其旗帜下，但凡涉及核心利益，各族都有小心思，东北军区、中部军区、W 军区都是如此。加之缅共中央领导和各军区主官均由缅族裔担任，导致加入缅共的各少数民族官兵颇有微词。

华夏知青的加入打破了平衡，这些知青由于普遍素质高，作战勇猛，善于思考，引起缅共高层的注意，各军区争相拉拢。知青们许多战斗都冲锋在前，伤亡率很高，崔建国也是几次死里逃生。

陆勇刚加入人民军，对情况不熟悉，不便提更多的意见建议。从他和吴波梭的狙击小队交手来看，缅甸国防军士兵战力并不弱，能有乃乃梭那样的铁血军人，想必训练出来的士兵并非都是弱鸡。

正当大家陷入沉默时，捏勒出现了。

“陆，命令下来了，聂恩副司令等着，他要亲自给我们布置任务。”捏勒气喘吁吁地说。

陆勇告别大家，和捏勒匆匆赶往 S 军区作战室。

S 军区作战室很简陋，灯火通明，许多军人忙忙碌碌。屋内一盏汽灯光线很亮，这种灯需要打气，灯芯外罩着白色纱质灯罩，烧煤油的灯，很奢侈，只有军区级别才配发。

聂恩副司令正弯着腰盯着缅北帕康至弄板的军事地图，眉头紧锁，面色严肃。

聂恩是KNO 一个部落王之子，第二次世界大战时参加过盟军抗击日本侵略军，在印度英帕尔受过盟军严格的军事训练，原隶属缅甸国防军 KNO101 突击旅。

该旅能征善战，剽悍勇猛，尤其擅长山地丛林战，曾在贝康谷地重创日军精锐部队，其克钦刀闻名遐迩。

KNO 有着强烈的民族自尊心。缅甸建国后，因不满缅人优先的民族政策，KNO 脱离缅甸国防军，和缅军政府展开游击战，遭到缅甸国防军重兵围剿，因内部意见分歧，伤亡惨重。缅共在北部山区成立时，KNO 加入人民军。

聂恩副司令是缅共人民军高级领导人之中既懂军事又体恤战士的指挥官，睿智善思，作风严谨，游击战经验丰富，在军事上有独到见解。S 军区根据地不断扩大，和聂恩有直接的关系。

捏勒和陆勇走进作战室时，聂恩副司令还沉浸在思索当中，看得出这次北上战役给他带来很大压力。这种为壮大缅共人民军声势的战役，并没多少实际意义，搞不好会付出极大代价，聂恩是持反对态度的。

但缅共总部有部分人指责他有畏战情绪，居功自傲，特别是 S 军区司令德钦缪丹上纲上线，说他有山头主义思想，没有胸怀伟大的事业，弄得聂恩郁闷不止。

总部领导决心很大，让 S 军区制定作战计划，作为军人，聂恩只好服从命令。

“来了，你们俩过来看看。”聂恩副司令没抬头，手指点了点桌上的地图。

陆勇看不懂军事地图，对聂恩副司令，他怀着的多是报恩心态。他没那么高的思想境界，知恩必报是大丈夫所为，聂恩副司令让唐茵语全力抢救他，足以让他为聂恩副司令付出一切。

“这次北上攻打弄板，关键是如何出其不意悄悄渡过萨尔温江，缅国防军守住了几个重要渡口，硬攻肯定是不行，得另寻渡江地点，看看你们有什么想法。”

聂恩副司令抬头看着陆勇和捏勒。

陆勇沉吟了片刻，说道：“我在萨尔温江附近生活过一段时间，也常在江面上捕鱼，景拉一带江面开阔，部队大规模渡江肯定不行。”

陆勇犹豫了一下，指了指地图上一个叫崩马卡的地方，说：“崩马卡江面狭窄，两岸森林茂密，缺点就是水势湍急，但可以出其不意。”

聂恩副司令眼睛一亮，嘿嘿笑道：“我就知道你小子非比寻常，眼光毒辣，这不，和我想到一块儿去了。你们的任务就是摸清两岸的情况，并帮助 PPP 营和 EEE 营构筑北岸阵地，阻击腊戌增援弄板的缅国防军。捏勒呀，要多听听陆的意见，不要只知道蛮干。”聂恩副司令看着捏勒，严肃地叮嘱道。

捏勒显然有些不太服气，翻了翻眼皮，不情愿地勉强嗯了一声。

军区侦察分队一共二十多人，捏勒是队长，他在分队里一言九鼎，威信很高。他曾是一个缅拳高手，在东枝、密支那打过黑拳，爆发力很强。一次在东枝，一头疯牛发狂，接连撞死撞伤多人，最后在街头被捏勒膝击而亡，可见他力量之强劲。捏勒后被聂恩副司令召回，一直跟随着聂恩。

捏勒有一绝技——攀林而行，在树与树之间如猿猴般来回跳跃，其惊人的手臂力量、弹跳力是一般人所不具备的。

捏勒也喜欢用刀，克钦刀，刀身直而细长，和略显弯曲的骠刀不同。陆勇和尼吞对决时，陆勇出神入化的刀法使捏勒惊叹不已，他一直想和陆勇讨教一番。

由于时间紧迫，侦察分队必须在凌晨时赶到萨尔温江，伺机渡江抵达崩马卡。当侦察分队全副武装走出营寨时，一道身影闪了出来。

“茵语，这么晚了，还没休息？”陆勇看到唐茵语，愣了一下。

“还要照顾伤员，正好来送送你们。”唐茵语捏了捏衣角，悄悄看了一眼陆勇。

“唐医生，侦察分队出去了无数次，也没见唐医生来送别过，今天真稀奇。”捏勒笑得有些暧昧。

唐茵语瞪了一眼捏勒，似笑非笑地走到他跟前，眯着眼低声道：“捏勒，勇哥第一次随部队行动，你可得安全带回他。不然我会让它天天晚上和你睡觉觉呢。”

唐茵语说着，悄悄从袖口摸出一条软软的绿色爬虫，碰了一下捏勒。

捏勒脸色大变，蹦跳了起来，躲开唐茵语，急忙说道：“姑奶奶，我听你的，听你的。”

一向天不怕地不怕的捏勒如一个泄气的皮球，弄得侦察分队的队员们莫名其妙地看着他。

“看什么，看什么，走。”捏勒羞恼地朝队员们吼一嗓子，遁进夜色之中。

陆勇忍不住笑出声：“茵语，他知道你是唐门的？”

“不，他偷看到过我养的那些小毒物，怵着我呢。”唐茵语想到捏勒那狼狈相，也颇为得意。

“那我走了。”

“勇哥，记住崔建国说过的话，安全回来。”唐茵语眼含担忧，叮嘱道。

陆勇朝唐茵语点了点头，大步朝队伍走去。

吴波梭所属的 J 师第一快速营接到命令，开赴弄板和友军共同布防萨尔温江一线，严防人民军渡江偷袭弄板，对腊戍造成威胁。部队征调了许多民夫，整个军营乱成一团。

杜妙缦已被吴波梭安置在达贡的府中，她因受强烈刺激，产生了严重的心理疾病，时而糊涂，时而歇斯底里，弄得吴波梭心烦意乱，好在父亲吴丁敏莱从英国请来了几个心理方面和神经类的顶级专家给她治疗，她的病情才稍微好转。

最让吴波梭忧虑的是，陆勇消失得无影无踪，看到勒萨尔的尸体和重伤昏迷的尼吞时，他险些崩溃。

强大的尼吞竟然被重伤致残，这使他的愤怒达到了顶点。让他稍感安慰的是，在勘查现场时发现了陆勇的血迹。作为军人，吴波梭知道陆勇被重伤了，且伤势不轻，很可能活不下来。

吴波梭本想在腊戍陆军医院等待尼吞醒来，了解详情，可尼吞突然被祜巴拉暖带走。后来尼吞在陀迦罗寺削发为僧。吴波梭几次求见祜巴拉暖，未果。

祜巴拉暖是大德高僧，德高望重。吴波梭不敢强求，只能悻悻而归。因缅北局势紧张，吴波梭陷入杂乱的事务当中，暂时脱开陆勇一事的困扰。

缅北部局势突变，一直向缅南部山区发展的人民军突然掉头北上，使缅甸军政府有些措手不及。

弄板历来是缅北部掸邦的咽喉要地，东面的班散已被人民军攻占，南面是孟崖、皎脉，西面是南散、南渡，北面是弄板、腊戍。弄板失守，腊戍危在旦夕。

腊戍市区人口三十多万，英国殖民时期建有从瓦城到腊戍的米轨铁路。腊戍危急，整个缅甸北部的根基就会动摇，人民军也就获得重要战略支撑点，继而控制整个缅甸北部。

吴波梭的第一快速营行动迅速，到达弄板下游后沿江边布防。驻军弄板上游的 H 师 A 营控制着几个渡口。吴波梭派出巡逻队对几个江段做重点巡查。

此次，对人民军北上的行动，吴波梭有些迷惑不解，他一度认为情报有误。缅北驻有国防军 J 师和 H 师，都是军中精锐，人民军虽然击败过中部军区几支快速营，士气正盛，地盘也扩充了不少，但仅限于山地丛林的偏僻地区，若进入村镇密布、人口众多的丘陵坝区和国防军交战，无异于以卵击石，一条水深浪急的萨尔温江就能给他们造成极大的阻碍。

吴波梭判断这很可能是人民军的一次军事试探，建议驻弄板的 A 营重兵布防弄板外围，减少江边渡口的部队，并把自己的判断电告师部，希望 J 师的几支快速营从腊戍适当前移。

吴波梭在巡视江段时，注意到崩马卡一带那一段狭窄的水道，也从渔民口中了解到，那段江面水势湍急，平时渔民都不敢从那儿渡江。

吴波梭回到临时军营，久久伫立在地图前，思量着人民军的主攻方向，渐渐对崩马卡有一种难以释怀的感觉。他即刻召来副官，让副官带一队士兵前往崩马卡布防警戒，以防万一。

与此同时，捏勒和陆勇带着侦察分队已经渡过萨尔温江，在崩马卡迎接 PPP

营和 EEE 营的两支前哨连。他们过江后在向导的引领下，迅速朝预定阻击地点奔去。

崩马卡地势低凹，树木郁郁葱葱，遮天的树冠连成一片，让人分不清东西南北，捏勒如猿猴般在高大的树枝间蹿来蹿去，引导着侦察分队。捏勒矫健敏捷的身影，让陆勇惊诧不已。

潜伏在南岸的大部队纷纷过江，打破了崩马卡的寂静。站在高地负责警戒的陆勇是第一次随大部队行动，目睹木筏、竹筏铺满江面，真有一川波浪动千兵的气势，不禁有些动容。

回到熟悉的萨尔温江，陆勇百感交集，尚米嘎和温楠的笑脸时不时闪现在眼前，他眼眶湿润了。

想到温楠，陆勇的胸口便疼痛，浑身战栗。他对温楠的爱就像娇艳夺目的花朵，即使根茎折断，却依然在心底绽放，也不会因时间消逝而枯萎，而是会变成一粒坚韧的种子埋藏在心灵深处。

这粒种子，催发了陆勇升腾而起的复仇火焰，他不想为了什么理想奋斗，他想讨回一个公道，用鲜血祭奠他的亲人和爱人。

突然，陆勇听到了一声呼哨，他纷纷扰扰的思绪被打断，捏勒从树上滑落："陆，有情况。"

陆勇心里咯噔了一下："什么情况？"

"过来一队国防军，大概五六十人，离这里一里多路。"

陆勇看了看正在过江的部队，沉思了一下，正色道："让部队抓紧过江，我们去干掉他们。"

朝崩马卡而来的正是吴波梭派出的警戒小队。江边的路崎岖难走，泥泞不堪，芦苇荡密不透风，炙热难耐。副官带着队伍一路骂骂咧咧地行走着，不断地驱赶着眼前飞舞的蚊虫，行军速度很慢。

陆勇和捏勒带着侦察分队迅速朝警戒小队扑去，他们要避免开枪，不声不响干掉这支队伍，免得惊动驻守弄板的缅军。

潜伏在沼泽地里的侦察分队在腐臭泥水里一动不动，一阵阵蹚水声由远及近，缅军肩挎武器松松散散地朝崩马卡而来。

陆勇一看，有些着急，缅军松散的队伍拉得很长，且三五成群，侦察分队很难快速全部斩杀。不待陆勇思考对策，毛躁的捏勒动了，克钦刀一闪，劈向几个缅军，凄厉的惨叫声传开。

陆勇不敢犹豫，刀刺齐出，扫向近前的几个缅军，口中大吼："开枪！开枪！"

霎时，枪声四起，AK47 火力凶猛，缅军猝不及防，被撂倒了一片，剩下的缅军慌忙躲进芦苇荡持枪还击，炒豆般的枪声打破崩马卡的寂静。

在侦察分队的掩护下，陆勇和捏勒鬼魅般的身影时起时落，杀得缅军心胆俱裂，缅军警戒小队很快全部肃清。

渡过江的人民军在聂恩副司令和德钦缪丹司令的指挥下，仓促兵分两路，一路会同两个前哨连前去阻击，另一路快速奔袭弄板。

由于缅国防军 A 营没有采纳吴波梭的意见，从渡口及时回防弄板，此时，军队被突然杀来的人民军分割成了几块，短兵相接。人民军调动的是几个军区的精锐部队，志在拿下弄板城。渡口的缅军被迅速击溃。

弄板的防御工事经营多年，留守缅军和武装民团凭借着坚固的工事，几次挫败人民军的猛烈攻击。让人民军料想不到的是，缅军在战前刚调来的一支重炮连，已布防在城东的高地。

三门 155 毫米口径的以色列 M845P 榴弹炮的爆炸声响彻天际，恐怖的冲击波瞬间撕碎一波波发起冲锋的人民军战士。

人民军只有十几门 60 毫米的迫击炮。战斗陷入了僵持而残酷的攻防阶段。

与此同时，PPP 营、EEE 营与赶来增援的吴波梭的第一快速营发生了交战，由于交通便利，驻腊戌的 J 师和 H 师也向弄板压来。

要拿下弄板，必须阻击缅军的增援，形势十分危急。聂恩副司令带着陆勇和捏勒赶到阻击阵地，攻城指挥由 S 军区司令德钦缪丹接手。

吴波梭的快速营凭借着装备优势，在装甲车的掩护下拼命突击，试图打开通道。随着增援部队的到来，他们分梯次疯狂攻击，几次攻到人民军阵地前。

人民军阻击阵地的工事简陋，士兵们在苦苦支撑。

陆勇在硝烟中发现了一个熟悉的人影，那人身背56式火箭筒，端着机枪与蜂拥而来的缅军对战，正是PPP营的石垒。他啊啊嘶吼着，打空了弹匣后，抡起枪柄和扑上来的缅军扭打在一起，显然缅军想活捉他。陆勇心急如焚，大声对捏勒道："捏勒，保护好聂恩副司令，其他人掩护我。"

陆勇目测着距离，拔腿就朝石垒奔去。他只需要几分钟，有了这珍贵的几分钟，他就能救石垒，这个仅仅一面之缘，却十分投机的朋友。陆勇手中的AK47射出子弹。

正按住石垒的一群缅军，感觉后背一凉，霎时身首异处。两道白光犹如闪电一般，飞起的鲜血化成腾腾血雾，染红了众人的眼睛。

聂恩副司令看呆了，他做梦也没想到，看似并不强壮的陆勇，竟有鬼神般的刀法，关东刀和三棱枪刺如游龙戏水，四溅的血水如绽放的梅花，转眼又化为殷红的雾霭。

石垒看到天神般降临的陆勇，惊呆了："勇哥，你是人是鬼呀。"

硝烟弥漫，陆勇刚拖起灰头土脸的石垒，猛地看到一个隆隆作响的巨大黑影朝他俩冲来："快快，躲开，装甲车！"

石垒拽过56式火箭筒，大叫："勇哥，趴下！"

一发火箭弹近距离射向装甲车，巨大的爆炸气浪掀飞了石垒，他像一个重重的沙包砸向陆勇，两人同时翻滚进堑壕。

缺口终于被堵住。

然而，接下来几天，缅军援军源源不断抵达，整个丘陵坝区四处都是枪炮声，人民军迟迟没有拿下弄板。

聂恩副司令知道已经无法实现总部的意图，缅军两个主力师已全力压上，他们无论是装备还是战力，都远远不能抗衡。

聂恩副司令和德钦缪丹总司令商量撤出江北，放弃弄板战役，否则有全军覆灭的危险。

对军事一窍不通的德钦缪丹，看着死伤惨重的将士，看着近在咫尺的弄板城，沮丧而无奈地下达了撤出战斗的命令。

PPP 营却被留下掩护部队撤离，陆勇拒绝了捏勒的劝说和阻拦，执意留下，因 PPP 营有石垒，陆勇的人生信条中没有抛弃朋友这一条。

聂恩命令 PPP 营用七八门迫击炮急速炮击，掩护增援部队和伤残的 EEE 营向萨尔温江转移。在守卫崩马卡渡口的预备队的接应下，人民军撤回了山区。

伤亡惨重的缅军暂停攻击，战场沉寂了下来。

陆勇看着硝烟滚滚的战场和伤痕累累的战士，心里一阵阵发堵，身体止不住地战栗。

第一次经历如此惨烈的战斗，他被深深震撼到了。啸叫的炮弹，子弹洞穿人体的沉闷响声，被撕碎的残肢断体，生命如此脆弱。

陆勇虽也历经杀戮，但两种感觉截然不同，一种是能把控的个人战斗，意随心动，恣意纵横；一种是两相拼杀却无能为力的战场，钢铁与灵肉的撞击，人类渺小如蚁。

让陆勇惊讶的是，满身淤青的石垒竟然没有受伤，在弹雨横飞、血肉模糊的堑壕，他安然无恙。陆勇上下打量着石垒，仿佛在看一个怪物。

石垒憨笑地咧着大嘴，一脸的敬佩："勇哥，谢谢了。没你，我小命恐怕就交待了。"

"算你走运，你忘了崔建国怎么说的，还这样蛮打。石垒，得活着，活下去。"陆勇脸色森然，摇了摇石垒的双肩，严肃地说。

石垒打心底敬佩陆勇，陆勇的强大征服了他，钢刀、三棱枪刺瞬息间就带走十几条生命，宛若救世主将他从危机中解救了出来。

稍作休整后，石垒狂躁的心安静了下来，他问："勇哥，接下来咋整？"

“这一带我熟悉，不要逞勇，跟紧我。”陆勇看着远方寂静的缅军阵地，有了浓浓的危机感。

片刻，空中响起惊天动地的呼啸声，缅军支援的加榴炮营已到位，这是真正的大杀器，能够大仰角发射，155 毫米加榴炮炮弹的出膛声如阵阵惊雷，一个接一个地朝阻击阵地砸来。

大地震颤，氧气仿佛被抽空，憋得人喘不过气，一时硝烟弥漫，整个阻击阵地淹没在一片碎石炮雨之中，掀起的泥土遮盖了阳光和天空。陆勇翻身扯起石垒，朝十几米开外的丛林玩命地奔去。

萨尔温江南岸，捏勒、崔建国、唐茵语一直注视着江面，神情落寞，面含悲伤，北岸时不时响起的激烈的爆炸声和枪声，使他们忧心不已，焦灼不安。

唐茵语不时愤愤盯着捏勒，一枚梭子针被她摸捏得锃亮。捏勒无可奈何又小心翼翼，生怕唐茵语突然发飙，他一直忌惮这个巫婆般的女人，尽量远离。

捏勒始终坚信陆勇能活下来，陆勇是集速度、狠辣、力量于一身的强者，在他脑海中，依然浮现着陆勇救援石垒的画面。

捏勒曾有和陆勇一较高下的念头，可弄板一仗，他被陆勇吓人的刀法和三棱枪刺暴烈的招式征服了，他还没有看到过同时使用两种截然不同的兵器战斗的人。

捏勒甚至认为陆勇长着两个脑袋，只有他们 KNO 传说中的巫师，才具备如此超能力。他对陆勇又敬又畏。

夕阳西下，江面依然平静，只听到风吹芦苇的飒飒声。唐茵语禁不住眼眶湿润了，心绪起伏沉落，心里仿佛失去了主心骨似的不再踏实。

陆勇这个男人让她生出了某种情愫，有了控制不住的牵挂，尘封在心底深处的情感泛起涟漪。她对掸邦丛林庞大药材宝库的兴趣渐渐淡了，她不再甘心只做一个医疗伤者的医者，她想要贴近他、了解他，继而追随他。

有些男人生来就不会被人驾驭，自有睥视群雄的孤傲，一旦打开他世界的大门，天地就是任他驰骋的疆场。

陆勇就是这样的人。他独特的气场和人格魅力迷住了唐茵语，也唤醒了她心底深处沉睡的野性，这是唐九妹播下的种子，被陆勇催发了芽，绽放了花。

弄板一仗前，她拾起生疏的暗器，暗暗发誓，要练就九娘那般随心所欲掐叶打物的技能。可现在陆勇迟迟未归，她的心被撕疼了。她真的不能失去他，她忍不住啜泣起来。

崔建国轻轻揽过唐茵语，他不知如何用语言来安抚唐茵语，化解她的悲伤。弄板战役让他十分愤怒，这么多无辜战士的无谓牺牲，摧毁了他对这个组织仅有的一丝期望。

崔建国从来就不是一个盲从的人，有着特立独行的个性。陆勇的出现如一缕异样的阳光，他稳重又狠辣，重情重义，为人踏实，让人心安，让漂泊异乡的知青仿佛找到了主心骨。

陆勇正和石垒潜伏在江边的沼泽芦苇荡，躲避着一波又一波搜索的缅军和民团团丁。陆勇担心的事情发生了，石垒先前果然受伤了，一块弹片嵌进了他的后臂膀，卡在肩胛骨上。先前由于异常紧张，身强力壮的石垒都没感觉，直至鲜血染红半边身体，他才开始感到不适。石垒一直忍耐着，最终还是忍不住疼痛，大口大口地喘着粗气。

石垒的异常被陆勇觉察到了，他盯着石垒，道："怎么了？"

石垒抽了抽嘴角，故作轻松地说："后肩可能被弹片咬了一口。"

陆勇心中一凛，挪到石垒身后，从撕碎的军衣上看到肩胛冒出的鲜血。他急忙用手去堵，止不住。

"勇哥，没用，弹片好像卡在了肩胛骨上。"石垒刚才已经用手扒拉过伤口，摸到了弹片。

陆勇倒吸一口凉气，迅速用刀割去军装衣角，欲用它包扎住石垒的肩胛。

石垒牙根一咬："勇哥，不行，得把它抠出来。"

陆勇被石垒的话吓了一跳："这行吗？"

“这东西留在里面，时间长了胳膊准废。勇哥，来吧。”石垒多次受伤，知道利害。沼泽地细菌横生，极易引发重度感染。石垒捡起一根树枝，张口咬住。他目光坚定，神情不容置疑。

陆勇看着石垒，眼眶有些潮湿，心一狠，手戳进石垒的肩胛创口，大呼一口气：“兄弟，忍住。”

弹片被陆勇硬生生抠了出来。石垒闷哼一声，晕了过去。

月光静静洒向江面，远方时不时爆出一阵阵枪声，缅军的搜索并没有停止。

陆勇为石垒紧紧扎上绷带。石垒的伤势令陆勇十分担忧，他已经出现发热症状，高热闷湿的沼泽地对他的伤害是致命的，唯有尽快过江才能保命。可他们没有任何渡江工具，陆勇的心沉到了谷底。

苏醒的石垒看到陆勇严峻的脸庞，一股暖流漾进胸中，他哽了哽喉头：“勇哥，你走吧，这样我们可能谁都走不了。欠你的，如果有来生，再奉还了。”

“你不欠我什么，我们是兄弟、兄弟。”陆勇抱了抱石垒。他很佩服这个铁打的汉子，他不能失去这样的好兄弟，就是阎王殿他也要闯一闯。

“兄弟，拿出胆量来，哥陪你过江！”陆勇大吼一声，一下站起，俯视一眼滔滔江水。

石垒热血涌了上来，嘶哑着嗓子仰天大吼：“生生死死听哥的，过江！”

弄板战役使S军区遭到重创，几个营几乎被打残，掩护后撤的PPP营几乎全部阵亡，配合作战的中部军区也损失惨重。好大喜功的德钦缪丹一脸颓丧，被缅共总部召去说明战败原因。

聂恩自责不已，把自己关在房间里。S军区损失的大批能征善战的士兵，都是开辟帕康根据地的精兵强将。

然而，危机没有结束。缅国防军趁人民军损兵折将之机，必然会调动中部军区和驻腊戍的J师、H师合击人民军南部和东北部解放区，多少士兵用鲜血开辟的根据地，会因一场冒险的战役，随溃退的人民军再度隐入深山老林。

帕康军营遍布伤员，给缺医少药的S军区带来前所未有的压力，唐茵语心力交瘁。每新入一批伤员，她首先问的是部队番号，她多么希望听到是PPP营的。

希望与失望不断交替的感觉折磨着她，带给她一种窒息般的痛苦，她有些恍惚，视线也模模糊糊的。

这天，仿佛一阵强风刮来，捏勒闯进病房，激动地抓着唐茵语的手："唐医生，回来了，陆回来了。"

疲倦的唐茵语浑身战栗，一阵眩晕无力，难以置信地看着捏勒："捏勒，勇哥真的回来了？"

"回来了，陆和石垒都回来了。"捏勒满脸通红。

唐茵语推开捏勒，朝屋外奔去。

陆勇拖着受伤的石垒横渡萨尔温江的消息震惊了整个帕康军营。看着衣衫褴褛、伤痕累累的陆勇，唐茵语再也控制不住自己，一把抱住他，泪流满面："勇哥，哥，你活着回来了！"

"茵语，让你们担心了。"陆勇抹着唐茵语的泪水，不禁眼圈发红，喉头发堵，那种被人牵挂、惦念的感觉又回来了。

捏勒来了，崔建国也来了，两人百感交集，唏嘘不已。他们既欣慰又感叹，陆勇到底是什么样的人，能带着受伤的石垒，横渡波涛汹涌的萨尔温江，他们被彻底征服了。

陆勇回来后，发现帕康失去了往日的勃勃生机，颓丧的气氛弥漫整个军营。

大家还没从战败的阴影中走出，S军区谣言四起，说总部要追究S军区战败的责任，一时人心惶惶。

一天傍晚，崔建国在营区找到陆勇，陆勇因胸腔积水正在调养。看崔建国满腹心事，陆勇知道他有话要说。

自打认识崔建国，陆勇就没小觑过他。这是一个充满魅力的人，儒雅而睿智，谈吐不凡，眼光非同寻常。两人朝训练场默默走去。

“勇哥，一仗下来，寒心哪。大好形势转为颓势，搞不好就彻底翻船，如果决策再错，丢掉 S 军区也不是不可能。”崔建国忧心忡忡地说。

“此话怎讲？”陆勇看着崔建国，揣度出他并非危言耸听，也感觉到帕康有一种不寻常的气氛。

“这局面搞不好，上面会产生分歧，矛盾会公开化。德钦缪丹草包一个，对上唯唯诺诺，对下趾高气扬，会把战败责任全推给聂恩副司令。当务之急是稳住人心，我们对缅国防军不能示弱，要强势出击，不断派出小队过江袭扰，给缅军增加压力，让他们感到人民军尚有战力，轻易不敢发起进攻。”崔建国说出了对局势的判断，他不想对陆勇藏着掖着。

“有这种可能，但我觉得目前还不会到这种地步，上面不至于如此昏聩，知道如何稳定士气。聂恩副司令有根基，有威信，动他代价太大。”其实弄板战败后，陆勇就想过这个问题，聂恩副司令一直反对发动此次战役，然而总部置若罔闻，是有责任的，其中纠葛，陆勇不想过多关切。只要不涉及他的朋友兄弟，谁爱折腾去折腾。

“勇哥知道兔死狐悲的典故吗？华夏老祖宗留给我们许多启示。《宋史》记载：狐死兔泣，李氏灭，夏氏宁独存？”崔建国意味深长地看了一眼陆勇。

“那是兔和狐的事，能和我们扯得上吗？”陆勇不以为意，他很鄙视那些无谓的钩心斗角。

“不是扯不扯得上，而是生死攸关。”

“哦，怎么个生死攸关？”

“勇哥，敞开说，聂恩不拘一格，敢用华夏知青的高级干部，没把我们当枪使。几年来我们一盘散沙，在各根据地里也是死伤惨重。这不，弄板一仗，没你，石垒恐怕就回不来了。你知道 PPP 营还有几十个知青吗？他们也有父母兄妹，也渴望活着，并不想魂断异乡。可我们能主宰自己的命运吗？！”一抹清泪滑下，崔建国哽咽了。

崔建国的一番话在陆勇胸中掀起阵阵波澜。他一直以来被复仇蒙蔽住了心窍，亦如莱卡丛林中那条孤狼，差点丧命在勒萨尔和尼吞手中。

不是捏勒，不是唐茵语，他能活下来吗？今后他能保证唐茵语、石垒、捏勒还有崔建国的安全吗？

两人谁也不再言语，看着浩浩长空。人世间，白云苍狗，不变的是兄弟情谊。

陆勇陡然悟到崔建国的良苦用心。孤掌难鸣，他得为他们撑起一片天，这是情谊、责任，更是毫无保留的沉甸甸的信任，陆勇被感动了。

“建国，受教了。可接下来怎么做，还得再斟酌。”

崔建国欣喜道：“勇哥，不用刻意为之，一切都会水到渠成。”

陆勇佩服崔建国的从容镇定，鼓励道：“说说看。”

“形势使然，聂恩副司令自然会想到袭扰缅军，立住脚跟。勇哥的勇猛他已经见识过，届时勇哥只要把捏勒、石垒、茵语等人汇聚在一起，咱们就能抱团生存下去。”崔建国信心满满。

“茵语恐怕不行，医院少不了她。”

“别看茵语人畜无害，来头大着呢。她认真起来，恐怕你我死都不知怎么死的。”崔建国眯着眼，意味深长地瞥了一眼陆勇。

陆勇心里不禁大骇，感叹道：崔建国，鬼才也！

第十四章 山魈小队

正如崔建国所料，聂恩副司令渡过了这场战败风波，思谋着为帕康化解危机。S 军区接连派出几支小队偷袭缅军驻景拉、皎脉、弄板等的据点，迫使驻腊戍的 J 师和 H 师不敢轻易抽兵进攻缅北山区。唯有 J 师第一快速营偷偷渡江袭击帕康的前哨阵地——帕康危机并没完全解除，这种试探性攻击使聂恩十分焦虑。S 军区战损严重，士气低迷，一旦被对手摸清底细，S 军区根本无法和缅国防军正面对抗，后果可想而知。

尤其是聂恩了解到，偷袭帕康的是 J 师第一快速营，这是 J 师的一支劲旅，曾重创过多支少数民族武装，战术灵活多变。营长吴波梭留过洋，山区丛林战经验丰富。弄板战役，PPP 营就败在他的手下，几乎全军覆没。聂恩不得不抽调大部分后勤人员加强前哨阵地的防守，现在的帕康军营除伤员外，已无兵可守。

陆勇因带石垒横渡萨尔温江，胸腔积水，不宜劳累，被唐茵语留在军营观察治疗。唐茵语极为担心陆勇出现吸入性肺炎症状，造成心肺功能受损，几次进入深山老林采集猪苓、茯苓等药材，以增强陆勇体内利水渗湿的功能，每服汤药均由她亲自煎熬。

唐门治疗方法独特，用药与众不同，陆勇身体强健，恢复得很快。由于伤员太多，加之为陆勇调理身体，唐茵语马不停蹄地进山出山连轴转，终于熬不住，累倒了。

唐茵语抱着陆勇破烂的军上衣蜷卧在床上，军衣上有陆勇身上那种淡淡的汗味儿，它就像唐茵语失而复得的宝贝。每当嗅到这股味儿，她就觉得温馨而踏实。她痴迷这个味道，这个味道搅动她平静的心，就像在古潭中投进一枚圆润的石子，荡漾起甜甜的涟漪。这个男人有太多的谜团，让她猜得浮想联翩，猜得幸福满满。唐茵语终于体会到想一个人想到魂牵梦萦、寝食不安的感觉，疲倦中都包裹着甜蜜。唐茵语浑身暖融融的，带着满足渐渐睡了过去。

帕康并无往日的喧嚣，连山寨中看家护院的猎狗也失去了生气，低眉垂眼地躲在阴凉的门角昏昏欲睡。空旷的营房格外静默，一场大战耗尽了军士的锐气。陆勇走出营房，看着失去生机的军营，心中荡起丝丝失落，弄板战役失败造成的后果超出他的预料。气可鼓不可泄，力须聚不可散，不能再让这种颓势继续蔓延下去，陆勇感到帕康急需一场胜利，一场重拾信心的战斗，以一扫阴霾，重振军威。

陆勇朝军区医院走去，他有些奇怪，唐茵语最近每天都要监督他定时服药，从不间断，今天却没有出现。他深呼吸了一下，之前那种气血不畅、胸闷发滞的不适感减轻了许多。

对唐茵语，陆勇有一种难以名状的情感，唐茵语是他的救命恩人，也是一个命运多舛的女子。每当想起她的身世，陆勇坚硬的心便柔软了下来。他一直认为命运对自己不公和冷酷，但相较于唐茵语，他还能享受少年的快乐时光，有亲人的呵护、父母的陪伴，而她从小面对的是一堆枯残的植物、奇形怪状的小动物，年少时藏在心中的恐惧得自己慢慢消化，上天对她何等残酷。

想到这些，陆勇的心禁不住微微颤抖，他暗暗发誓不会容忍任何人伤害唐茵语，更不会让她在异国他乡变成孤魂野鬼。

陆勇来到唐茵语的房间，屋内散发着沁人心脾的木香味，房间虽然简陋，但干净整洁，杂物摆放得井井有条。唐茵语蜷缩在床上，睡得十分香甜，白皙红润的脸颊憔悴了许多。看着她那让人生怜的睡姿，陆勇想起了妹妹陆玲。陆玲从小娇柔怕事，备受父亲宠爱，每次陆勇惹到她，准挨父亲呵斥。陆玲爱缠他，但受不了半点儿委屈，动不动就眼泪汪汪，让他挨了父亲不少训斥。陆勇心潮起伏，转过身轻轻抹了抹眼角。

不久后，唐茵语醒了，看到窗前站着的陆勇，翻身起来，说：“勇哥，你怎么不声不响就来了？”

“茵语这几天累坏了吧？”陆勇心疼地看着唐茵语。

“还好。”唐茵语有些羞涩地理了理头发，说，“伤员太多，医院条件太差，总部那边的支援医生和药品远远不够。这仗打得太惨烈了。”

“缅军重武器太厉害，一炸倒下一大片。崔建国说得对，人民军还不具备和缅国防军硬碰硬的实力，也该让总部那些头脑发热的家伙知道些深浅。”这一仗让他刻骨铭心，难以释怀。

“可是用生命换来这种认知太残忍了。”唐茵语天天接触那些残肢断臂，鲜血淋漓的场景让她有时候都要崩溃。

话题太沉重，陆勇不想展开，帕康已经很压抑了，这种氛围容易使人丧失斗志，特别是一支军队。

“石垒的伤怎么样？”

“幸亏你帮他抠出弹片，否则够呛。他皮糙肉厚的，消消炎就没事了。勇哥你别说，石垒运气超好，每次看到他的伤挺吓人，可都丢不了命。”说起石垒，唐茵语想起那天陆勇用军衣把他臂膀捆扎得紧紧的，吓得她以为石垒要丢掉一只胳膊，可几服药下来，他便精神抖擞了。

“走，看看他去。”陆勇也挂念着石垒，这个脾性耿直的兄弟打仗可是不要命的货，能得到上天的眷顾，逢凶化吉，真不可思议。

陆勇刚出门就差点儿和人撞个满怀：“捏勒！”

捏勒垂头丧气地说：“陆，聂恩副司令想见见你。”

聂恩副司令一脸倦怠，他已经几天很难安心合上眼了，一场仗下来，部队打残了，人心打散了，危急关头也暴露出人性险恶的阴暗面。聂恩不想陷入令人厌恶的政治纷争，他要的是帕康的稳固，这块根据地倾注了他太多的心血，也浇洒了缅北各族兄弟的鲜血，他不能轻易丢弃。

可时下危机重重，J 师第一快速营的偷袭，说明他们已经嗅到帕康的虚弱，否则不会在几支小队的袭扰下冒险跨江而来。吴波梭可不是一个简单的人物，他狡黠而凶狠，是帕康生存的一大隐患，接下来他不会善罢甘休。狼一旦嗅到血腥味，必然会死盯着猎物百里追踪，这也是聂恩的忧虑所在。可眼下似乎又没有脱困的办法，前哨阵地人心惶惶，生怕缅军又从什么地方攻进来。

陆勇和捏勒一路走着。从来都生龙活虎的捏勒这时却萎靡不振，像霜打的茄子，黝黑的脸庞失去了往日的神采。在崩马卡的战斗中，捏勒矫健敏捷的身手让陆勇很是意外，一把克钦刀被他运用自如，刀人合一，特别是他的膝、肘、腿的功夫，异常迅猛狠辣。他是陆勇看到的除尼吞之外的又一个缅拳高手。战斗中，陆勇看到他竟能用膝关节击折一个缅军士兵的腰椎，场景骇人。这样一个无畏无惧的人此刻也泄气了，帕康真的危在旦夕，陆勇不禁有些忧虑和不安。

陆勇和捏勒踏进 S 军区作战室，聂恩合着双眼，坐在一把篾椅上。捏勒举手刚想报告，被陆勇制止住。陆勇看到往日意气风发、气场强大的聂恩仿佛衰老了许多，像坐在路边晒太阳的老人。

“来了，坐吧。”聂恩副司令睁开了眼睛，懒懒地说道。

捏勒连忙上前递给聂恩副司令一支裹成喇叭形状的兰烟，烟的味道很重，转眼间整个屋子烟雾腾腾，呛呛辣辣的。

“陆的伤怎么样了？”

“没问题，这种伤稀松平常。我身体棒着呢。”陆勇竭力想缓和一下压抑的气氛。

“年轻真好！你这一身本事跟谁学的？”聂恩吐出一口浓浓的烟。

“不想死，被逼出来的。”陆勇不愿提起过往，眼中转瞬透出一抹凛冽的光芒。

聂恩感受到了，渐渐严肃起来：“你让我想起 KNO 传说中的一种动物，你们华夏人叫它山魈，它被逼急了能手撕山石，无物能挡。弄板阻击战，PPP 营仅存你和石垒，不简单哪！”

“您过奖了，侥幸而已。”陆勇淡淡地说。

“那你看帕康也被逼得危机四伏，能侥幸吗？会不会退回更远的深山老林？”聂恩转动了一下眼珠，注视着陆勇。

陆勇一时语塞，陷入沉思。目前S军区战损严重、士气低迷，根本无法正面对抗缅国防军，只能被动防守、小心应对。

“帕康已是生死存亡之际，J师第一快速营几次突击前哨阵地，给我们造成严重威胁。其营长吴波梭阴险狡诈，已经瞧出了我们的破绽，接下来不知道会发生什么。”聂恩副司令无奈地深深叹了一口气。

陆勇有些目瞪口呆地看着聂恩，吴波梭这个铭记在脑海深处的名字又一次出现在耳边。不是冤家不聚头，吴波梭点燃了他的复仇之焰，他要替尚米嘎、温楠、PPP营的知青了却那一笔血债。

“去干掉他。”陆勇脱口而出。

聂恩和捏勒同时惊愕地看着陆勇。

“你确定？”聂恩疑惑道。

“军中无戏言。”陆勇面露狠厉之色。

聂恩如一头满血复活的老熊突然站起，走到站得笔直的陆勇跟前，说：“腊戍戒备森严，要干掉吴波梭十分艰难。”

“正因如此，才要出其不意击杀吴波梭。”

聂恩副司令紧锁的眉头渐渐放松，陆勇这个大胆的主意让他目光明亮了起来，他思忖了一下，说道：“S军区内人员任你挑选，集中最好的武器，即便杀不了吴波梭，也可敲山震虎，威慑J师和H师那帮该死的军官们。”

“陆，算我一个。”捏勒摩拳擦掌，仿佛出了一口闷气。两人双手紧紧握在一起。

陆勇带领的特别小队在聂恩副司令的关照下秘密组建完成，代号为“山魈”。捏勒、崔建国、石垒和唐茵语一如崔建国所愿，汇集在陆勇手下。

为了确保行动成功，聂恩副司令不惜冒着整个S军区情报网络暴露的风险，启动他安插在腊戍多年的眼线，调查第一快速营和吴波梭的行踪，以绝杀吴波梭。

聂恩信任陆勇，他的才智、能力、胆识，让聂恩充满信心，即使整个小队不幸覆灭，也能给 S 军区换回喘息的时间。

山魈小队很快进入了莱卡丛林，等待时机，准备秘密过江潜入腊戍。

弄板大捷，吴波梭出尽风头，备受军界瞩目，传言他将提升军职。吴波梭一扫之前的晦气。弄板之战，虽然他的快速营死伤惨重，但若不是他凶猛冲击崩马卡人民军阻击阵地，牵制住他们一部分兵力，弄板可能会被攻破，J 师师长可能被送上军事法庭。后来，J 师师长迅速给他补充了兵员。面对这极佳的战略窗口期，吴波梭力主一鼓作气，收复 S 军区攻占的南部山区。然而接下来几个据点遭到小股人民军武装的攻击，J 师和 H 师的军官们被惊住了，不敢轻举妄动，吴波梭气得直骂娘。他知道遭到重创的 S 军区不过是虚张声势，力图遮掩自己的颓势。为了验证自己的判断，吴波梭奔袭 S 军区前哨阵地，被 J 师师长勒令撤回并坚守北岸一线阵地，吴波梭只好望江兴叹。

J 师师长并没亏待吴波梭，不仅在军中大力表彰第一快速营，而且向总部报送其战功。吴波梭得到了自己想要的，但他也盯住了虚弱的 S 军区，希望在不久的将来用 S 军区的灭亡来换取自己的功勋和前途，让吴家成为缅甸军、政、商界的不倒翁。

杜妙缦已被送回达贡调养，吴波梭平时颇为清高，不太喜欢周旋于觥筹交错、声色犬马之中。但激烈的战事下来，心浮气躁的他产生了宣泄一番的冲动。他思忖了一下，缓缓朝热闹的军官俱乐部走去。

J 师的军官俱乐部装饰还算精致，现在十分热闹。一场惨烈的大战下来，军官们都松弛不少。吴波梭到吧台边点了一杯鸡尾酒，走到一旁，独自品饮。对鸡尾酒他情有独钟，在以色列培训时他爱上一款当地特色的鸡尾酒，它口感清爽，回味醇厚、绵长且怡人。军官俱乐部没有这种顶级调酒师，调制出的鸡尾酒口感相差甚远，吴波梭只能想想而已。

正当吴波梭自斟自饮时，一只纤纤玉手伸了过来，拿起他刚放下的酒杯。

“上校不准备请我喝一杯吗？”一个软软糯糯的声音飘进吴波梭耳里。

“蒂军医。”吴波梭看到眼前的女人，愣怔了一下。

这是一个俏丽妖娆的女人，丰胸细腰，光彩照人，能使男性的荷尔蒙快速飙升。

“上校这次功勋卓著，我可是想蹭点儿福气向上校讨杯酒喝。”蒂军医眯眼笑着，唇角翘出一抹诱人的弧度，白皙滑嫩的手指一寸一寸地挪向桌上吴波梭的手背。

“能得到蒂军医抬爱，吴波梭甚幸。”吴波梭忙道。蒂军医可是J师的大美人，还有背景，一般男人根本入不了她的法眼，对这些吴波梭早有耳闻。吴波梭并非拈花惹草之徒，而且妻子杜妙缦是艳冠群芳的尤物，因此他之前没过多在意蒂军医。

“上校不但是军中楷模，也是男人中的楷模，让人敬佩呀！”蒂军医意味深长地噘噘嘴。确实，吴波梭有家世、有背景，人又英俊有智慧，对女人有极大的杀伤力。可杜妙缦有倾城之貌，两人琴瑟和鸣、鹣鲽情深，别的女人也没太多可乘之机。

但这个暧昧的夜晚让蒂军医有了一些想法，她伸出温润的手紧紧握住吴波梭的手，摄人魂魄的目光缠绕着吴波梭。

吴波梭的欲火被点燃了，他盯着蒂军医高耸的胸脯，咽了咽唾液，浑身燥热。

蒂军医魅惑地一笑，说：“上校，酒没喝够，多没意思。难得今晚良辰美景，我陪上校一醉。”

“好，那我就陪蒂军医一醉。”吴波梭心头狂喜……

与此同时，陆勇带着他的山魈小队，在线人的带领下直扑J师军营。由于J师沉浸在弄板大捷后的狂欢之中，军营戒备松懈，乔装缅军的山魈小队乘坐一辆军用吉普，十分顺利地进入了军营。J师军营很大，营房建得整齐划一。陆勇事前根据线人提供的营区地形图反复研究，做了详细分工：石垒守住大门出口，接应回撤的小队；线人带着陆勇和唐茵语潜进军官别墅，干掉吴波梭；捏勒和崔建国击杀俱乐部的J师军官，使J师瘫痪。

陆勇和唐茵语潜入军官别墅，发现屋内空无一人，寂静无声。他们逐个房间搜索，都不见吴波梭人影。陆勇预感不妙，和唐茵语飞快退出别墅。他让唐茵语带着线人与石垒会合，自己拔腿朝灯火闪烁的军官俱乐部奔去。

唐茵语和线人行色匆匆，在经过J师师长别墅一侧时，哨兵一声呵斥，紧张的线人慌忙就跑，唐茵语顿时傻眼了。哨兵鸣枪示警。

听到枪声，捏勒和崔建国不敢有丝毫犹豫，瞅准俱乐部内聚集的军官群，迅速从窗口扔进捆绑在一起的集束手榴弹。

轰隆隆……轰隆隆……猛烈的爆炸声霎时摧毁俱乐部内的一切。

脸正埋在蒂军医丰腴乳房上的吴波梭眼前强光一闪，在震耳欲聋的爆炸声中，他的视线定格在蒂军医两团柔软的肉球上。

俱乐部火光冲天，渐渐坍塌。陆勇赶到，朝捏勒、崔建国大吼："走，走！"三人穿过错落的营房，朝大门奔去。

J师警卫部队迅速出动，直奔军营大门。一路部队朝俱乐部蜂拥而来，和撤离的陆勇三人迎面相撞。崔建国紧握手中的轻机枪朝拥来的缅军射去；捏勒不甘落后，一声狂吼，挥刀杀进人群；陆勇看到四处射来子弹，知道再不走可能谁也走不脱。

军营大门处也爆发出激烈的枪声和爆炸声，陆勇一直惦记着石垒和唐茵语，听到枪声顿时一震。他一把拉过崔建国，说："建国，不要恋战，趁乱分头杀出去，到大门会合。"陆勇吸了一口气，如脱兔般朝石垒和唐茵语所在位置奔去。

枪声响后，紧接着的是惊天动地的爆炸声。石垒坐在军营一侧的军用吉普车上，看到门口哨兵跳进两侧简易掩体后，他眉头皱了皱，抬起火箭筒朝一个掩体射去，堆放的沙包在爆炸声中土崩瓦解，他手持机枪奔向另一掩体，射杀了两个士兵。

失魂落魄的线人从飞扬的尘土中冲出，被一双铁钳似的大手扯住了衣领，对方恶狠狠道："你怎么一个人？他们呢？"

"我……我……他们……"线人看着杀气腾腾的石垒，脸色煞白，瘫软成一团。

“石垒，让他走。”唐茵语闪了出来。

“他妈的！整些什么货色？！”石垒啐了一口痰，放开线人。

“石垒，我们蹲守两侧，形成交叉火力。勇哥不回来，我们死也要死在这里。”唐茵语抬起机枪，娴熟地拉动枪栓，跃进另一侧残破的掩体后。

唐茵语的镇定自若让石垒有些意外，这个看似娇小柔弱的女子，临战时表现得如此冷静，难怪让捏勒忌惮。

“石垒注意，前方前方！”唐茵语朝愣怔的石垒大喊，手中机枪响了起来。

前方缅军压了上来，石垒瞬间觉得自己在唐茵语面前像一个新兵蛋子，他羞恼地端起机枪朝黑压压的缅军扫去。

J师军营四处枪声大作，J师中层军官几乎被山魈小队一锅端，士兵们如无头的苍蝇各自为战，他们也不知有多少敌人摸进军营，都龟缩在屋内，从窗口拼命向外射击。

冲击军营大门的是有组织的警卫部队，他们正面硬攻，被唐茵语和石垒凶猛的火力压制住，马上迂回两侧，借助障碍物步步逼近，密集的子弹罩住了掩体，让石垒和唐茵语抬不起头来。

石垒被打出了火气，朝四面掷出一颗颗手榴弹，跳出掩体，朝四周狂泻着子弹。他可以死，但得确保唐茵语和其他小队队员活下来，他要拼命了。

“石垒回来，你回来！”唐茵语看到石垒疯了般端着机枪扫射前行，泪流满面，她嘶哑的喊声被淹没在一片弹雨声中。

石垒倒下了，在弹雨中像一座大山一样倒下了。

陆勇、崔建国赶到，看到石垒倒下，怒火焚心。陆勇刀刺齐出，朝缅军卷去。崔建国是有名的快枪手，手中枪弹从不停歇，很快打得缅军四处逃窜，退了回去。

唐茵语已经跃到石垒跟前，迅速摸出一粒黑色药丸，塞进石垒口中。

陆勇看着眼前横七竖八的尸体，一阵心惊肉跳：“茵语没事吧？”边说边揽过唐茵语。

“勇哥，不能耽搁了，得尽快杀出去。”崔建国抱着石垒，焦灼地看着陆勇。

“捏勒没回来，不能丢下他。”陆勇看着夜色下枪声阵阵的军营，陷入焦躁当中。

“你们能冲出来，我凭什么冲不出来？”捏勒幽灵般出现在众人眼前。

这时，军营喊声一片，捏勒淡定地说：“闹出这么大动静，H 师和民团马上就会扑上来。你们走，我留下拖住他们。”

“不行。”陆勇断然拒绝。捏勒是他的救命恩人，他说什么也不会抛下捏勒。

“陆，听我说，你们不熟悉情况，这里我生活过，我熟悉每个旮旮旯旯。你们不走，我反而不好施展。”捏勒咬着牙，凶狠地盯着军营。

“勇哥，听捏勒的。”崔建国焦急万分，捏勒的提议是他们唯一的选择。

“陆，没时间了，走，走！”捏勒抓起石垒留下的机枪，朝汹汹逼来的缅军扫射过去。

陆勇心一横，扛起石垒，和崔建国、唐茵语奔向军用吉普，很快消失在夜幕之中……

腊戍度过了一个惊心动魄的不眠之夜。

腊戍 J 师军营遇袭，J 师大小军官几乎被团灭。炒豆般的枪声持续响了一夜，整个腊戍乱成一团，几十家商铺被抢掠一空。H 师如临大敌，全城戒严，封锁进出腊戍的各条通道，民团也纷纷把守各隘口，盘查可疑之人。

石垒伤势很重，靠唐茵语那粒“九尾续命丸”吊住一口气。冲出腊戍 J 师军营，山魈小队趁夜弃车而走。天亮后，通往萨尔温江的路口已被全面封锁，特别是沿线武装民团盘查十分严密，要过江进入帕康根据地几乎不可能。民团成员大多是缅族极端分子，冷漠残暴，对可疑之人动辄施以酷刑或直接击杀。人民军的影响力在缅北部丘陵坝区极其微弱，加上民族隔阂，大的村镇几乎没什么群众基础，游击区长期以来只局限于偏远山地丛林。

崔建国建议陆勇暂不要冒险过江，而是寻找隐匿的地点，避过时下危机。但唐茵语对石垒的伤情十分焦虑，担心再颠簸、耽搁，石垒就没救了。陆勇的决断关乎石垒的生死。

看着奄奄一息的石垒，陆勇不停地告诫自己切勿慌乱，任何一个错误的决策都会葬送同伴的性命。突然，陆勇想到了一个人，心里一热，决定迂回到一个叫马奈的偏僻之地，一边等待捏勒，一边先处理石垒的伤势。

马奈江边居住着一位来自缅甸北部果敢的老人莫瓢，他是尚米嘎的老友。陆勇有几次到江边捕鱼，随尚米嘎到他那里休息聊天。莫瓢性格古怪、孤僻，不善于和人交往，方圆几十里只有尚米嘎一个熟人。尚米嘎不时给莫瓢送一些食物，他也安然受之，毫不见外。

马奈人烟稀疏，四周道路崎岖，离景拉十多公里。莫瓢很少与外界接触，许多缅人、掸人喊他莫半疯。

莫瓢住在江边的茅草屋，这个屋与其说是房屋，不如说是窝棚，仅用芦苇和几根木杈搭建而成。莫瓢用芦苇编成苇席围住四面，屋顶铺上厚厚的苇秆。房屋背靠一片沼泽和山丘，房前是萨尔温江，江面开阔，水流湍急。

当陆勇带着崔建国、唐茵语和石垒突然出现在莫瓢的窝棚时，莫瓢面露诧异之色，但瞬间就恢复了平静。他默默地看了他们一眼。

唐茵语打量着这个邋遢、瘦骨伶仃的老头儿，他脸庞黝黑粗糙，面皮如一块风干的腊肉，枯干的头发像枝头上的鸦巢。她有些古怪地看着陆勇。

陆勇走到莫瓢跟前，恭敬地说："瓢叔，得叨扰您几天了。"

"哦，不嫌弃就行。"莫瓢端量他们片刻，坐到一旁的芦苇席上，喝了一口黑乎乎的苦叶水，不再搭理他们。

陆勇让崔建国把石垒背进窝棚，唐茵语连忙清理石垒的伤口。石垒不省人事，鲜血浸染破烂的军衣。唐茵语小心翼翼地撕去贴在他皮肤上的衣服碎片，从怀里掏出一包粉末状的药，涂抹在石垒的伤口上。

崔建国担忧地问："茵语，还有救吗？"

"我也保不准，这地方没有办法找到医治枪伤的药，我带的只能暂时缓解一下。"唐茵语额头沁出密匝匝的汗珠。

“需要什么样的草药你说，我出去找，得想办法救活他。”陆勇眼圈微微发红，他不甘心让石垒死在他眼前。

“勇哥，创伤类的草药种类多，上哪儿找去？远水不解近渴，石垒撑不了几天。”唐茵语险些哭出声来。

唐茵语的话让陆勇和崔建国的心霎时沉入谷底，一种无力和绝望弥漫而起，连唐茵语都束手无策，石垒恐怕性命难保。陆勇甚至开始后悔这次冒险，后悔自己被复仇蒙蔽住了心窍，如果石垒有个三长两短，他会一辈子愧疚和不安。

“姑娘，试试这东西可行？”莫瓢不紧不慢的声音传来，接着一小捆枯枝叶被扔了进来，众人吓了一跳。

唐茵语拿起一看，尖叫了一声，说：“散瘀草……”

莫瓢缓缓走过来，淡漠地扫了他们一眼，说：“出去，拦脚绊手的，再耽误，他恐难逃生天了。”莫瓢推开崔建国，蹲下摸石垒的脉象，一脸严肃，皱起的眉头像两条毛茸茸的黑虫。

莫瓢的举动惊住了唐茵语和崔建国，陆勇示意崔建国，两人走出了窝棚。

“勇哥，这老头靠谱吗？”崔建国有些不放心，瞥了一眼窝棚。

陆勇也有些摸不准情况。他对莫瓢也是一知半解，但他深信能被尚米嘎视为知己的人是值得信任的，尚米嘎并非孟浪草率的莽夫。看着崔建国疑惑不定的样子，陆勇无奈地说：“我们还能有其他办法吗？”

窝棚里，莫瓢紧皱眉头，探查着石垒时弱时强的脉象，不时眯着眼思忖着什么。唐茵语紧张地盯着莫瓢，行医者出手就知高低，当莫瓢娴熟地伸手把脉，唐茵语就感到他非比寻常，而且他的把脉手法唐茵语十分熟悉，她有些不解。

片刻，莫瓢睁开眼，狐疑地盯着唐茵语，声音低沉地问道：“你给他用了‘九尾续命丸’？”

唐茵语一惊，在莫瓢森森目光的逼视下，不得不点了点头，说：“前辈也知‘九尾续命丸’？”

莫瓢浑身微微一颤，得到唐茵语肯定的答复后，他森冷的目光渐渐暗淡了下来，感慨地嘀咕道：“这小子好福气，有救。”

莫瓢站起，拿起角落里一把短钝的柴刀，拎起那捆散瘀草走了出去。唐茵语听莫瓢一番话，不禁喜极而泣，石垒的伤势让她险些崩溃。石垒个性耿直、豁达，对她包容和忍让，像她的兄长一样。之前袭击J师军营，两人被弹雨压得抬不起头，石垒不顾生死跳出掩体，吸引火力，保她平安。此刻，压在唐茵语心头的一块巨石终于挪开了。

陆勇和崔建国看到莫瓢走出，屋内传出唐茵语的哽咽声，心头一紧，双双奔进了窝棚。

“勇哥，建国，前辈说石垒有救了。”唐茵语泪眼婆娑。

两人难以置信地看着唐茵语，张着嘴，半天回不过神来。

莫瓢的医术果然了得，才短短几天，石垒就苏醒了过来，崔建国和唐茵语高兴坏了。马奈虽然偏僻，但陆勇不敢有丝毫懈怠，他和崔建国合计了一下，由崔建国外出警戒，以防不测。

莫瓢并没和他们过多交流，每天割芦苇、打苇席，完了就灌一肚子黑乎乎的苦叶水，然后枯坐着看茫茫流淌的江水。

那苦叶水陆勇喝过，味道怪怪的，夹杂一些苦涩味，口感很差。尚米嘎曾告诉他苦叶水能解暑除湿，每次都喝得有滋有味。

陆勇对神秘的莫瓢心怀感激，他倒了一碗苦叶水，坐到莫瓢跟前。他知道莫瓢不喜欢过多的礼节，出手救治石垒，自有缘由。

看到莫瓢，陆勇产生了一种莫名的亲近感，人还是那个人，但物是人非，他禁不住鼻子一阵发酸。

“小子，你是条汉子，有情有义，尚米嘎没看错人。”莫瓢抿了一口苦叶水，冷不丁地说道。

“瓢叔，我只做了该做的，兑现不了承诺。”陆勇的心一阵刺痛。

“世事难料哇，缅北是凶险之地，你别活在过去，不然会变得不人不鬼的。”

莫瓢叹了一口气，目光重新回到江面。

陆勇看着满脸沧桑的莫瓢，心里涌起说不出的滋味。这个孤独的老人漂泊于此几十年，似乎洞穿了世间的冷暖，活得逍遥通透。陆勇不是猎奇之人，莫瓢不讲，他不问。

莫瓢站了起来，拿起镰刀，朝芦苇荡走去。

唐茵语从窝棚出来，不经意地瞟了一眼远去的莫瓢，倒了一碗煎熬好的汤药递给陆勇。她让陆勇照看石垒，她去找一些癞蛤蟆草来熬制，给大家清清内热、除除湿气。

自打莫瓢用“脉问”为石垒把脉，唐茵语就暗暗观察莫瓢的用药成分。她发现在他煎熬的药材成分中，除了散瘀草，还有九节风、雷公藤、黄蜀葵等专治伤口溃烂的药材。莫瓢的用药方法和唐九妹传授她的大同小异，只是莫瓢下药更精准、量更大。唐茵语有一种预感，莫瓢来历不简单，一定和唐门有些渊源。这几天，唐茵语一直想请教莫瓢，但他处处规避她，有意疏远她。唐茵语更加坚信莫瓢一定有什么难言之隐，一直在寻找时机接近他。好不容易看到莫瓢进了芦苇荡，唐茵语决意在那里堵住他。她的想法很简单，弄清莫瓢的来历以及他和唐门的关系。

芦苇荡很深，也很泥泞，散发着一股淡淡的泥腥味，密匝匝的芦苇花白茫茫一片，在微风中飘摇着，带来丝丝安详和幽寂。唐茵语很享受这种感觉，她喜欢独处，远离充斥讹言谎语的社会。寂静能洗涤浊气，唐茵语认为它是上苍为杂乱的世界打开的一道明悟的缝隙。她穿梭在芦苇荡里，寻觅着莫瓢的身影，她认为一把年纪的莫瓢不会走得太深。

突然，唐茵语听到蜂鸣般的呼啸声，一支绿色的苇秆朝她面门破风而来。唐茵语大骇，扭脖一偏，苇秆擦着她的鬓发疾穿而过，她毫不迟疑地朝苇秆射来的方向掷出一枚梭子针，梭子针电光石火般穿过另一支飞来的苇秆，苇秆分成了两半，坠落在地。

莫瓢身形一闪，出现在十几米开外，眯着的眼睛射出两道精芒，问道：“唐九妹是你什么人？”

“我知道你一直躲着我，继续躲哇，我就不告诉你。”唐茵语瞟了莫瓢一眼，揶揄道。

两人就这么紧张地对峙着。四目相对，莫瓢凌厉的目光慢慢暗淡了。突然哗啦一声，莫瓢跪在泥水中，低下头颅：“老瓢请唐姑娘责罚。”

莫瓢这一举动顿时把唐茵语整糊涂了，她快步上前搀扶他，可他仍然执拗地跪着不动。

“瓢叔，哪儿有老的给小的下跪？折煞人呢！”

“规矩就是规矩，老瓢已经坏了规矩，大逆不道哇！”莫瓢身体微微颤动，抬起头时已是老泪纵横。

“瓢叔，怎么回事？什么规矩？你和九娘到底是什么关系？”唐茵语看着孤独老迈的莫瓢，内心涌起了一阵酸楚。

“一言难尽，九姑娘还好吧？”

“九娘很好，我们也几年没见了。”

“唐姑娘在华夏好好的，干吗跑到缅北这荒蛮凶险之地？”

“唉！几句话说不清楚，瓢叔，你起来吧。”唐茵语扶起莫瓢。

莫瓢带着唐茵语来到芦苇荡深处，那里略为开阔，割了许多芦苇，苇秆修削得很光滑，叠得整整齐齐，这些都是莫瓢准备卖给缅人和掸人，用来置换一些生活用品的。莫瓢割了几把芦苇叶垫在上面，让唐茵语坐下。

莫瓢低着头站着，神态踧踖。

唐茵语看着浑身裹满泥浆的莫瓢，纳闷儿他为何如此卑微不安，心里泛起一股说不出的滋味。他和九娘是什么关系？他口中九姑娘的称呼，给人遐想的空间——九姑娘可不是什么人都可以喊的。唐茵语想到九娘，她独来独往，性格冰冷，不亲近任何人，瞧不出点滴的情绪波动。九娘教会唐茵语医术、暗器、用毒等，她以前对九娘的冷漠心怀怨气，几经险境才知九娘的良苦用心。莫瓢苇秆伤人的手法和九娘的异曲同工，九娘曾告诉她：入气入定，万物皆可杀人。静，能集气，气盈周身，六识清明；气散人虚，神仙难救。正所谓：人争一口气，佛争一炷香。

莫瓢看唐茵语半天没吱声，心里愈加忐忑。这几天，唐茵语的出现在他心里掀起了惊涛骇浪，他原以为在遥远的域外可默默了却一生，来世再去还他的孽债，不想老天并不会轻易饶恕一个薄情寡义的叛逆之人。莫瓢在怀里摸索了半天，掏出一根小竹管，恋恋不舍地递给唐茵语：“唐姑娘，物归原主吧。”

“梭子针？”竹管里倒出一枚细小锃亮的梭子针，唐茵语瞠目结舌。

“你手里应该只有八枚吧？”

“是八枚，你怎么知道的？”

莫瓢脸上泛起一丝痛苦之色，说：“老瓢做了一件至今都无法饶恕自己的事……”

第十五章 烟雨往事

莫瓢在医道上天资聪慧，悟性很高，被唐九妹的爷爷“鬼手神医”唐舒恒收为学徒，在大名鼎鼎的“舒义堂”药房抓药配料，打打下手，年轻时在巴蜀川南便小有名气。

莫瓢和唐九妹一同在唐舒恒门下学习医术。莫瓢偏重于诊疗和施药，唐九妹精于暗器和用毒，他们是舒义堂的一对金童玉女，让唐舒恒老爷子十分欣慰。

唐舒恒对莫瓢格外器重，把唐门一指脉的独门秘诀“脉问”传授给了他，希冀他继承衣钵。唐门“脉问”重在运指，手法是“脉问”的精髓所在，左寸候心，右寸候肺，全凭医者的功力和悟性。脉象万千，差之毫厘，失之千里，素有“脉候幽微，苦其难别，意之所解，口莫能宣”的说法。唐舒恒的口授心传使莫瓢的医术日趋精进，渐渐声名鹊起，莫瓢便开始独立坐诊。

唐九妹与莫瓢情投意合，一个风流倜傥，一个亭亭玉立，两人常常出入深山密林、偏僻山地采药。唐九妹个性温婉，有大家闺秀的矜持，对倾心之人处处谦让，这使得莫瓢很得意。

随着声名大涨，莫瓢自负起来，经常出入豪门巨室，流连酒桌，结交惯于阿谀奉承的虚浮之徒，渐渐心浮气躁。

唐舒恒十分不满莫瓢的行为，取消了他在舒义堂坐诊的资格，让他闭门反省、静心修身。唐九妹怕他心有芥蒂，不时嘘寒问暖，私下还央求爷爷让莫瓢重新坐诊。

可莫瓢心高气傲，对唐九妹的一片苦心并不领情，反而迁怒于她，不时恶语相向，使唐九妹痛苦不已。

后来，巴蜀各地军阀混战，舒义堂毁于一场惨烈的火灾之中，唐舒恒经受不住祖业被毁的打击，驾鹤归西。被唐老爷子寄予厚望的莫瓢本该担起责任，重振舒义堂，但他一直对唐舒恒怀恨在心，认为唐舒恒坏了他的名声、损了他在舒义堂的威信，便冷漠观望，继续行乐。于是，舒义堂在药房竞争中一败涂地，在川南逐渐没落。

唐舒恒是唐门分支“义字堂”的堂主，莫瓢的行为惹怒了义字堂众长老，他们决定惩治莫瓢，对他行废指断脉之刑，以废鬼手神医“脉问”绝学。唐九妹深爱莫瓢，深信他只是一时糊涂，不忍他一身功力因此而废，竭力说服众长老给他一个悔过的机会。然而众长老无动于衷，莫瓢危在旦夕。

唐九妹找到了在瓦肆中行乐的莫瓢，他衣冠不整，酩酊大醉，在燕语莺声中左拥右抱，对唐九妹视而不见。众女看到舒义堂那位高高在上、清雅俏丽的九姑娘如此低眉顺眼地劝诫莫瓢，楚楚可怜，心里得到了畸形的满足，行为更加放浪。

两行清泪打湿了唐九妹的脸颊，她的心被刺疼了。悲愤中，唐九妹朝莫瓢射出一枚梭子针，梭子针擦过莫瓢的脸，插在窗棂上，摇晃着发出铮铮之声。唐九妹厉声道：“欲要活命，离开川南。”言罢，掩面而走。

酒醒之后的莫瓢后悔了，然而声名狼藉的他无颜面对舒义堂，更无颜面对悲痛欲绝的唐九妹，郁郁离开了川南。

莫瓢辗转于川北涪城，寄人篱下，食不果腹。巴蜀人口众多、战乱不断，要想过上衣食不愁的生活，得有一身本领手艺。莫瓢一直认为自己愧对舒义堂和唐九妹，一身的唐门医术本打算深藏不露。然而生活逼迫，他不得不出手，许多疑难杂症在他手里药到病除，他成为一名江湖游医，在涪城渐渐有了一些名声。

一天，伙计带着一个老者找到莫瓢，老者请莫瓢救治他家小公子，重金酬谢。老者面带焦灼、言语诚恳，莫瓢难以推辞，和老者到了涪城郊外的一处山庄。

山庄环境幽雅，山清水秀，三面翠竹环绕着一个四合院。四合院为二进院，青瓦朱柱，雕梁画栋，门庭十分气派，朱漆黄铜神兽门环，在涪城算是大户人家。

老者把莫瓢带进二进院中的左偏房，下人们忙出忙进，有几个围着一个两岁左右的幼童，为他冰敷毛巾。幼童高烧不退，干咳喉痒，脸庞赤红，不时有轻微的抽搐。

看到老者带进莫瓢，下人连忙闪退一旁，眼巴巴看着他，如看救星。莫瓢翻了翻幼童的眼睑，把了把脉象，已探知一二。幼童患的是类似“肺痨”（肺结核）的病症，因身体底子薄，且之前可能用药不当，引起了肺燥、咳痰、气瘀、胸闷等症状，久拖成疾，如不及时化痰止咳，恐有性命之忧。莫瓢开出方子，老者让伙计迅速抓药煎制。

莫瓢让老者按方子用药，两天后他再来复查。医者仁心，历经炎凉世事后的莫瓢并无任何攀附之意，而是以平常心态诊治。

两天后，莫瓢被老者再次接到山庄。幼童病情已经稳定下来，能吃一些米粥羹汁，只是幼童体质偏弱，需长期慢慢调养。莫瓢给幼童开了一些温补的药，正在此刻，一女佣来报：“少奶奶有请莫神医。”

深宅豪门见一个女眷会失礼数，莫瓢本想推辞，可老者似乎很忌惮这个少奶奶，竭力劝慰莫瓢，说少奶奶是大地方来的，见多识广，不必拘礼。

少奶奶并没在四合院。女佣带着莫瓢出后门，沿一条鹅卵石铺就的幽寂小道，朝山上走去。小道两旁翠竹成荫，空气中弥漫着一股清淡的馨香味。这种曲径通幽的感觉让莫瓢心旷神怡。

走过一个山弯，顿时豁然开朗，一个小平台上站着一位身着宝蓝色丝绸旗袍的少妇。她身段窈窕，紧身的丝绸旗袍上绣着几朵金色牡丹，更显雍容典雅。莫瓢远远望着，便心旌摇曳。

女佣轻声道：“少奶奶，莫神医到了。”

“哦，到了。”少妇的声音轻柔，富有磁性。

少妇款款转过身来，莫瓢呆住了。这少妇美得不可方物，皮肤白里透红，鹅蛋脸，柳叶眉，樱桃小口，一双丹凤眼摄人魂魄。

少妇看到莫瓢的痴傻样，抿嘴一笑，说："莫神医辛苦了，你可是我周雅琴母子的大恩人哪。"

"啊，哦，小事一桩，少奶奶不必挂怀。"莫瓢回过神来，尴尬地搓着手，他不敢直视娇柔美艳的周雅琴。

周雅琴看着拘谨的莫瓢轻轻一笑，她没想到医治儿子的江湖郎中竟如此年轻帅气。莫瓢阳刚之中透出的局促给了周雅琴别样的感觉，初次见面她便对他十分有好感。

"年纪轻轻就有一手好医术，不简单！"周雅琴上前几步，靠近莫瓢。

一股兰香徐徐飘进莫瓢鼻孔，撩得他心慌意乱。莫瓢不敢抬头，目光停留在周雅琴旗袍一侧开衩露出的大腿上，肤如凝脂。莫瓢口干舌燥，忍不住咽了一口唾沫。

"莫神医，我们母子该如何报答你呢？"周雅琴注视着面红耳赤的莫瓢，娇俏地问。

"少奶奶客气了！少奶奶抬爱！莫瓢并无所图。"

"别少奶奶、少奶奶的，不过虚长几岁，叫我雅琴姐吧。"

莫瓢的心一阵狂跳，这才抬头看着周雅琴。周雅琴的眼眸宛如一潭清幽的泉水，浇湿了莫瓢的心田。看到一旁垂手站立的女佣，一丝清明陡然漾进脑海，莫瓢从迷乱中回过神来：这样的豪宅大院，这样柔媚娇俏的尤物，一定是有背景、有来历的，不能轻浮孟浪。

"少奶奶，莫瓢就是一个江湖游医，身份低贱，哪儿敢和少奶奶以姐弟相称。少奶奶若没有其他吩咐，莫瓢就告辞了。"

"也好。待小儿病情稳定，我母子再行叩谢。"周雅琴微微一笑，充满磁性的嗓音再次撞击着莫瓢的耳膜。

莫瓢浑浑噩噩，也不知怎么离开的山庄，脑袋里都是周雅琴迷人的身姿和俏脸。

涪城又称绵州，土地肥沃，是巴蜀重要的粮仓。山庄杨府是巴蜀军阀杨森的外戚，也是涪城大户，经营的是粮油生意，是巴蜀有名的粮商。周雅琴的丈夫是杨府长子，国民党某师的上校团长，名叫杨雨亭。周雅琴是杨雨亭的小妾，她和杨雨亭的长房不和，屡屡争吵，杨雨亭不堪其扰，把他们母子俩送到了老宅山庄。

好在周雅琴为杨府生下一子，再怎么闹腾，杨雨亭也听之任之。杨府男丁稀薄，儿子是周雅琴的命根子，杨府庞大资产未来的继承人。周雅琴并非乡村怨妇，她接受过高等教育，有眼界，不短视，才貌双全。但时运不济，儿子自出生后一直病恹恹的，让她寝食难安，遍寻名医。她想找一个医术高明的贴身护医，以确保儿子周全，也确保自己往后在杨府中的地位。

莫瓢的出现让周雅琴心底升起了希望，她详细地向女佣了解莫瓢的诊治方法，看到儿子病情好转，便生出了留住莫瓢的心。

为见莫瓢，她特意穿上这身宝蓝色丝绸旗袍，这件旗袍最能展示自己的绰约风姿。莫瓢克制住了自己的欲望，并未为她所惑，让她很是欣赏。他并非拈花惹草的登徒子，因此，搞定他还得等待时机。周雅琴久经男女之事，已经从莫瓢眼底深处捕捉到了闪动的欲望。

周雅琴并未让莫瓢等待许久，便主动邀请莫瓢再到山庄。莫瓢几天来惴惴不安，既期待又惶恐，丰盈妖娆的周雅琴使他乱了心神，他像惦记咸鱼的老猫，既想下口，又恐招来一顿毒打。

莫瓢到达杨府山庄时已是傍晚时分，夕阳下的山庄格外静穆而神秘，金色的辉光泼洒在翠绿的竹林间，山庄好似缠绕着一条碧绿的玉带。夏至傍晚，灼热的暑气逐渐消散，空气凉爽起来，起伏的田园中回荡着田农晚归的吆喝声，涪城城郊渐渐变成一幅恬静的山水画。

进了山庄，还是那个女佣，她告诉莫瓢，少奶奶在山后的竹林平台上等他。女佣把他引到后门小径就离开了，莫瓢的心顿时狂跳起来，腿脚颤巍巍地朝平台走去。

周雅琴穿着简洁的水红色丝袍对襟裳，十分干净清爽。丝袍柔软轻薄，被胸前一对乳房顶得高高的。平台上支着一张小方桌和两把编织精致的竹椅，桌面上摆放着果盘和几碟点心。

看到莫瓢，周雅琴款款站起，晃动着一对丰满的胸脯朝莫瓢走来：“莫兄弟，这个点儿把你喊来，姐姐没耽搁你什么事吧？”

莫瓢强压住心里的躁动，忙不迭地回道：“哪儿会呢，是雅琴姐看得起莫瓢。”

周雅琴凉丝丝的小手拽着莫瓢：“坐、坐，竹林里空气好，比屋里安逸些。”

莫瓢坐到了周雅琴的对面。方桌很小，莫瓢能嗅到她呼出来的气息，温温香香，迷人又烫心。

周雅琴伸出纤纤玉手拿了一块薄脆子酥饼，递给莫瓢：“莫兄弟，小儿那病就托付给你了，他折了，姐姐就没啥活头了，这个忙你千万得帮姐姐呀。”周雅琴一把抓住莫瓢的手，目光亮莹莹地看着他。

莫瓢被周雅琴温热的目光烫得有些战栗，周雅琴一双圆润柔软的小手还不时搓捏着他的手背，他的呼吸变得急促起来，连忙低下头，说：“雅琴姐，少爷的病，急……急不得，得慢慢调理。”

周雅琴嘴唇轻轻一抿，用手拍了拍自己的后背，柳眉皱着，道：“兄弟，姐姐这颈椎老犯病，你是医生，帮姐姐瞧瞧。”

“好。”莫瓢尴尬地站了起来，走到周雅琴身后，在她的引导下双手按住她的颈椎。周雅琴的皮肤很白很嫩滑，绸缎似的。莫瓢头皮猛地炸开，欲火蹿起，他看到周雅琴两座硕大的颤悠悠的肉峰。她丝袍内竟然是真空的，两座肉峰白皙细嫩、丰腴硕大，毫无遮掩地袒露着。他双手发抖，心脏仿佛要跳出胸腔，浑身紧绷着、颤抖着。欲望终于冲垮了理智，他的双掌迫不及待地罩在她白白胖胖的丰乳上。

周雅琴嘤咛一声，娇喘着转身抱住莫瓢，温润的小嘴紧贴在他有些发干的嘴唇上。吱吱的吸吮声在竹林里荡漾，欲望在两人心中升腾。莫瓢的手控制不住地撕开周雅琴的丝袍，脸埋在她那两团松软高翘的丰乳间，滚烫灼热的大手急切地向下滑进那块肥沃的芳草地，碰到了湿漉漉的一片泥泞。他深深地陷了进去……

当莫瓢沉醉在周雅琴的温柔乡时，时局发生了变化，国民党军兵败如山倒。一天，杨雨亭突然回到山庄，带了不少卫兵，催促周雅琴收拾金银细软。莫瓢当时正在给周雅琴的儿子熬制汤药，被莫名其妙带上了车，一路向滇南边境驶去。

滇南崇山峻岭，道路崎岖不平，杨雨亭带着卫兵会同溃败的李国辉部，向热带雨林奔逃，直至车马难行，方才停歇。

莫瓢下车一看，漫山遍野都是逃难的人，其中有许多老弱妇孺，个个惊恐，人人自危。周围的林子里时不时爆发出激烈的枪声，吓得人面色惨白。莫瓢的心提了起来，焦急地搜寻着周雅琴。

杨雨亭带着几个亲信卫兵下车，督促着下人从吉普车上卸下大包小包。周雅琴抱着儿子下来，她面色苍白，发髻凌乱，全无往日的优雅。儿子虚弱地趴在她的身上，状态十分不好。

莫瓢走过去抱住她的儿子，发现孩子浑身滚烫，连续几天的颠簸让他旧疾复发。

“雅琴，看来得找个地方休息一晚，少爷恐怕熬不住了。”莫瓢把了一下孩子的脉，忧虑地说。

“荒山野地的，哪儿找地方休息？”周雅琴眼里噙着泪，看看乱哄哄的人群，又看看莫瓢怀里的儿子，轻声啜泣了起来。

“我有办法。”莫瓢看着森森丛林。他在川南时经常往来于深山老林，搭建栖身窝棚是常有的事，难不倒他。

“那我去找雨亭商量一下。”周雅琴揩了一下眼泪，感激地朝莫瓢点点头，扭身朝杨雨亭走去。

莫瓢看着周雅琴摇摇晃晃的身体、疲惫的步子，心底不禁泛起阵阵怜惜。这个温香软玉的女人，往日的此刻本应该正在和他逍遥，他熟悉她每一寸肌肤，迷恋她的温香，恨不能把她揉进自己的骨肉里。眼前的她却是一副惊恐疲倦、失魂落魄的模样。莫瓢心如刀割，真想把她揽在怀中，好好地疼爱。

杨雨亭正在斥骂几个卸车手脚慢的下人，因气候炎热，他敞胸露怀，凸起的肚腩起伏着，面目狰狞。几个卫兵手持汤姆逊冲锋枪警惕地注意着四周，不时警告着一些试图靠近的流散残兵。

周雅琴快速走到杨雨亭跟前，急切地说：“雨亭，儿子的病又犯了，得找个地方歇一晚。”

“歇什么？！现在逃命要紧。”杨雨亭眼睛一瞪，对着周雅琴就是一顿狂吼。

“杨雨亭，要走你走，我娘俩就死在这里，他可是你亲儿子！”周雅琴尖叫起来。

杨雨亭当年把周雅琴搞到手花费了不少功夫，所以平时都顾忌着，凡事都由着她的性子，现在看到她这样，只好无奈地说：“不是带了郎中吗？让他看看不就行了。”

“看啦，再不歇，就没命了。”周雅琴嘶声道。

杨雨亭叹了一口气，整了整衣装：“我去找国辉兄商量，看能否歇一晚。”杨雨亭对几个亲信交代一番，带着卫兵朝前方走去。

得到周雅琴的回复，莫瓢迅速奔进森林，找到一个地势稍平坦的地方，砍树伐木，搭起了一个窝棚。莫瓢是一个谨慎的人，一路上看到的情形，使他不得不多留几个心眼。杨雨亭一行人在这种兵荒马乱的时候还带着一堆大箱小包，难免会被人盯上。他迅速削了十几根木签子，埋在一棵树下藏好，这才奔出林子，去接周雅琴一行人。

杨雨亭的财物早就被一伙兵痞盯上了，这是一伙穷凶极恶的兵痞，已经抢劫了不少军官眷属和难民，也祸害了许多女人。他们早已对杨雨亭的财物和周雅琴的美貌垂涎三尺。周雅琴凹凸有致的身材、天使般的容貌，哪儿是他们往日能窥视到的，他们看得骨酥脚软，恨不得马上扑上去。

不一会儿，杨雨亭脸色发青，骂骂咧咧地回来了。李国辉早被先前激烈的战斗和追击吓破了胆，已经丢下他们，带着残部由滇南向缅北边境山区逃了。当看到搭好的窝棚，杨雨亭发青的脸色才稍显缓和。

天渐渐黑了下来，滇南森林的夜漆黑而阴森，偶尔有几声夜鸟的啼叫。窝棚里睡着杨雨亭、周雅琴和他们的儿子，几个下人和杨雨亭的亲信卫兵在外侧警戒。莫瓢躺在离窝棚不远的树下，那枯叶下埋有他藏着的木签子。

摸着尖锐的木签子，莫瓢想起了舒义堂，想起了唐九妹，心里阵阵刺疼。原以为有了周雅琴，他能彻底和过去告别，但少年时的记忆太深刻，每一个熟悉的场景都会唤起他的回忆。虽然他很享受周雅琴带给他的肉体的快乐，但他还是感觉灵魂深处好似丢失了什么，心绪难以平复。莫瓢陷入了茫然之中，难以入眠。

黎明时分，一阵轻微的响声打断了莫瓢纷纷扰扰的思绪。莫瓢对森林了如指掌，他深知来者不善。人与动物在行动时对枯枝的踩踏有所不同，动物往往更加灵巧，而人相对没那么灵活，这种差异就体现在枯枝发出的声音上——是断裂还是碎裂。枯枝碎裂的声音使莫瓢浑身的肌肉紧绷了起来。

或许是几天的赶路太过疲倦，几个警戒的卫兵和下人鼾声一片，丝毫不知死神正悄悄逼近。莫瓢不知来了多少人，他得护周雅琴母子周全，他轻轻挪动着，靠近窝棚入口。几个黑影蹑手蹑脚地朝窝棚摸来。莫瓢如一头猎豹闪电般跃起，迅捷打出几支木签子，木签子伴着尖锐的呼啸声扎向几个黑影。几声惨叫在寂静的山林格外刺耳，嗒嗒嗒的枪声打破了平静，四周顿时陷入一片激烈的枪声中。莫瓢一个横跃，蹿进窝棚，扑倒正坐起惊叫的周雅琴，躲过一发射来的枪弹。

杨雨亭惊慌失措地握着手枪朝四周漫无目的地射击，侧后一个黑影挥动着亮闪闪的枪刺，向杨雨亭扑去。莫瓢大喝一声弹起，手中的砍刀迅速一甩，哧的一声插进了黑影的胸膛，温腥的鲜血浇了他一身。黑影带着惯性的枪刺还是插在了杨雨亭的手臂上，疼得他一阵号叫。

窝棚外，幸存卫兵手中的汤姆逊冲锋枪还在响，弹雨撕碎了一个个穷凶极恶的兵痞。残余的兵痞狼狈地四散而逃，躲进了森林。

莫瓢轻轻拍了一下周雅琴，走出窝棚。几个下人横七竖八地躺在地上，已经没有了气息。杨雨亭的卫兵只剩下两个，都受了不同程度的伤。窝棚四周都是尸体和鲜血，场面触目惊心。

不待莫瓢有所松懈，窝棚里传出周雅琴的嘶喊声，莫瓢箭一般蹿进窝棚，只见周雅琴浑身颤抖，抱着儿子哭泣。杨雨亭坐在一旁，摸着受伤的手臂，龇牙咧嘴地哼哼着。

“兄弟，我儿子快没气了。”周雅琴蓬头垢面，泪流不止。

莫瓢摸出一颗“还魂丹”，扳开孩子的嘴，塞了进去，然后握住孩子的脉把了起来。经过几天几夜的颠簸和惊吓，孩子已处于昏迷状态，脉象衰弱。莫瓢脸色严峻起来。看着周雅琴以泪洗面，莫瓢不忍把真相告诉她，接过孩子，说：“雅琴姐，别着急，会好起来的。”

杨雨亭龇着牙，恼怒地说：“告诉你不能歇，你偏要歇，这不，差点儿把命都丢了。完了完了。”

“杨雨亭，都成这样了，还说些什么屁话，儿子要有个三长两短，我也不活了。”周雅琴捂着脸，嘤嘤啼哭着。

“那都去死吧。”杨雨亭啐了一口唾沫，愤愤走出了窝棚。

“雅琴姐，不能再耽搁了，得赶快走。家里的下人全死了，再带那么多东西很危险。”莫瓢看着身旁堆着的大箱小包，忧心忡忡。财不外露是逃难必须遵循的规矩，否则会带来无妄之灾。莫瓢也不知杨雨亭怎么想的，这么浅显的常识都不懂。

“兄弟，那这些东西咋办呢？”周雅琴焦灼万分。

“能藏则藏，藏不了就丢了，保命要紧。”莫瓢不想对周雅琴隐瞒眼前的危机。再往前便要进入缅北边境的原始丛林，他感觉不太妙。

“好，听你的，我去找杨雨亭说说。”周雅琴犹豫了一下，走出了窝棚。

杨雨亭让莫瓢带着周雅琴母子先走，他和两个卫兵留下处理财物。人为财死，鸟为食亡，杨雨亭从小就浸淫在钱财带来的富贵之中，对钱财格外看重，他是不会轻易放弃手中的钱财的。

这是一条由前面的溃败残军和逃难人员开辟出的路，崎岖难行。路两旁丢弃着许多杂物，一片狼藉。莫瓢背着周雅琴奄奄一息的儿子，牵着周雅琴高一脚低一脚地艰难前行着，越往前走，植物越密集，树林藤蔓遮天蔽日，给人阴森森的感觉。突然，莫瓢看到丛林中一具具赤裸的尸身，心中大骇。他放下周雅琴的儿子，让她抱着蹲下。莫瓢神情严肃地叮嘱周雅琴：无论发生了什么都待着别动，森林中极易迷路。

莫瓢飞身蹿进林子，看到了难以置信的一幕。丛林中横陈的尸体有老有少，个个赤身裸体，被人剥走了衣裤。尸体上的窟窿冒着黑血，显然是中箭后毒发身亡。作为唐门中人，莫瓢知道这是域外箭毒木的汁液，含有剧毒，这种毒见血封喉，几乎无解。莫瓢忍住恶心，在一尸体旁蹲下，伸手蘸了点儿血搓了搓。他要确定毒发时间。

突然，头顶树上发出轻微的窸窣声，他暗叫不好，右脚一跺，斜身朝树上奋力打出两枚梅花针。一声尖叫，树上掉下两个上半身赤裸的野人，几枚梭镖朝站立不稳的莫瓢射来。他头皮发麻，迅疾抽出别在腰上的砍刀，一个青龙摆尾磕飞梭镖，拔腿发疯似的朝周雅琴奔去。

莫瓢不知道的是，他们已经进入了缅北野人山的边缘。当年远征军败退野人山，就有许多士兵丧生在这些野人手里。现在野人巫师占卜法器上用的腿骨、头盖骨就是当年的远征军士兵的骨头。这些野人世居野人山，十分凶残，在丛林里神出鬼没，擅闯者都会成为他们的猎物，被无情地追杀。

“莫兄弟救我，救我！”前方传来周雅琴撕心裂肺的呼喊声。

莫瓢整个头颅好似要炸裂，他怒吼着飞奔过去，边跑边摸出四枚梅花针。技到用时方恨少，他真后悔打不出唐门绝技——天女散花来。

莫瓢手脚再快还是晚了，一幕让他目眦尽裂的场景呈现在眼前。几个野人已经抓住周雅琴，她满脸绝望，身上的衣服被撕成柳条状。一个健壮、狰狞的野人倒提着周雅琴的儿子，怒视着狂奔而来的莫瓢。周雅琴瘦小的儿子在野人手里如一条干瘪的咸鱼，随着野人的手左右晃动着，已经没了气息。

莫瓢肝肠寸断，仰天狂啸，不能让这群野蛮人侮辱周雅琴，他要为她拼命，就算玉石俱焚，也要和她共赴黄泉。

砰！砰！一阵枪响，几个野人被毙倒在地。林中出现了一队残军，为首的是一个挂中校衔的中年军官。

莫瓢奔上前，脱下衣裳裹住周雅琴。周雅琴哀号一声，推开莫瓢，上前紧紧抱住毫无生命体征的儿子。为了让这个幼小的生命有一个锦衣玉食的富贵生活，周雅琴付出了太多太多。几年来，她几乎断绝了和外界的往来，远离了夜夜笙歌、觥筹交错的城市生活，偏居冷落寂寥的山庄，在庞大的家族中钩心斗角、殚精竭虑。这一切转瞬变成镜花水月，周雅琴的心仿佛被掏空，本在啜泣的她开始大笑，她把儿子瘦小的尸体扔在地上。

“杨太太，请节哀。”中年军官上前安慰道。

“谭长官，你怎么也来了？”周雅琴停止大笑，冷漠地看了中年军官一眼。

“世事难料，败了！败得丢盔弃甲，要活命只能到缅北找出路了。”

“杨雨亭呢？”

“不瞒你说，杨雨亭上校已遭遇不幸。他被一伙兵痞所杀，不过你不必担心，我们已经安葬了他。”中年军官叹息一声，眼光热辣辣地看着周雅琴。

莫瓢听到杨雨亭被杀，摇摇头，杨雨亭落得这个下场也在情理之中，命悬一线还心存贪欲。莫瓢担心中年军官再说些什么刺激到周雅琴，便靠近她，想说些什么。

中年军官眼中闪过冷厉的光，说：“杨太太，这小子是谁？你是和我们走呢，还是和他留下？”

周雅琴冷冷瞥了一眼莫瓢，说：“谭长官误会了，他就是我为儿子请的一个江湖郎中，杨家的种没了，他对我也就没有什么意义了。”

莫瓢仿佛遭到雷击，呆住了：“雅琴，你……”

“莫瓢，我们两不相欠。你得到了你想要的，以后你也给不了我想要的生活。各安天命吧！”周雅琴走向了中年军官。

中年军官叫谭忠，国民党原团副，和周雅琴是老相识。谭忠在初见周雅琴时，就惊为天人，可周雅琴名花有主，她丈夫杨雨亭背景深厚，他不敢招惹。每次在各种交际场所遇到周雅琴，谭忠都会被她的一颦一笑弄得魂不守舍，周雅琴艳冠群芳，而自己不过是她眼中的过客。风水轮流转，此刻，他梦中的佳人就在眼前，并且唾手可得，谭忠不禁心花怒放。

莫瓢看着决然走向谭忠的周雅琴，如遭雷击，全身好似被抽走了力气。他虽然难以置信，但也幡然醒悟，他哪儿是她的菜，一直以来都是任她摆布的棋子，她儿子的护身符。

谭忠讪笑着向前几步，讥讽道：“癞蛤蟆也想吃天鹅肉，也不瞧瞧自己是哪根葱。滚，饶你一命！不要让我再看到你。”谭忠转身媚笑着给周雅琴披上一件干净的军衣，拥着周雅琴，带着士兵，消失在丛林中。

莫瓢瘫软在地上，这毫无征兆、突兀而至的变故，彻底击垮了他，他难以置信地看着消失在丛林中的熟悉的背影，就像做了一场痛彻心扉的梦。

两个月后，浑浑噩噩的莫瓢，带着一颗破碎的心，狼狈地走出凶险莫测的野人山，流落到缅北边境果敢，然后大病一场，险些丧命。痊愈后，他谢绝果敢杨姓土司的挽留，沿萨尔温江过着漂泊不定的生活。

第十六章 生死援救

听完莫瓢的讲述，唐茵语看着这个害得九娘性情大变、一生不婚的老人，心里五味杂陈，既对莫瓢不齿，又心生怜悯。

她不知如何面对和安慰莫瓢。背叛门人、背叛恋人给他带来的心灵折磨，已经毁了他的人生。把灵魂和肉体交给未知，这种煎熬比任何惩罚都来得残酷。

芦苇荡寂静无声，芦花在风中飘荡，洁白芦花下的污泥不时冒着气泡。气泡在黏稠的泥水中缓缓迸裂，又无声息地消融在寂寥之中。

花与泥，咫尺之隔，一个纯洁飘逸，一个污浊不堪，尘世间莫不是如此，唐茵语不禁感慨万千。

莫瓢面容枯槁，神情落寞，低着头不敢直视唐茵语。他悔恨、歉疚，清纯、娇俏的唐茵语像曾经的唐九妹，唤起他太多的甜蜜回忆。

他也料想不到在遥远缅北能遇到唐茵语，能向她倾诉、赎罪，减轻长期压在灵魂深处，剐骨一般的罪孽感，他不企盼得到原谅，他愿意用余生来还这份孽债。

“走吧，瓢叔。”

唐茵语瞥了一眼莫瓢，思绪复杂，上一辈的恩恩怨怨唐茵语无法评说，人生是一条无法折返的单行道，错了就是错了，咬着牙也得走下去。

莫瓢犹豫了一下，嘴角抽了抽，说：“唐姑娘，莫瓢问句不该问的话，你称九姑娘为九娘是咋回事？”

“怎么，想知道？九娘一生不婚，我是她的养女。”唐茵语没好气地瞪了莫瓢一眼，拔腿朝芦苇荡外走去，留下一脸呆滞、惊愕又茫然无措的莫瓢……

窝棚外，陆勇和崔建国一脸阴沉地坐着。捏勒一直毫无音信，仿佛消失了一般，崔建国连续几天到联络点都没得到任何消息。他们陷入紧张不安之中。

石垒还在恢复中，几乎不能行动。他们虽然隐藏在马奈，却危机四伏，缅国防军和民团的排查范围在不断扩大。这里非久留之地，他们陷入进退两难的境地，可放弃捏勒，陆勇怎么也做不到。腊戌对他们来说如同一幅残缺的拼图，他们只能从线人的介绍中了解一鳞半爪。现在线人已经藏匿，能与之联系的只有捏勒。

陆勇推断捏勒一定遇到了麻烦，不然凭捏勒的本事，一般人不可能轻易留住他。

陆勇不可能在危难时刻抛弃捏勒，撤回帕康根据地。山魈小队刚刚建立，他要的是生死依存的信任，它要铭刻进每个人的骨子里。可以去死，但不能随意抛弃队友。捏勒之危考验着他们，陆勇必须在小队中建立这种至高至刚的信念，只有把五人攥成一个拳头，山魈小队才会无坚不摧，才会成为一把利刃，在险恶的缅北山地丛林活下去。

缅甸国防军政府联合三军情报总局和侦探部，对腊戌进行严密排查。腊戌一共划为 13 个街区，其中 5 号街区是贫民区，捏勒躲藏在 5 号街区的一户掸族人家家中。

捏勒少年时混迹于此，和一个叫埃松的掸族少年结为异姓兄弟。埃松年长捏勒两岁，性情温和、善良。埃松家境贫寒，双亲是智障者，一家三口生活得十分艰难。

捏勒少时因家乡战乱，流浪腊戌。某天，捏勒很饿，想在垃圾堆里翻找点儿吃的。也在拾荒的埃松看到了他。看着浑身肮脏、衣衫褴褛的捏勒，埃松在怀里掏了半天，掏出用芭蕉叶裹着的糯米团，不舍地给了捏勒。

这是几天来捏勒吃到的最干净、最美味的糯米团，糯米团里有一小块咖喱肉，黑乎乎的。捏勒吃的时候，一旁的埃松直咽口水。

糯米团是缅寺一个和尚施舍给埃松的，埃松本想带回家给父母，可看到饥饿的捏勒，咬咬牙还是给了他。埃松经常挨饿，饿得脚瘫手软的滋味他也体会过，捏勒迟缓的动作触痛了他那颗善良、柔软的心。

埃松把捏勒带回了家。他的家是一座破旧、简陋的铁皮顶房子，四周污水横流、垃圾遍布。这一片的住户大部分是缅北山区因战乱留居的各山地民族。捏勒在埃松家住了下来。

埃松的父亲因为智障，被好心的邻居带着，在城里做低贱、繁重的体力活儿，如疏通下水道、火车站卸货、淘粪，每天一身汗水，有时会弄得皮开肉绽，需要埃松为他涂药。智障的母亲什么也做不了。

埃松和捏勒经常一起跑遍腊戍的大街小巷，收集垃圾破烂，两人不是兄弟，胜似兄弟。

族人找到捏勒后，捏勒才离开了埃松家。捏勒离开时，埃松递给了捏勒一块腊戍著名的芙蓉糕，糕点被埃松捏得热乎乎、汗津津的，是埃松特意为捏勒买的。捏勒红着眼眶接过，咬了一口，说："真甜。"

埃松说："下次回来，哥再给你买一块。"

捏勒默默点头，泪水已经溢满了整个眼眶。

埃松一再叮嘱捏勒："外面过不好，就回5号街区，这里好歹是个家。"

捏勒打缅拳打出了名声后，给埃松寄了很多钱。埃松翻建了房，生活逐渐改善。埃松很为这个弟弟自豪，后来两人断了联系。埃松到八莫、皎脉、东枝等地找过捏勒，一无所获，伤感了很久。

当满身鲜血的捏勒出现在埃松家门前时，埃松僵住了。

"哥，我是捏勒。"捏勒捂住埃松的嘴，在他耳边轻声说。

埃松战栗不止："捏、捏，真是你吗？"埃松惊愕地大张着嘴，不敢相信自己的眼睛。

捏勒摇摇晃晃，站立不稳。

埃松吓坏了，紧抱着捏勒，哽咽着说：“兄弟，挺住，挺住！我去找医生。”

“哥，不……不行……不能去……让人知道了，咱们都会没命的。”捏勒挣扎着制止埃松。

想到响了一夜的枪声、爆炸声，埃松瞬间明白了什么。他把几近昏迷的捏勒抱到房间的床上，一时不知所措。

捏勒知道，自己的惨状一定把这个老实本分的哥哥吓坏了。他抱歉地说：“哥，对不起……没办法……兄弟又来打扰你了。”

看到捏勒身上有的地方还冒着血，埃松清醒了些，急忙把枕巾、毛毯扯过来，欲堵住冒血的伤口。

“兄弟，不找哥你找谁？哥不会让你死的，不会让你死的。”埃松红着眼眶，撕破捏勒的衣裳，哆哆嗦嗦地包扎着捏勒的伤口。

埃松还是那个憨厚、朴实、善良的哥哥，几年了，一点儿都没变，捏勒不由得大舒了一口气。但伤口得马上处理，这么血流不止，熬不了多久，必死无疑。

捏勒脸颊苍白，浑身发冷，喘着粗气。他摸出两颗黄灿灿的子弹，递给埃松：“哥，撬开弹头，把火药倒出来。”

看到子弹，埃松坐实了自己的猜想，心里更加慌乱，惊颤着问：“捏，这，这要做什么？”

“这样流血不行，得止住血。”

埃松按捏勒的指点，弄了半天，撬开了弹头，倒出黑黝黝的火药，撒在捏勒的伤口周围，然后找来火柴，点燃火药。

噼啪，捏勒的伤口蹿起一串火花，满屋子都是一股焦臭味。埃松吓得一屁股坐在地上。

捏勒浑身哆嗦，闷哼着，眼珠仿佛要挣脱出眼眶。

“捏、捏，没事吧？”埃松急忙抱住捏勒，声泪俱下。

“好多了，好多了。”捏勒呢喃着，龇着牙，合上了眼睑。

这一夜让埃松刻骨铭心，他须臾不敢离开捏勒半步。

捏勒整整睡了一天。身上几处枪伤都无大碍，但右胸上挨的一枪，子弹没取出来，伤势严重，他开始发高烧。

捏勒征战多年，知道只有取出子弹才能保住性命。捏勒思考着，喊住焦灼不安的埃松，让他想办法去药房买点儿酒精和盘尼西林。

2 号街区有一家果敢人开的“隆升”大药房，名气很大，原只是个分号。果敢被缅共人民军攻占后，隆升大药房整体迁至腊戍。埃松父亲以前经常受伤，他去买过药，熟悉药房的伙计。

贯穿伤只要不伤及要害，都无性命之忧，但子弹留在体内会因空腔效应形成扩张性的大面积创伤，十分危险且致命。如不及时取出子弹，会对人体肌肉组织造成不可逆的伤害。

埃松很顺利地买到了酒精、药棉、消炎粉和盘尼西林。

捏勒靠在床头，用埃松磨得锋利的尖刀在伤口处划开一道口子。

捏勒眼睛通红、浑身痉挛，看得埃松胆战心惊，头皮发麻。

血染红了被褥床单，埃松生怕捏勒死去。

“捏，上医院吧，哥求你了。”埃松泪流满面，哀求着捏勒。

捏勒晃了晃头：“哥，帮……帮弟弟……取出子弹。”捏勒几次险些晕厥，手脚好似不听使唤。

埃松抽泣着，战战兢兢地把手伸进捏勒温热的体内，咬牙摸索着，终于抠出卡在肋骨里被肌肉包裹的子弹。捏勒大叫一声，闭上了双眼。

埃松曾处理过父亲的伤口，知道怎么操作。他为捏勒撒上消炎粉，用针缝合伤口，再用纱布紧紧扎住。

一番折腾下来，埃松全身衣裳被汗水浸透，人好似虚脱一般。看着捏勒苍白虚弱的面孔，埃松被他钢铁一般的意志震撼到了。这个既熟悉又陌生的兄弟，几年没见，到底参加了什么样的民族武装，竟敢攻击强大的国防军？

埃松既担心又焦虑，捏勒是他的兄弟，怎么都得救。

他砰的一声跪下，朝佛寺的方向虔诚地祈求着，祈祷佛祖保佑他的兄弟捏勒……

几天来，莫瓢悉心地把唐门医术，特别是唐门绝技“脉问”传授给唐茵语。在他看来，唐茵语是唐门正统，他背叛宗门大逆不道，归还唐门绝技，是他的赎罪。

可“脉问”太玄妙，很难掌握，得用心去探察，用灵性去解析。唐茵语由于惦记捏勒的安危，心绪无法平静，始终不得要领，弄得她十分郁闷。

莫瓢的医术让唐茵语惊叹，人体的奇经八脉，他如数家珍。莫瓢告诉她，她的外曾祖父唐舒恒才是“鬼手神医”，他只学到了皮毛，真正救石垒的是“九尾续命丸”，他只是加了一些辅助药材。仅靠散瘀草之类的普通药材，想救石垒的命？做梦去吧！

“九尾续命丸”唯一的药引是一种叫九节羚的神秘动物，传说它有九条命，长尾狐面，长有一根赤棕相间的花斑尾巴。它生活在环境恶劣的极地，稀少珍贵，极难捕捉。为熬制神奇的“九尾续命丸”，莫瓢尝试了不知多少次，总是功亏一篑。唐九妹把“九尾续命丸”留给唐茵语，可见唐茵语在她心中的分量。

莫瓢穷其半生熬制出的“还魂丹”，属唐门的下品丹药。当年亡命缅北果敢，莫瓢用它救了果敢杨姓土司一命，才安全栖身下来。

唐茵语告诉莫瓢她很少用毒，莫瓢很是欣慰。唐门过去因为用毒，遭到江湖中人追杀，后人便慎之又慎。唐九妹一再告诫她，不得随意施毒，除非万不得已。

莫瓢看着唐茵语整日愁眉不展、焦虑不安，犹豫了许久，决定帮助他们找回捏勒。他知道自己将为此付出什么，但为还清他欠下的唐九妹的那份情债，纵使以身饲虎，也在所不辞。

正当陆勇、崔建国、唐茵语焦灼不安之时，莫瓢说他有办法进腊戍，帮助寻找捏勒。莫瓢的话让陆勇他们大喜。

事不宜迟，陆勇让唐茵语留下照顾石垒，他和崔建国随莫瓢进入腊戍城。陆勇判断捏勒不是被困住，就是受伤了，要在腊戍 13 个街区找到捏勒，难度可想而知，更何况腊戍城还在戒严期间。

虽然陆勇不知莫瓢能用什么方法让他们进入城里，但莫瓢的底细唐茵语已经告诉了他。莫瓢看似疯癫，实则心思缜密，他能救石垒，说明他的来历并不简单。只是陆勇没想到他竟是唐门一脉的，还是唐茵语的师叔。

一个背叛师门，心如死灰，欲自生自灭的人，好巧不巧地被嫡传门人给撞上了，命运就是这么神奇。

唐茵语知道，此番陆勇和崔建国进腊戌，定然十分凶险，她犹豫了半天，悄悄给了陆勇几颗“金蝉迷香”。唐茵语告诉陆勇，迷香能使他人瞬间瘫软，丧失抵抗能力，为他们脱身赢得时间。

“金蝉迷香”是用各类剧毒的动植物精心调制而成的，属唐门秘术，不到万不得已不会轻易示人，更别说赠人使用。陆勇大为惊讶，不知道她还私藏着什么，怪异地看着她。唐茵语心里发慌，朝陆勇翻了一个白眼，走向莫瓢。

莫瓢心性完全转变，没有了以往的冷漠，万事皆为尘土的避世心态也消失了。陆勇大为感慨，其实希望与失望仅仅一纸之隔，人生在世，只要看到一丝亮光，心底就不会满是黑暗。

当莫瓢出现时，陆勇眼睛一亮。莫瓢一身黑衣黑裤，大裤裆、对襟裳，一副果敢人装扮。他佝偻的腰板儿挺直了许多，灰暗、迷惘的眼睛有了一丝生气，萎靡的神情中焕发异样的神采。

果敢，缅北一个特殊的存在，就这么一个偏僻的旮旯儿，曾搅得整个缅甸北部的局势动荡不安。它是英国殖民时期的遗留，有几个叱咤风云的枭雄家族——土司杨家、罗家、彭家，家家都养有私人武装，他们为利益分分合合，各自争锋，从无安宁。

偏僻、贫瘠的土地，铸造了果敢人坚韧、剽悍的性格，他们深受华夏古老文化的影响，尊孔敬儒，与崇尚小乘佛教的缅族格格不入。缅甸军政府一直对果敢采取剿抚政策，企图分化几大家族，但效果不甚理想。果敢几乎成为一个独立王国。

莫瓢流浪果敢期间，因大病到土司杨震隆开的隆升大药房抓过药。莫瓢的自诊自治，引起在药房坐诊的杨震隆的注意，他让伙计拿来莫瓢开的药方。

莫瓢的用药方法和平常的中医诊疗截然不同，几乎颠覆了杨震隆对中医的认知。杨震隆有意结交莫瓢，为莫瓢安居果敢提供便利。后来杨震隆的兄长杨震升突发疾病，莫瓢的“还魂丹”把他从死亡线上拉了回来。

就在莫瓢欲安居果敢时，在缅甸军政府的暗中策划下，杨、罗、彭三家发生了武装冲突。几方各有背景，杨家、罗家投靠了缅甸军政府，彭家加入了缅共人民军。果敢陷入战乱之中。

在人民军东北军区、中部军区的支援下，彭家占据了果敢地区，罗家、杨家退居滚弄、腊戍地区，隆升大药房也迁移至腊戍。对尔虞我诈的生活十分厌倦的莫瓢，谢绝杨震隆的盛情邀请，漂泊于萨尔温江边，过着隐居生活。

此番莫瓢敢应承陆勇，带他们进入腊戍，便是基于他和杨震隆的关系。莫瓢带着陆勇和崔建国昼伏夜出，急速赶路，一天一夜后到了腊戍。

2 号街区是腊戍的富人区，街道很窄，尚算整洁，一栋栋二三层的楼房密布街道两旁，里面居住着腊戍的官员、富商。由于深受殖民时期英国人的影响，这里的建筑风格融合了欧罗巴的特色，又带有缅族、掸族的高脚屋的韵味，庭院宽敞，有花园、草坪和凉亭。人们生活悠闲、惬意。

隆升大药房是一家中西医结合的大药房，坐落在 2 号街区的街头，中式风格。杨震隆痴迷中医，擅长治疗跌打损伤。心机很深的杨震隆为了套取莫瓢的诊疗秘方，对他极尽笼络。他尤其垂涎莫瓢的“还魂丹”，那是他做梦都想得到的丹方。莫瓢身居鸟不拉屎的马奈时，杨震隆曾几次重金邀请他入驻腊戍隆升大药房坐诊，都被拒绝。莫瓢性情冷漠、无欲无求，杨震隆束手无策。

莫瓢行走江湖多年，对杨震隆那点儿小伎俩心知肚明。他习的医道是唐门的传承，他已经做出过悖逆师门的行为，不会再干有辱师门的事，这是莫瓢苟活于世的最后底线。

当莫瓢突然出现在腊戍隆升大药房时，杨震隆吓了一跳。面对突然现身的莫瓢，杨震隆压住内心的激动和疑惑，姿态谦恭、十分客气地把莫瓢迎进后院客厅里。

要让杨震隆接纳陆勇和崔建国，莫瓢认为关键是先掩藏住身份，之后再去寻找捏勒。他拱了拱手：“杨掌柜，莫瓢叨扰了。”

莫瓢个性清高、冷僻，不屑礼节，杨震隆觉得事有蹊跷，小心翼翼地回道：“莫兄，客气！隆升能迎来您这尊大神，不胜荣幸，何来叨扰之说。”

“老瓢带着两个小辈，想到隆升暂住几天，给掌柜添麻烦了。”莫瓢直来直去，淡淡地说。

“哦，莫兄一向特立独行，这次带两个小辈，还真稀罕哪！不过，近来腊戍不平静，J 师军营遭人攻击，死伤惨重。腊戍城盘查得十分严密，不知两个小辈乃何方人氏？”杨震隆眉头轻轻皱了一下，有些狐疑地看了一眼莫瓢。

“杨掌柜甭管，他们是来寻人的，找到就走，不会连累隆升。算莫瓢欠杨掌柜一个大人情。”莫瓢知道杨震隆老奸巨猾，在待价而沽。

杨震隆转动一下眼珠，思忖了片刻，说道：“既然莫兄都这么说了，这个忙兄弟帮了。隆升人多嘴杂，你们就住存放药材的老仓，那里清静些。莫兄看行不行？”

“能住就行，谢杨掌柜了。”莫瓢抱拳行礼，暗暗松了一口气。

陆勇和崔建国按照杨震隆的安排，秘密住进了隆升大药房的药材仓库。仓库位于隆升大药房后院，围墙很高，很清静，有四五间装药材的平矮房屋，院子靠墙角摆放着四个硕大的捣药石臼和熬制汤药的陶锅等用具。

陆勇对杨震隆的印象不太好，这个人猴腮脸、八字胡，面色萎黄，头顶毛发稀疏，一双眼睛躲躲闪闪。陆勇隐隐有些不安。

看到陆勇和崔建国，老于世故的杨震隆有些意外。陆勇的气势非比寻常，眼神漠然中透着冷厉，和他的年龄很不匹配，一看就不是一个善茬儿。

杨震隆一生追求精湛的医术，然而华夏中医大多是嫡系血亲、名门大派口传心授，外人无法探得根本。此番莫瓢进入隆升，杨震隆想不择手段留住他，逼出他的“还魂丹”丹方。

他笃定莫瓢带来的两个年轻人，和 J 师遇袭一事必有关联。他可以借此拿捏住莫瓢的命门，要挟莫瓢。但陆勇的出现改变了他的想法，这是一个棘手的人物，不能留下，必须尽快想办法除之。杨家作为果敢世袭土司，豢养了不少打手，杨家不缺杀手，不缺敢死之人。

杨震隆并没有提供有关捏勒的任何线索，莫瓢和隆升伙计在腊戍城内的探察毫无收获。莫瓢十分沮丧。

迟迟没有捏勒的消息，陆勇和崔建国忐忑不安。崔建国推测，缅军政府并没发布袭击者的任何信息，说明捏勒暂时是安全的，唯一的可能是捏勒受伤，躲藏在什么地方。能从枪林弹雨中的J师军营逃出来，不可能安然无恙，他们不约而同地想到了“药”。

陆勇喊来莫瓢，让他从各大小药店了解购买过创伤类药的人。腊戍城药店不多，除了隆升大药房，几乎没有大型药店。

因隆升伙计熟悉腊戍各诊所和药店的情况，半天就打听清楚，可捏勒仍然没有着落，急得莫瓢体内之气躁动，嘴巴泛起了血泡。莫瓢到隆升大药房抓了一些降火的药材，让伙计煎熬。

莫瓢用“还魂丹”救了杨震升后，在隆升大药房威信甚高，被尊为神医，药店的伙计对他恭恭敬敬，不敢怠慢。

莫瓢有一搭没一搭地和伙计聊着天。伙计甚是惶恐，闲聊中能得到莫瓢指点医术，那是他上辈子修来的福气。

莫瓢给伙计指点一些消炎创伤之类的诊疗方法，伙计说埃松常来为他老爹买消炎粉和药棉，这次还买了几片盘尼西林。盘尼西林很贵，也不知埃松那穷憨憨哪儿来那么多钱。

说者无心，听者有意。莫瓢心里一颤，按捺住惊喜，又和伙计套了半天话，知道了埃松居住在5号街区。

莫瓢板着脸告知伙计，从医者不能随便泄露患者信息，事关医德，下不为例，吓得伙计连连点头称是。莫瓢老眼一眯，喝完熬制好的中药汤，悠闲地走出药房……

憋了两天的杨震隆，看着莫瓢早出晚归，知道时间不多了，有些急不可待。

他和管家密谋了半天，召来府中杀手，决定晚上动手，干掉陆勇和崔建国。

杨府杀手长期游走在生死之间，个个经验丰富、手段狠辣，并没把陆勇和崔建国放在眼里。他们摩拳擦掌，欲不声不响地干掉陆勇和崔建国。

崔建国最先发现了异常。这几天，厨房伙计每次给他们送饭时，都会时不时询问饭菜口味，小心侍候着，但今天傍晚送饭时，伙计的目光游离不定，崔建国不禁警觉起来。

但凡刀口舔血的人，对险境都会有一种预感，他们如猎狗般，随时能嗅到危险。

崔建国面色森然地回到内屋，对陆勇道："勇哥，今晚可能不会平静了。"

"瓢叔那边有什么消息？"陆勇问道。

"一天都没见到瓢叔，会不会发生什么意外？"崔建国面色凝重。

"不至于，瓢叔深谙世故，不然活不到今天，何况杨震隆还有求于他。"莫瓢告诉过陆勇，杨震隆觊觎他的唐门医术。杨震隆想要剪除他们，他心里那点儿小九九，陆勇琢磨得很清楚。

"动静太大，寻找捏勒恐怕就麻烦了。"崔建国面露忧虑，看着陆勇。

"杨家在腊戍城家大业大，私通外敌，倘若动静闹大，他比我们还忌讳，这老狐狸不会做鸡飞蛋打的事，无非是玩阴的。"陆勇拿出三棱枪刺，用手指弹了一下，枪刺响声尖锐，他眼中闪过一丝狠辣。

莫瓢一天没露面，陆勇判断他一定摸到了什么线索，否则杨震隆不会迫不及待地对他们动手。

陆勇的淡定使崔建国放下了心，他从怀中抽出三棱枪刺。

陆勇微微一怔："怎么？你也觉得这东西好用？"

"钢火好，亚光的，刺穿到身上，创口难以愈合，鬼神都难救。勇哥能玩，我也想试试。"崔建国咧着嘴，看着枪刺三面凹进去的血槽，乐呵呵地瞥了一眼陆勇。

"你随时准备接应瓢叔，进来的人交给我。"陆勇跨出房门，盘腿坐在石台阶上。

四周出奇地安静，隆升大药房的药材仓库没有后门，外墙无窗，弥漫着浓郁的中药味。随着夕阳西下，天渐渐黑了下来。莫瓢依然没有现身，陆勇微闭着双眼，如老僧入定。

暗夜中，五个黑衣人脚步轻盈，不声不响地摸进了仓库，手中的骠刀不时闪烁着白光，看到坐在房门台阶上的陆勇，不禁心中大骇。

陆勇气沉丹田，猛地怒睁双眼，厉声道：“都来齐了吗？”

黑衣人唰地呈半月形围住陆勇，一黑影凶声怒斥：“兔崽子，找死！”

五道刀光迅捷地朝陆勇卷来，凶狠而冷冽。

陆勇出刀了。关东刀横扫而去，冷风乍起，光影惊乱，一声爆响，五把骠刀被齐齐磕飞。

陆勇凌空跃起，左手三棱枪刺如影随形，如游龙穿行在五个黑影间，仅仅一息，五个黑影手捂着被洞穿的脖颈，扑倒在地。

“勇哥，小心！”崔建国一声惊呼。

两道穿门而进的黑影快如疾风，挥舞着骠刀，一左一右朝陆勇袭来。这是两个老辣的杀手，刀法粗暴而凶险，夹着森冷杀气，直取陆勇要害。

陆勇暴喝一声，脚尖一踮，原地蹿起，刀刺齐出，身体诡异地半旋拧转，枪刺脱手，呼啸着扎进一黑影的胸膛，关东刀凌空上撩，把另一黑影的脑袋劈成两半。这套刀法行云流水，充满着暴力美学。

一旁的崔建国看得目瞪口呆。

一个干瘦的黑影出现在门口，惊诧地看着满地尸体。

“瓢叔！”崔建国喊了一声。

“杨震隆，老蟊贼！”莫瓢眼底升起怒火，想不到杨震隆竟如此痛下杀手。他愤愤啐了一口。

门外廊道传来杂沓的脚步声，陆勇说：“憋住气，快走……”随即向门外扔出两颗“金蝉迷香”。

三人借助墙角摆放的石臼，迅速翻过围墙。

莫瓢带着陆勇和崔建国向 5 号街区狂奔。他已经找到了虚弱不堪的捏勒。

埃松搀扶着捏勒站在屋檐下，紧张地注视着狭窄的巷道。看到三个跑来的黑影，捏勒心里涌起阵阵暖流。

陆勇的义气使捏勒百感交集。什么是兄弟？险地也敢深入，玩命亦不抛弃。对石垒如此，对他也如此。个性耿直的捏勒，更加坚定了紧跟陆勇的决心。

5 号街区的小巷四通八达，在埃松的引导下，他们避开了城内关卡，到达了腊戌郊外。

隆升大药房的血案惊动了腊戌侦探部，腊戌市政当局联合军警对城内进行拉网式大搜查。

马奈的江边，唐茵语几乎没合过眼，内心充满了担忧和焦灼。江风吹乱头发，她的身影显得格外寂寥而单薄。

石垒已经能进行一些简单的活动，看着满脸疲惫的唐茵语面色憔悴，失去了往日的光泽，他不禁有一些心疼。石垒是一个粗人，从小顽皮，喜欢冒险刺激的生活。他父亲是巴蜀机械厂的工人，对叛逆的石垒实行放养式教育，只要石垒不惹是生非，基本不约束他。

石垒对机械类的东西十分痴迷，什么都想琢磨一番，家里的自行车、收音机都被他拆了、鼓捣了一遍。石垒的好奇心曾险些酿成大祸，胆大妄为的他，竟盯上了工厂保卫室的半自动步枪，并趁保卫人员不注意悄悄潜入保卫室，偷出了步枪，躲在家里拆卸。

父亲回到家中，看到一桌子的步枪零件，吓出了一身冷汗，盗窃枪支可是大罪。幸好当时机械厂正搞派系斗争，无暇顾及，石垒在父亲的眼皮底下熟练组装好枪，然后趁乱偷偷放回保卫室。

经此一遭，父亲被吓坏了。恰逢工厂动员子弟响应号召，上山下乡，父亲便给他报了名。他就稀里糊涂地到了滇南，成了插队落户的知青。

石垒到缅甸北部加入了缅共人民军，满足自己对枪械的渴望。他把西式和苏式枪械的原理摸得透透的，在 S 军区是小有名气的枪械修理师。

他思维单一，从没有为未来如何生存而思考过，直至认识了崔建国、唐茵语，他才避免成为一支冷酷的，随时会被利用而后抛弃的枪。

陆勇的出现，弄板阻击战的舍命相救，横渡萨尔温江的生死与共，唐茵语的救助，使石垒意识到同胞间那割舍不了的情谊，而有所醒悟。

石垒看着江风吹拂中形单影只的唐茵语，不禁有些愧疚，他不善言辞，不知道怎么宽慰唐茵语，只好一遍又一遍拆卸、擦拭着机枪。

天亮后，杨震隆看到仓库尸骸遍地，四处都是残肢断臂，血染红了地面，既惊骇又恼怒。

最让杨震隆害怕的是“金蝉迷香”，它竟使十几个伙计丧失了行动能力，有的至今还瘫软、昏迷着。和莫瓢的梁子已经结下了，不除掉莫瓢，今后隆升不会安宁，但他束手无策。

思忖了半天，杨震隆把实情告诉了兄长杨震升。杨震升是掸邦议员，在腊戍有一定声望。兄弟两人一番谋划，为了不留后患，决定引导缅国防军和民团前往马奈，围杀莫瓢一行。

陆勇一行人不敢有丝毫停留，沿着偏僻小道朝马奈奔去。捏勒伤得很重，几乎没有行动能力，完全靠埃松背着。一夜的疾行奔走，埃松浑身是汗，犹如水洗过一般。

捏勒不想连累埃松，挣脱埃松，落地，他知道埃松的父母离不开埃松。陆勇等人被憨实、率直的埃松感动了，竭力劝埃松离开。埃松一步三回头，恋恋不舍地返回腊戍。

与此同时，隆升大药房的伙计带着武装民团和一队缅军气势汹汹地朝马奈扑来。两方几乎同时到达马奈江边的芦苇荡。对马奈地形了如指掌的莫瓢带着一行人穿过沼泽，到了江边窝棚，和唐茵语、石垒会合。

缅军行动很快，他们知道陆勇一行是人民军的精锐，不敢松懈，迅速架起迫击炮朝窝棚轰击。尖锐的呼啸声撕破了马奈的宁静，爆炸声中，乌黑的泥水四处飞溅，窝棚周围浓烟滚滚。

崔建国端起机枪蹿出，冲向通往窝棚的小道。这是一条狭窄的硬埂土路，四周是泥泞的沼泽，芦苇密布。

石垒不顾伤痛，咬着牙，踉踉跄跄地尾随着崔建国朝前方扑去。顿时，前方爆发出阵阵激烈的枪声。

陆勇把捏勒放在一堆苇秆上，透过重重硝烟，他看到莫瓢把唐茵语紧紧护在身后。迫击炮弹的爆炸声震耳欲聋，横飞的弹片削断了一排排芦苇。

唐茵语叫了一声，冒着炮火朝陆勇飞快跑来，吓得陆勇奋力把她扑倒在泥地上，爆炸的水花淹没了两人。

莫瓢看唐茵语这么在乎陆勇，仿佛看到了当年的唐九妹，往事历历在目，不禁心潮起伏。莫瓢心一横，来到窝棚前，拆下支撑的粗木杈，他要扎一张苇排让陆勇一行人过江。

陆勇看到轰然坍塌的窝棚，连忙朝莫瓢奔来。

“瓢叔，你干什么？”

“扎苇排过江，你去帮帮那两个小子，挡住他们，给我一点儿时间。”莫瓢面无表情地说。

陆勇朝唐茵语点点头，让她照顾好捏勒，拎起 AK47 朝崔建国他们奔去。

莫瓢麻利地用藤条固定住四根粗木杈。

唐茵语扶着捏勒来到莫瓢身旁：“师叔，这能行吗？”

“承受几个人我看没问题。”莫瓢麻利地把几张编织好的苇席叠在一起，固定好苇排四角，朝江边拖去。

枪声愈来愈近，缅军借助芦苇荡掩护，朝他们包抄而来。石垒气喘吁吁，看到围过来的缅军，头脑一热，红着眼睛，端起机枪，大吼一声，朝前方扫射前进。

“石垒，你不要命了！”崔建国吓得飞身扑倒他。三人死守着路口，情形十分危急。

“小子们，快上苇排！”莫瓢大吼一声，把捏勒抱上苇排。一行人连滚带爬地跳进江中，扶住了苇排。

莫瓢并没有上苇排，唐茵语急眼了：“师叔，快上来呀！”

莫瓢怜爱地看着唐茵语：“妮子，老瓢能见到你，知足了。世上没有后悔药，让老瓢来弥补一丝亏欠吧……”莫瓢说完，奋力把苇排推向湍急汹涌的江中，毅然转身蹿进芦苇荡。

缅军和民团看陆勇等人坐上苇排，吼叫着拥到江边。突然，一支支苇秆箭矢般从芦苇荡里射出，迅疾无声地扎进他们后背。

莫瓢如一只灵猫，蹿出了芦苇荡，朝江边的缅军奔去，他身形飘逸、步伐诡异，苇秆不停地从手中射出。缅军被打得措手不及，纷纷趴下，掉转枪口，弹雨瞬间撕碎了莫瓢。

莫瓢看着汹涌的江面上远去的苇排，艰难地举着手，缓缓倒在泥泞里。

“师叔，师叔……”

唐茵语嘶哑地大喊着，泪水打湿了她的脸颊。陆勇紧紧抱住悲恸的唐茵语，满脸悲愤。

枪声渐渐平息，马奈陷入死一般的沉寂，江水呜咽。漂流在江面的山魈小队，齐齐朝马奈方向低下了头……

第十七章
回归帕康

聂恩派出的数支小分队一直守候在江边，接应到了陆勇一行人。缅甸国防军J师大小军官几乎被覆灭一事，震动了人民军总部，消息迅速传遍整个根据地，巴登顶总书记代表缅共中央发来贺电。

S军区士气大振，这是人民军自成立以来，一场空前绝后的偷袭战，其影响力不亚于一场大的战役。帕康的危机解除，高悬在S军区上方的达摩克利斯之剑消失，戒备森严、死气沉沉的帕康重新焕发了生机与活力。

聂恩副司令从总部调配来最好的医生和药物为捏勒和石垒治疗。

山魈小队能完整归来，大大出乎聂恩副司令的意料。腊戍之行，可以说九死一生，事前他并不抱太大希望，无非是为了分散S军区的压力，敲山震虎，让J师有所顾忌，不敢偷袭骚扰帕康根据地。

当眼线传来情报，吴波梭和J师其他大小军官几乎团灭，震惊之余，他难以置信。激动的聂恩副司令命警卫员带几个战士到深山丛林狩猎，打些野味，犒劳山魈小队。

回归帕康，陆勇并不兴奋，莫瓢的死再一次撕裂了他心中的创伤。莫瓢远离故土，一生孤独，尝遍世间辛酸苦辣，为了掩护他们抛尸于马奈。他想到尚米嘎，想到温楠，他们不是亲人胜似亲人，他们悲惨的离去，让他久久难以释怀。

最让他担心的是唐茵语，他已经一天没见到唐茵语了。莫瓢的死，让陆勇看到唐茵语善良柔软的一面。可在缅北险恶的环境中，没有坚毅之心，难以活下去。

陆勇不会让刚建立起来的山魈小队因一次腊戌袭击战就无声地沉沦，失去悍勇的意志，他得把每个人磨砺成出鞘的利刃，经得住任何风暴和残酷现实的锤打。

唐茵语一直沉浸在悲痛之中，独自在丛林中静静地徘徊。

风吹拂着她略显单薄的身躯，片片落叶无声凋零，使她心情更加低落。她怔怔地看着树叶随风飘扬，问着自己：这就是宿命？树叶的飘落，让她感到生命的脆弱和短暂，树留不住，风留不住，季节的更替，决定了树叶的命运。树叶飘落无声，不问生死，和师叔莫瓢何其相似。

莫瓢的死给她带来很大的心灵冲击，让她禁不住战栗和后怕。残酷血腥的场面，撕碎了她的天真和献身国际主义事业的理想，不是莫瓢，他们恐怕无法全身而退。

这几天，莫瓢那慈祥而沧桑的面容时不时钻进她的脑海里，让她有一种窒息般的疼痛。这个师叔虽然突然出现，但短短几天，无论是医术还是做人，他都给她留下了难以磨灭的印象。他那炉火纯青的医术，使她领略到唐门浩瀚而充满底蕴的诊疗方法。然而唐门绝技“脉问”的精髓太过玄奥，她一时无法领会。这让她十分愧疚，因为这是莫瓢临死之前传给她的唐门绝技。

林荫下，一只灰褐色的蝴蝶翩翩而至，落在唐茵语的衣袖上，不停地抖动着翅膀。唐茵语挥了挥衣袖，蝴蝶扇动着翅膀围着她不停地旋转，她心中一动。

唐茵语听九娘说过，至亲逝去后，会化为灵物和生者告别，她哽咽道：“师叔，你真的是化蝶来看我了吗？茵语无能啊，辜负你了。”

她颤抖着摊开手掌，蝴蝶轻盈地飘落于掌心，摇动着触须，片刻便振翅高飞，消失在丛林。

“师叔……”唐茵语忍不住泪流满面，泣声跪倒在地。

突然悲愤的唐茵语一声嘶喊，打出一枚枚梭子针。

梭子针如点点星光，呼啸着，迅疾精准地扎进了十几米开外的树干。一只惊飞的野斑鸠穿林而过，唐茵语手一扬，梭子针追风而去，飞鸟向上一蹿，坠落而下。

“茵语。”陆勇出现在林中，看到扑腾落下的野斑鸠，惊诧地看着唐茵语。

“勇哥，我见到师叔了，他幻化成了一只蝴蝶。”唐茵语红着眼眶，眼泪流了下来。

“茵语，我信。”陆勇帮她擦去泪水，心疼地捋了捋她凌乱的秀发。

两人默默坐在丛林的枯叶上。唐茵语瘦了，脸上布满哀伤。她第一次经历如此惨烈的战斗，心灵蒙上了一层阴霾。

在残酷的缅北，要生存下去，她必须锻造出铁石一般的个性来。陆勇本想让她明白，她不是小女人，而是铁血山魈，往后的生死搏杀，不容有丝毫柔软，因为对手不会放过任何一丝击杀她的机会。但陆勇什么也没说，他看着阴影重重的丛林，安静地陪着唐茵语。

“勇哥，师叔太惨，太可怜了。”唐茵语眼里布满泪花。

“瓢叔长期流浪域外，有生之年能见到唐门传人，还是故人养女，他安心了，也维护了唐门的尊严。”

“我是不是很没用？”

“J 师军营阻击战，你已经证明了自己。谁都不是天生的杀戮者，兔逼急了也会咬人。要活下去，就得拿出活下去的本领来。”陆勇说得十分淡定。

“这和滥杀无辜有区别吗？”唐茵语皱了皱眉头。

“茵语，这是战争，凶险的缅北不同情弱者，战场上，随时都会被人斩杀。”

“帕康也是如此？”

“这里毕竟不是我们的家。华夏有句古语：非我族类，其心必异。帕康并非净土，世间永远逃脱不了‘利益’二字。”陆勇若有所思地说道。

陆勇的话让唐茵语心中一颤。看到陆勇眼中闪过一丝冷意，唐茵语的心不由得沉了下去。她相信陆勇，这个历经风浪依然活下来的人。

丛林里，藤条相互缠绕着披冠而下，肆意扩充着自己的空间，争夺阳光雨水，透漏的光斑洒在脚边低矮柔弱的灌木丛上，自然界的弱肉强食体现在方方面面。

人生同样是一场修炼意志的过程和考验，只有觉醒，才会看到不一样的世界。

唐茵语暗暗定下心来，自己一定要变强，只有变强，才能迎来那束灿烂的阳光……

翌日一早，德钦缪丹司令员要单独召见陆勇，派S军区新来的政工干事吴觉敏找到了陆勇。

吴觉敏是一个肤色白净、身材匀称的青年，皮肤和缅族普遍的深棕色有所差别，其脸颊轮廓给陆勇似曾相识的感觉。

吴觉敏是人民军中少有的知识分子，为了理想和一群缅族青年投奔人民军。他态度谦和、儒雅，见到陆勇满脸仰慕，十分热情：“陆队长，S军区的大英雄，觉敏敬佩之至，早想结识陆队长，不知有没有这个荣幸？”吴觉敏一脸真诚。

“我陆勇就是一个粗人，吴干事谬赞了，很高兴认识你。”陆勇伸出手握了握吴觉敏细嫩的手掌。

“缪丹司令员想请陆队长小聚一番，在司令部等着呢。”吴觉敏轻声说道。

陆勇有些诧异，他和德钦缪丹之前没有任何交集，后来见过几次面，德钦缪丹神情倨傲，一副高高在上的样子。弄板战役正是因他冒进主战，导致S军区损失惨重，他却把责任推给了聂恩副司令，陆勇心底对他十分不齿。

“司令员是命令还是请？命令我服从，若是请，改日我会去拜见司令员。因今天确实有点儿私事要办，烦请吴干事通融一下。”陆勇笑道。

“那行，司令员不过是想和陆队长拉拉家常，我会解释的。有时间也给觉敏一个机会，聚一聚？”吴觉敏笑着征询道。

“行。”陆勇答应得很干脆。

陆勇对吴觉敏印象尚好，再说对占据人民军高层的缅族，他不想得罪，避免增添不必要的麻烦。吴觉敏低调、谦虚，有意与他结交，他没有拒绝的理由。

对德钦缪丹突然伸出的橄榄枝，陆勇颇感意外。德钦缪丹出身于仰光一个小商贩家庭，早年就读于达贡大学，深受缅共总书记德钦东的影响。后来他加入了缅共，任德钦东的机要秘书，德钦东罹难后，他转而追随现任总书记巴登顶，直至建立S军区，调任军区司令。

德钦缪丹基本上是一个政工干部，对军事一窍不通。然而，受过高等教育的他心里很鄙视缅北部各少数民族，认为他们愚昧无知，思想有差异，境界也不同，不屑于和他们过多交流往来。

初到S军区时，他处处想压聂恩一头，无奈聂恩威信太高，弄得他自找没趣，十分郁闷。他不得已游说总部，软磨硬泡，引进了一批缅族知识青年，分散到各营连，吴觉敏就是他特意挑选过来的。

因为聂恩副司令要宴请山魈小队，陆勇不便把话挑明，这才拒绝了德钦缪丹。由于军区司令部转调文件还没有下发，临时组建的山魈小队的队员各自归位，陆勇朝崔建国住的EEE营房走去。

这次腊戍之行一波三折，险象环生，弄得崔建国身心疲惫。回到EEE营，他本想好好休息几天，可放松下来却难以入眠，思绪万千。

山魈小队袭击J师一役，给了他极大的信心，特别是陆勇超强的能力，让他惊叹不已。陆勇无论身陷何处都镇定自若，对危机的判断、处理能力不为常人所有，引发了崔建国许多的联想。

在国内，崔建国的家庭背景不太好，属于城市小资产阶级，备受歧视，因此养成内敛、寡言的性格，平时大多以书为伴。参加缅共人民军后，他有着自己独特的判断和思考，并不像许多知青充满着红色激情，怀揣南美革命斗士格瓦拉的国际梦想。然而，几场惨烈的战斗下来，知青们个个如霜打的茄子，失去了坚韧之心。有的自暴自弃，有的随波逐流，很快就形同散沙。

人民军内部矛盾严重，暗地里派系林立，各山地民族都在盘算着各自利益，虽说在缅甸军政府的高压下，在缅共人民军这面旗帜下，大家暂时能聚拢在一起，维持着表面的团结，但一旦陷入困境，就会产生极大的分歧和危机。

弄板惨败，一些矛盾就浮出了水面。人民军高层任人唯亲，既想笼络各民族，维护自身的主导地位，又怕喧宾夺主，于是向各根据地派驻缅族人员，让他们占据要职，使各民族官兵十分忌惮。

知青成了根据地几大军区竞相拉拢的对象，华夏知青有勇有谋，能打仗，每次战斗都一往无前，死伤惨重，崔建国看在眼里，内心十分焦虑。陆勇的恰时出现，点燃了他不甘寂寞的心，带给他无比的希望。

为了自保，崔建国练就了一手绝技，出枪快，枪法准，借此屡屡逃过险境，是S军区有名的快枪手。

此番腊戍之行，他见识到陆勇鬼神难测的刀法，被深深震撼，冷兵器运用得如此炉火纯青，拥有了陆勇的山魈小队将会是无坚不摧的利剑。

崔建国并不甘于现状，他要用三棱枪刺弥补自己近身搏杀的短板。几天来他竭力回忆着陆勇在隆升药材仓库斩杀杨府杀手的刀法，可依然不得要领，弄得他沮丧无比。

陆勇在营区里没见到崔建国，便朝略为偏僻的训练场走去，隐隐约约看到一个人挥舞着三棱枪刺左右穿刺，身形别扭，下盘虚浮。陆勇眯眼一笑，甚感欣慰，看来腊戍一行对山魈小队触动很大，唐茵语、崔建国都在不断强化自身的技能。

“刀者，心无旁骛，稳住下盘，行气于丹田，刀就是我，我就是刀，刀随意行，当以‘劈、穿、撩、挂’为要，静如处子，动如脱兔，心到意到，自然生成。”陆勇沉声提示。

崔建国闻声，心头一喜，朝陆勇走去：“勇哥，你怎么来了？正想请教你呢。”

“建国，用刀非一日之功，急不来，先得打好基础。”陆勇看着汗涔涔的崔建国，安慰道。

“兄弟不想成为累赘，得多学几手，关键时刻不拖累大家。”崔建国不好意思地笑道。

“你已经很了不起了。出枪速度快，是你最大的优势。你心性沉稳、遇事冷静，可试试狙击枪，那玩意儿威力大、准度高，对山魈小队会有大用。”陆勇使用过狙击枪，也吃过狙击枪的亏，差点儿丧命，至今都心有余悸。

崔建国正有此意，不由得眼睛一亮，但狙击枪十分稀罕，不是轻易就能搞到的。陆勇带来的几支狙击枪被聂恩副司令视如宝贝，至今都没配发。

“走吧，聂恩副司令请客。”

陆勇和崔建国朝训练场大门走去。

第十八章 诡异的猎杀

聂恩副司令的住宅是干栏式建筑，很简陋，茅草做顶，有一个二十多平方米的小院，围着一圈木栅栏。

帕康条件艰苦，各山地民族的生产方式以刀耕火种为主，人民军在缅北建立根据地后，兵员增加，食物供给十分艰难，几月也难得沾一次荤。

聂恩副司令让警卫班去原始丛林狩猎，猎到了两头麂子，炖了一大锅麂子汤。小院飘溢着让人垂涎的肉香。

陆勇、崔建国来到小院时，唐茵语、捏勒和石垒已经坐在了院中的木桌旁。捏勒多亏有一副好身板，恢复得很好。石垒得到莫瓢的精心救治，已经康复。

聂恩副司令穿着一件白棉布衬衣，蹲着捣弄着石臼里的一堆辣椒，准备做KNO人喜欢吃的凉菜——豆豉拌芭蕉心。

看到陆勇和崔建国走进小院，聂恩副司令站了起来，招呼着两人入座。

聂恩副司令揩了揩手，眯眼笑着走向陆勇和崔建国："我们的大英雄来了。事儿干得漂亮，全军区都要感谢你们。"

"都是副司令谋划得好，我们不过运气好而已。"陆勇和崔建国敬了个礼，握了握聂恩副司令伸过来的手。

"陆队长也学会谦虚了。坐吧，坐吧，好好撮一顿，我犒劳犒劳各位勇士。"

聂恩副司令打趣。

警卫端上两大盆麂子肉，麂子肉冒着腾腾热气，刺激着大家的味蕾。石垒两眼放光，迫不及待地夹了一块放进嘴里，烫得呜呜直叫，只好囫囵吞进肚里。

“烫死你,副司令还没发话呢,你就吃上了。”唐茵语嗔怪地朝石垒翻了翻白眼。

大家看着面红筋涨的石垒，哄堂大笑。

“来吃吧,没那么多规矩,敞开吃。”聂恩副司令慈爱地为陆勇夹了一块肉,“你们没有任何援助,能从重重包围中打出来,真是创造了奇迹,能写进S军区的战史,怎么奖励都不为过。后生可畏呀。”聂恩副司令十分感慨。

捏勒、崔建国闷声吃得不亦乐乎，看得唐茵语直皱眉头。

陆勇默默吃着，没吱声。吴觉敏一早的来访扰乱了他的心情，也冲淡了他的食欲，他思索着要不要告诉聂恩副司令这件事情。

唐茵语瞥了一眼捏勒、崔建国，连忙给陆勇舀了一勺麂子肉：“勇哥，快吃呀，不然这帮狼崽子汤都不会给你留下。”

聂恩副司令早就注意到了陆勇的异常，碍于大家兴致勃勃，他不便询问，只是热情地让大家敞开肚皮吃。

唐茵语察言观色，悄悄扯了扯陆勇的衣角：“勇哥，有事？”

“没、没，茵语，你也吃。”陆勇朝唐茵语笑笑，也给唐茵语舀了一勺肉。

整个小院洋溢着暖融融的气氛……

沉寂的帕康根据地解除了战斗警戒，S军区一改往日的颓势，冷清的山贸市场也逐渐有了人气。

进入六月，雨水渐渐增多，缅北云雾缭绕，山地丛林湿气很重，道路有些泥泞，葱茏的灌木、茅草因充沛的雨水长得异常茂盛。缅北丛林地势复杂，山高林密，缅军不敢在这个季节轻易进犯，人民军赢得了休养生息的时间。

此刻，在离帕康几十里的崎岖羊肠小道上，S军区的征粮小队正将从掸邦波玛镇购买到的粮食等物资运往帕康，马铃声声，三十多匹骡马鱼贯穿行在高低不平的山地间。

因进入S军区的游击区范围，征粮小队放松了警惕，松散、疲惫地吆喝着骡马，向一条叫黑塘沟的峡谷走去。黑塘沟峡谷地势险峻，林木茂密，易守难攻。

峡谷隐蔽处伸出了几支黑黝黝的狙击步枪，它们朝着征粮小队缓缓移动着。峡谷寂静，细雨无声飘落，打湿了丛林山地。狙击手身着草绿色的迷彩服，和灌木杂林融为一体，掩蔽在幽寂的丛林。

陡然，枪声巨响，征粮小队的士兵来不及反应，便中枪倒地，都被子弹击中了要害。

峡谷灌木林，一个魁梧的白人男子放下手中的望远镜，挥了挥手，隐藏的狙击手都站了起来。狙击手个个精悍，脸庞涂抹着草绿色的油彩，一看就是久经沙场的职业军人。他们装备精良，除了狙击步枪，还挎着美制M16突击步枪。

随着白人男子的手势，他们敏捷地朝谷底奔去。

“不留一个活物，杀！”白人男子厉声说道。

弹雨瞬间罩向三十多匹骡马，骡马嘶鸣，片刻工夫，全部被杀，粮食也付之一炬。这些人行动迅速，手段狠辣，做完一切转眼便消失在莽莽丛林之中。

消息传回了S军区，聂恩副司令十分震惊，他让陆勇带着刚完成组建的山魈小队前去探查。

接到命令的陆勇不敢怠惰，带着小队直奔黑塘沟峡谷。阴雨淅淅沥沥下个不停，山魈小队披着用棕叶编织成的蓑衣，沿着崎岖小路向前疾行。

陆勇突然停了下来，看着云雾弥漫的山岗，思索了一下，说道：“避开大路，另选一条线路，直插黑塘沟峡谷。”

事发突然，陆勇不得不警觉。征粮小队大部分是当地少数民族战士，对地形、地物了如指掌，却无一存活。陆勇多少了解一些缅国防军的手段，枪手能在雨季深入缅北游击区，绝非泛泛之辈。

大家对陆勇的决定没有任何异议，他们相信陆勇，他用实力和经验一次次精准地判断过。

“陆，跟紧我，我知道怎么走。”因伤还没有好利索，捏勒脸颊苍白，他气喘吁吁地对陆勇说。

“捏勒，你伤没好，行吗？”陆勇有一些担心。

“勇哥，他不行我就扛着他走。”石垒撸了撸袖子，上前欲抱捏勒。

捏勒躲开石垒：“去、去、去，我捏勒是受伤，不是废人，KNO 以山为伴，走山地丛林，你石垒差远了。”

众人会心一笑，紧跟着捏勒走入一条陡峭的山梁。

黑塘沟峡谷浓郁的血腥味还没散尽，映入山魈小队眼帘的是一幕骇人的场景：峡谷里人和骡马的尸体四处横陈，血流遍地。陆勇让石垒和唐茵语警戒，他和崔建国、捏勒朝谷底奔去。

枪手狠辣歹毒，连牲畜都不放过。陆勇和崔建国仔细检查尸体，心情沉重无比，这些战士均被一枪毙命，有几个战士面目全非，脑袋都被打破了。

“勇哥，枪手使用的是大口径子弹。”崔建国面色凝重。

“是狙击步枪。他们很嚣张，下手决绝，缅军没有这等能力的军人。”陆勇抬头看向枪手之前潜伏的位置。陆勇不知道截杀者是挑衅还是怀着其他目的，他不禁想到了西洋杀手勒萨尔，自己当初和尼吞拼杀，没有觉察到藏匿的勒萨尔，险些殒命。

捏勒抽动着鼻子，眉头一皱，甩掉蓑衣朝对面的山坡爬去，边爬边拨弄着草丛、灌木，片刻后搜出几颗黄澄澄的弹壳。

KNO 族人擅长攀爬和丛林追踪，能辨识多种气味。捏勒嗅到淡淡的类似洋葱的味道，夹杂着一股雪茄香气，他心里一惊：“西洋人，他们怎么会出现在这里？”

五个狙击位置，布置得很立体，猎物进入伏击圈便难逃一死，这是一群有着丰富杀戮经验的职业军人。捏勒面色严峻，他循着气味，发现截杀者朝帕康方向移动，顿时紧张了起来。

捏勒迅速来到陆勇跟前，展露手里的黄铜弹壳：“陆，是西洋人，大概五至六人，正朝帕康移动。”

“西洋人？你确定？”崔建国很疑惑。西洋人和他们八竿子打不着，怎么突然冒了出来？再说区区几个人，竟敢深入缅北丛林，也太不把人民军放在眼里了。

西洋人的出现，也让陆勇大为吃惊。在这个梅雨季节，缅北丛林野兽猖獗，毒虫横生，他们灭杀征粮小队后并没撤走，反而孤军深入，究竟要做什么？

陆勇扫视了一下白雾笼罩下连绵起伏的山地丛林，树高林密，怪石嶙峋，陷入了沉思。片刻，他果断地挥挥手：“回帕康。”

三人朝唐茵语和石垒警戒的山岗走去。

第十九章
雇佣兵老 K

伏击征粮小队的是老 K 带领的雇佣兵杀手。老 K 是 U 国加州人，和勒萨尔是同乡，一起在 U 国海军陆战队服过役。老 K 性情暴戾，十分好战，退役后和勒萨尔被招募到哥伦比亚的“黑蝎”地下雇佣兵组织，过着刀口舔血的雇佣兵生活。

雇佣兵是不受任何国家和组织约束的私人武装，他们只为金钱而战，不顾道义和人性。勒萨尔救过老 K 的命，两人有很深的交情。勒萨尔后来和雇佣兵组织的头领发生冲突，一气之下脱离了“黑蝎”雇佣兵组织。

老 K 当时正在非洲执行任务，回到雇佣兵组织基地，才知道勒萨尔已经离开，十分懊恼，一直打探着勒萨尔的行踪。

勒萨尔命丧莱卡丛林的消息传到老 K 耳里，他十分震惊，悲怒之下来到曼谷，通过线索，找到了素挺缇查。

一下失去两名核心干将，特别是尼吞的离去，使芭哈拳馆的生意受到很大影响，流失了一大批铁杆支持者，利润萎缩，素挺缇查肉疼不已，好在吴波梭家族很快联系上他，给了他很大的补偿。

吴丁敏莱让管家到曼谷邀请素挺缇查到达贡府第商谈要事，素挺缇查受宠若惊。吴家在缅甸的豪门地位，素挺缇查已经打听得清清楚楚，其家族在欧洲贵族间有不少人脉，是缅甸的一个超级家族，底蕴深厚，垄断的石油、天然气产业使其富甲一方。

作为黑道中人，素挺缇查也见过不少世面，但踏进吴家府第时，仍被其奢华、厚重震住。

门庭玄关高雅、奢美，整个墙面以帕敢老坑翡翠切片镶嵌，种质通透如凝冰。走过玄关，内庭别具洞天，四通八达的回廊连接两侧的房间。雕梁画栋，用材均是高级柚木。中庭宽敞，地面的白玉大理石锃亮光滑，能映人影。偶尔走过的下人彬彬有礼。这奢侈、高贵的场面使素挺缇查不禁心生怯意，他收起了往常的王八步子，小心翼翼起来。

吴丁敏莱已经在客厅等候，他中等身材，面容圆润，额头饱满，一双眼睛咄咄逼人。他上着灰色丝绸上衣，下着浅黄色格子笼基，气场很足。

看到下人引导着体态肥硕的素挺缇查过来，吴丁敏莱双手合十，笑眯眯道："素挺大人，一路辛苦了。"

素挺缇查连忙回礼："敏莱老爷，让您久等，客气客气。"

双方在沙发上坐下。素挺缇查看到宽大的方桌茶几上摆放着十几种西式糕点，做得精致诱人，香气扑鼻。素挺缇查内心感叹不已，这种贵族式的生活，是他难以企及的。

"素挺大人，上次波梭到曼谷多有叨扰，敏莱我这老头子代他谢谢你了。"吴丁敏莱姿态放得很低。

"波梭少爷睿智聪慧，能屈能伸，有做大事的气魄。波梭少爷将来前途不可限量啊，我素挺缇查自愧不如。"对吴波梭，素挺缇查是打心底佩服的。

吴丁敏莱眼圈泛红，面露伤感之色："一个废人，哪儿来什么前途？"

素挺缇查吓得一激灵："怎么，少爷出事了？"

"被那华夏人所伤，只剩下了一口气。"

"是重伤尼吞、干掉勒萨尔的那小子？"

"对，此番请素挺大人前来，正是谋划此事。素挺大人是道上的人，手眼通天，只要能招募到高手，帮助吴家除掉那华夏人，任凭大人开出条件，吴家都会尽其所能。”吴丁敏莱阴沉沉地说，脑门上的青筋凸了起来。

素挺缇查张着嘴，还没从惊愕之中回过神来。一个权势滔天的富家公子竟然被仇人干废了，那人得有多大的能耐和仇恨，连尼吞、勒萨尔这等悍勇之人都奈何不了，他难道长了三头六臂？

作为一位长期游走在地下世界的黑道大佬，素挺缇查知道仇恨会使人变得残酷和泯灭人性，一旦发起狠来，不死不休，比猛兽都要可怕。没有几分把握，素挺缇查不敢轻易表态。

吴丁敏莱看着眉头紧锁的素挺缇查，进一步诱导：“素挺大人尽管提条件，有些事吴家提前也做了些铺排，大人只需要雇用到顶级杀手，吴家不会亏待大人的。”

“敏莱老爷，这事儿容我回去想想，一定会给老爷一个满意的答复。”素挺缇查思忖了片刻，心一横，允诺了下来。

他谢绝了吴家的盛情挽留，回到了曼谷。

在别墅里，疲惫不堪的素挺缇查屁股还没坐热，保镖就急匆匆来报，说别墅外来了一个西洋人，脾气很大，指名道姓要见素挺缇查。素挺缇查勃然大怒，什么阿猫阿狗都敢来找事，还指名道姓，以为自己是哪尊庙里的菩萨？！

“让宋猜他们给我轰出去！”素挺缇查骂了一声，指着保镖大声呵斥。

保镖刚转身，宋猜就走了进来，神色紧张。

“老爷息怒，西洋人来头不小，不能大意，远方阁楼中有枪手埋伏。”

“哦，这么说，光天化日之下要杀人？”素挺缇查在黑道滚打多年，什么样的险恶场面没经历过？他不相信在曼谷还有人敢动他。

“派人盯着枪手，我倒要看看，是谁吃了豹子胆。”素挺缇查蓦地站起，带着一众保镖走出了大门。

大门外站着一个魁梧的西洋人，寸发长脸，身着花衬衣、牛仔裤，面含杀机，冷冷注视着他们。

“阁下找我，有事？”

“找大人要个说法。”

“要什么样的说法，说来听听？”素挺缇查轻蔑地抽了抽鼻子。

素挺缇查倨傲的神态激怒了西洋人，他手上的血管暴了起来，凶狠的目光直刺素挺缇查，轻蔑地说：“你很狂是吧？在我老 K 面前，按东方人的说法，‘是龙你给我盘着，是虎你给我卧着’。天下没有我老 K 干不掉的人。”

素挺缇查心一紧，知道遇上了亡命徒。黑道就怕这种不按规矩出牌的杀手。

“阁下，你我素不相识，无冤无仇，我素挺缇查还是讲江湖道义的，请阁下言明。”

“我找勒萨尔，他是怎么回事？”老 K 的话好似从牙缝里挤出。

听到勒萨尔，素挺缇查一愣，脑子飞快地转着，继而脸皮一松，舒了一口气：“勒萨尔是我素挺缇查的朋友、兄弟，不幸死在了缅北丛林，如果你是他的对手，想寻仇就来吧。”素挺缇查冷冷道。

老 K 狰狞的面孔缓和了下来，盯着素挺缇查：“谁杀了他？”

“阁下，是朋友就请到府里说。”素挺缇查恭让。

老 K 不经意地抖了抖手臂，宋猜看到远方阁楼里的人影顿时消失，紧绷的后背湿了一大片。

老 K 瞥了一眼素挺缇查，一言不发，大步走进了别墅。

素挺缇查虽不知老 K 的来路，但从他冷冽的气势就猜测他是一个刀口舔血的狠人，心里止不住一阵狂喜。吴丁敏莱委托的事儿他正茫无头绪，真是想啥来啥，只是从没听说过勒萨尔有这等朋友。

当从攀谈中得知老 K 来自“黑蝎”雇佣兵组织时，素挺缇查被震惊到了。“黑蝎”雇佣兵组织在地下世界大名鼎鼎，主要活动于非洲和南美洲，亡命嗜血，手段凶残，从不讲什么仁义道德，不放过一个活口，被他们盯上鲜有能活下来的，难怪老 K 这么嚣张。

老 K 此次到曼谷，带了几个同伴，都是“黑蝎”雇佣兵组织中的精英，是来为勒萨尔复仇的。老 K 的要求简单明了，他知道对手远在缅北山区后，让素挺缇查为他们搞一批武器装备和一块训练场地，就带着同伴消失了。

对缅甸北部险峻复杂的丛林，素挺缇查多少知道一些，他从地下拳馆召来一个叫迈早的 KNO 拳手作为向导，迈早熟悉缅北山地丛林。

尽管老 K 十分自负，素挺缇查却不敢有丝毫大意。吴丁敏莱对他寄予很大的希望，若此事能成，他将会由此得到很多的实惠和财富，但干不掉陆勇就是一场白日梦。他满足了老 K 提出的所有条件——送女人、送美食……让老 K 一行人尽情享乐。老 K 十分满意。

几天后，素挺缇查让宋猜带着老 K 一行人从秘密通道越过边境，潜入达贡。吴丁敏莱让管家把他们安顿在吴家位于达贡郊外的达朵阿奈庄园。吴丁敏莱并没出面见老 K，按行规，老 K 的雇主是素挺缇查，他只对雇主负责。

自打吴波梭重伤致残，吴家仿佛失去了生机，陷入诡谲的气氛当中，吴丁敏莱更是阴晴不定，心情坏到了极点。

吴波梭是吴家子嗣中的翘楚，吴家未来的接班人。腊戍 J 师军官俱乐部遇袭，幸亏蒂军医遮挡，吴波梭才逃过一劫，但他下肢全被炸飞，生不如死。清醒过来的吴波梭万念俱灰，整日不言不语，对杜妙缦也爱搭不理，并拒绝回到吴家休养，而是住进了陆军疗养院。

吴丁敏莱虽然城府很深，心思缜密，但面对儿子如此惨状，也难保理智。作为联邦资深议员，他在议会中多次呼吁军政府加大对缅共人民军的围剿力度，可收效甚微。

缅北丛林是湮没生命的险恶之地，各山地民族剽悍善战，国防军只能固守丘陵坝区，不敢进攻环境复杂的人民军核心地带。吴丁敏莱无奈之下，只好依靠家族力量，暗中铺排事宜。

吴家偌大的府第冷寥阴森，人人均小心翼翼，笼罩着一种沉闷压抑的气氛。

杜妙缦从达贡陆军疗养院回到吴家，感到身心疲倦，虽说经过一段时间的调理，她的癔症有所缓解，但父亲、兄弟身死，丈夫致残，她对陆勇的仇恨无以复加。

得知吴家雇用了西洋杀手，杜妙缦执意要去见识一下。

回到家中，这位昔日的军中贵妇认真梳理装扮自己。看着镜中的容颜，她不禁悲从中来，往日的她俏丽美艳，在腊戍军官太太团中可谓一枝独秀，让多少男人春心荡漾。而今脸颊粗糙，眼角挂起了细细的褶皱，失去了丰富诱人的胶原蛋白。她抑制不住伤感，抚摸着脸颊，眼泪簌簌流了下来。

接连不断的噩耗使她的心在遭到一次次重击后，变得麻木坚硬起来。仇恨的种子破壳生芽，蓬勃生长着，她暗暗发誓，要不惜一切代价毁灭陆勇。

她在脸颊上扑上了一层厚厚的底霜，虽然丈夫已成一个废物，但她依然是吴家的大少奶奶，她的眼中闪过一丝狠戾。

杜妙缦驱车来到达朵阿奈庄园。庄园围墙高筑，几幢建筑古朴典雅，尖尖的塔楼，楼阁台榭，小桥流水，四处绿树成荫，这里是吴家人休闲度假之地，环境清幽，十分宜人。

下人接到杜妙缦，看到昔日明艳的少奶奶仿佛变了一个人，眼底泛起寒芒，不禁感到冷飕飕，不敢多言，战战兢兢地带着她朝老 K 住的塔楼走去。

迈早正在向老 K 讲解着缅北帕康一线的山形地势，突闻通报，脸黑了下来，刚想斥骂，一个袅袅婷婷的妇人映入眼帘，她丰胸细腰，面若桃花，正含笑看着他。

“老 K 先生，妙缦冒昧打扰了。”杜妙缦双手合十，声音软糯。

“这位太太，怎么称呼？”老 K 冷眼瞥了一下这个面带淡淡忧郁的貌美妇人。

“这是庄园的大少奶奶。”下人连忙回道。

“哦，大少奶奶？”老 K 有一些诧异。

“你们下去吧，我和先生有话要说。”杜妙缦嘴角一翘，挥了挥手，下人和迈早退出了房间。

老 K 是一个内心充满邪恶和残暴的雇佣兵，在他眼里凡事都是利益交换，这个娇俏的大少奶奶到访，不会无缘无故。

老 K 的目光肆意扫视着杜妙缦。老 K 阅尽各种各样的女人，不得不说，眼前的杜妙缦充满着魅力，气质高雅，蛾眉螓首，眼含秋水，腰肢柔软，胸前高峰颤悠悠，好似熟透的蟠桃，一步一晃，看得人心旌摇曳。

魁梧健壮的老K那毫不掩饰的燃着熊熊欲火的目光，粗鲁而野蛮，极富侵略性。杜妙缦忍住内心的不适，抿嘴一笑，款款道：“这庄园，先生住着，可还满意？”

“干我们这行的，混迹山地、森林，天当被，地当床，无所谓满不满意。”老K讪笑地看着眼前这个妩媚、丰润的女人。虽然一时摸不清她的来意，但屡经险境的老K不会被欲望冲昏头脑。

他掏出一支雪茄点上，吐出一股浓浓的烟雾。

杜妙缦看老K并没放下戒备，走到客厅一侧的酒柜，倒了两杯杜松子酒，优雅地走到老K跟前，魅惑地瞥了一眼：“妙缦能认识先生，十分荣幸，喝一杯？”

老K接过酒杯，一饮而尽：“说吧，大少奶奶找我有何要事？”

“我要一个人头，一个完整的人头。”杜妙缦抿了一口杯中的酒，看着老K冷漠的眼睛。

“哦，谁的人头那么金贵，能让大少奶奶如此在意？”老K纳闷儿。

“华夏人，陆——勇！我要把他丢进阿毗恶狱中，日夜诅咒他。”杜妙缦一字一句地说道。

“大少奶奶又能给我什么好处呢？”

“只要先生能满足妙缦这个愿望，妙缦的一切都是先生的。”杜妙缦抿了抿鲜红丰润的嘴唇，走到老K身旁。

“是吗？”老K揽过杜妙缦，勾起她的下巴。这是一张精致的脸，皮肤细腻，吹弹可破，好似送到嘴边的美味佳肴。

杜妙缦看着老K那双深蓝色眼眸，欲火熊熊燃烧，缓缓朝老K脸上吹了一口气，妩媚一笑。

“我会送你一个完整的人头。”老K大嘴一咧，刺啦一声撕裂了杜妙缦的上衣，两只白皙饱满的乳房跳了出来……老K抱起赤裸的杜妙缦朝卧室走去……

因征粮小队被灭杀，整个帕康根据地陷入紧张的戒备之中。

司令部内，德钦缪丹和聂恩就如何对付这些凶残的西洋杀手产生了分歧。德钦缪丹对这帮孤军深入的敌人极其藐视，认为在缅北山地，人民军熟悉每一道山川河谷，有的战士从小就生长在这里，敌人将陷入革命战士的汪洋大海，自寻死路，他力主派出 EEE 营沿黑塘沟搜索围剿。

聂恩认为敌人狡黠残暴，征粮小队个个均被一枪毙命，对方必然是有备而来。帕康四周山高林密、沟壑纵横，宜静不宜动，可以派人盯着各隘口要道。时值梅雨季节，在缅北丛林，他们熬不了多久，必然会露出马脚来，到时候人民军再围而歼之。

德钦缪丹否决了聂恩的意见，并批评聂恩消极怠战，置根据地人民群众的安危于不顾。敌人凶残，时时刻刻威胁着根据地的安全，等待观望，只会作茧自缚，不是缅共人民军的风范。德钦缪丹十分自信，他要亲自带队，剿灭这帮西洋杀手。

德钦缪丹的草率决定让聂恩十分担忧，聂恩愈劝告，德钦缪丹的态度愈坚决，弄得聂恩很无奈。

德钦缪丹自打出任 S 军区司令，觉得在军事谋略上被聂恩占尽上风，此次执意要亲自带兵围杀敌人，便是想证明自己的胆识和能力。他让吴觉敏通知 EEE 营的缅族干部，他要交代任务。

一时间，整个帕康根据地紧急集合号号声不断，PPP 营和山魈小队留守，德钦缪丹带着 EEE 营士兵，大张旗鼓地朝黑塘沟方向进发。

第二十章 丛林较量

陆勇正带着山魈小队在训练营地研究着对策，突闻消息，十分震惊。这帮西洋杀手战斗技能强悍，战术运用娴熟，并且熟悉热带雨林，有很强的生存能力。敌情瞬息万变，德钦缪丹在莽莽丛林中带兵围剿，无异于拳打跳蚤，搞不好要吃大亏。

回帕康后，陆勇并没有被动等待，暗中派出捏勒潜入黑塘沟峡谷一带，探查西洋人的踪迹。

捏勒所属的 KNO 自称大山的民族，他们对山地存有敬畏之心，爱惜丛林的一草一木，熟悉丛林，感恩大自然赐予的山珍野味和栖身之地。

捏勒知道遇到了劲敌，因伤没有痊愈，他在丛林里待了许久，虔诚地祭拜了地神“嘎纳特”，喃喃念诵着咒语，依祖训完成一套繁复的仪式，祈求“嘎纳特”给予他一双慧眼，给予他驱除恶魔的力量。

伤好后，捏勒迅速展开追踪。两天后的一个黄昏，他在离黑塘沟五十多里的山谷丛林中嗅到一股洋葱味。他在高大的树枝和密集的藤蔓间穿梭，随着味道越来越重，他的心提了起来，连忙藏起来。

老 K 等雇佣兵非常机敏，他们的队伍时而散开时而聚拢，交错前进。一名狙击手负责警戒。

虽然负重，却不妨碍他们灵巧地行动。南美洲、非洲的热带雨林和缅北丛林一样充满危险，他们常年游走在这样的生死线上，积累了丰富的生存经验，人人手中都握着一把锋利的瑞士军刀，劈砍起来毫无声响。

捏勒屏住呼吸，不敢动弹，他还是第一次遇到装备如此精良的对手，难怪陆勇十分小心，带着他们回转帕康。

捏勒透过树叶缝隙看到几个西洋人剽悍精壮，身着从来没见过的墨绿色迷彩服，脸颊涂抹着绿色油彩，显得异常狰狞可怖。捏勒的目光停留在瘦削精干的迈早身上，马上就明白了——西洋人能畅通无阻地越过游击区深入帕康谷地，是有迈早这个同族人做向导。

捏勒思忖着，一个念头闪过——得干掉迈早，不然对帕康威胁太大。

捏勒悄悄尾随老 K 一行人在丛林中穿行。西洋人的速度并不快，在山谷丛林兜转了半天，好似等待着什么，弄得捏勒十分纳闷儿。

雾气越来越大，淫雨时大时小，天慢慢地黑了下来。老 K 展开地图看了片刻，一行人来到一棵粗大的树下，搭了一顶帐篷。一人攀上大树警戒，四个人围坐下来。

老 K 确实在等待一份情报、一个联络人，这事关任务的成败。对猎杀对象——陆勇，他们了解不多，只知道他擅使刀，刀法狠辣。

素挺缇查一再告诫老 K 小心，但他不屑一顾。在他的职业生涯中，用冷兵器对抗现代枪械的情况，他不是没见过，非洲丛林的土著，个个凶猛，哪次不是被他们砍瓜切菜般血溅丛林。

天刚蒙蒙亮，警戒的雇佣兵带着一个精壮的蒙面人出现在老 K 面前，老 K 面露不悦：“你迟到了。”

蒙面人并没吱声，从怀里掏出信件递给老 K，阴沉道：“他很厉害，得小心。对了，随后有大批‘客人’。”

“哼，别操心，我会招待好他们的。”老 K 不屑地啐了一口痰。

蒙面人睃了一眼装备精良的雇佣兵，朝老 K 点点头，转身离去。这一幕令远处藏匿的捏勒惊骇不已。看着蒙面人在丛林中步伐轻盈，转眼消失，捏勒的心不由得揪了起来。

由于丛林中昼夜温差极大，捏勒的四肢冻得有一些僵硬。迈早和西洋雇佣兵形影不离，十分警觉，没给捏勒任何机会，他不敢轻举妄动。

天刚亮，雾霭还没散尽，德钦缪丹率领的 EEE 营沿着两侧山谷搜索而来，老 K 等雇佣兵呈三角形快速占据有利位置，盯着人民军士兵。迈早如猴子般蹿上了一侧的大树。

捏勒苦等一夜的机会终于出现了，瞅准迈早的身影，他如一条枯叶下蛰伏的眼镜蛇，毫无声响地飞身上树，朝迈早蹿去。

精瘦的迈早陡然看到一团黑影掠来，惊吓住了。捏勒脚蹬树枝，快如旋风，挥刀劈过来。迈早一声尖叫，抽刀横挡，尖锐的碰撞声震耳欲聋。捏勒势大力沉，刀锋凌厉，一刀劈得迈早手臂酸麻，迈早不敢硬扛，斜身单手攀吊住一根树枝，躲过捏勒的刀。

一击不中，捏勒借助树干，腾空跃起，狠狠挥刀一撩，刀锋斩断了迈早攀吊的树枝，刺啦一声，迈早连人带枝摔了下去。

响声打破丛林的寂静，霎时枪声大作，双方交上了火。西洋人丧失了先机，老 K 大吃一惊，端起 M16 突击步枪边扫射边朝坠落在地的迈早奔来。

捏勒不甘心地瞥了一眼地上的迈早，身形一扭，消失在树荫之中。老 K 打出的弹雨撕碎了他身后的树枝。

迈早摔折了腰，躺在地上动弹不得。老 K 对这突发的意外恼怒不已，看着脸颊抽搐的迈早，打了一声呼哨，单手提起迈早，朝黑塘沟方向奔去，几个枪手交替掩护着退进丛林中。

EEE 营十几个士兵被杀，又被几个方向的火力压制。茂密的灌木丛林中，人影都看不到，人民军不敢贸然靠近。待枪声停止，德钦缪丹匆匆赶来，看着牺牲的十几个战士，均是命中要害，不禁倒抽了一口凉气。

聂恩带着山魈小队也赶了过来。看着十几个血肉模糊的战士，聂恩心痛不已。

他瞥了一眼满脸阴森的德钦缪丹，沉重地说："缪丹司令员，敌人在暗我们在明，这样打只会徒增伤亡。这伙敌人有别于缅国防军，装备精良，是心狠手辣的职业杀手。"

德钦缪丹神情萎靡，推了一下鼻梁上的眼镜，沮丧地说："那你说要怎么办？就让他们猖獗地在根据地杀人放火？"

"让山魈小队跟踪挤压他们，EEE 营随后策应，警卫连赶赴黑塘沟峡谷，扎紧口子，不能让他们轻易跑掉。"聂恩愤怒了，恨不得把这伙雇佣兵碎尸万段。

德钦缪丹无力地叹了一口气，来回踱了几步，看了看陆勇一行人，不甘心地说："就按你的命令执行吧。"

陆勇一直看着密匝匝的树林。这帮西洋杀手仿佛对此地了如指掌，地势选择十分精妙，和 EEE 营毫不纠缠。陆勇有些惴惴不安。

崔建国也感到有一些不对劲，皱着眉头踱到陆勇跟前："勇哥，他们对帕康一带似乎很熟悉。"

"所以说我们不能轻举妄动，等捏勒。你和石垒四处转转，看看有什么线索。"陆勇说完，向唐茵语看去。

唐茵语在灌木林中仔细探查着，她对原始森林的熟悉程度并不亚于捏勒。她摸到老 K 他们之前待过的树下，看到枯叶和腐殖土，蹲下摸了摸零乱的印迹。

"茵语，不要单独行动。"陆勇朝她走来。

"勇哥，这里是他们昨晚的宿营地，这伙人身高体壮，有丰富的野外生存经验，不能大意。"唐茵语神情严肃，看着绷着脸陷入沉思的陆勇。

"勇哥，你说，他们到底想干什么？"唐茵语纳闷儿地问。

陆勇朝前方走了几步，看到大树下有一根碗口粗的树枝，树枝断口平滑，显然是被刀削断的，刀锋力道强劲。地上有个坑，有打斗的痕迹。

陆勇全身的血沸腾了，眼睛渐渐泛起道道血丝，他好似悟到了什么。

"茵语，等会儿追击时跟紧我，我看他们能玩出什么花样。"陆勇抽出关东刀，挥刀削断眼前的一片灌木。

“勇哥，捏勒回来了。”

从林中蹿出三个人影，捏勒浑身湿漉漉的，神态疲倦。崔建国和石垒也是满头大汗。

“陆，有四个西洋杀手，一个 KNO 向导，那个 KNO 败类被我重伤，他们退进了丛林深处。陆，他们很强，不可轻视。”

“确定是五个人？”陆勇要一个肯定的答复。

“对了，还出现了一个来路不明的蒙面人。我怀疑帕康有内鬼。”捏勒面露焦灼，说明有些复杂的情况。

捏勒的话让众人的心提了起来，目光齐刷刷看向陆勇。陆勇眯着眼，思索了片刻，坚定地说道：“眼下先解决这帮西洋人，不能让他们喘过气来。捏勒前突追踪，建国和石垒两侧掩护，我和茵语殿后，随时包抄。注意，发现敌情，捏勒尽量从树上走，不要脱离小队。”陆勇面露杀气，挥手向前。

大家闻声而动，跟随着捏勒，朝森林纵深摸去。

帕康山脉是原始丛林，人迹罕至，草丛中成团的水蛭、红火蚁等一些虫子滚动着，看得人头皮发麻。树木、藤蔓遮天蔽日，他们仿佛陷入一片绿色的汪洋中。

老 K 扛着迈早一口气翻过几条山梁，气喘吁吁，放下迈早，瘫坐在地上。不一会儿，三个雇佣兵相继出现，个个浑身湿淋淋的。一个雇佣兵抹了一下脖颈，扯下一条血糊糊的蚂蟥，他龇牙咧嘴地咒骂着，把鼓胀的蚂蟥搓得稀烂。

捏勒的身手让老 K 收起了轻视之心，打起了精神。迈早身手敏捷，攀爬上树如履平地，能重伤他的对手一定是个人物。老 K 在雇佣兵生涯中历经各种险境，干掉过许多自命不凡的对手，这个对手却不声不响地出现在他们身后，不禁让他背脊发凉，也羞恼不已。

想到对杜妙缦的承诺，老 K 的身体燃起一股欲火，那可是个尤物，他要她消除烦恼、身心畅快，他不想让她失望。

老 K 抽了一下嘴角，从兜里掏出蒙面人送来的地形图。看着出入帕康的线路和标注着山魈小队的位置，他的脸上浮现残忍的微笑。

对缅北人民军，老 K 并不在意，缅北是一块未开化的土地，穷乡僻壤，这儿的人和非洲土著没有多大差别。“黑蝎”雇佣兵驰骋世界各地，和各种各样的凶悍组织都打过交道，从没有失手过。

“把住四个方向，今晚养足精神，明天一早出发，进帕康，拧下他们的脑袋。”老 K 收起地形图，解下身上的装备，摸出雪茄，点上，深吸了一口。

迈早靠着一棵大树，剧烈的疼痛使他不时龇牙闷哼着。老 K 叼着雪茄走到他跟前，仰头吐了一个烟圈。雇佣兵做事从来不留任何后患，迈早已经失去了利用价值。

老 K 蹲下拍了拍迈早的脸颊，阴恻恻地说：“你很勇敢，我会帮助你减轻痛苦，也会告知素挺缇查，你是一个不错的拳手。”

迈早知道雇佣兵凶残冷酷、毫无人性，但这个结局他没想到。看着满脸阴沉的老 K，迈早惨然一笑：“与豺狼同行，必遭反噬。不过，你们回不去了，也难逃一死。”

迈早和幽灵般的捏勒交过手，知道对手的可怕和狠辣，讥嘲地看着老 K。

“死人就不用操心了。”老 K 歪了歪头。

一个雇佣兵抽出匕首，挥刀一扬，迈早的喉咙断了……

捏勒引导众人穿梭在林间，他时而蹿上树，时而跃下，如猕猴般敏捷，崔建国和石垒暗暗称奇。

因老 K 等人负重大，留下的痕迹十分明显，给了捏勒很好的指引。在接近一道低矮的山梁时，捏勒心一揪，浑身起了鸡皮疙瘩。因为身处下风口，他抽动鼻子，嗅到一股又腥又臊的气味。他有些迷惑，目光紧盯着幽暗的丛林，示意大家停止前进。

崔建国迅速架起 M21 狙击步枪。石垒手握机枪，匍匐在一个土坎上。

静，出奇地寂静，空气中的腥臊味儿不断刺激着捏勒，他手攥克钦刀，仿佛入定，簌簌雨水拍打着他棱角分明的脸庞。

“捏勒，是他们？”陆勇悄无声息地闪了过来。

“除了他们，还有更狠的角色。”捏勒脸色森然，紧盯着密林深处。

唐茵语也感觉到了，以往在深山老林采药时，但凡嗅到这味儿，唐九妹都会带她竭力避开，这股味道她熟悉，透露着死亡的气息。

“是豹子！勇哥，怎么办？”唐茵语面露焦灼。

“陆，它没发现我们，它被血刺激到了，盯上了别的猎物。”捏勒悠悠舒了一口气。他很奇怪血腥味从何而来。

陆勇在莱卡丛林和孤狼搏杀过，这类猛兽狡猾而凶残，一旦被盯上，是很难脱身的。这是一个意外的机会，陆勇暗暗庆幸这畜生帮了大忙。

“等，不要妄动，等那畜生攻击，吸引他们的注意力，我们再包抄上去。”

在离山魈小队二百米开外的树上，蛰伏着一只黑豹，它善于潜伏、奔跑、跳跃，能猎食树上的猴子。这只黑豹是金钱豹的黑色变种，十分稀有，被缅北许多山地民族尊为“暗夜的灵者”，它体形健壮，犬齿发达，黑色皮毛如绸缎般光滑透亮，不时伸出长着许多钩刺的舌头。

黑豹是嗅到迈早的血腥味尾随而来的。它圆睁着两只贪婪的眼睛，盯着四个雇佣兵和地上迈早的尸体，时不时伸出猩红的舌头舔着嘴巴。

老K正用瑞士军刀撬着一盒罐头，突然，一种不好的预感升起。这个长期游走在生死线上的雇佣兵，对危险有着天然、敏锐的反应，这种能力使他能通过正常感官探察更多的外部信息，能预知将要发生的事情。

老K每一次执行任务都无异于在刀尖上跳舞，生死往往都在刹那。他皱了皱眉头，暗暗打出手势，三个雇佣兵心领神会，分别抓起M16突击步枪，突然跃起散开。

嗖的一声，一团黑影快若闪电，从树上蹿出，扑向迈早的尸体。嗒嗒嗒，枪声暴起，阻断了黑豹袭击的线路，黑豹扭身一转，扑向一个雇佣兵。啊的一声，雇佣兵和黑豹滚打在一起……

枪声就是信号，陆勇一行人朝前飞奔，石垒紧随着崔建国，穿行在茂密的灌木丛中。此时的丛林异常阴暗，浓密的林荫遮挡住了视线。

崔建国陡然看到近旁冒出一张诡异的脸。双方狭路相逢，均大吃一惊。崔建国快如闪电，手中的狙击步枪喷出一股硝烟，雇佣兵胸前炸起血花。石垒的机枪紧跟着，把雇佣兵打成了筛子。

石垒越过崔建国，激奋地吼叫着，端起机枪扫射着朝前奔。远方一侧，潜伏着的老 K 枪响了，一梭子子弹疯狂地倾泻在石垒身上。石垒大叫一声，瘫倒在地。

“石垒……你个憨憨……”崔建国撕心裂肺，扑到石垒跟前，抱起血人一般的石垒。

“啊……啊……茵语……茵语……快救石垒呀！”崔建国号叫着。

陆勇和唐茵语看到倒下的石垒，听到崔建国凄厉、嘶哑的号叫，心脏仿佛挨了一下重击。“茵语，救石垒，快去救石垒！狗杂碎，我要去剁碎他！”陆勇风一般掠过众人。

唐茵语看到浸在血泊中的石垒，掏出仅存的半颗“九尾续命丸”，塞进石垒嘴里。石垒吐出大口大口的鲜血，根本无法吞咽。

“石垒你咽下去，求求你咽下去……”唐茵语浑身发颤，拍着石垒的脸颊，泣不成声。

“茵语……抱抱……我……冷，好冷……”石垒灰暗的瞳孔渐渐失去了光泽。

“想家了，妈……妈妈……”石垒口中喷出一口鲜血，颤动着嘴唇呢喃，瞪着眼睛，大喘一口气，停止了呼吸。

“我要杀了他，杀！杀！杀！”崔建国泪流满面，提起石垒丢下的机枪，疯魔般钻进丛林。

唐茵语紧紧抱着石垒，脸贴着他渐渐冰凉的脸颊，她的心碎了。

这个憨厚的如兄长般庇护她的人，自始至终为她遮风挡雨，从跨过国境线，就默默陪伴着她，包容着她。她曾一直认为他是天选之人，几次重伤都能和死神擦肩而过。

唐茵语抱着石垒枯坐着，石垒温温的鲜血刺激得她心如刀割，咬破的嘴唇溢出两道殷红的鲜血。她从挎包中掏出一个小罐，倒出一只通红的血蜘蛛，怔怔地看着。片刻，面色一狠，吞咽了下去。

渐渐地，随着浑身痉挛，森林的叶片好似通透无比，她看到了咬着雇佣兵喉咙倒毙的黑豹，看到了森林上空蹿出的无数只振翅翱翔的鸟儿，看到了在沟壑山岗上追逐的身影。她仰头发出一声凄厉的啸叫，旋风般奔入丛林之中……

捏勒紧追着一个雇佣兵不放,雇佣兵左冲右突打空了弹匣,依然摆脱不了捏勒。如猫戏老鼠，捏勒要在丛林里折磨雇佣兵，这种侮辱性极强的追猎，险些让雇佣兵崩溃。

丛林茫茫无际，捏勒在空中与地面的双重绞杀，让雇佣兵感到风声鹤唳，开始后悔踏入缅北丛林。但雇佣兵毕竟历经生死，孤傲与残忍的个性不容他妥协，置之死地而后生是他的人生信条。

他陡然站住了，抽出了锋利的瑞士军刀，他要看看追杀者是哪路神仙。

“番贼，逃啊，继续跑啊。”捏勒现身了，握着那把雪亮的克钦刀，讥嘲着他。

雇佣兵看着出现在眼前的这个健壮、狠厉的年轻人，厉声问道：“你是那个华夏人？”

捏勒晃了晃手指：“不、不、不，KNO——捏勒。想杀他？你还不够格。告诉我你们杀人的理由。”

“不需要理由。”雇佣兵咧了咧嘴。

“那蒙面人是谁？”

“你废话太多,来吧。”雇佣兵突然手臂一扬,瑞士军刀脱手而出,朝捏勒射去。雇佣兵随后迅速掏出腋下的柯尔特左轮枪。

捏勒显然低估了狡诈的雇佣兵，在磕飞军刀时，看到指向自己的左轮枪，捏勒浑身一颤，距离太近，已经无法躲避。

然而，没有枪声。雇佣兵惊悚地张着嘴，柯尔特左轮枪脱手落地，他低头看着埋入手臂的三根乌黑的梭子针，僵住了。

一道娇俏的人影闪过，一把锋利的药刀插入了雇佣兵的胸口，刀口一挑，雇佣兵被开了膛。

“茵语……”捏勒目瞪口呆，难以置信地看着唐茵语。

“你太慢，会送命的。”唐茵语冷冷地说，手中的药刀滴着点点鲜血。

“茵语，你、你的眼睛……”捏勒看到唐茵语血红的眼睛，如黑夜里慑人的野兽，心底掀起巨浪。

“你去看好石垒。”唐茵语面无表情地瞥了一眼捏勒，身形一闪，消失在丛林中……

雾霭越来越重，能见度不足几米，空气中弥漫着一股腐朽味儿，这是植物枯萎后堆积发酵的腥臭。

老K枪杀石垒得手后，看到两个殒命的同伴，预感不妙，对着来势汹汹的黑影打出了一梭子子弹。密集弹雨撕碎了枝杈和树叶，为他赢得脱身的时机，他转身蹿进密林，拔腿飞奔。

陆勇左闪右躲，借助灌木避开致命的弹雨。老K的逃跑轨迹十分刁钻，他看难以摆脱对手，尽量引诱着陆勇朝树木稀疏的地方走，欲借助开阔的视野，击杀陆勇。

陆勇窥破了老K的动机，没有仓促行动。在帕康丛林，他有的是时间跟老K耗。华夏有一种古老的驯鹰手段，叫“熬鹰”，通过压迫，让野性凶猛的苍鹰感到痛苦、饥饿和恐惧，最终失去抵抗力。

陆勇倒要看看这个西洋杀手能熬多久。他不时用刀背敲击着树干，惊飞一群群野鸟。

连绵起伏的山间，枪声已经停止，除了雨打树叶的飒飒声，就是冷不丁响起的砰砰敲击声。

老 K 埋伏在低矮的灌木丛中，他很自信，只要猎物出现就能干掉。

老 K 警觉地环顾着四周，心底默默盘算着对付陆勇的手段。不远处传来砰砰的响声，老 K 一个点射打过去，顿时树叶纷飞。紧接着，另一端又响起敲击声，老 K 如法炮制，清空了弹匣。

敲击声时近时远，在四周不停地回响着，老 K 紧张起来，他不知对手来了多少人。他见识过捏勒的身手，想不到野蛮的缅北丛林，竟有这么狠辣的人，难怪勒萨尔命丧于此。

老 K 有一种预感，他要猎杀的对象便在其中，这么一想，他的心弦紧绷了起来。

崔建国赶到了，他的前胸被石垒的鲜血染得湿漉漉的，他眼眶通红，端着机枪，杀气腾腾。

在进入缅北的知青中，石垒是崔建国的生死之交。石垒直爽、率真，崔建国视他为知己，敢把后背交给他。石垒的死，把崔建国逼疯了，他似被一把刮骨刀刮得浑身刺疼，脑海中刻着一个字——杀。他已经不管不顾了，天涯海角他也要杀掉这个恶棍。

崔建国的突然出现让潜伏着的陆勇大吃一惊，不容任何犹豫，陆勇飞身扑向崔建国，大吼：“趴下！”

嗒嗒嗒嗒！清脆的枪声响起，崔建国右肩胛飙出一串血花。陆勇抱着崔建国翻滚了几圈，崔建国闷哼了一声，斜着半边身体，欲挣扎着起身，被陆勇死死按住。

“我要杀了他，我要杀了他！”崔建国嘶吼着，目光散乱，推着陆勇。

看到一向稳重的崔建国举止反常，陆勇心一沉，抽了崔建国一掌：“建国，你醒醒，会要命的！”

崔建国目光呆滞，看着陆勇：“勇哥，石垒没了，石垒没了。他杀死了石垒，我要撕碎他。”

宛如晴天霹雳，陆勇难以置信地看着浑身鲜血的崔建国，脸颊不停地抽搐着，悲怒渐渐染红了眼眶，他蹦起，转瞬消失。

匍匐在地的老 K 感到后背一凉，一道白练似的亮光从天而降。老 K 一个懒驴打滚，甩起的突击步枪骤然和袭来的白光相撞，当的一声暴响，突击步枪被劈得变形，老 K 躲过致命一刀，惊出一身冷汗。

老 K 借势一个鲤鱼打挺，单手一抖，手中出现一支用精钢打造的筒矛。

这是一把怪异的兵器，三尺多长，设计十分精妙，能伸能缩，平时挂在腰间，是老 K 从一个被他干掉的南美洲黑帮老大手中得到的。老 K 身体健壮、灵活，和对手近身搏杀，往往能出其不意地重创对手。

陆勇手持关东刀，指着老 K：“我要把你碎尸万段。”

老 K 既惊讶又恼怒：“你是谁？”

“你们不就是冲着我来的吗？”

“华夏人陆勇！”老 K 一惊，看着眼前这个瘦削精悍的年轻人。

“说出蒙面人，留你一个全尸。”陆勇目光凛冽。

“哟，大言不惭，不怕闪了舌头。既然送上门，你的人头我收下了，去还个人情。”老 K 讥讽地笑了起来。论近身搏杀，他没怕过谁，“黑蝎”的雇佣兵可不是泥捏的。

陆勇鄙夷地抽了抽鼻子：“吴家可没少送人头，你和他们一样回不去了，会死得很惨。”陆勇缓缓吐纳着气息，转动着手中的关东刀。

唰的一声，两人同时动了，老 K 的筒矛虚晃了一下，直奔陆勇喉咙而去。陆勇的刀猎猎作响，舞得密不透风，向老 K 滚滚卷来。

老 K 毫不示弱，筒矛宛若吐着芯子的王蛇，伸缩有度，招招直取陆勇的关键部位。刀矛相对，坚硬的碰撞带出点点火花，邻近的草木化为纷飞的碎片。两人都暗暗惊诧对方的实力。

这是一场生死之战，容不得半点儿闪失。陆勇把峨眉刀字诀展现得淋漓尽致，“劈、穿、砍、撩”，关东刀裹着呼啸的罡风，毫不停息地闪烁着死亡的光影。

老 K 渐渐有些不支，他面色一沉，大喝一声，筒矛横扫，磕开陆勇凌厉的刀锋，迅疾横踹出一脚。噌一声，陆勇左手出现了一把三棱枪刺，老 K 的小腿飞出一串血花。老 K 踉跄地退至一侧，疼得龇牙咧嘴。

陆勇想逼老 K 说出吴家安插在帕康的卧底，那可是心腹大患，因而没有痛下杀手，他逼视着老 K：“说，帕康谁是吴家的人？”

“黄皮猴子，‘黑蝎’雇佣兵只有战死的，没有出卖雇主的，没他们我同样要杀你，为勒萨尔报仇。”

雇佣兵个个都是亡命徒，每次出行，都把性命交给了死神，自负凶残的老 K 怎会束手待毙？他忍住钻心的剧痛，抽出了腰间的瑞士军刀。

“你以为杀得了我？大不了玉石俱焚，共赴黄泉。”老 K 面露凶光。

石垒的死使陆勇放弃了和老 K 周旋下去的念头，他要用老 K 的头颅来祭奠石垒。

“勇哥，我来成全他！”

吼声尖锐而响亮，随着声音，六枚梭子针迅捷射向老 K，一个身影紧随其后。

老 K 专注地盯着陆勇，猝不及防，六枚梭子针尽数刺入身体，他大张着嘴，僵硬地看着一把如风的药刀穿过灌木林，扎进了自己的胸膛。

唐茵语披头散发，似女妖般掠过，她狠狠拔出药刀。老 K 大吼一声，倒在了地上。

第二十一章 隐匿的黑鹦鹉

这是一场惨烈的绞杀战，陆勇的山魈小队遭到重创，石垒阵亡，崔建国受伤，唐茵语怒极吞服唐门秘方，强行提升实力导致身体气血亏空，险些丧命。

雇佣兵事件同样震动了缅共人民军总部，从老 K 身上缴获的情报被 S 军区迅速送往总部，引起缅共高层极大不安。

鉴于前有德钦东被变节警卫所杀的教训，巴登顶总书记在总部召开了各军区中层以上干部大会。他在大会上严厉批评部分干部思想麻痹松懈，失去应有的警惕，革命意志沉沦，搞山头主义，部落思想严重，丧失了缅甸共产党人的高尚品德，让敌人有可乘之机，并宣布要在各大军区各根据地开展一场轰轰烈烈的肃反锄奸运动，纯洁革命队伍。

缅共中央迅速成立肃反锄奸领导小组，去往各根据地协助肃反督察，要求各根据地积极配合好肃反锄奸工作。

纵观缅共的发展轨迹，一直以来就是内部纷争不断，相互倾轧。领导者政见不同导致严重的思想混乱，从素山、德钦梭、德钦东再到巴登顶，各自都有自己的一套空洞的理论学说，罔顾民族问题，和缅甸实情脱节。缅族等各大民族并不认同，而是纷纷与之划清界限。

下缅甸土地肥沃、物产丰富，人们无衣食之忧，且深受南传上座部佛教的影响，讲心静慈悲，戒嗔痴烦恼，追求安居平和。这种骨子里面的佛家思想，导致百姓对党争并不感兴趣，缅共除了在缅北这种偏僻贫困、相对封闭的特殊山地，很难得到广泛的支持。

作为总部肃反锄奸领导小组特派员，政工部副部长貌貌卡被重点派驻S军区，配合德钦缪丹抓肃反锄奸工作。

总部在S军区举行了隆重的追悼大会，追认石垒为战斗英雄、革命烈士。陆勇、捏勒、崔建国、唐茵语均被授予一等功，山魈小队被命名为缅共人民军“英雄小队”。会上展示了山魈小队缴获的雇佣兵装备。总书记巴登顶亲自参加追悼大会，发表了慷慨激昂的讲话。

S军区并没因消灭了凶残的雇佣兵而士气大振，反而陷入了一种惴惴不安的氛围之中。貌貌卡的进驻在S军区掀起波澜，肃反锄奸小组对干部和战士逐一排查、严格政审，弄得人人自危……

在远离帕康的一个偏僻隐秘的山崖洞口外，一个中年黑衣人正远眺着郁郁葱葱的山峦，神情冷漠，目光含霜。

他伫立崖头，一站就是几个时辰。他脚下的崖壁离地面八九米，得借助几棵粗大的树木才能攀上崖头。四周阴凉，植物茂盛，不仔细看，很难发现藏在林木中的洞口。

崖头视野开阔，能观察到几百米外的动静。突然，一个人影进入眼帘，黑衣人如猕猴般飞身一跃攀住树木，滑至地面，动作矫健，身形飘逸。

“少爷，鹦鹉恭候多时了。”黑衣人对着来人双手合十，毕恭毕敬。

“一帮垃圾，没用的东西。”来人有些气急败坏，气喘吁吁地坐在地上。

黑衣人缄默片刻，看着地面，小心翼翼地说：“少爷，西洋人并不弱，只是那帮人确实很厉害。”

“怎么？怕了？”来人哼了一声，语气清冷。

“鹦鹉的命是少爷的，何来惧怕之说。”

“我谅你也不敢。”来人瞪了一眼黑衣人。

“西洋人已经死了三个，华夏人那边也是元气大伤，只差一把火了。”黑衣人抬起头，阴鸷地说。

“眼下正是机会，帕康正在搞什么肃反锄奸，内斗四起，人人自危。要灭杀那华夏人陆勇，必须先剪除他的左膀右臂，那对受伤的男女，绝不能让他们活下去。”来人眯着眼，站了起来。

“少爷放心，鹦鹉一定穷尽手段，让他们俩进阿毗地狱。”黑衣人眼睛里闪过一丝狠辣。

“他们就在训练营地。别让我失望，黑鹦鹉。”来人慢慢走近黑鹦鹉，看着他粗糙的脸，良久，仰头幽幽地说，“你跟了我多少年了？”

“少爷，快十五年了。”

“是呀，人生能有多少个十五年。白驹过隙，时光如梭，熬过这段苦日子，我不会亏待你的。”来人发出一声感慨。

“少爷言重了，鹦鹉不求什么回报，只要能帮助少爷实现心愿，也就知足。”黑鹦鹉恓惶地说。

“对了，不要小觑那帮人，做事要干净，那个叫捏勒的家伙可是森林的精灵，可别让他闻到了什么。”来人提醒道。

“我去探查过他们的营地，没什么了不起的。少爷让那两人死，我不会让他们活过明天。”黑鹦鹉十分自信，他认为自己的隐匿手段高明，那两个身负重伤的人，他可以轻松灭杀。

“好了，最近少联系，有事我自会通知你。干掉那两人后，你蛰伏一段时间，再回达贡通报这里的情况。活儿有一些棘手，得慢慢做，你好自为之。”来人睃了一眼黑鹦鹉，大步流星地消失在森林中。

黑鹦鹉目送着他远去，慢慢挺直腰身，抽出锃亮的骠刀，朝密林纵深走去……

雨难得停了下来，帕康上空密布的阴云裂开了一道缝隙，透露出几束灿烂的阳光，沉静的四周渐渐有了喧嚣声。

石垒被安葬在山魈小队的训练营地。

陆勇走出茅屋，坐在石垒的坟头。石垒的音容笑貌历历在目，他以为自尚米嘎、温楠被杀后，自己的心已死，很难泛起波澜。可莫瓢、石垒一个个血淋淋地离去，仍让他悲愤难耐，好似心脏又被捅得千疮百孔。他感觉自己就像一颗不祥的灾星，总给亲近的人带来不幸。他痴痴地坐着，心底涌出阵阵疲惫，他已走上了一条回不了头的路。他的牵挂太多，捏勒、崔建国、唐茵语都和他有生死之交，谁都放弃不了。

陆勇从怀里掏出一个布兜，布兜里面装着温楠家废墟中的泥土。他摊开布兜，把一簇头发放在里面，头发是石垒的。他要带他们回华夏，让他们魂归故里。

陆勇眼眶中漾起点点泪花，他很奇怪自己竟然还能流泪，自从尚米嘎和温楠被杀，他仿佛已经没有了眼泪，胸中填满的都是悲愤和仇恨。

茵语！一个沉默娇俏的脸庞闯进他的脑海，他的心底涌上一股暖流，因为忙着石垒的安葬事宜，他已经几天没去看她了。

陆勇小心叠起布兜揣进怀里，朝唐茵语养伤的茅屋走去。

陆勇并没让崔建国和唐茵语住进军区医院，医院环境复杂，捏勒遇见的那个神秘蒙面人，始终如一根刺扎在他心上。

帕康有一种山雨欲来之势，总部的特派员貌貌卡在葬礼上一脸阴沉，仿佛看谁都不顺眼，让陆勇心生厌恶。这也是他坚持让崔建国和唐茵语留在山魈小队训练营地养伤的原因，只有在他的眼皮下，他才放心。已经失去了石垒，他不会再让任何一个人犯险。

唐茵语几天里消瘦了许多，还在昏睡当中，看上去十分虚弱。因功力不足而强行吞食血蜘蛛，她的五脏六腑有很大损伤，击杀老 K 后昏厥了过去。

用“八珍聚气散”喂养的血蜘蛛是唐门古老秘方，相传是老门长所创。服食者能瞬间提高实力，产生“幻身障”，化气为劲，迅速绝杀对手，但服食者必须先具备一定的功力，使用唐门的“玄气诀”温润五脏筋络。唐茵语只从唐九妹那里学到一些皮毛，不足以支撑她施展“幻身障”，因而气血亏空，十分危险。

陆勇让照顾唐茵语的护理人员回去休息，自己坐到床边，静静地看着熟睡的唐茵语。她脸色苍白，时不时皱着眉头，陆勇的心禁不住阵阵刺疼。他对唐门不甚了解，击杀老 K 一事，让陆勇看到了唐茵语的另一面，也看到了一个不简单的唐门，难怪当初崔建国告诉他，不可小觑唐茵语。

当时看到唐茵语状若疯癫，快如闪电，陆勇便估摸着她使用了唐门秘术，对自己造成了伤害。陆勇有些担忧，如果唐茵语此举对身体造成不可逆的影响，他将悔恨终生。

正当陆勇思绪杂乱之时，捏勒闯了进来，他脸色严峻，看了一眼沉睡的唐茵语，朝陆勇歪了歪头，两人走出了茅屋。

“陆，今晚得小心，恐怕有人会来。”捏勒看着森林，沉沉地呼吸着。

“你确定？”陆勇盯着捏勒。

“八九不离十，那个神秘的蒙面人。”捏勒相信自己的直觉。

“自己找上门来，还客气什么？！”陆勇气血沸腾。

“要不要把建国和茵语转进军区医院？”捏勒有些担心。

“不，那样会打草惊蛇。此人谨慎狡猾，演戏就要把戏做足。”

“你守在下面，我上树，到时合击他。”捏勒瞅了一眼高大密集的树木，若有所思地说。

“好办法！”陆勇对捏勒的提议很是赞赏，蒙面人无论从树上走还是从地面来，都逃不过他们的眼睛。

自打见到蒙面人，捏勒心里一直瘆得慌，这几天在森林中冥坐，竭力去感受草木之外的气息。

生于斯长于斯，捏勒能触摸到大山的心跳、林木的呼吸，他认为这是地神“嘎纳特”给予他的恩赐。他用意念在茫茫林海遨游，与山兽共鸣，与鸟儿对话，向河川倾诉，虔诚的苦心没有白费。

这一早，他终于感觉到不一样的凝重气氛，以及空气中隐隐约约的异样气息。

预感到蒙面人来了，捏勒既惶恐又期待，心怦怦直跳，浑身的汗毛竖了起来。他把一根部落王赐予他的红绳紧紧扎在额头上，目光凛然地看着遥远的森林深处，手掌摩挲着一直伴随着他的克钦刀。

陆勇怒火中烧，石垒的血迹未干，崔建国、唐茵语重伤未愈，对手这么快便袭击，完全是不给山魈小队活路。是狼是豹，陆勇都将狠狠敲掉他的獠牙。他不会放过任何一个试图对山魈小队造成伤害的对手，他会亲手血刃对方。

他看了一眼悄无声息飞身上树的捏勒，盘腿坐在地上，闭上了眼睛。

雾气又起，天空灰暗，刮过林地的夜风刺得人心惊肉跳。缅北丛林的气氛萧条而诡异，潜藏着太多骇人的故事，历来让人谈之色变。

黑鹦鹉一直周旋于训练营地四周，不停地试探着。他知道对手很强，任何草率的行动都会葬送性命，雇佣兵老 K 便是太自负，最终命丧缅北。

黑鹦鹉年少时曾因好勇斗狠犯了大罪，被打断双腿。濒临绝境时，被少爷的父亲花重金赎出。医治好后，他一直跟随老爷做事。少爷长大后，他按老爷的命令做了少爷的贴身侍卫，跟随了少爷十几年。

黑鹦鹉一直未娶妻室，视少爷为主人和亲人。在他心里，少爷风流倜傥、多谋善思，是一块好玉，可惜是庶出，被嫡长子抢了风头，一直郁郁寡欢。

豪门继承人的争夺如暗礁遍布的海面，暗藏汹涌。此次随少爷深入缅北，打入缅共人民军内部，如果能一举扫除家族耻辱，少爷的命运将迎来重大转机，这是黑鹦鹉的心愿。

黑鹦鹉如警觉的山猫，在确认安全后，在附近蛰伏下来，准备在子夜动手。

敌人的动静让攀伏在树上的捏勒备受煎熬，心里直痒痒，几次欲从树上袭杀。可看到陆勇纹丝不动，捏勒只好按捺住冲动，攥着刀柄的掌心汗津津的。陆勇盘坐在茅屋外的阴影下，如一株毫无生机的枯木。

狡黠的黑鹦鹉折腾了大半夜，终于潜藏在百米外的灌木林中。捏勒感叹陆勇的老辣机敏，不禁大舒了一口气。

蒙面人出现在百米开外时，陆勇就觉察到了，可距离太远，他没把握击杀。陆勇相信自己的直觉，蒙面人是一个丛林老枭，狡诈阴险，经验丰富。

陆勇知道猛兽一旦盯上猎物就不会轻易放弃，无论耍什么花招，都是在寻找对手的破绽。陆勇笃信，谋定而后动才是上策。月黑风高，谁轻举妄动，谁就功亏一篑。

黑鹦鹉静静地盘坐着，他的感知力像一根敏感的触须，无时无刻不探察着山魈小队的训练营地。寒露打湿了衣裳，并没有分散他的注意力。子夜临近，黑鹦鹉猛地睁开双眼，飞身上树，朝营地攀跃而去。

夜，伸手不见五指。捏勒在树梢上感觉到离自己愈来愈近的黑鹦鹉，呼吸急促起来。黑鹦鹉何等机警，立马觉察出捏勒的存在，顿时心头大震。两人近在咫尺，黑鹦鹉想退回已经来不及。

黑鹦鹉果断挥出骠刀，朝捏勒狠狠劈去。捏勒出刀挡住。这是一场感应力和敏捷度的比拼，在夜幕下，双方只靠树枝作为支撑点，刀光碰撞，迸出点点火星，如游萤舞动。黑鹦鹉老辣凶狠，捏勒强悍无匹，他们在树梢间腾挪追逐。

陆勇并没动，他要守护崔建国和唐茵语，不敢大意。他相信捏勒的能力，只是黑鹦鹉从树梢摸过来，出乎他的意料，在树梢上拼杀，自己未必强过捏勒。陆勇六识清明，气沉丹田，伺机而动。

捏勒年轻气盛，正是巅峰时期。树梢上的搏杀极消耗体力，黑鹦鹉渐落下风，再这样纠缠下去，他占不到任何便宜。黑鹦鹉心一发狠，猛提一口气，迎着刀光一招飞雀归林，欺身上前。噗一声，两人双双中刀，均闷哼了一声。

黑鹦鹉身形一闪，消失在丛林深处……

捏勒左臂挨了一刀，深可见骨，险些从树上掉下来。待缓过来，黑鹦鹉已无踪影，捏勒咬牙滑下了树。

“陆，对不起，他太狡猾，没能宰了他。”捏勒十分愧疚。

“我知道，我们还是低估了他。”陆勇没有责怪捏勒。能让捏勒受创，这个人同样是一个狠角色。

“不过，他也挨了我一刀。跑得了和尚跑不了庙，我有把握干掉他。”疼痛让捏勒冒出了一身汗水，面肌抽搐了一下。捏勒断定，挨了自己那一刀，黑鹦鹉不死也残。浓烈的血腥味告诉他，黑鹦鹉跑不了多远。

陆勇转身进屋拿出绷带，把唐茵语预备好的止血散给捏勒敷上，再为他包扎。

“陆，你守着建国和茵语，我不会放过他的。”捏勒牙根一咬，语气铿锵。

“不行就缓缓，另想办法。”陆勇仍然有一些担心。

“不能再让他跑了，对我们威胁太大。陆，你放心，我能应对。”捏勒拍了拍陆勇的手臂，消失在夜幕中。

黑鹦鹉果然受伤不轻，捏勒的克钦刀自上而下，从肩胛劈划过腰部，创口很大，几次使他差点儿晕厥，但强烈的求生欲望使他挣扎着朝藏身之地跌跌撞撞地奔去。

黑鹦鹉一直以为自己的隐匿手段无人能比，可捏勒竟然能完美地骗过自己，且在暗夜里和他对战。黑鹦鹉现在只想尽快逃离险境，回隐蔽的崖洞处理伤口。

捏勒嗅着血腥味，似鬼魅般在阴影中穿梭，紧紧尾随着黑鹦鹉。手臂的疼痛使捏勒升起无边的愤怒，他想到被雇佣兵残忍杀害的同族战士和石垒，全因黑鹦鹉的策应报信而在家门口丧命。

缅北生活艰苦，医疗条件差，养大一个孩子十分不易。死去的士兵有的或许是家里的顶梁柱，一朝殒命，将会给家人带来无尽的悲伤甚至绝望。石垒的死、崔建国和唐茵语的重伤，差点儿扼杀了刚建立的山魈小队，这可是聂恩副司令手中一把锐利的剑。捏勒愈想心里愈愤懑难平，他决不会放过黑鹦鹉，纵使身死魂散，也要拉他垫背。

疾行奔逃的黑鹦鹉流了许多血，面色苍白，皮肤湿冷，浑身无力，心底阵阵发慌，眼前的灌木模糊重叠，湿软的枯叶减慢了他的速度。

作为一个长期游走在黑暗世界的人，黑鹦鹉有着极为强大的自我调适能力，时刻保持着冷静的心态。他的世界里没有人情世故，只有他忠心耿耿的少爷。此次失手，他最难以面对的依然是少爷。

天刚蒙蒙亮，在离藏身的崖洞的不远处，黑鹦鹉终于支撑不住了。他艰难地扶着一棵树，长长地吸了一口气。随着气息慢慢平稳，黑鹦鹉突然全身一个激灵，他看到了难以置信的一幕：十几米开外，凭空出现一个人，如猛兽一般冷眼注视着他。

黑鹦鹉瞬间就明白，他并没有摆脱死亡追踪。单凭这个他已经输得彻底，干他们这行，实力为尊。眼前鬼魅般的年轻人，冷酷从容、目光坚定，仿佛手握乾坤。

黑鹦鹉的心沉到谷底，他抽了抽嘴角，自嘲地说：“年轻人，很不错，有我当年的影子。”

捏勒一直打量着黑鹦鹉，想看清他的真面目。虚弱到不堪一击的黑鹦鹉，只剩下半条命。捏勒顿失兴趣，他奚落地说道：“你是自裁呢，还是让我送你一程？”

捏勒鄙视的目光挫伤了黑鹦鹉的自尊心，他可以死，但决不接受侮辱。黑鹦鹉胸口一热，口中喷出鲜血，他脸色狰狞，提刀朝捏勒奔去。

“我要让你明白，触犯山魈者死。”话音未落，捏勒动了。锋利的克钦刀白光一闪，带起片片血花，染红了灌木草丛。

黑鹦鹉的目光定格在不远处绿树遮蔽的崖洞，一丝痛苦滑过脑海，他张了张嘴：“少爷，鹦鹉不能陪你走下去了……”

第二十二章 阳谋阴谋

山魈小队营地受袭，聂恩副司令陷入沉思之中。虽然蒙面人被捏勒击杀，可事情并没那么简单，浮起的都是小鱼，底下定潜藏着不为人知的风险。

S 军区是缅共人民军中最晚组建的，根基不稳，任何混乱都会带来致命的后果。特别是德钦缪丹心存芥蒂，对聂恩和 KNO 官兵极力打压，制造矛盾，严重影响了士气。

德钦缪丹从总部和各地招募了缅族人员进入 S 军区，出任各级主官。聂恩从大局出发一再忍让，尽量息事宁人，极力维护德钦缪丹的权威，可德钦缪丹借蒙面人事件，提出裁撤山魈小队，并在司令部和聂恩对上了。

德钦缪丹的理由是山魈小队单打独斗风险太大，人民军是一个战斗的集体，不能突出个人英雄主义。现在战士们军事素质普遍偏低，把山魈小队分散到各营连，能起到带头作用，提高部队的战斗力。

德钦缪丹的建议让聂恩感到诧异，山魈小队灭 J 师军官团，围歼“黑蝎”雇佣兵，创造堪称典范的战例，说明特种作战的效果不是一般连队能比拟的。

对德钦缪丹那一套冠冕堂皇的说辞，聂恩愤怒了。山魈小队是 S 军区的一支奇兵、一把利剑，能化危机为转机，德钦缪丹作为一个军区主官，竟然如此短视。聂恩对德钦缪丹的动机产生极大的怀疑。

在军区司令部，双方剑拔弩张，各不相让。聂恩第一次情绪失控，他从军大半辈子，什么兵没带过，什么样的战事没经历过，像陆勇和山魈小队这样的可以说是万里挑一，能把他们招募在S军区旗下，是军区大幸。裁撤山魈小队并分散他们，就像张开五指，会被轻易折断，S军区将失去一张震慑敌人的王牌。

聂恩的反应如此激烈，出乎德钦缪丹的意料。然而，聂恩组建的山魈小队战绩越突出，越挑战他的权威。围剿“黑蝎”雇佣兵，他的擅自决断导致十几个战士无谓牺牲，在干部战士中产生了很不好的影响，让他既恼羞又憋闷。

德钦缪丹一直觉得自己受过高等教育，骨子里就带有缅族的自傲和优越感，认为缅族与缅北山地民族有云泥之别。被聂恩在军事谋略上一次次“打脸”后，他对聂恩从嫉妒转为执拗。聂恩的忍让助长了他有恃无恐的傲慢。

德钦缪丹认为唯有吴觉敏能和自己找到共通之处，使自己得到慰藉。吴觉敏精明谨慎、善解人意，是德钦缪丹得力的参谋助手。德钦缪丹到总部时，一眼就看中了吴觉敏，软磨硬泡把他从巴登顶手上挖过来，留在自己身边出谋划策。

吴觉敏心思细腻，眼界高，办事能抓住问题的关键，为德钦缪丹解决了许多棘手难题，被德钦缪丹视为心腹智囊。德钦缪丹以前高高在上，和基层官兵缺少交流，隔阂不少，是吴觉敏说服他放下架子经常深入部队，才让官兵们对德钦缪丹敬而远之的态度发生了变化。

部队多为少数民族战士，他们性格直爽，没那么多心机，得到尊重和关爱后，自然能掏心窝子和德钦缪丹交流，极大地改善了德钦缪丹的形象，让德钦缪丹十分满意。

此次裁撤、分散山魈小队的主意就出自吴觉敏。起初，德钦缪丹觉得此方法不妥，陆勇带领的山魈小队风头正盛，在S军区大名鼎鼎，裁撤山魈小队不好向总部交代。

吴觉敏早就窥到德钦缪丹对聂恩强烈的忌妒心，便因势利导，为德钦缪丹剖析：山魈小队目前是聂恩的倚仗，在S军区乃至整个根据地声名显赫，不利于德钦缪丹树立威信。总部一直希望各军区提高战斗力，山魈小队军事素质过硬，是各部队最好的教官，让他们分散下去，能带出一帮好兵来，为今后的大仗、硬仗打下坚实基础。这一举措体现出德钦缪丹站得更高，看得更远，也符合总部的要求。再说，德钦缪丹和特派员貌貌卡非常投机，两相配合，没有办不了的事。吴觉敏的一番话使德钦缪丹茅塞顿开。

德钦缪丹对陆勇的印象不佳，源于他曾派吴觉敏邀请陆勇来小聚，可陆勇根本不给面子，堂堂S军区司令员被一个小人物拒绝，让他十分不快。

后来得知聂恩当时在大摆宴席犒劳他们，德钦缪丹更是恼羞成怒，一直想找机会教训这个不知好歹的家伙。

由于聂恩对裁撤一事态度强硬，德钦缪丹对撕破脸面还是有所顾忌，毕竟聂恩威信太高，万一事情闹开了，自己下不了台，反而被动。德钦缪丹准备游说貌貌卡，让他向总部高层报告，由总部直接下令。裁撤一事暂时搁置下来。

山魈小队营地中，一直昏睡的唐茵语醒了，压在陆勇心头的巨石落了地。雇佣兵事件带给陆勇前所未有的压力，他深知每一个人在心中的分量。石垒的死让他久久缓不过来，他珍视他们，这种友情是在血与火中铸就的，铭刻于心，生死难忘。在守候唐茵语的日日夜夜里，那种牵挂和担忧，时时刻刻煎熬着他。

唐茵语的重伤，使陆勇的心乱了。长惠师尊曾和外祖父说自己有佛缘，陆勇不知什么是佛缘，佛教不是讲究“四大皆空”吗？可陆勇感觉尘世间带给他的是斩不断的悲愤和情仇。想到这些，陆勇不禁心乱如麻。

唐茵语微微哼了一声，悠悠醒来，看到陆勇坐在床边，眼圈发红，有些感动地说：“勇哥，让你担心了。”

“说什么呢，你可是救了我两次命。”陆勇温柔地拍了拍唐茵语的手，心里泛起难得的轻松。

唐茵语看到陆勇露出的丝丝疲倦，知道这场惨烈的变故给他带来了巨大的压力。唐茵语不愿再去想石垒的死，她在梦魇中，已经把纠缠她的噩梦和痛彻肺腑的牵挂掐断。

她不愿像莫瓢师叔那样至死都陷在伤痛和愧疚之中，活成不人不鬼的行尸走肉。她要坚强地活着，把自己磨砺成一把锋利的刀。

“茵语，今后没把握就不要再用秘术了。我知道唐门有许多禁忌，破忌会引起反噬，得不偿失。”陆勇严肃地说。

“勇哥也知道唐门秘术？”

“我不了解唐门秘术，但我知道气血不畅，必是灾难。习武之人知道如何用气血来温润自身，而不是竭泽而渔。”陆勇只想把利害关系告诉唐茵语。他并不知道她用了什么，每个人都有自己的隐私，探究别人隐私不是君子所为，何况唐茵语涉及神秘莫测的唐门，陆勇点破不说破。

“幻身障”确实能瞬间提升实力，使人陷入魔幻之中，但血蜘蛛能护心润血。唐茵语是用药高手，加之在马奈得到莫瓢的悉心密授点拨，医术更进了一步。

可施展“幻身障”必用“玄气诀”来辅助，唐茵语底子薄，对“玄气诀”只知皮毛，导致气血紊乱，陷入昏厥。唐茵语知道陆勇的良苦用心，心里暖融融的，不好意思地说：“勇哥，下次不会了。”

唐茵语秀外慧中，只是长期独处而不为人所知，一旦天性得到充分释放，将会是阴云中一道耀眼的闪电。陆勇想调节一下气氛，几天来在茅屋里憋坏了，他喜欢森林中清新的空气。

“茵语，出去走走？”陆勇征询。

“知我者，勇哥也。再睡下去人都要发霉了。”唐茵语顿时雀跃起来。

两人走出了茅屋。放眼森林，营地四周游荡着一些人影，这是聂恩安排的警卫。蒙面人出现后，营地加强了戒备。

捏勒搜查了蒙面人藏身的崖洞，从洞内情形看，蒙面人已经藏匿了一段时间。帕康已经危机四伏，聂恩不能不提高警惕。

空气清爽湿润，弥漫着茅草的淡淡馨香。让陆勇和唐茵语意外的是，聂恩副司令已经回到了营地，正在林中散步。

“副司令，您怎么来了？”陆勇连忙上前敬了个礼。

“来看看你们。哟，小唐医生，气色好多了，睡了那么长时间，可把人急坏了。”聂恩副司令乐呵呵的，语气中透着慈爱。

“谢谢您的关心。”唐茵语也敬了个礼。

唐茵语在此次战斗中的表现，捏勒已经告诉了聂恩。这个看似柔弱的女子爆发的强大战斗力，让人瞠目，也让捏勒忌惮，更让聂恩对古老、神秘的东方肃然起敬。

陆勇从聂恩的神情中捕捉到一丝愁绪，对唐茵语道：“茵语，你去看看建国他们，我陪副司令走走。”

唐茵语似乎从陆勇的目光中读懂了什么，莞尔道：“副司令，你们聊，我去了。”

看着唐茵语的背影，聂恩发出一声感叹：“好一个聪明伶俐的姑娘。”

“您别被她的外表迷惑，她发起狠来可凶着呢。”陆勇笑着说道。

“是呀，捏勒和我提到过，小唐医生很神秘。华夏有许多令人费解的东西，藏有数不尽的玄机奥秘，使人羡慕呀。”

“华夏人追求内外兼修。其实修为的最高境界在于修心，谦逊低调，懂得取舍，善容他人，做人做事后发制人。茵语出自华夏一个古老门派，这个门派底蕴深厚，特别是医术精湛，自成体系，也有一套严谨的门规。”陆勇不想对聂恩有所隐瞒，解释道。

聂恩若有所思地走着，良久，发出一声长叹：“华夏文化博大精深，历史久远，一个门派尚且如此。我们 KNO 族世居山地丘陵，发展滞后，山里大多还处于刀耕火种的半原始阶段，也备受歧视，生存之地一再遭受挤压。可这并不是我们的原罪。几十年来我们为争取民族平等，流血牺牲，就是想像华夏一样，民族之间和谐共处，人们安居乐业，没有剥削、歧视，族人能生活在明媚的阳光下。但要破除阶级间、种族间固化的藩篱隔阂，真难哪！不知道何时才能化干戈为玉帛。”聂恩神情忧郁，心中填满了酸楚和无奈。

陆勇对缅甸的民族矛盾不甚了解，不便发表意见评说，但温楠父女的遭遇使他感同身受，只觉得这是一个迷幻而匪夷所思的国家。

两人在森林中漫步，阳光透过树叶缝隙落在他们身上，几十天的霉气被洗刷一空。聂恩转身问道："如果有人触碰了你的底线，你会怎么做？"

"以其人之道还治其人之身。否则会让人得寸进尺。"陆勇回答得干脆利落。

"陆，帕康很复杂，一个德钦缪丹就弄得人心惶惶，又来了个貌貌卡，把部队搞得乌烟瘴气。查士兵的祖宗十八代，好似人人都是敌特内奸，搞得下面苦不堪言。有的被拘押审查，关入地牢，受到虐待，理由还让人无法辩驳。这哪儿是什么肃反锄奸，分明是惑乱人心。这样搞下去，敌人来了怎么去抗击？"聂恩忧心忡忡，眼下混乱的局面让他十分焦虑。

陆勇也想不到查一个渗透进来的内奸会掀起如此大的波澜。因为近段时间忙着照顾崔建国和唐茵语，他很少关注帕康的情况，只知道总部来了个特派员，负责清查内奸，哪想竟搞出这么大的动静。

"这不是扯淡吗？查个内奸搞得轰轰烈烈，鸟都被吓飞了，更别提内奸了。"陆勇觉得十分荒谬，不知总部是怎么想的。

"我算是瞧出来了，有的人推波助澜，恐怕是醉翁之意不在酒。你告诉大家，最近谨言慎行，有人打山魈小队的主意了。"

聂恩的一番话使陆勇很吃惊，看聂恩的眼神深邃而凝重，知道事态发展已超出他的认知。陆勇面色阴沉："我可不管他们要干什么、想干什么。敢动山魈小队者，死！"

石垒已殒命，那种痛无法言说，山魈小队是陆勇的逆鳞，谁敢触碰，陆勇定会和他鱼死网破。

看到陆勇杀气腾腾，聂恩转而担心陆勇沉不住气，沉吟了片刻，缓缓地说："你是他们的队长和兄长，不可意气用事。静则清明，花开花落任由他，冷眼观市看繁华。该现身的魍魉藏不住，届时自然会蹦出来。你管好他们，其他的我来处理。"

两人不约而同地朝帕康军营望去。

第二十三章 庶子之痛

傍晚时分，森林中，黑鹦鹉藏匿的崖洞下肃立着一个精干的年轻人，他的肩胛不时抽动着，泪流满面，伤感地看着林荫中的崖洞。斯人已逝，留给他的是无尽的悲痛。

这个啜泣的年轻人是吴觉敏，此时的吴觉敏面容憔悴，悲痛难忍，几次哽咽出声。

黑鹦鹉和吴觉敏十几年来如影随形，在成长过程中，吴觉敏像一只雏鸟，始终被黑鹦鹉庇护在坚硬的翅膀下。黑鹦鹉能为他忍辱负重，排遣孤独，任劳任怨，毫无所求。

生长在豪门的吴觉敏并无想象中的风光，从小光芒就被嫡兄吴波梭遮盖。由于是庶出，在吴家中，吴觉敏活得很低调，对强势霸气的吴波梭不敢有丝毫僭越之举。在阴影下的生活，锻造出他宠辱不惊，喜怒均能很好控制的性格。

他并不像别的豪门子弟依仗着身份放浪形骸，而是憋着一股不服输的劲，在众多的家族子弟中，是一个另类。他遵规有序，内敛低调，彬彬有礼，很少抛头露面，从不给家族惹麻烦，吴波梭对他也另眼相看。

吴波梭作为吴家的嫡长子，占有家族的丰厚资源，其母是达贡著名的蒙桑莫家族的大小姐，家世显赫，地位尊贵，在吴家无人敢惹。

作为嫡长子的吴波梭从小接受的是精英教育，从军、留学、晋升，步步按家人的设计，年纪轻轻便成为缅甸国防军最年轻的上校，被派往有“将军摇篮”之称的东北军区 J 师任职，在军中混得风生水起。其在吴家子嗣中也无人能比，是吴丁敏莱重点培养的家族继承人。

吴觉敏与吴波梭相比，如同草芥。吴觉敏的母亲是吴家达朵阿奈庄园一个园丁之女。达朵阿奈庄园是蒙桑莫家族的嫁妆，环境幽雅，设施齐全，有高尔夫练习场、赛马场等，是达官贵人休闲娱乐的一个交际场所，也是吴丁敏莱年轻时呼朋唤友聚会的地方。

缅甸曾经是英国的殖民地，其豪门大家深受英国贵族影响，有的家族经常举办一些奢侈的社交活动，展示自己的社会地位，结交新的高官贵胄。

吴觉敏的母亲腊蒂玛自小就和父母在庄园里做活，她性格柔顺文静，与人无争，仿佛活在春天里的一株小草，纯净而青绿，娇嫩而纯真，深得下人们的喜爱。

初长成的腊蒂玛清纯俏丽，由于心细温柔、善解人意，被庄园总管安排进入上厅，专门侍候尊贵客人的生活起居。腊蒂玛因此摆脱了做粗活这类下等事务。

腊蒂玛的美貌引起了吴丁敏莱的关注，吴丁敏莱风流倜傥，既有贵族公子的儒雅，又八面玲珑、巧言善辩。腊蒂玛身份低微，被吴丁敏莱盯上，定然逃不过他的掌心。吴丁敏莱在一个夜晚，趁着酒劲强暴了腊蒂玛。腊蒂玛无法反抗，更左右不了自己的命运。吴丁敏莱把腊蒂玛囚在房里一天一夜，把她折磨得死去活来。

腊蒂玛的父母敦厚软弱，知道女儿被强暴，只能忍气吞声；看着女儿颤抖惊恐的模样，默默地陪着流泪叹息。

管家留下一笔钱，让腊蒂玛父母照顾好她。管家面色冷淡地威胁：“少爷很看重她，她得随时听从少爷的吩咐，侍候好少爷。如有违逆，定当不饶。”

腊蒂玛成了吴丁敏莱泄欲的工具，她年轻、丰满、富有弹性的身体使吴丁敏莱痴迷了一阵子。直到有一天，腊蒂玛觉得身体不适，发觉自己有了身孕。

吴丁敏莱叮嘱管家，如腊蒂玛产下女婴，即刻溺毙，若是男丁则留下抚养。

腊蒂玛产下了男婴，孩子一出生就被管家带走。十月怀胎却被剥夺了骨肉的抚养权，这让腊蒂玛痛不欲生。她多次哀求吴丁敏莱，都被无情拒绝。

对腊蒂玛，吴丁敏莱算是仁慈的了，没有清除后患，只是警告她，如果想活命，便停止纠缠，闭上嘴巴，否则她和她父母便去阿毗地狱相聚。

事情终究还是没瞒过吴家的大少奶奶。在吴觉敏五岁多时，大少奶奶从婢女口中得知吴丁敏莱在外还有一个私生子，盛怒不已。

男人有三妻四妾在缅甸上层稀松平常，可吴丁敏莱竟然和一个下等婢女苟且，她感到很耻辱，蒙桑莫家族何等尊贵，一个家奴却和她共侍一夫。

但吴丁敏莱已经今非昔比，如果说过去他对蒙桑莫家族还有所忌惮，不敢肆意妄为，现在坐拥庞大资产的吴家，风头早已盖过蒙桑莫家族。只是碍于和一个卑贱的女婢私通，闹出去会折了名声，吴丁敏莱只好憋屈地向不依不饶的大少奶奶保证，吴家继承权永远归属嫡长子吴波梭，并召集家族各支系通告族人，才平息了大少奶奶这番怒火。

大少奶奶似乎并不想放过吴觉敏这个卑下的庶子，为了儿子吴波梭，最安全、最保险的方法，就是让吴觉敏从这个世界消失。

大少奶奶起初欲收买管家毒杀吴觉敏，被管家婉拒，又动用娘家保镖，暗中清除吴觉敏。多亏管家提醒吴丁敏莱，才保住了吴觉敏一命。

幼年的吴觉敏十分乖巧，眉清目秀，很讨喜。每次吴丁敏莱来探视，他都张开小手要抱，吴丁敏莱的心都快融化了。

为了防止蒙桑莫家族横生枝节，吴丁敏莱喊来了黑鹦鹉，一个他曾救下的青年。黑鹦鹉跟随吴丁敏莱多年，武艺高强，沉默寡言。吴丁敏莱冷冽而又严肃地对他说："黑鹦鹉，从今天开始，你换主人了，小少爷的命就是你的命，我把他交给你了。"

黑鹦鹉看看瓷娃娃般乖巧的吴觉敏，再看看吴丁敏莱溺爱的神情，便知其中的利害关系，道："老爷放心，谁敢碰小少爷，除非从我身上踏过去。"

黑鹦鹉践行了对吴丁敏莱的承诺，多次为吴觉敏化解了致命危机，成了吴觉敏身边无处不在的影子。

吴波梭长大后，展示出优异才能，加之受过良好教育，吴家子弟无人能及。

他遗传了吴丁敏莱的睿智狠辣，军中仕途一片锦绣，颇有继承人的风范，让吴丁敏莱十分欣慰，他的心思渐渐聚焦到了吴波梭身上。

面对吴丁敏莱的冷落，吴觉敏并没有灰心丧气、自暴自弃。人情冷暖，悲喜自度，他暗中把吴波梭作为一个标杆，时时丈量着自己，检讨着自己。他充分明白自己的身份地位，活得十分小心而谦逊，对吴波梭这个嫡长子处处恭恭敬敬，维护他的地位和尊严，这点使吴波梭十分满意，让他和吴波梭拉近了距离。

吴觉敏难以释怀的是母亲腊蒂玛的处境。腊蒂玛生产后，被贬为庄园做粗活的女仆，行动也受到了限制。在得知自己的身世和母亲的境况后，吴觉敏十分伤感和愧疚。

碍于吴家尊卑有别的家规，吴觉敏不敢提及自己的母亲，外人也很少在他跟前说到腊蒂玛。但这个自打他懂事就心心念念的母亲，犹如一根丝线始终缠绕着他，令他寝食难安。他的痛苦被黑鹦鹉看在眼里，黑鹦鹉为他的孝心暗自感叹。

在吴家，吴觉敏和任何人都保持着距离，唯有和黑鹦鹉在朝夕相处中建立了一种不是亲人胜似亲人的关系。

黑鹦鹉能捕捉吴觉敏的情绪变化，吴觉敏的愤怒有时也会发泄到他身上。他默默承受着，并想方设法为吴觉敏解决一切问题。

为了让吴觉敏能见到母亲，黑鹦鹉潜进达朵阿奈庄园找到了腊蒂玛，为他们母子相见铺平了道路。这是黑鹦鹉第一次为了吴觉敏背叛吴丁敏莱。

达朵阿奈庄园是吴觉敏的禁忌，也是他的心病。这个庄园承载着他的悲伤与思念，痛得他思绪都不敢去触碰。他知道父亲的态度，和母亲的苟且被视为父亲的一个污点。随着吴波梭大放异彩，吴丁敏莱更加珍惜自己的羽毛，不允许任何人去触及他那段不光彩的过往。吴觉敏当时还稚嫩，没有资格提出非分之想，也没有能力为母亲讨要应得的地位。他如一头舔着伤口的野兽，默默等待着时机。

这次相聚是吴觉敏离开母亲襁褓后与她的第一次见面。黑鹦鹉并没有说出吴觉敏的真实身份，带着恓惶的腊蒂玛出现在吴觉敏眼前。看着忐忑不安的母亲，吴觉敏心如刀割。当母亲欲下跪行礼时，吴觉敏险些崩溃，是黑鹦鹉适时搀扶住了腊蒂玛。腊蒂玛透过月光，看着眼前富贵挺拔的青年，并不知道这位少爷正是她日思夜想的儿子。她不知发生了什么事，有些惊惶地看着两人。吴觉敏紧咬着牙关，按捺住百感交集的情感，扶着瑟瑟发抖的母亲。

吴觉敏摸着母亲骨瘦如柴的臂膀，看着她枯黄的头发、毫无光泽的脸颊，感受到她那战战兢兢、颤颤巍巍的身躯，泪水终于控制不住地溢满了眼眶。他转身走了，带着一颗破碎的心离开了母亲。

此后，吴觉敏变得更加沉默和冷静，冷眼旁观吴家风云变幻，看吴波梭纵横捭阖。皇天不负有心人，吴波梭在腊戍遇袭致残，瘫痪在床。这突如其来的变故，击碎了压在他心头的巨石，让他呼吸到新鲜空气。

他在黑鹦鹉的屋内酣畅淋漓地大哭了一场，宣泄着压制在胸中的屈辱。黑鹦鹉也热泪盈眶，十多年的陪伴，终于有一种挣脱枷锁的轻松和快意。眼前这个聪慧的少爷背负着太多的屈辱，在尔虞我诈的吴家活得卑微小心。十多年来，黑鹦鹉把守护变成守望，不奢求得到什么，只希望能为吴觉敏争得一方天地。

吴波梭残疾后，暴怒的吴家和蒙桑莫家族不断密谋合计，终于从秘密渠道得知，缅共人民军在达贡等几大城市秘密招募缅族知识青年前往缅北参加人民军。吴丁敏莱准备挑选吴家子弟潜入人民军内部，伺机配合除掉仇人陆勇。

吴觉敏得知这个消息，感到这是一个千载难逢的机会，也是他在吴家解救母亲、站稳脚跟的最好时机。虽然风险极高，但为了母亲和自己的未来，吴觉敏决定以身犯险。他和黑鹦鹉商量，黑鹦鹉虽然觉得十分凶险，但吴觉敏要想得到偌大的吴家的认可并出人头地，唯有这条路可走。他甘愿陪着吴觉敏闯一闯缅北这个龙潭虎穴。

在吴丁敏莱的秘密居室，吴觉敏跪在吴丁敏莱跟前，陈述着自己的想法。吴丁敏莱看着这个被他遗忘已久的庶子，心潮起伏。在吴丁敏莱的计划中，吴觉敏并不是首选。他原本想从旁支族系中筛选一名可靠子弟深入虎穴。在家族议事堂，吴丁敏莱说明动因，各族老均缄默以对。缅北是大凶之地，谁愿自己的亲生骨肉以身犯险？各族老的态度，把吴丁敏莱气得够呛。这时吴觉敏主动站出来为家族分忧，言辞恳切，晓之以理，动之以情，使吴丁敏莱既感动又欣慰。

“觉敏，关键时刻还是自家人靠得住。有什么需要父亲做的，你尽管提出来。”吴丁敏莱被感动了，对这个庶子感到十分亏欠。

“父亲，此去缅北别无所求，只希望父亲能善待母亲。”吴觉敏垂着头，不敢直视吴丁敏莱。

吴丁敏莱十分意外，脸色不禁沉了下来。他不料吴觉敏竟然提起腊蒂玛，他很不悦，冷眼直视吴觉敏：“你去见她了？”

“是的，她是孩儿的母亲，父亲大人大量，让儿子尽一份孝心吧。”吴觉敏双眼通红，声音哽咽。每天夜里想到孤寂凄凉的母亲，吴觉敏的心便如撕裂般刺痛。

吴丁敏莱神情暗淡，看着匍匐在地的吴觉敏，默默上前扶起：“觉敏，不要责怪父亲，家族有家族的规矩，你母亲能留下一命，已经是网开一面了。”

“请父亲成全孩儿。”吴觉敏仍执拗地恳求道。

吴丁敏莱微微叹息一声。复仇事大，也唯有吴觉敏能承担起这份重任，这关乎家族的荣誉，双方都没有退路。思忖了许久，吴丁敏莱牙根一咬，允诺下来：“好，待你归来，就去接回你的母亲吧。”

吴觉敏大呼一口气，抬起头时已然泪流满面……

吴觉敏渗透进了人民军内部，黑鹦鹉则作为联络人藏匿于深山丛林，过着枯燥的隐居生活，忠诚执行着吴觉敏的每一道指令。

想到这十几年的陪伴，吴觉敏犹如乱箭穿心。黑鹦鹉已经成为他生活中不可缺少的一部分，是亦师亦父的存在。吴觉敏看着高悬的崖洞，牙关紧咬，泪如雨下。他朝着崖洞跪下，咬牙发誓，要为黑鹦鹉复仇，灭杀陆勇和山魈小队。

肃反锄奸运动在 S 军区持续升级，德钦缪丹与貌貌卡不断唱双簧，唆使不同民族、战士之间相互举报，导致 S 军区内部人与人之间的信任荡然无存。

特派员貌貌卡从未如此风光过。作为总部机关副部长，他平日仅负责协调无关紧要的人事关系，没有存在感，这让他长期处于郁闷之中。

此番来到 S 军区，众人众星捧月似的围着他转，极大满足了他的虚荣心。尤其令他受用的是德钦缪丹态度的转变——这位曾担任两任缅共总书记机要秘书、号称“总部机关一支笔”的资深要员，向来目无下尘，如今却对他言听计从。这般角色转换令貌貌卡志得意满。

位置决定分量。貌貌卡作为总部的特派员，在肃反锄奸这场运动中代表着总部意志，他的每项决定都事关生死，这正是他最大的底气和资本。他不仅在司令部西侧独建数间审查室营造森严声势，更配备荷枪实弹的警卫刻意强化慑人气势。

这些举措严重打乱了 S 军区的训练计划，搅得人心惶惶，给本就弱势的 S 军区带来致命威胁。不过貌貌卡分寸拿捏得极准，始终未触及聂恩 KNO 部族势力，对这个老牌职业军人，他表面维持着应有的敬意。须知在整个人民军系统中，聂恩举足轻重。

貌貌卡深耕总部多年，身为政工干部，他对四大军区主要领导人的能力秉性有着全面把握。平日查阅各军区营连以上干部的履历更是他的一大癖好，可以说缅共人民军营连以上军官的底细，他皆如数家珍。

甫至 S 军区，貌貌卡竟能准确辨识营连以上干部，此举令人称奇。不少干部或曲意逢迎套近乎，或谄媚示好求青睐，唯独聂恩始终与他保持距离，既无刻意奉承，亦不卑躬屈膝，这般态度令貌貌卡心下颇为不快。

聂恩的低调沉默并未换来安宁。司令部参谋赵亚军突遭隔离审查，这团意外之火彻底引燃了聂恩压抑已久的怒意。这位来自华夏滇西边境小镇的军事参谋自追随聂恩以来，凭借机敏果决的作风和出众的军事素养，在战斗力体系建设、情报研判分析及战场信息整合等领域，始终是聂恩不可或缺的得力臂膀。

聂恩在抗战时期曾接受盟军系统训练，于 KNO101 突击旅分管参谋工作。该旅素来重视参谋体系效能，在对日作战中屡建奇功，其卓越战绩与参谋团队的作战筹划密不可分。赵亚军作为司令部的参谋骨干，凭借出众才能深得聂恩器重。

得知审查消息，聂恩怒不可遏，亲率警卫排直趋审查室解救赵亚军。此举正式拉开了聂恩与貌貌卡势力正面交锋的序幕。

此番激将法实为吴觉敏会同德钦缪丹布设的局。同处司令部的吴觉敏深知赵亚军在聂恩心中的特殊地位，聂恩这位老将已然成为分化山魈小队的最大障碍。若不能扳倒聂恩，他的全盘计划恐将功亏一篑。

近来，纵使锄奸运动如火如荼，聂恩这头“老熊”却始终冷眼旁观。他固守司令部与宅院,刻意与部属保持距离,终日吞吐的浓烈兰烟将办公区熏得呛辣刺目。德钦缪丹屡被呛得头晕目眩，憋着一肚子火。

缅北各族不分男女老幼皆嗜兰烟，巴登顶曾屡次强调官兵须密切联系群众——既要多嗅嗅他们的兰烟味，更要体察民间疾苦。这让素不沾烟酒的德钦缪丹苦不堪言。

此前，吴觉敏与德钦缪丹递交的山魈小队裁撤报告呈送总部后如石沉大海，貌貌卡更以“不宜干涉”为由置身事外，致使德钦缪丹愈发焦灼难安。

吴觉敏终究低估了聂恩的定力。这位指挥官绝非赳赳武夫，要彻底扳倒他，仅凭小肚鸡肠、目光短浅的德钦缪丹实难成事，唯有借助貌貌卡的势力才能取得四两拨千斤之效。

貌貌卡城府深不可测，遇事惯以虚与委蛇之态应对，行事准则常显晦涩难明。观其于裁撤山魈小队一事之决断，足见其洞察秋毫的军政嗅觉。这般人物断非池中之物，唯有触及核心利益、僭越权力边界之际，方会显露出雷霆手段。

吴觉敏最终锁定了参谋赵亚军——这位聂恩麾下的核心智囊。该参谋不仅深度参与S军区“肃反锄奸”工作部署，更曾直言不讳批评运动过激：“长此以往恐致军心涣散，激化民族矛盾，折损部队战力。”

如猎犬般机警的吴觉敏嗅到特殊气息，开始主动接近赵亚军。相较缅北各族战士常见的粗暴作风,这位华夏参谋的儒将风范令他耳目一新:言谈间虽轻言细语，军政见解却暗藏锋芒；战略研判既能立足当下，又可纵览全局。其出众的军事素养与政治智慧，彻底颠覆了吴觉敏对华夏军官的固有认知。

赵亚军与陆勇恰似阴阳两极，前者若润玉生辉般温润端方，后者如出鞘利刃般悍勇凌厉。吴觉敏深谙藏锋之道，日常行事滴水不漏，竟令赵亚军全无戒备，每每议事皆无所保留。然这正中吴觉敏下怀——他已蛰伏多年，岂会错失良机？为颠覆聂恩、瓦解山魈小队，更欲为家族与黑鹦鹉雪耻，纵使手段阴险亦在所不惜。

经吴觉敏暗中指使，某缅族干事将赵亚军平日言论密报貌貌卡。貌貌卡震怒，司令部作为S军区指挥中枢，竟存此等动摇军心之论，不仅悖逆“肃反锄奸”核心方略，更是对其权威的公然蔑视。他将赵亚军收押至审查室。

审查室内，赵亚军被折磨得死去活来。当貌貌卡与德钦缪丹亲自下场审问时，审讯焦点突然转向聂恩——此刻赵亚军才惊觉，自己早已成为斩向聂恩的政治铡刀。

赵亚军跟随聂恩多年，对聂恩很有感情，两人共同经历无数次血腥的战斗，相互间建立了牢固的信任关系。在异国他乡，能遇到一个有血有肉有情怀的军事主官，赵亚军十分欣慰，他咬牙否定受聂恩指使。

貌貌卡想不到这个看似文质彬彬的华夏青年骨头死硬，不过他有的是手段，他相信没有自己撬不开的钢牙利嘴。如果查实聂恩是潜伏在人民军中的内奸，那他貌貌卡就立下了天大的功劳。

在S军区，貌貌卡已然体味到权力的滋味，既沉迷其中又无比享受。这恰是他毕生追逐的目标——若想永据权位，势必要将聂恩化作踏脚之石。

聂恩率部劫走赵亚军的行动，彻底粉碎了貌貌卡与德钦缪丹的谋划。震怒的貌貌卡当即勒令德钦缪丹紧急整编部队，在全境展开对聂、赵二人的搜捕。

吴觉敏为自己计谋的得逞激动得浑身战栗。在德钦缪丹的小院，看着手忙脚乱的德钦缪丹指挥人员捉拿聂恩，他的眼眶不禁涌出一股热流。他得通知父亲出动驻守波玛镇的国防军，趁着混乱里应外合，一举端掉S军区和山魈小队。

一时，整个帕康军营剑拔弩张，有风雨欲来之势。聂恩救出赵亚军后并没有停留，直接前往山魈小队训练营地。

聂恩的突然出现惊动了陆勇一行人，看到聂恩的警卫架着血迹斑斑的赵亚军，众人都十分震惊。陆勇在司令部见过赵亚军，知道他是聂恩十分器重的军事参谋。

陆勇示意唐茵语查看赵亚军的伤势，捏勒和崔建国守住营地门口。

聂恩一言不发，脸庞发青，喘着粗气，显然气坏了。陆勇布置好一切，来到聂恩跟前："副司令……"

"陆，该来的还是来了，我小瞧了他们惑乱军队的不轨之心。"聂恩愤愤地说道。

"兵来将挡，怕什么，大不了干一场。"陆勇目光凛冽，杀气腾腾。

聂恩双眉紧锁，摆了摆手："帕康绝不能乱，否则一切都将不复存在。叫捏勒。"

捏勒听到陆勇喊，飞奔过来。

"捏勒，十万火急，把信件送到总部，并把 S 军区发生的情况报告总部。通信已被他们控制住了，你只有几个时辰的时间，跑死都不能耽搁，因为它关系到 S 军区的生死存亡。"聂恩从怀里掏出信件，慎重地交给了捏勒。

"副司令……"捏勒哽咽了，想起被那些蝇营狗苟之徒逼得进退两难的本族战士，他紧捏着拳头，眼中冒出了熊熊怒火。

"别担心，去吧！"聂恩疼爱地拍了拍捏勒涨得通红的脸颊。聂恩了解捏勒，这个在他眼皮底下长大的孩子犹如森林精灵，在缅北丛林无人能追踪。

"陆，副司令交给你了。"捏勒心一横，扭头奔进莽莽森林。

第二十四章 千钧一刻

陆勇紧盯着帕康军营通往营地的道路，让崔建国和两个警卫用机枪和狙击枪封住了入口，唐茵语带着其他警卫退守背面高地，控制住通往原始森林的小道。

陆勇当初选择训练营地时就踏勘过地形，孙子曰："夫地形者，兵之助也。料敌制胜，计险隘远近，上将之道也。知此而用战者必胜，不知此而用战者必败。"在莱卡丛林，陆勇就靠占据了地理优势，重创吴波梭带领的狙击小队。

聂恩在营地茅屋里如坐针毡，他最担心的是重新组建的 PPP 营，营长原是他的警卫连长，战士大多来自 KNO 和 UWSA 部族。一旦得知德钦缪丹和貌貌卡企图加害于他，PPP 营定然兵戈相向，这势必导致德钦缪丹亲信指挥的 EEE 营卷入冲突，届时整个 S 军区就是一片混战，苦心经营的帕康根据地将面临致命危机。想到这里，聂恩不禁心惊肉跳，他决定前往 PPP 营，稳住队伍。

聂恩的决定让陆勇大为吃惊，眼下德钦缪丹和貌貌卡的矛头直指聂恩和赵亚军，聂恩前往 PPP 营反而会将祸水引入 PPP 营。德钦缪丹和貌貌卡据此便可验证聂恩有拥兵反叛之嫌，从而名正言顺地举兵围剿他们。

山魈小队是总部命名的"英雄小队"，声震缅北各根据地，德钦缪丹和貌貌卡断然不敢明目张胆举兵围攻，聂恩待在营地反而是最稳妥的。

聂恩却认为，PPP 营一旦得到消息，必然会有所动作。PPP 营的官兵大多数是聂恩一手带出来的，他们文化水平不高，性格耿直豪爽，虽说参加了缅共人民军，但刻在骨子里面的基因、继承自氏族部落的铁血传统是不会轻易改变的——首领是至高的存在，不容冒犯亵渎。

聂恩了解他们的秉性，如果PPP营起兵，后果不堪设想。聂恩向陆勇说出了自己的忧虑，他知道眼前的这个华夏青年睿智而悍勇。他相信总部不可能让S军区自生自灭，自己的言行牵一发而动全身，可PPP营又不能扔下不管。聂恩不能离开营地，陆勇同样不能，他们似乎步入了一个死局。

陆勇陷入了沉思，稳住PPP营的官兵，是目前最为棘手的事情。陆勇看着崔建国和几个警卫在加固工事，突然灵光一闪，心头一喜。崔建国行事稳重，善于思考，作为聂恩的信使再适合不过。

陆勇对脸色严峻的聂恩说道："副司令是否完全信任山魈小队？"

"此话怎讲？"聂恩有些莫名其妙。

"我需要一个肯定的答复。"陆勇并没回避聂恩鹰一样的双眼。

"于公于私，山魈小队每个人在我心中都重如千斤。"聂恩掷地有声，他不明白陆勇想表达什么。

特殊时期，信任对每个人都异常重要，帕康的肃反锄奸运动动摇了相互间的信任。陆勇要确保聂恩绝对信任自己和山魈小队。陆勇曾在和捏勒的闲聊中得知，缅北各山地民族上层传有一些特殊的、秘不可宣的联络信物，能号令部族。陆勇思索了片刻，说："副司令，稳住PPP营并不难，关键是要取得对方的信任。"

"陆，都火烧眉毛了，有话敞开说。"聂恩很不满意陆勇的犹豫顾忌。

"派崔建国赶往PPP营，传达你的指令。他行事稳重，能研判各种情况，暂时稳住他们没有多大问题。眼下乱局，核心是要确保能证明他是副司令你派去的。"陆勇说出了自己的想法。

聂恩点了点头，表情庄重肃穆。他在林荫下缓缓踱着步子，不时抬头看着连绵的山峦，仿佛在记忆中搜寻着什么。停顿片刻，他慢慢从脖子上取下一块墨玉坠子。坠子古朴、很有年代感，上雕有密松龙图腾。聂恩轻轻擦拭墨玉坠子，闭着眼睛静默良久，把坠子递给陆勇。

密松山脉是KNO族的祖地，每个KNO族的大山、小山支系部落王都密存着这样一块墨玉，不到生死存亡时刻，不会轻易示人。

“带着它去找PPP营长，看到它，他就明白一切……”

缅北的连绵大山中，捏勒发足狂奔在深沟密林，浑身如同水洗一般。S军区离缅共总部有二百多里山路。缅北山高谷深，广阔的原始森林中遍布致命的动植物，流传有一只蚊子也能杀人的传说。梅雨季节，当地的土著民族都不敢进入森林深处。过去，华夏远征军差点儿在缅北丛林全军覆没。

捏勒背负着聂恩交代的使命、S军区的存亡，他心急如焚，不敢停歇。沿原有的盘山小道走，可能要多耽搁几个时辰，他决定抄近道，穿越原始森林。

一只猛兽站在山岗上，盯着在丛林里穿梭的捏勒，不时仰天嗅着气味。这是一只让人闻之色变的缅北山地森林狼，还是智商极高的头狼。它身长一米五左右，高八十厘米，神态倨傲冷酷，猩红的眼睛闪着慑人的光芒。

头狼站立的崖下的灌木丛里，三五成群围坐着十几只森林狼。这些狼体形稍小，毛发粗如毛刷，呈灰黑色，嗅觉灵敏。狼群高度合作，等级森严，由头狼率领围捕猎物。狼具有极强的领地意识，它们通过尿液、粪便和抓挠不同的树皮标记自己的领地，对擅闯者毫不留情地追杀，越凶狠的头狼越不容忍擅闯者。

这只头狼冷冷地注视着捏勒，片刻，发出了嘶哑低沉的咆哮。狼群在头狼的带领下呈箭头状朝捏勒汹汹奔去。

闻到愈来愈浓的腥臊味，捏勒心头一紧，知道遇见了极其难缠的森林狼。他飞身上树，看到了惊飞四散的鸟群，蹿出灌木的群狼围拢过来，呜呜的嚎声刺破寂静的丛林。

捏勒在树枝间跳跃攀爬，群狼在树下嚎叫尾随。头狼时不时蹿起，展示其强大的力量和锋利的獠牙，扑向树枝间的捏勒。头狼一次次扑空，气得围着大树团团转。

攀跃树木大大限制了捏勒的速度，且严重消耗体力。捏勒重伤刚愈，胸口发闷，喘着粗气。捏勒注视着头狼狰狞冷酷的眼睛，渐渐焦虑起来。他了解这种畜生，它们一旦盯上猎物，就会长时间地进行死亡追踪，直到猎物精疲力竭，然后撕碎猎物。

眼前的头狼威猛壮硕，毛发浓密，弹跳力惊人，可以直接攻击攀爬在树上的捏勒。捏勒知道这是一场生死对决，必须保持冷静，不能胆怯。

他柔软而灵活的身体不断地穿梭在树木间，利用树枝和树叶遮挡，时而跳跃，时而滑行，时而攀爬。

时间在一分一秒地流逝，捏勒的心跳不断加速，喉咙渗出一股淡淡的咸腥味，嘴角溢出温热的血丝。想到聂恩副司令凝重的神情和 S 军区危急的乱局，他心一发狠，强行咽下欲涌出喉咙的鲜血，加快了速度。

陡然，捏勒发现树下的狼群消失无踪，不禁大松了一口气。他疑惑地跳下树，在密林穿行。随着激烈的运动，他胸前的衣襟渐渐被嘴角流出的鲜血染红了一大片，他眼眶发红，阵阵眩晕。

在临近一片稀疏的丛林时，捏勒霎时心头大震，脑袋清明了许多，只见头狼带着群狼挡住了去路。头狼睁着冷厉漠然的双眼，仿佛嘲弄一般，睨视着捏勒。

“来吧，畜生！”

捏勒被这狡诈的畜生激怒了，抽出了克钦刀，紧攥着刀柄。他清楚，不重创头狼自己难以脱身，便如脱缰的野马，挥刀朝头狼劈去。呼啸的罡风带起了切断的草屑，草屑如箭矢般四散开去。

随着捏勒的刀光闪现，头狼迅速躲避，一声啸叫，群狼纷纷朝捏勒发起进攻。捏勒历经无数次生死搏杀，身手矫健，刀法狠辣，双方缠斗间，不时有鲜血飞溅和狼的惨嚎。狡猾的头狼并没有加入战斗，它在等待时机给疲惫的捏勒致命一击。

和森林狼交过无数次手的捏勒，深知头狼恶毒秉性，他刀法迅捷，瞅准蹲在一旁的头狼，一个“飞鸟入林”，借助一棵矮树横切过去，刺啦一声，头狼猝不及防，被劈翻在地，嗥叫着滚进了灌木丛里。群狼见状，纷纷停止攻击，畏惧地望着捏勒。

没过多久，恼羞成怒的头狼一瘸一拐地蹿出灌木，仰天呜呜地狂吼着，身形一闪，朝捏勒汹汹扑来。捏勒避开头狼锋利的爪子，回身奋力一撩，刀尖飞溅起一串殷红的血花。头狼发出一声惨叫，蹿进了丛林。浑身血淋淋的捏勒龇牙怒目地环视着退避的群狼，一声叱呵，蹿进了森林……

另一边，吴觉敏在朝波玛镇狂奔。波玛镇地处战略要道，缅国防军隶属东北军区 H 师的一个营驻扎在此地，监视着 S 军区扩大根据地。吴觉敏绕过了几个关卡，终于在黄昏抵达波玛镇，找到家族的秘密联络点。

家族内应是达朵阿奈庄园的老管家，他老成持重，办事谨慎，深得吴丁敏莱信任，吴觉敏幼时曾寄养在老管家处。老管家在波玛镇的任务是配合黑鹦鹉传递信息，确保吴觉敏完成杀死陆勇的任务，从缅北全身而退。他所带的几个保镖都是吴家的高手。

这几天黑鹦鹉不知所终，老管家和保镖陷入惶恐之中，如果吴觉敏发生意外，吴丁敏莱老爷定然不会轻饶。老管家整日如热锅上的蚂蚁，寝食难安。吴觉敏的突然出现使他既惊喜又后怕，他摇着头，泪流满面。

来不及叙旧，吴觉敏让老管家把 S 军区即将发生内乱兵变的消息，通知父亲和驻波玛镇的缅军快速营，让他们趁机出兵，彻底剿灭 S 军区。

老管家看着小少爷略显苍白的面容，明白此事事关吴家的复仇大计和小少爷的未来地位。他招来保镖安排事宜，并依靠吴家强大的人脉，亲自前往缅军快速营，做说服工作。

吴觉敏没有丝毫耽搁，带一名保镖马不停蹄地赶回帕康根据地。

陆勇与聂恩在营地周边紧急部署仅存兵力。聂恩率领的警卫排仅配备轻武器，营地内除石垒、崔建国留的两把机枪外再无重火力。若德钦缪丹与貌貌卡率兵强攻，单凭现有防御力量无异于螳臂当车。二人议定：尽可能迟滞追兵行动，为总部援军争取时间。

陆勇唤来唐茵语，命其镇守通往后山原始丛林的要道。这个原本文弱的女子历经血火淬炼，如今已能从容应对危局。唐茵语凝眸远眺，山魈小队仅余她与陆勇。她深知唯有肩负重任，方能令陆勇无后顾之忧。

“勇哥，后山要道交给我，我自有应对之法。”

“若局势恶化，你务必护送副司令退入原始森林。”陆勇望向帕康方向，沉声叮嘱。

“勇哥放心，我心里有数。”唐茵语摩挲着手中短小的药刀，唇角扬起怪异的弧度。

陆勇瞳孔微缩，倏地扣住她的手腕，取下她手上的药刀。刀柄上的阴刻纹路泛着幽光。

那日唐茵语施展的唐门“幻身障”，让陆勇至今还心有余悸。他厉声道：“茵语，有哥在，断不会让人伤你分毫。那些邪门手段，莫要再碰。”

唐茵语心里泛起了阵阵涟漪，她抿了抿嘴唇，低声道：“勇哥，我听你的，以后不会了。”

“此次危机不同往常，若捏勒无法调来总部援兵，局势恐将失控，我等须备周全之策。”陆勇十分严肃。

“不如由我护送副司令先行撤入森林。”唐茵语提议。她深知若聂恩不在现场掣肘，陆勇更能施展拳脚。

“恐怕很难，聂恩副司令不会丢下帕康。”陆勇叹了一口气，目光掠过不远处正与赵亚军密谈的聂恩，但见其眉宇间郁色深重。

“赵参谋确非常人，能熬过刑讯实属不易。”唐茵语循着陆勇的视线望去，“虽体无完肤，但皆是皮肉之伤，我已为他敷药处理，静养便可恢复。”

“茵语，注意周围动静，我去看看赵参谋，帕康的乱局或许能从他身上找到线索。”陆勇对赵亚军被貌貌卡拘禁审查一事心存疑惑，一个文弱的参谋不可能和貌貌卡有什么利害关系。貌貌卡到底想要得到什么？

聂恩安慰了赵亚军几句，走回茅屋，心情十分沉重。他需要冷静地梳理、甄别从赵亚军口中得到的信息。他静静地坐在简陋的木床上，思考着眼前这场以肃反锄奸为名，行分化瓦解之实的危机。他判断，这是一场有预谋的内乱。

他回顾了过往种种，推测着内乱的根源。他意识到，这场危机并非突发事件，而是多年来累积的民族矛盾升级，加之幕后黑手的推波助澜，最终必然爆发的结果。藏在幕后的人是谁？他想得到什么？

聂恩深知德钦缪丹的局限性——此人格局狭小、情绪外露，其行事手腕尚不足以运筹棋局。至于貌貌卡，虽城府深沉且工于心计，然在 S 军区根基浅薄，在总部中枢更非关键人物。

能在 S 军区掀起如此惊涛骇浪，必是经年布局的暗棋。自雇佣兵滋事至蒙面内奸泄密，连环杀招皆指向了军区中枢。然纵观缅共根据地，真正令军政府忌惮者当属南部军区、W 军区及占据缅北中枢的人民军总部。聂恩如陷迷雾。

作为军事主官，聂恩深知 S 军区的地理特性：北境边陲，山高林密，人烟稀少。若对此处过度施压，难免触动邻邦的敏感神经——缅史上历代王朝皆因挑衅邻邦，招致灭顶之灾。

这些历史教训缅甸军政高层为何不明白？聂恩越想越难以厘清头绪。卷成喇叭状的兰烟已燃至滤嘴，灼痛了嘴唇，他才回神。他闷闷地啐了一口痰。

茅屋外，赵亚军回想着聂恩的问话。德钦缪丹和聂恩副司令貌合神离，这一点谁都心知肚明，但应该不至于拿 S 军区开玩笑。他不明白哪个环节出了问题。

缅共根据地内，缅族官兵与各少数民族虽总体目标趋同，然族群间的认知鸿沟实难弥合。缅北诸多部族甫脱离半原始社会形态，其价值体系与缅族主流意识形态存在结构性断层，唯赖部族头人的传统权威维系平衡，难以与其他部族建立共荣互信关系。

在赵亚军的认知中，聂恩不仅是军事造诣深厚的部族领袖，更是忧国忧民的理想主义者。这位统帅既能在战术推演时总揽全局，亦能包容德钦缪丹之流的政治操弄，其毕生所求，唯探索多民族共治的可行路径。

作为投身异国人民军的华夏青年，赵亚军深受聂恩政治理念浸润。当目睹德钦缪丹与貌貌卡编织“通敌”罪名构陷聂恩时，他既不解又愤懑。

陆勇看到满脸疲惫、坐在草地上想心事的赵亚军，走了过去。

赵亚军连忙站了起来：“陆队长。”

“坐吧，坐吧，我们聊聊。”陆勇看着拘谨的赵亚军，笑道。

赵亚军对 S 军区的传奇人物陆勇十分钦佩，同为华夏子弟，陆勇却能在缅北根据地铸就赫赫威名。作为华夏知青的标杆，陆勇以铁血战绩扭转了缅甸官兵对华夏知青不堪大用的偏见，更终结了其被工具化利用的宿命。

因职责分野，他们鲜有交集。在赵亚军的印象中，陆勇强悍而神秘，冷酷而难以接近。

看到赵亚军神态局促，陆勇想活跃一下气氛，真诚地说：“亚军，叫我陆勇吧，要不叫勇哥也行，我比你大几岁。”

赵亚军心里一热：“勇哥，谢谢你们。”

“川滇一家亲，同为天涯沦落人，客气什么。”陆勇安慰眼圈发红的赵亚军。流落异域，只有经历过苦难，才知同胞之情的珍贵。

“勇哥，S 军区非久留之地，聂恩副司令被德钦缪丹和貌貌卡盯上了，不会有好事。”

“我知道，亚军，但有一点我不明白，司令部有一帮参谋干事，他们为什么只盯上你？难道你有什么把柄落在他们手上？”陆勇想知道赵亚军平常和谁走得近。

陆勇这一提醒，赵亚军便回忆起貌貌卡对他的审讯，不由得倒抽一口凉气：“吴觉敏，是他……”

陆勇一愣，瞳孔微缩：“吴觉敏，姓吴……吴波梭……呵，果然找上门来了，藏得真深。”

陆勇恍然大悟，难怪他第一次见到吴觉敏就有一种似曾相识的感觉。这个人不愧是吴家的子嗣，阴狠毒辣，心机很深，竟然潜伏在缅共司令部，搅得 S 军区鸡犬不宁。

陆勇转身走进茅屋。聂恩见陆勇一头扎进茅屋，心头一紧。

“副司令，我知道内奸是谁了。”

“是谁？”聂恩眼睛一瞪。

“政工干事吴觉敏，缅国防军 J 师第一快速营上校吴波梭家族的子弟。”

聂恩吃惊地看着陆勇：“你确定？”

“八九不离十。”陆勇点头。

“他可是德钦缪丹从总部亲点的。”聂恩记得，德钦缪丹为了把吴觉敏调进 S 军区，托了许多关系，事后还洋洋得意地向自己炫耀他的能力和在总部的人缘。

吴觉敏本职工作做得很出色，但为人低调，对聂恩也是毕恭毕敬。聂恩对他很有好感，认为他是自己遇到过的缅族知识分子中难得的人才。聂恩既羞愧又懊恼，这只狐狸竟蒙骗了他这个老猎人。

“年纪轻轻，何其阴险，我识人无数，却栽在他手里。白吃了这么多年的盐巴，老脸算是丢尽了。该死的德钦缪丹！”聂恩愤然。

“副司令不必自责，他就是冲着山魈小队来的。他要为吴波梭复仇，即使没有德钦缪丹引进，他也会想方设法混入 S 军区。”陆勇并不奇怪。

一支队伍如果为了私利，无论追求什么主义，终会分崩离析，特别是这种不加严格甄别的狭隘的大缅族用人方法，必然会带来诸多潜在的风险。

虽说巴登顶总书记有所察觉，大张旗鼓地开展肃反锄奸运动，却反而给了一些心怀叵测之人排除异己的机会。

“这么说，一切都是吴觉敏鼓捣出来的？”聂恩眉头紧皱。

“是的。他们不会善罢甘休，我已经安排茵语护送副司令退入森林，其他的我来处理。”

聂恩没有吭声，踱步来到门口，怔怔地望着连绵群山，迟疑地说：“等等，再等等，我相信捏勒。”

陆勇知道多说无益，聂恩视 S 军区为自己的生命。他只能尽力保证聂恩的安全，等待捏勒归来。

陆勇叮嘱赵亚军看好聂恩，便走出茅屋，来到警卫排构筑的工事旁。这些跟随聂恩多年的 KNO 警卫身体精壮，面色赤红，眼神犀利，他们看到陆勇，齐刷刷围了过来。

“大家保护好聂恩副司令，没有我的命令不许开枪。”陆勇严肃地说。

警卫们知道华夏陆勇武艺高强、足智多谋，深得副司令赏识。军人历来崇尚强者，他们斗志昂扬，齐声高呼。

德钦缪丹与貌貌卡调集武装人员四处搜寻聂恩和赵亚军，在军营、司令部及聂恩居所三处重点区域，均未有所获。接踵而至的挫败令貌貌卡暴跳如雷。

反而是德钦缪丹保持着清醒——聂恩若欲藏身，必选山魈小队训练营地。但德钦缪丹有所忌惮，从突袭 J 师军营到全歼西洋雇佣兵，山魈小队那些惊世骇俗的战绩至今仍在缅北战场口耳相传。

特别是陆勇，至今无人匹敌，惹怒这等棘手人物，后果难以预料，更遑论总部刚授予“英雄小队”称号的山魈小队。要给聂恩定罪，关键是要抓住赵亚军，撬开他的嘴。

貌貌卡焦躁的脚步声回荡在审讯室内。他猛然揪住审讯官的领口：“帕康这么点儿地方，两个大活人竟能凭空蒸发？！”转头瞥见面色铁青的德钦缪丹，“司令员当真一无所知？”

貌貌卡并不知山魈小队在森林中有一个训练营地，他到 S 军区后一直忙着调查和隔离相关人员，彰显权威，对军事训练方面不太关注。

德钦缪丹看着一脸羞恼的貌貌卡，低沉地说：“特派员，我知道他们去哪儿了，只是有些不好办。”

“什么不好办，难不成他们上天入地了？帕康不是缅共人民军的地盘吗，有什么见不得人的事儿？”貌貌卡嘲讽道。

“山魈小队的训练营地，他们肯定在那儿。”德钦缪丹看着貌貌卡。

“山魈小队？”貌貌卡一脸诧异。

德钦缪丹转动着眼珠，不怀好意地说：“只要不动聂恩，缉拿赵亚军问题不大，待核实了聂恩的罪证，再捉拿他也不迟。特派员代表着总部，要陆勇交出赵亚军也是职责所在，肃反锄奸，人人有责，没有特例，我看陆勇也不敢阻拦。”

貌貌卡有些犹豫，眼下他也是骑虎难下：如果和陆勇发生正面冲突，有可能造成混乱；如果就此放手，放过赵亚军，他会颜面扫地。

思忖了片刻，他面色一狠，说道：“集合人员进森林缉拿赵亚军，我看谁敢拦！”

“我让 EEE 营也准备，山魈小队胆敢阻拦，以通敌论处。”德钦缪丹下定了决心，聂恩这根肉刺不拔出来，他在 S 军区永远不能出头。

德钦缪丹和貌貌卡带着一帮士兵，朝山魈小队训练营地扑来。

陆勇挡在营地门口，冷冷注视着这些全副武装的士兵，在人群中搜寻吴觉敏——这场危机的始作俑者。

德钦缪丹以眼神示意貌貌卡进行交涉。面对两侧掩体内黑洞洞的枪口，貌貌卡心里直打鼓，他瞪了德钦缪丹一眼，心里暗暗咒骂了一句。

“陆队长切勿误会，我们前来只是请赵亚军配合调查。”貌貌卡冷汗涔涔。

“哦？究竟是请人配合，还是缉拿归案？”

“这……陆队长何出此言？”

“吴觉敏呢？谁有问题，谁是内奸，恐怕他心里最清楚。”陆勇轻蔑一笑，逼视着面肌抽搐的貌貌卡。

“陆勇，我们是革命队伍，要相信组织不会冤枉好人，也不会放过任何一个坏人。赵亚军妖言惑众、形迹可疑，我们有理由对他进行审查。举报赵亚军的正是革命觉悟很高的吴干事。”貌貌卡说得义正词严。

陆勇哑然失笑，厉声道：“欲加之罪，何患无辞？我看今天谁能带走赵亚军。”

貌貌卡面色一狞：“陆勇，别以为你无所不能，你对抗得了我们，难不成还能对抗整个缅共人民军吗？”

“貌貌卡，别打着革命旗号，行龌龊之事，你代表不了缅共人民军！”聂恩出现在陆勇身后，大声驳斥。

“聂恩，你想造反吗？！”德钦缪丹走出来，气急败坏地指着聂恩。

“德钦缪丹，你为了一己之利惑乱军心、分化部队，其心可诛！”

“聂恩，废话少说，把赵亚军交出来，谁是谁非特派员自有明断。”

聂恩怒了：“你敢！”

陆勇唰地抽出关东刀，空气中充满了火药味。聂恩拍了拍陆勇，示意他别冲动。

嗒嗒嗒！森林里突然爆起一阵枪声。

“副司令！”赵亚军大吼一声，飞身挡在聂恩身前，胸膛瞬间被子弹打成了蜂窝。

双方都被这突如其来的枪声惊呆了，聂恩紧紧抱住赵亚军，老泪纵横。陆勇双眼充血，大叫一声，抽出了三棱枪刺。

四周响起枪栓拉动的声音。

“都住手！”

千钧一发之际，捏勒和缅共人民军总政治部主任莫苗温及时赶到。

“德钦缪丹、貌貌卡，你们好大的胆子，竟敢杀害自己的同志战友！”莫苗温指着两人，颤抖着大声吼道。

德钦缪丹和貌貌卡都吓呆了，他们并没下令开枪，也不知谁开的枪，但子弹确实是从他们身后一侧的森林射出，目标直指聂恩。

“我……我没……没下令开枪。谁干的？谁干的？！”貌貌卡厉声发问。

“都放下枪，否则军法从事。”莫苗温掏出了手枪。总部来的精锐战士虎视眈眈。

陆勇冷声说道：“我知道是谁干的。捏勒，聂副司令交给你。茵语，跟我走！”

陆勇和唐茵语跃进森林……

开枪的正是吴觉敏，他本想趁场面混乱之时射杀聂恩，挑起冲突，一看计谋失败，拔腿就跑。他带着一名保镖没命地朝黑塘沟方向奔，准备和缅军及管家带领的保镖会合，寄希望于驻扎在波玛镇的缅军快速营能迅速袭击帕康。

人民军总部已经掌握波玛镇缅国防军的动向，派出部队前去截击。S 军区的 PPP 营得到聂恩的秘密指示，也赶赴在增援的路上。但没有聂恩坐镇的帕康司令部却陷入了混乱之中。

莫苗温率部接管 S 军区。经此动乱，S 军区人心惶惶，缅族官兵与少数民族战士渐生龃龉，军令传达渠道屡遭质疑，官兵无所适从。

陆勇和唐茵语循着吴觉敏的踪迹展开追捕。唐茵语有多年的丛林生存经验——她经常在深山采药，熟悉动物的习性，以及人和动物在丛林中的行踪。这几年在帕康行医，她不仅熟悉了地形，还能通过观察痕迹，判断动物的种类、大小和活动范围。

吴觉敏狼狈逃离，自然逃不过唐茵语的追踪。她准确判明其逃窜方向——黑塘沟。

唐茵语将吴觉敏的逃亡路线告知陆勇后，陆勇当即决定抄近道，在临近黑塘沟处实施拦截。吴觉敏的阴毒手段彻底激怒了陆勇，赵亚军之死更令其誓要追击到底。眼见华夏知青命运遭人摆布、生死任由操弄，陆勇在痛苦反思中，对缅共人民军的疑虑愈发深重。

望着唐茵语凝神观察的侧脸，陆勇心头泛起一丝隐忧——他能否带着众人平安归国？缅北险恶复杂的环境，此刻正化作绞索勒紧他的神经。

“茵语，跟紧我，黑塘沟的山路我熟。”

“勇哥，吴觉敏带的是练家子，看脚印来头不小，得小心。”唐茵语抬眸望向丛林深处。

陆勇眯眼盯着前面起起伏伏的山峦：“今天我要让他和他的家族知道，菩萨也救不了他。”

吴觉敏在保镖的护卫下仓皇奔窜于密林。身后若有若无的追踪声令他脊背发凉，心里阵阵发紧，求生的本能驱使他强打精神。曲折山路耗尽了体力，他们却始终不敢放缓脚步。

吴家老管家率两名保镖引着缅国防军快速营逼近黑塘沟。一阵激烈的枪声撕裂山岚，缅国防军先头部队遭到人民军的阻击。人民军凭借峡谷天险已然开火，陡峭岩壁间流弹飞溅。

缅国防军快速营营长见人民军已有所准备，不顾吴家老管家的竭力劝说，丢下十几具尸体，骂骂咧咧地带着队伍退了回去。

老管家看着退回去的缅军，绝望得一屁股瘫坐在地上。他意识到吴觉敏的计划可能已经失败，吴觉敏恐怕身陷险境，凶多吉少。

吴觉敏是老管家看着长大的，他的孤苦和隐忍老管家一直看在眼里。特别是他的深夜探母，让老管家被深深触动了。黑鹦鹉誓死追随他，甘愿为他命丧缅北，正是为报答他用行动铸就的情义。

想到此，老管家内心一颤，为这个小少爷，他得做一回堂堂正正的人。他蓦地站起，浑身激荡起一股豪壮之气，瞪着昏花的老眼，对身旁两名保镖狠辣地说："跟我去救小少爷。"

吴觉敏与保镖在丛林中狼狈奔逃，听到黑塘沟方向激烈的枪声，心头大喜，当即循着枪声穿越密林乱石。待枪声暂歇，他们才靠近峡谷，却见谷底缅军尸体横七竖八，缅军快速营已经退出了黑塘沟。吴觉敏如挨了一记闷棍，生出一种深深的挫败感。

"小少爷，快走吧。"保镖看了一眼痴痴站立的吴觉敏，轻声催促。他已经察觉到危险，看着影影绰绰的森林，缓缓抽出了骠刀。

保镖的直觉精准——几十步开外，闪出两道身影。男子健壮结实，目露杀气；女子纤长冷艳，手中药刀泛着青芒。

吴觉敏惨然一笑："陆勇，非要赶尽杀绝吗？"

"知道怕了？你们吴家不是不死不休吗？"陆勇直视着吴觉敏，缓缓举起刀，

“杀我同胞，你逃不了的。”

话音未落，陆勇身形暴起。保镖横刀格挡，但闻嚓的一声，刀光闪过，保镖连人带刃断作两截。

“陆先生，刀下留情！”一个华发老人狼狈蹿出，跪在陆勇跟前。

唐茵语一步踏出，逼退两个欲接近陆勇的保镖，指间漆黑的梭子针蓄势待发。突然，保镖也扑通一下，跪在唐茵语面前。

陆勇的刀高扬着，刀尖上的血珠点点滴落。他睨视着老管家：“你是谁？为何替他求情？他死有余辜。”

“老奴愿代他一死，请陆先生成全。”老管家言辞悲切，依然低垂着头颅。

陆勇有些惊愕，仍紧握关东刀，雪亮的刀面闪着慑人的寒光。

“老管家不必如此，觉敏谢过了。让他来吧。”吴觉敏红着眼眶，心生感动，他万万没想到达朵阿奈庄园一个不起眼的管家甘愿为他而死。此刻，落在陆勇手里的吴觉敏，已毫无畏惧，也毫不抵抗。只可惜他苦心谋划的一切皆付诸东流。时也命也，他不禁仰天一声长叹。

陆勇强压胸中的戾气，刀锋仍指着吴觉敏，冷笑道：“他差点儿害死多少人？一个选择为邪恶的家族效命的人，不配活在这个世上。告诉我不杀他的理由。”

“为了一个老人，一个受尽千般磨难，孤独等待儿子的母亲。”老管家老泪纵横，他要用老命为当年助纣为虐伤害腊蒂玛之事赎罪。

陆勇浑身一颤，“母亲”这个词刺痛了他的心，唤醒了他尘封的记忆。自打陆勇痛失至亲，他一直努力忍受着母亲离去带来的伤痛。他凌厉的目光渐渐平和，翻涌的杀意如退潮般渐渐平息，慢慢垂下了刀。

能让垂暮之人甘愿赴死，这个吴觉敏究竟是个什么样的人？可赵亚军已死，这笔血债怎么算？陆勇陷入两难之中。

唐茵语见老管家和保镖无畏生死，忠心护主，心底忍不住柔软起来，复仇之念也动摇了。犹豫片刻，她说：“勇哥，等等吧，他们逃不掉的。”

陆勇胸膛剧烈起伏，良久，对颤巍巍的老管家说：“回去告诉你家主子，吴觉敏我先留下了。要想他活命，五天内让你家主子给个说法。否则五天后来领尸首。你走吧，趁我还没改变主意。”

老管家抬起头，感激涕零：“陆先生大量，陆先生和吴家的过节，老奴早有耳闻，是吴家有错在先，我定然劝说吴丁敏莱老爷给先生一个说法。”

陆勇盯着雾气笼罩的森林，面无表情，手里的刀柄握得死紧。这个向来果断的汉子犯了难。再看吴觉敏痛苦的样子，一丝说不清道不明的悲伤油然而生。

这世上的恶人，多半是苦水里泡出来的，陆勇深有感触。想到此，陆勇转身走向唐茵语。

保镖扶着老管家跌跌撞撞地退进林子。

第二十五章 吴家的救赎

吴丁敏莱听到老管家来报，如遭雷击。暴怒的吴丁敏莱恨不得杀了老管家和保镖。自从吴波梭残废后，吴家直系子嗣中，吴觉敏是他最后的希望——吴觉敏的表现让一度沮丧的吴丁敏莱重拾信心。

这个庶子向来低调行事，一直以来默默忍受着旁人的鄙视与冷落，既不抱怨，也不愤懑。他知道自己的身份地位，但并不因此而自卑沉沦。

吴丁敏莱从小就生活在高门大户，深谙继承权争夺中的阴谋算计与骨肉倾轧，吴觉敏能敛藏锋芒，甘居吴波梭光环之下，实属难得。水无声却点滴穿石，风无形却能摧毁林木，此乃大智若愚之道。

在现在的吴丁敏莱看来，吴觉敏反而是吴家最佳的继承人。吴波梭太刚，刚则易折；吴觉敏绵里藏针，心思缜密，给吴丁敏莱意外之喜。他在欣慰的同时，甚至有些后悔让吴觉敏深入缅北犯险。

吴觉敏被擒，吴丁敏莱几乎崩溃，他只有一个念头：不能坐以待毙，必须救出吴觉敏。可深入缅北帕康根据地找陆勇商谈，吴丁敏莱还没那个胆量——陆勇是吴家的一个梦魇。他召集家族高层成员，商讨解决办法。

岂料族人的缄默让吴丁敏莱再度失望，蒙桑莫家族的冷漠更如冰水当头浇下。族人对庶子吴觉敏显露出极度的轻蔑，均主张放弃吴觉敏，决不能向陆勇示弱。

蒙桑莫家族甚至质疑吴丁敏莱，坚称只要吴波梭不死，不容许任何人凌驾于吴波梭之上。吴丁敏莱看着偌大的府第、清冷的门庭和院落，不由得悲从中来，感到愧对祖先，愧对战神一般的吴貌貌钮。

正当吴丁敏莱陷入内外交困之际，杜妙缦带来吴波梭的口信，他要见吴丁敏莱。吴丁敏莱颇感意外。吴波梭自伤重致残后，似乎万念俱灰，很少与家人交谈。

吴波梭虽心高气傲，但能力超群，在吴家与军中都可谓游刃有余。之前J师军官俱乐部遇袭，吴波梭竟成当晚唯一生还者，其心路历程颇为复杂，从自暴自弃到一心求死，现在则渐渐趋于平静。

杜妙缦没忍住，将吴丁敏莱面临的困境全都告诉了吴波梭。得知吴觉敏竟孤身打入缅共人民军内部，而且其计划差点儿成功时，吴波梭震惊不已。

过去，吴波梭从未把这个异母兄弟放在眼里，毕竟对方是父亲与家中女仆所生，在他眼中不过是一个无关紧要的私生子。但吴觉敏似乎活得很清醒，既没有传出过丑闻，也不曾惹是生非。真正让吴波梭在意的，反而是那个总被称作“吴觉敏的影子”的神秘人物黑鹦鹉。

吴觉敏这次深入敌营，彻底改变了吴波梭对他的看法。当家族年轻人都忙着推脱责任时，这个异母兄弟却主动站出来维护家族尊严，甚至要为吴波梭挽回颜面。轮椅上的吴波梭陷入深深的反思，他最终做出决定：决不抛弃这个重情义、有担当的兄弟。

吴丁敏莱走进陆军疗养院的后花园时，正看见杜妙缦推着轮椅上的吴波梭在小道散步。小道两侧的绿植长势旺盛，攀满篱笆的旱金莲正值盛花期，鲜红的花朵像小喇叭般沿着碎石路绽放，营造出令人放松的宁静氛围。

吴波梭正闭目沉思。吴丁敏莱望着轮椅上的儿子，心里一阵酸楚。这个曾经意气风发的青年，如今只剩半截身躯。

“父亲来了？”吴波梭听见熟悉的脚步声。

“波梭。”吴丁敏莱紧赶两步上前。

吴波梭扭头淡淡地对杜妙缦说道：“你走吧，我和父亲有事要说。”

杜妙缦瞥了一眼吴波梭，欲言又止，慢慢走出了后花园。

“波梭，找我有事？”

“我都知道了，这段时间父亲很难，危急时大部分族人都靠不住，觉敏是吴家今后的支柱，得想办法救回来。”吴波梭叹口气。

“觉敏为家族挺身而出，到头来却成为弃子。族人和蒙桑莫家族竟如此……让人寒心哪！”吴丁敏莱痛心疾首。

“都是趋炎附势之徒。吴家遭此一劫，许多人虎视眈眈，恨不能分而食之，吴家不能遂了他人之愿。”吴波梭很清醒。大家族的族权争夺亘古不变，利益永远占据着核心地位。狮王若体衰或重伤，决然会被赶下王位。眼下的吴家正是如此。

虽说蒙桑莫家族强势，但始终是外戚，吴家才是他坚实的根基，这个发端于瑞帽王朝的古老家族，不能在他们这一代蒙羞凋谢。吴波梭睁开双眼，盯着吴丁敏莱。

吴丁敏莱看到吴波梭眼底闪烁的一抹寒光，心底为之一震，深感欣慰。在吴波梭身上，祖上吴貌貌钮那倔强的血脉不会消失，这就是他最大的底气。

“兄弟同心，其利断金。波梭，你说，让父亲怎么做？”吴丁敏莱心里热辣辣的，胸中的阴霾一扫而光。

“父亲，或许我们都错了。为了区区波坎巴一家，我们一个大家族去和华夏人陆勇对抗。他无亲无故、手段狠绝，势力又日渐壮大，最终受伤的是我们，让别人坐收渔利，不值得呀。”

吴波梭的这番话令吴丁敏莱既惊又感——吴家与陆勇本无宿怨，不过是替不足挂齿的波坎巴家强出头，才致长子吴波梭重伤残废，更将家族拖入这般危境。

吴丁敏莱如梦初醒。可仇怨已结，既要化解干戈，又要营救吴觉敏，纵使他绞尽脑汁也难寻两全之策。

望着一脸无奈懊丧的父亲，吴波梭说：“父亲，办法是有，就看您愿不愿去做。”

“什么办法？”

“去罗刹女山陀迦罗寺找祜巴拉暖长老，他有办法。”

“祜巴拉暖长老？他能有什么办法？”吴丁敏莱大惑不解。

“在莱卡丛林，是他救了尼吞，尼吞现正在他门下修行。”吴波梭缓缓合上双眼。

正午的阳光从云层中透出，落在吴波梭冷峻的脸上。吴丁敏莱心中感慨，这个吴家的骄子，曾让家族引以为傲的继承人，此刻正用三言两语拆解着困住整个吴家的死结。吴丁敏莱虽然对陆勇心有不甘，可吴波梭的话句句在理。况且吴波梭为了吴家能放下怨仇，他又有何不可？

“波梭，能有你这样的孩子，是吴家之大幸。父亲便依你所言，就上罗刹女山找祜巴拉暖长老。”

吴丁敏莱一身轻松，匆匆走出陆军疗养院……

罗刹女山矗立于瓦城西北，主峰海拔236米。山间错落分布着数十座寺院塔楼，琉璃尖顶与雕花斗拱相映生辉，金瓦朱墙的恢宏建筑群俯瞰着整座瓦城。自山脚延伸而上的一千七百级台阶蜿蜒如龙，这条朝圣之路使罗刹女山成为缅甸著名佛教圣地，其宗教影响力辐射整个东南亚。

陀迦罗寺是罗刹女山八大寺院之一。吴丁敏莱携丰厚的供品拾级而上，在寺院前被小沙弥引进一间素雅的“知客寮”，等待祜巴拉暖的召见。

诵经声自寺院而来，清越庄严，如古钟长鸣，仿佛贯穿整座罗刹女山。吴丁敏莱虽贵为缅甸商政名流，但要面见祜巴拉暖这般深居简出的大德高僧，仍整衣正冠，屏息凝神。

日影西斜时，才过来一个身形魁伟的僧人。

“你是尼吞？”吴丁敏莱望向僧人脸上醒目的疤痕，目光扫过他左臂肘部空荡荡的袖管。

“此尼吞非彼尼吞。走吧，大长老正等着你呢。”对方神情冷淡，转身引路。

禅房内青烟缭绕，祜巴拉暖盘坐在明黄色的蒲团上，清瘦的面庞如古井无波，霜白长眉垂落眼睑，粗布僧衣难掩通身澄明气度，斜披的袈裟更显威严。

屋内弥漫着沁人心脾的檀香，吴丁敏莱烦躁不安的心绪平息下来。他双手合十，匍匐在地，叩拜："吴丁敏莱拜见大长老。"

祜巴拉暖如入禅定，未给出回应。吴丁敏莱听见自己胸腔里怦怦的心跳声，无形的焦虑再次漫上心头。

"吴丁敏莱叩请大长老救救小儿吴觉敏。"吴丁敏莱颤声道。

凝固的空气里，幽寂的禅房将他的焦灼熬成悲戚。

祜巴拉暖依然冥坐，许久才微微睁开双目："起来吧。"

"谢大长老。"

祜巴拉暖轻整袈裟，缓声道："你所求之事，老衲已知晓。世间诸事皆有定数，嗔怒仇恨皆因执念。纠结他人的错，折磨的是自己的心。善因结善果，恶念生业障。吴家祖上广积佛缘，老衲便随你走这一遭，权当化解尘劫。"

"谨记大长老教诲。"吴丁敏莱匍匐在地，泪流满面。

罗刹女山悠扬的圆磬声回荡在寺院上空，陀迦罗寺沉入安详的暮色中。

第二十六章
度人之痛

陆勇未将生擒的吴觉敏移交S军区，而是将其羁押于山魈小队训练营地某处隐秘点。缅共人民军总部急召聂恩、德钦缪丹及貌貌卡返程，S军区的事务暂由莫苗温主持。

此次冲突引发军区内部严重分化，许多少数民族官兵士气受挫。各根据地华夏知青按类别遭隔离审查，背景存疑者、动机不纯者、发表异议者均遭非人道控制。吴觉敏暴露后，其他人的嫌疑虽解除，但深层次的矛盾被激化，S军区内部已难复往日团结局面。

陆勇将赵亚军安葬在石垒的坟旁。捏勒、崔建国、唐茵语久久伫立坟前，空气凝重如铁。看着新垒的黄土堆，众人悲愤难抑，特别是捏勒。他对陆勇不杀吴觉敏始终难以释怀——在他看来，对敌人仁慈就是对自己的戕害。

赵亚军能用身躯遮挡射向聂恩的枪弹，是一个铮铮铁汉，这对捏勒来说是天大的恩情。此刻，刻在捏勒骨子里的对缅族的不信任感愈发强烈。在捏勒的认知中，缅族惯于以贵压贱、恃强凌弱、出尔反尔。在缅甸摆脱殖民统治、争取民族独立解放斗争中，KNO部族作出了卓越贡献，而且始终坚持自己的文化和传统，在宗教信仰上与缅族泾渭分明。

因为阶级的壁垒，年少时的捏勒在瓦城、腊戌流浪期间，受尽歧视，吃尽苦头。

他加入人民军，不过是追随聂恩——这位为争取民族平等，甘愿奉献生命的尊者，与所谓的革命理想毫无瓜葛。眼见聂恩在人民军高层屡遭排挤，捏勒十分憋屈。这次吴觉敏设局，差点儿害死聂恩，更将他的怒火推向顶点。而陆勇对吴觉敏的宽纵，让他不解以致郁郁寡欢。

面对捏勒的异常情绪，陆勇也不知怎么办。捏勒是山魈小队唯一的KNO族，性格耿直，勇猛顽强，深得大家的信任。聂恩被总部召回，他的情绪受到极大的影响，在不可预知的情况下，抵触和愤怒都在情理之中。

陆勇深知，化解捏勒的疑虑，需要耐心和理解。自山魈小队组建以来，二人虽惺惺相惜、肝胆相照，却很少有深层次的交流。

在缅北，KNO和UWSA是最大的族群，也是人民军的主要兵源。他们世代生活在偏远山区，保持着传统部落制度，尊崇氏族长老和头人的权威。要获得他们的信任，需要真诚相待、平等尊重。

对捏勒来说，聂恩就是支撑整个KNO的天。聂恩的任何闪失，都是他无法接受的。

安葬完赵亚军，众人怀着沉重心情各自散去。唐茵语回屋整理采集的草药，崔建国按陆勇指示去看守吴觉敏，捏勒独自走向营地边的森林。

营地显得格外冷清。少了石垒，营地仿佛被抽走了生气，连空气都透着压抑。陆勇回过神来时，四周已空无一人，只有穿林风拂动树枝的沙沙声。

因吴觉敏一事，营地气氛紧张。唐茵语虽察觉端倪，却猜不透陆勇的心思。她隐约感觉吴觉敏家族与陆勇有难解的仇怨，而陆勇身上似乎藏着许多秘密。狙击枪伤、祜巴拉暖的神秘出现、雇佣兵事件、吴觉敏的潜伏……这些事件如鬼魅般纠缠着他，每次都险象环生。种种迹象令唐茵语深感忧虑。

唐茵语对陆勇有一种说不清的情愫，似爱情似亲情，带着牵挂与依赖。她总想靠近他、了解他，这个男人像强大的磁场，令人无法抗拒。

那天，当吴觉敏的老管家提到吴觉敏的母亲时，陆勇暴戾的神情突然缓和。

唐茵语看见他抽搐的面庞下透出的一丝哀伤，这触动了她的心弦。那一刻，她感到心疼。

关于吴觉敏的处置问题，山魈小队内部产生了分歧，这令陆勇倍感压力。捏勒的怒意与崔建国的不解，让唐茵语不知该如何调和。陆勇不杀吴觉敏自有其考量，但若因此事生出隔阂，后果不堪设想，这让唐茵语深感无力。

暮色中，陆勇独自伫立在石垒与赵亚军的坟前，萧索背影融进苍茫暮色。唐茵语望着这一幕，心头泛起苦涩，默然折返茅屋。

陆勇心中矛盾。按他的性格，行事从不需要向人解释，可眼下的尴尬氛围令人窒息。听见唐茵语屋内的动静，他转身朝茅屋走去。

陆勇走进茅屋时，唐茵语正机械地切剁草药，心事重重的模样惹人怜惜。

“茵语。”陆勇轻轻喊了一声。

“哦，勇哥。”唐茵语愣了一下，揩了揩额头上的汗水，把竹凳递给陆勇。

陆勇抓过一把草药嗅了嗅，一股淡淡的药香味。看着一堆切碎的药渣，陆勇说：“茵语，我帮你切。”

“勇哥，你坐会儿，我自己弄。”唐茵语挤出一丝笑。她知晓陆勇满腹心事，那些深埋心底的往事如陈年酒瓮封着苦涩。她感觉陆勇历尽沧桑后，变得愈发沉默，不愿辩驳，就像积雨云从不对山林解释其中的雷鸣。

“勇哥，去找捏勒吧。”唐茵语抬起头，目光灼灼地看着陆勇，眼里饱含着希冀，“有些事儿说开了就好。”

陆勇揉捻着草药，轻叹：“唉，茵语，对吴觉敏我恨不得千刀万剐。但我真的杀累了，而且一想到他的母亲在等他，我就……”陆勇满脸苦涩。自漂泊异域，尚米嘎与温楠之死让他的征途浸透鲜血，帕康的权谋倾轧更令他厌恶和疲惫。

唐茵语望着陆勇倦意沉沉的眼，心头绞痛。这个素来刚强不屈的男人眉眼间的沧桑，令她鼻尖发酸。

“勇哥，”她喉间发紧，“无论你怎么决断，我都听你的。可不许嫌我没主见。”

“说什么傻话，哥怎么会嫌弃你。”陆勇心如针刺。温楠死后，他便锁了心门，那些撕心裂肺的记忆如荆棘缠裹心窍。对茵语，他始终守着兄长本分，用笨拙的关怀去填补她缺失的亲情。

唐茵语这番话，让陆勇心头泛起难言的滋味。她的信任令他感动，他不忍她黯然神伤。他霍然起身：“该去找捏勒和建国聊聊了。”

非常时期，稍有不慎，细微裂痕便会挫伤战友情谊，导致山魈小队队员相互猜疑，他不会让这样的事发生。

唐茵语大松一口气，露出欣慰的笑容。

梅雨初霁，山林间浮动着沁凉水汽。捏勒赤膊盘坐崖壁前，刺青密布的臂膀与胸膛湿漉漉的，他低诵的声音与林涛和鸣。崖壁上绘的皱盔犀鸟，与他胸膛上的刺青如出一辙。

这犀鸟乃KNO图腾，寓意勇武与忠义。捏勒闭目凝神，结实的肌肉随吐纳起伏，宛若山岩蓄力。

“出来吧，陆。”捏勒嘴角一扬，穿上上衣。

陆勇拨开藤蔓现身，挨着捏勒坐下。他看了看崖壁上的犀鸟图腾，又望向捏勒胸膛的刺青——这些缅北山民将自然信仰刻进崖石与血肉，占卜问神是他们解决疑难问题和寻求慰藉的通道。

两人静坐远眺，漫山翠色晕染，薄纱似的雾霭飘浮在森林上空，树木和藤蔓交互缠绕，在林间织就翡翠色的巨网。

捏勒沉默片刻，沮丧道：“陆，我虽没念过书，但懂是非。在缅甸，弱族不抗争就活不出人样。缅人背信弃义，这十多年战乱死了多少KNO族人？要不是聂恩副司令，我也活不到今天。人民军嘴上喊平等，可那帮官老爷骨子里就瞧不起我们！聂恩副司令为帕康根据地呕心沥血，功勋卓著，最后却差点儿落得一个叛徒罪名，差点儿把命搭进去……”捏勒眼眶湿润。

看着这个铁打的KNO汉子流露出来的悲伤，陆勇心头苦涩。捏勒并非只知打杀的莽夫，他胸膛里跳动着整个KNO民族的脉搏。缅族的跋扈让陆勇深知一族独大的悲哀，这种仇恨无解，可不解决，只会带来更深的伤害。温楠和尚米嘎惨死的画面浮现，在捏勒情绪的感染下，陆勇压下的杀意再度翻涌，对宽恕吴觉敏的决策也生出动摇。

可杀了吴觉敏又能解决什么？陆勇想到吴觉敏的老母亲还在苦苦等待着吴觉敏——这让他想起自己失去母亲的痛。在迷惘中，他想起长惠师尊的话：容他人所不能容，方能为他人所不能为。和吴家的血海深仇，难道就此一笔勾销？

捏勒盯着犹豫不决的陆勇。这个向来杀伐果断的男人，此刻似乎藏着说不出的苦衷。他打心眼里敬重陆勇，毫不怀疑陆勇对兄弟的忠诚，但吴觉敏这事儿，他怎么都想不明白。

"陆，我们是过命的兄弟，为什么？到底为什么？"捏勒实在是心有不甘。

陆勇缓缓站起，长叹一声，说："要说仇，吴家与我有血海深仇。在景拉，他们屠了我恩人满门，好些年周旋厮杀，甚至莱卡丛林你救我那一次，都是吴家的手笔。我入了人民军，他们又派雇佣兵刺杀、煽动内乱，导致石垒、赵亚军送命，还连累聂恩副司令……我真是罪孽深重。留吴觉敏一命，只因他也是可怜之人。"

捏勒如遭雷击。他早就觉得陆勇眼底藏着化不开的阴霾，却不知是这般血淋淋的过往："陆，对不起，是我多心了。"

"捏勒，没有什么对不起。我们是兄弟，唇齿相依的兄弟。"

给吴丁敏莱的期限日渐临近，山魈小队营地笼罩在紧绷的氛围中。陆勇断定吴家必会派人营救吴觉敏，至于采取何种手段，尚不可知。

陆勇来到关押吴觉敏的隐秘点，这里由崔建国看守。陆勇选择崔建国有他的考量。崔建国虽然对不杀吴觉敏一事心有抵触，但不会意气用事，且头脑灵活，遇事冷静。帕康动乱期间正是他安抚PPP营官兵情绪，成功避免军营哗变，其能力与胆识深得陆勇信任。

密林深处的岩洞里阴暗潮湿，吴觉敏整天瘫坐发呆。他目光灰暗，形容枯槁——短短数日便形销骨立，再无半分富家公子模样。

陆勇的强悍与智谋彻底击溃了他的复仇执念。那日陆勇快如鬼魅斩杀保镖的场景，成为夜夜折磨他的梦魇。他这才意识到，自己在绝对的力量面前不过是蝼蚁。

陆勇找到崔建国时，他正专注地擦拭那把 M21 狙击步枪。崔建国天生对枪械敏锐，狙击原理稍加琢磨便得心应手，连陆勇都暗自叹服。

“建国。”

“勇哥。”

“有异常吗？”

“一切正常。就是那小子彻底蔫了。”崔建国拉响枪栓，朝岩洞方向撇撇嘴。

陆勇嘴角浮起若有若无的笑意：“还在纠结？”

崔建国说：“勇哥，我没有纠结。人民军这肃反锄奸画虎不成反类犬，倒让缅军情报部门钻了空子，没有吴觉敏也会有李觉敏、赵觉敏。勇哥的心思我懂。华夏有句话：君子藏器于身，待时而动。可针藏在兜里迟早会露头，咱们也该谋划后路了。”

“吴家不会扔下他不管。吴波梭只剩下半条命，废人一个，吴觉敏再出事，我倒要看看他吴家还怎么玩。”陆勇冷笑。

“勇哥，当你的对手真是遭罪，难怪吴觉敏蔫得像霜打的茄子。”崔建国满脸敬服。

“建国，这世道就是一块磨刀石，要么百炼成钢，要么碎成渣滓。乱世里头，菩萨心肠的头一个喂豺狼。”

陆勇仿佛窥破了缅北生存法则，一席话让崔建国陷入了沉思。

“陆，我就知道你在这里。”捏勒来得悄无声息。

陆勇和崔建国回头，三人相视一笑，一切尽在不言中。

不料林子里突然响起动静，几只野鸟扑腾着飞出树林。陆勇脸色微变，对崔建国使眼色，崔建国心领神会，抓起狙击枪蹿进林中，隐匿起来。

枯枝断裂声中，林子里走出三个人：两个穿僧袍的和尚和一个衣着华贵的中年男人。

老和尚双手合十，声音浑厚：“阿弥陀佛。陆施主，我们又见面了。”

陆勇皱眉，语气警惕：“长老想做什么？我们两不相欠，早该各走各路。”

祜巴拉暖面色庄严：“我为解众生苦难而来，化解仇恨，平息心魔。我佛无量，佛光普照。”

陆勇冷笑一声：“欠债还钱，杀人偿命，这才是天道。长老的菩萨心肠留给老实人就行。”

祜巴拉暖摇头：“陆施主，人性本善，但因利结怨，因怨生仇，一生纠缠。智者不是没有仇恨，而是善于化解仇恨。恨只会让人越来越坏，而且痛苦一辈子。”

“空口白话谁不会？自古善恶有报，如果长老要助纣为虐，我陆勇奉陪到底。”

“陆勇，休得无礼！”青年和尚怒目圆睁，厉声喝止，然后大步踏出，震得落叶簌簌。

“手下败将也敢逞能？陆，让我教训他。”捏勒跨步上前，克钦刀怒指青年和尚。

“尼吞，退下！”祜巴拉暖抬手制止，而后轻扯袈裟，缓步上前，“化解仇恨方得解脱，赠人芬芳自得善果。两位施主三思。”

“少来这套，要打就打！”捏勒脸色狰狞，握紧刀柄瞪着满脸通红的尼吞。

祜巴拉暖不嗔不怒，平静地说：“佛说仇恨只能用慈悲化解。以暴制暴只会让仇恨更深，宽容才能化解恩怨。”

陆勇看着慈祥的祜巴拉暖，一声叹息 ：“说吧，长老，屈尊前来帕康，究竟是为何事？”

“为吴家觉敏求得一条生路。”

“可他害死了无辜之人，这笔账怎么算？”

“冤冤相报何时了。陆施主刀法精湛，老衲愿代他受此一刀，生死不论，替他偿还犯下的罪孽。”

“大长老，万万不可！”一直沉默不语的吴丁敏莱突然从祜巴拉暖身后跨步而出，“陆勇，我是吴家家主，吴觉敏的父亲，要杀要剐冲我来！”

积压的仇恨如火山喷发，陆勇闪电般拔刀：“老贼偿命！”刀光如疾风掠过，直取吴丁敏莱咽喉。

祜巴拉暖足尖点地，大鹏展翅般横挡在前。刀锋嚓的一声贯穿祜巴拉暖肩头，血花飞溅中，陆勇当场僵立。

尼吞心胆俱碎，一声暴喝，飞身朝陆勇掠来。捏勒挺身截住。尼吞抖落袈裟，一个转身，卷衣成棍，拦住捏勒削来的刀，左臂断口霍然弹出一把锋利匕首。

藏在林中的崔建国心头一紧，狙击枪口对准了尼吞。

“住手！”祜巴拉暖踉跄一步，喝住尼吞。

空气骤然凝固，祜巴拉暖拔出刺穿肩膀的关东刀，放在地上，摇晃着站住。

“长老这是何苦！”陆勇看着鲜血浸透袈裟，一时怔住。以祜巴拉暖的修为，明明有百种方法可避，却偏要硬接这一刀。

“陆施主，苍生皆苦，何苦再添新仇。”祜巴拉暖跌坐落叶堆中，“阿弥陀佛。”

尼吞扑通跪地搀住祜巴拉暖，吴丁敏莱踉跄欲倒，惶然望向陆勇。

陆勇神情恍惚地望着消瘦却威严的祜巴拉暖，整个人仿佛被抽空了气力。半晌，他麻木地转身对捏勒道：“走。”

此时，十余米外的崔建国猛然从丛中蹿出，冷眼扫过尼吞与吴丁敏莱。他晃了晃手中的狙击枪，扬起一抹意味深长的笑。

吴丁敏莱后颈汗毛根根竖起，望着渐入密林深处的三个背影，喃喃道：“山魈……当真鬼神难测……”

第二十七章
不平静的皈依

结束惊心动魄的缅北之行，回到达贡府第的吴丁敏莱仍心绪难平。那片山地显露的险恶与荒凉远超他的预期——同处一国，缅北各族的生存环境、宗教信仰、民俗传统竟与缅族迥异。此刻他方知当年素山为何致力于与各族签署《彬龙协议》。

缅甸民族间的历史积怨若不能消解，国家永无宁日。盘踞缅北的民族矛盾犹如附骨之疽，非刮骨疗毒不可根治。身为联邦资深议员，吴丁敏莱深谙军人集团把控的议会生态——过多涉足民族议题无异于引火烧身。

回望历史，缅孟联盟构筑的命运共同体已根深蒂固。素山、温努等先驱力推民族和解，皆招致杀身之祸。这些血淋淋的教训，警醒着各方人士。

以往吴丁敏莱对党争并无过多兴趣，他全部心力都倾注在自己商业帝国的经营上——如何在这片暗礁遍布的商海中平稳航行，积累财富，成为富甲一方的商界巨擘。

然而，城门失火，殃及池鱼。国家若无稳定环境，个人再多的财富仍不过是水中之月。这次缅北之行让吴丁敏莱第一次真切意识到家族前途堪忧——那些曾令他热衷的商海权谋，此刻都失去了吸引力。难以名状的虚无感如阴云笼罩心头。

令吴丁敏莱感慨和震撼的，是祜巴拉暖大长老的舍身挡刀。这位高僧以血肉之躯践行佛法，让深陷权谋算计的他第一次窥见慈悲的力量——连陆勇这般杀伐决断之人，竟也在染血的佛号声中弃刀茫然。此刻他才懂得，佛光真能照透人心阴霾。

吴丁敏莱忽然明白，人的仇恨并非无法化解，只是心中的阴霾尚未被佛光驱散。他开始重新理解佛家所说的因缘与无常，祜巴拉暖的禅语常在耳边回响，让他感到仿佛洗尽了半生污浊，身心洁净。那些曾令他痴迷的财富和权势，此刻如晨露般虚幻。他感受到内心的安宁——再不愿沉溺于纸醉金迷，也不想深陷家族纷争。

回到达贡府第的吴觉敏整日神思恍惚，如提线木偶般。锋芒尽失的他既不敢直面吴丁敏莱的殷切目光，更畏惧族人的讥诮眼神，就连吴丁敏莱几次过来探访，他也避而不见。

吴丁敏莱心情沉重，短短数月间风云突变，家族基业竟似风中残烛。更令他恼怒和沮丧的是蒙桑莫家族，这个庞大的名门望族对他接回吴觉敏十分不满，担心他改变主意，以吴波梭伤残为由，让吴觉敏继承吴家家业。蒙桑莫家主翁桑帕把矛头指向吴丁敏莱，登门指责他背弃当初诺言，怀有不轨之心。

翁桑帕觊觎吴家家产已久，此番借题发挥不过是为扶持残废的吴波梭上位，为蒙桑莫家族蚕食吴家产业铺平道路。

一时间，吴家各房族老蠢蠢欲动，争相夺权，吴家陷入风雨飘摇之中。吴丁敏莱疲于周旋，焦头烂额，干脆闭门。

熬过重伤康复期的吴波梭身残志未消。这位历经战火淬炼的铁血军人，岂会轻易折戟沉沙？他冷眼睥睨家族纷争，甚至拒绝外公翁桑帕的探视。在他眼中，天下攘攘皆为利往，纵是血亲亦难例外。吴家的变故只是把人性的丑陋暴露在阳光之下。真正令吴波梭在意的，是吴觉敏——这个敢于在危局中挺身而出的异母兄弟，他的胆识和担当，恍如曾经的自己。

吴波梭已从杜妙缦处得知吴觉敏的近况，并与父亲达成默契。面对吴家庞杂的家族网络与动荡局面，父子二人深觉力有不逮。他决意唤醒这个异母兄弟的斗志，助其挣脱心魔桎梏。他决不容许这个聪慧的兄弟如明珠蒙尘，更不可辱没先祖吴貌貌钮的赫赫威名。

“取我军装来。”吴波梭对杜妙缦沉声道。那套戎装昭示着缅甸军人尊崇的地位，更象征他在军部经营多年的势力网。他要回达贡府第，以这身戎装为吴觉敏铸就护身符，助吴觉敏树立起在家族中的地位，打消蒙桑莫家族与吴家各房旁支的非分之念。

吴波梭的举动令杜妙缦惊愕不已。他神情冷肃，眉宇间透出久违的自信，那个熟悉的铁血军人仿佛浴火重生。杜妙缦激动得双眼噙满泪水，颤抖着为他穿上军装，把军装上的军衔擦得锃亮。纵然失去双腿，戎装加身的吴波梭依然气宇轩昂，骨子里的贵族威严分毫未减。

当轮椅碾过吴家青石门槛时，两名J师快速营卫兵持枪肃立两侧。端坐轮椅的吴波梭冷傲目光扫过，府第霎时笼罩起森严军威。

吴家散漫混乱的局面因吴波梭的突然现身而骤然紧张。无论是族中子弟还是下人均小心翼翼，生怕触怒这位寡言狠厉、说一不二的大少爷。

吴波梭冷着脸径直穿过大厅，没搭理任何人，嘴角那抹讥诮的弧度犹如寒刃，刮得人头皮发麻。族人僵着谄媚笑脸局促而立，大厅悄无声息。

族人们心知吴波梭此番归来必有深意，必将掀起惊涛骇浪。自始至终，吴波梭都是吴家族人的禁忌——这种根植十数年的敬畏，早已将他铸成族人无法逾越的巍峨山岳。

寂静回廊回荡着卫兵沉闷的脚步声，每一声都似重锤敲击心房，这座百年府第愈发森然。这座府第凝结缅甸匠人的百年匠心，又巧妙融入西式建筑的华贵元素，塔楼与回廊错落呼应，厅堂楼阁各具巧思，处处彰显显赫门庭的非凡气度。

府第内熟悉的装潢令吴波梭五味杂陈——这座凝聚吴家数代先祖心血的府第，岂能因自己而蒙尘？他望向偏院方向，对吴觉敏的期待愈发深重。

待那架轮椅碾过回廊消失在吴觉敏院门后，整座府第陷入死寂，众人皆蔫头耷脑退回各自院落。

吴觉敏所居偏院冷清寂寥。缅甸世家大族等级森严，嫡庶地位天差地远。身为庶子，吴觉敏自然无缘主院高堂，只能偏居一隅。

自回到家中，吴觉敏闭门不出，终日浑噩。血腥场景时常萦绕在他的心头，使他夜夜噩梦难眠，孤苦如坠寒潭。

以往有黑鹦鹉相伴，尚能诉说衷肠，排遣孤苦。而今形单影只，恐成族人茶余饭后的笑谈。这世家大族的森严壁垒，终是教他尝尽了世态炎凉。

吴觉敏常在院中那棵老缅桂树下呆立许久。这棵树见证了他整个成长岁月，记得黑鹦鹉总如影子般敏捷攀上树梢，在无数个阴森的深夜里默默守护他。如今枝头空荡，回忆像扎进心里的刺，痛得他喘不过气。

吴波梭第一次踏入这个从未正眼瞧过的偏院。看着满地枯叶在冷风中打转，简陋的竹椅歪斜在褪色廊柱旁，向来冷硬的他不禁动容，心感愧疚。

缅桂树下，吴觉敏肩头不时抽搐，仍深陷回忆，对吴波梭的到来浑然未觉。吴波梭默然审视着这个异母兄弟——颀长挺拔的身形、卓尔不群的气质，无疑就是吴家的血脉。

许久，吴波梭抬手屏退卫兵。轮椅碾过青砖，停在吴觉敏跟前："觉敏。"

吴觉敏身形一晃，缓缓转身。当看见轮椅上一身戎装的吴波梭时，他骤然一惊——这位向来倨傲的嫡兄竟会踏入自己的偏院？

轮椅上的吴波梭目光温和，簇新戎装气势威严，不见半分伤残颓态。吴觉敏心头一热，泪水涌了出来，扑通跪地："大少爷……"

"起来。"吴波梭真情流露，眼眶泛红，"觉敏，这里没有大少爷，只有吴家兄弟。你只身闯缅北，为我复仇，这份情谊兄长铭记于心。"

吴觉敏指尖轻触吴波梭空荡的裤管，喉间哽咽："是觉敏无能……"眼前这具残缺身躯令他悲从中来——曾经高高在上、玉树临风的嫡长子，而今竟枯坐轮椅。此刻的亲近令他心潮翻涌。

吴波梭静默地望着枝繁叶茂的缅桂树。这棵百年古木即使在吴家各院中也堪称独绝，虽居偏院，却亭亭如盖、馨香扑鼻，自有清贵风骨，倒与眼前的吴觉敏气韵相通。

“时也命也。”吴波梭感叹，“天道有常，非人力可违。兄长遭此一劫，认命了。觉敏不必纠结内疚。”他拍了拍吴觉敏的后背，语调平静，眼底涌动着期许。

“可是……”

“没有可是。你能逃过一劫，多亏父亲请动祜巴拉暖大长老。”吴波梭打断吴觉敏，“觉敏，今后家族的兴衰全寄托于你了。”

“兄长何来此言，折煞觉敏。弟弟一无所求，甘愿辅佐兄长。”吴觉敏心中大震。

吴波梭仰叹：“眼下吴家内外交困，个个都想分一杯羹。父亲年事已高，我也……这百年基业是历代先祖殚精竭虑积累下的，你我既流着吴家的血，便不能辜负先祖厚望，更不能葬送吴家。现在只有你能担当此任了。”吴波梭的嘴唇微微颤动着。

吴觉敏自缅北归来后心气尽失，此刻吴波梭突然要将继承权交付于他，不由得倍感惶恐。

吴觉敏摸不透吴波梭的盘算。缅北行动失手后，他早断了非分之念——顶着失败者的污名，拿什么压服那群虎视眈眈的族人子弟？更何况蒙桑莫家族这棵参天巨树盘踞在侧，他这个出身卑贱的庶子想去硬碰，无异于以卵击石！

“兄长高看觉敏了。”吴觉敏嘴角抽搐着，避开吴波梭殷切的目光，“我声名已毁，怎担得起吴家重任？万万不可！”

“觉敏，黑鹦鹉已死，你不争，便是俎上鱼肉，任人宰割！你觉得蒙桑莫家族会放过腊蒂玛？”

“腊蒂玛”三字如惊雷炸响，吴觉敏浑身战栗，这个带给他毕生痛楚的名字，竟从嫡兄口中吐出。他声泪俱下：“求兄长救我母亲！为何吴家就容不下她！”

“没人可救她，”吴波梭言辞冷酷，“只有你强大了才能救她。弱苗抵不住暴雨，唯有长成参天大树方能庇佑根系。兄长言尽于此。”

吴波梭的话犹如醍醐灌顶，振聋发聩。吴觉敏怔立原地，难以置信地望着兄长——他竟将吴家局势洞悉得如此透彻。那冷硬面容下透出的真诚与坚定，终于打动了吴觉敏：“兄长……我真能行？”

“父亲与我不会看走眼，吴家继承人非你莫属！”吴波梭眼里闪烁着一缕亮光。

“波梭！”院门打开，杜妙缦带着达朵阿奈庄园的老管家和满脸沧桑的腊蒂玛走了进来。吴觉敏愣在原地。

“觉敏，我的儿子呀！”腊蒂玛踉跄着扑上去抱住儿子。

“母亲！”吴觉敏颤抖着抚摸母亲，泪流满面。多年的思念在相拥中爆发。

吴波梭让杜妙缦将腊蒂玛从达朵阿奈庄园接入吴家，这步棋正显其谋算之深。看着相拥而泣的母子，他默然转动轮椅，与杜妙缦退出庭院。

回廊幽深，轮椅吱呀碾过。杜妙缦神情凄怆：“波梭，一定要这样做吗？”

吴波梭看着杜妙缦布满忧伤的脸庞，坚定地缓缓说道：“这是我和父亲的决定，也是吴家最好的选择，不容更改和质疑。妙缦，你我夫妻一场，父亲已为你在国外安排好了去处，你不必禁锢在吴家中，去做你想做的吧。无须担心，你永远都是吴家的家人。我已决心皈依佛门，受祜巴拉暖大长老剃度，待交接完家中事宜便会前往罗刹女山，青灯古佛了此残生。”

“波梭……”杜妙缦惊骇地睁大眼，捂住嘴，难以置信，然后失魂落魄、跌跌撞撞地朝回廊深处奔去……

梅雨季的尾声，帕康丛林蒸腾着草木腥气，碎金般的光斑在藤蔓间摇曳。陆勇摆手示意捏勒与崔建国先行返营，独自步入丛林深处。

陆勇想静一静，便没和捏勒、崔建国回营地。他漫无目的地走着，周身空荡——明明已了结与吴波梭家族的血仇，他此刻却陷入迷茫，仿佛丢失了什么。

陆勇走到山涧小溪旁坐下，看着蜿蜒流淌的溪水。溪流清澈见底，波光粼粼，微风吹拂山林，四周雾气缭绕，空气清新凉爽。此情此景中，温楠温柔娴静的面容突然浮现在他的脑海中。

温楠是他的初恋，像溪流般温柔地流淌在他的记忆里。在景拉时，他们分享彼此的喜怒哀乐，度过了人生中最幸福的时光——没有血腥杀戮，没有尔虞我诈，只有阳光般灿烂的日子。

滚烫的泪水模糊了视线，陆勇捂住抽痛的胸口，喃喃自语：“楠，你在天堂还好吗？哥想你，想得心口发疼。”

寂静山林间，唐茵语望见溪畔垂首落泪的陆勇，这与平日冷肃刚猛、临危不乱的他截然不同，她心中泛起酸涩。

这个男人如迷雾笼罩的深潭，令她既想探寻又不得其门。他偶尔流露的温和目光里，总似隔着无形屏障——那不是男女缱绻之情，倒像透过她在看另一个身影。

相爱应该是星火燎原的心颤，是琴瑟和鸣的悸动。可陆勇给她的是兄长般的疼爱与照拂——在这异国险境里，或许抱团取暖才是最理性的生存法则。

唐茵语隐约听到了陆勇的自言自语，其中蕴含的思念之情让她恍然：原来这个男人曾经有过一段痛彻肺腑的过往，有过一个刻进骨血的女人。她皱眉苦笑："有个哥哥也好，可以任性，可以撒娇。"

唐茵语来到溪边，坐在陆勇身边。

陆勇看到唐茵语，揩了一下眼睛。

溪边的草地很柔软，像一张绿色毛毡，溪流两边的藤蔓郁郁葱葱，两只长脚水鸟在小溪中寻觅着食物，黑白相间的羽翼在阳光下格外亮眼，它们时不时引颈啁啾，招呼着同伴。唐茵语捋了捋额前的头发，一时不知说什么。两人就静静地坐着。

“哥，她很美吗？”良久，唐茵语问。

“是的，很美。”陆勇点点头。

“她叫什么？”唐茵语又问。

“温楠，掸族人。”

“温楠……名字真好听！难怪你忘不了。”唐茵语心里酸溜溜的。

“温楠父女在萨尔温江救了我一命。”陆勇舔了舔干裂的嘴唇。

“后来呢？”唐茵语揪住衣摆。

陆勇神色悲痛：“没有后来了……”

唐茵语双目圆睁，震骇得无以复加，心脏仿佛遭受重锤。这般情形远超出她的想象——石垒之死已令她悲愤欲狂，更何况温楠是陆勇挚爱的恋人。

“哥，对不起，我不该揭开这道伤疤。”唐茵语哽咽低语，霎时泪眼迷蒙，恨不能分担他的苦痛。

“是该放下了。”陆勇轻抚唐茵语的发梢，滞重如铁的心绪渐渐平静。他很感激唐茵语，这份厚重的情谊远比言辞更安抚人心。暮色四合，斜阳将林海染得一片金黄。

帕康事件余波未平，S 军区迎来新一轮人事更迭：聂恩平调至缅甸南部 W 军区履职，德钦缪丹解除职务返总部待命，貌貌卡停职接受审查，莫苗温接掌 S 军区指挥权。

吴觉敏渗透事件在人民军内部引发强烈震荡，以“肃反锄奸”为名的整肃浪潮波及不同时期入伍的各族官兵，致使缅共高层陷入信任危机。这场声势浩大的政治运动最终在多方角力中悄然收场。

然而，这场肃反锄奸运动对少数民族官兵造成的创伤难以弥合，族群间的裂痕愈发加深。UWSA、KNO、果敢等山地民族将领皆遭排挤，积蓄的不满情绪最终压垮了本已脆弱的人心。东北军区副司令员彭家成愤而返回果敢故里称病休养，中部军区 UWSA 精锐 VVV 旅旅长赵尼桑则隐遁边陲村寨，终日游猎散心，俨然林莽间的云游隐士。

临行前，聂恩踏进山魈小队训练营地。这场巨大变故使他神情憔悴，原本锐利的眼神此刻暗淡无光。捏勒跟在他身后，一脸懊丧。

陆勇三人早早便守候在训练营地，他们对聂恩怀有深厚情谊。这份情感包含着对副司令的敬意，更源自对其人格的钦佩——他在 S 军区艰苦环境中与士兵同甘共苦，对山魈小队更是倾注全力，寄予厚望。

看到大家，聂恩露出久违的笑容。他含笑与聚拢的山魈小队队员逐一握手，谈吐幽默，全无调职阴霾，气度宽厚宛如慈父。这般刻意为之的轻松姿态，反令众人心情愈发沉重。

察觉气氛凝滞，聂恩朝捏勒扬了扬手：“捏勒，把酒拿来。”

“副司令……”捏勒欲言又止。

“都别绷着脸，来坐，这里凉快。唐姑娘，拿几个碗来，今天老头子陪你们喝两口。”聂恩做馋酒状。

陆勇朝唐茵语扬了扬下巴，唐茵语迟疑着走向茅屋。

“副司令，酒您留着，我们以水代酒。”陆勇轻声劝阻。他清楚酒在帕康有多珍贵——聂恩在制定作战计划时常常需要它提神。

“酒要共饮才有滋味，藏着掖着反倒无味。”聂恩不满地瞅了陆勇一眼，撸起袖子，往椅上一坐，“捏勒，给大家倒上。”

捏勒取出军用水壶，将酒倒入唐茵语递过来的陶碗。浓郁酒香漫开时，崔建国喉结不住滚动，眼底泛起渴求的光。

“来吧，建国，客气什么。我听捏勒说你小子很能喝，你和石垒喝得让茵语都挨了处分。”聂恩嘿嘿一笑，揭了崔建国的老底。

“副司令……石垒比我能喝。”崔建国双眼暗淡了下来。

“石垒”两个字戳痛了大家的心，气氛顿时沉闷。

聂恩高高举起酒碗，把酒泼洒在地上，表情沉痛：“怪我没能阻止德钦缪丹，打草惊蛇，才导致石垒身亡，我这个副司令愧对大家。”

“打仗总有牺牲，但石垒死得其所。”陆勇举起酒碗，“副司令，大恩不言谢，我们敬您，为您送行。”

聂恩让陆勇带他到石垒和赵亚军的坟前，祭奠两人。聂恩在坟前静坐了许久，一支接一支抽着兰烟，烟雾笼罩着他悲怆的面容。这位征战半生的老军人历经生死，却仍因战友逝去而感到彻骨之痛。

他命捏勒将赵亚军的作战手稿一页页焚毁。火焰吞噬纸页时，那张黝黑沧桑的脸上终于滑下两行浊泪。幽寂山林间，只余压抑的哽咽声。陆勇望着聂恩颤抖的背影，望向层叠山峦，想到自己漂泊异国这些年，忽觉巴蜀的茶馆巷陌浮现眼前，不由得长叹：“何日才是归期！”

第二十八章
南下金三角

翌年初春，战事再度升级。各根据地频遭袭扰，缅甸国防军趁人民军整体战力衰退之时，由参谋长统辖数个主力师持续实施战略压迫，迫使多支游击部队后撤转移，人民军大片根据地相继失守。

更为严峻的是，金三角弄亮地区突然崛起的掸族武装力量，单方面撕毁了与缅共的停火协议，多次突袭中部游击区战略要地。他们凭借精良装备与机动战术，接连夺取多处山地隘口，致使缅甸北部地缘格局更趋复杂。

掸邦为缅甸面积最大的自治邦，全境多高山密林与丘陵盆地，战略地位十分重要。该地区自东汉哀牢国时期便形成独立政治实体，历代实行土司自治制度，从未臣服于缅族政权。

掸族精英阶层始终怀有建国理想，试图依托与泰国的族裔亲缘关系，重构历史上横跨中南半岛的政权体系。但自东汉永平年间中原王朝实施羁縻政策以来，各土司辖地长期处于分治状态，部族势力盘根错节，导致历次统一尝试皆告夭折。

英国殖民时期，殖民当局利用缅族与掸族间的历史矛盾实施分治策略，将缅甸划分为互不统属的上、下缅甸。缅甸独立后，虽然形式上实现统一，但《彬龙协议》遭军政府废止，民族武装与中央政府持续对峙。

在此背景下，掸邦勐拱土司后裔张奇夫逐步崛起。此人通过控制边境进行毒品贸易，积累武装资本，逐渐建立起影响地区格局的重要势力。缅共组建人民军初期，总书记德钦东曾试图构建反政府同盟，派遣特使接洽张奇夫，谋求整合掸邦民族武装力量。

张奇夫掌控的弄亮地区地处缅甸、泰国、老挝三国交界，据守战略要冲，其势力辐射至泰北边境地带，被当地民众称为“大撒拉”（领袖尊称）。正当张奇夫权衡利弊时，原国民党残军军官张苏泉的出现改变了局势。

张苏泉早年曾任张奇夫的军事教官，后随国民党残部退入金三角。1953 年，张苏泉所在残部遭国际压力被迫移驻泰北，参与清剿山区反政府武装后，定居当地。经张奇夫力邀，张苏泉出任参谋长并着手整军，引入正规化军事训练，结合缅北地形研发丛林战术体系，使这支民族武装迅速蜕变为准正规作战力量，被称为蒙傣军。

张奇夫对张苏泉的谋划无不采纳。随着武装力量持续扩张，蒙傣军先后兼并了多个小型掸族地方武装，在金三角地区的势力范围不断延伸，已对缅共人民军根据地的侧翼安全构成实质性威胁，致使缅共人民军在缅甸国防军的军事清剿行动中陷入两线作战困境。

陆勇接到总部命令，率山魈小队协同中部军区 VVV 旅执行南撒根据地反渗透作战，对蒙傣军实施战术驱逐。

S 军区现任司令员莫苗温亲临山魈小队训练营地动员。这位缅共将领虽非战术家，却深谙用人之道，他没让陆勇到帕康司令部领受任务，而是亲临营地，这既是对山魈小队战斗力的认可，也展露了他的开明和真诚。

捏勒对聂恩屡遭派系打压始终难以释怀，沉默着离开营地，走向他的图腾之地。

陆勇见状并未阻拦——自聂恩调离后，捏勒愈发寡言，但日渐成熟。捏勒本想追随聂恩，却被聂恩厉声喝止：“在山魈小队，你是一把刀。离开这里，你不过是一块顽铁。KNO 从不背弃战友。”捏勒最终选择留下。

莫苗温来到营地，注意到捏勒的缺席。他对捏勒印象深刻——这名山魈小队队员曾疾行百余公里传递情报，抵达总部时浑身鲜血——其钢铁般的意志令莫苗温深感震撼，也让他对山魈小队刮目相看。

莫苗温带来的三盒华夏产出的红烧肉罐头，令陆勇三人愣在当场。看着熟悉的文字和包装，三人的眼睛湿润了。唐茵语颤抖着捧起一盒罐头，眼泪无声滚落。

绿色的包装略微发黄，上面的汉字格外显眼，瞬间勾起三人对家乡的思念。三人看着罐头百感交集，熟悉又陌生的情绪涌上心头，那是漂泊者的乡愁，更是血脉相连的故土眷恋。

唐茵语捧着罐头细细摩挲，如同对待珍宝，陆勇未曾料到莫苗温竟如此细致入微。在这缅北深山孤营里，即便只是一盒来自故国的罐头，也足以让游子心潮翻涌。

“司令员有心了。”陆勇真挚地说。

莫苗温摆手道：“和你们打下的战绩相比，这点儿东西不算什么。这是我离开总部时特意带上的，就当给你们饯行，预祝凯旋。”

“这份厚礼山魈小队铭记！给司令员敬礼！”陆勇一声口令，三人齐刷刷敬了一个标准军礼。

山魈小队踏上了南下金三角的凶险行程。林木愈发密集，莽莽丛林严密包裹险恶地形，连绵林海无边无际，蚊蝇肆虐，毒虫遍布。陆勇接到的命令是配合VVV旅拔除突入中部游击区的蒙傣军武装。

中部军区派出VVV旅侦察连来秘密接应。侦察兵均是UWSA人，手持AK47自动步枪，属军区精锐。带队副营长肖桑木戛约三十岁，面庞黝黑，双目炯炯，见山魈小队仅四人，诧异道：“就你们几个人？”

“嫌人少？”捏勒眉梢一挑。

“兵贵精不贵多。”崔建国抱臂斜睨。

“腊戌J师军营是你们端的？”肖桑木戛的目光掠过唐茵语纤细的身形，嘴角泛起轻蔑。

肖桑木戛蔑视的神情被唐茵语捕捉到了，她脸色陡然一凛，身形拧转，眨眼间出现在肖桑木戛跟前，雪亮药刀倏地抵住他的鼻尖：“话太多会死人的，小青蛙！”

肖桑木戛面色大变，看着倏忽变了一个人似的唐茵语，只觉她目光如针，直扎心底。这女人幽邃的眼底透出的煞气令人胆寒，他顿时背脊浸透冷汗。

“小青蛙。”捏勒拍着他的肩头大笑，笑得他既窘又惧。

陆勇冷眼旁观。欲统兵必先立威，唯有让肖桑木戛信服，方能赢得其部属的信任。

见肖桑木戛脸色大变，盯着鼻尖药刀冷汗涔涔，陆勇眯眼道：“茵语收刀。肖桑木戛副营长，说说班丙寨的蒙傣军布防。”

肖桑木戛望向陆勇——这才是真正的狠角色。唐茵语鬼魅般的身法已让他折服，此刻他忙不迭地汇报军情。

突入游击区的是绰号“疯狗”的蒙傣军头目赛烺，率一支七八十人的掸军小队。装备的美制 M16 突击步枪，为张奇夫以重金贿赂泰国军方获取——原属某国援泰物资。

赛烺作为张奇夫的心腹，素以凶戾著称，十分自负。其部多网罗亡命之徒，占领班丙崩龙小寨后很是嚣张霸道。人民军一部围剿他们时，被他们重创。他们手段凶残，根本不留活口。

赛烺进入班丙寨后，见崩龙家家贫困不堪，只搜出数包劣质鸦片，暴怒之下胁迫当地官员强征妇女。官员慑于其淫威，只得屈从。

缅甸边境弱势族群常陷此绝境——强权者对弱者施暴的恶性循环，正是缅北乱局缩影。随着赛烺部属施暴，寨中充斥凄厉哭喊。

山魈小队和 VVV 旅侦察连朝班丙寨悄悄袭来，肖桑木戛总算见识到山魈小队的不凡实力，他们行动敏捷，穿行在山谷林地游刃有余。相比山魈小队，肖桑木戛和 UWSA 士兵犹如一群雏鸟，着实让他汗颜，难怪军区向总部求援。

陆勇要确保一举灭杀这支蒙傣军，震慑在金三角肆意妄为的张奇夫。陆勇对VVV旅侦察连的要求明确：不能掉队，不能发出声响，一切行动听从指挥。半天急行军后，陆勇才让队伍放缓速度，让向导带着捏勒和崔建国去探察情况。

这是一个坐落在山腰的小寨，二十几户人家依坡而建，低矮的高脚屋破破烂烂，大半隐在郁郁葱葱的竹子和树木间，浓密的树林遮挡住高高低低的房屋，若不是寨子上空飘浮着几缕炊烟，很难发现有人家。离班丙寨半里左右，捏勒就嗅到了不一样的气味，一股让人恶心的又腥又臊的味儿。捏勒皱着眉头示意崔建国和向导停下来。

“捏勒，有情况？”崔建国问。

捏勒愤愤啐了一口唾沫：“这帮畜生杀人淫乐。”

“去对面山梁等勇哥？”

“敌人明哨、暗哨俱全，这是一帮受过训练的人，稍动即露踪迹。”捏勒指向几处阴影，“就地隐蔽。”

三人蜷进灌木丛时，枝叶轻微晃了晃。

陆勇带着侦察连赶到时，林间忽闪出两道身影，他知道猎物近了。

“蒙傣军受过正规训练，”捏勒抹了一把汗，“明暗双哨，不是散兵游勇。”

陆勇瞳孔微缩，招手唤来唐茵语和肖桑木戛：“天黑前必须解决。捏勒、茵语清暗哨，我和建国拔明桩。以捏勒发出的鹧鸪声为号，肖营长带主力强攻，遇阻用手榴弹开路——绝不给他们喘息机会。”他的目光刀锋般划过众人，最终钉在肖桑木戛的脸上。

肖桑木戛脸一黑，不高兴了：“陆队长，山魈小队是厉害，但VVV旅的兵也不是泥捏的，到时看我们的吧。”

“好！”陆勇要的就是肖桑木戛这股杀气。

捏勒与唐茵语悄无声息潜入林间，各自向目标迂回。捏勒循着腥臊味摸至寨外三百米处的杂木林，两个掸兵正蹲在芭蕉叶铺就的“餐席”前大快朵颐，糯米饭团与火烤猪肉的香气混着血腥味飘散开来。

“吃饱些，黄泉路上不挨饿。”

破空声乍起，刀光如练。一颗头颅滚落在地，鲜血泼溅在另一人身上。那掸兵正要抓枪，捏勒的克钦刀已贯穿其胸膛。

瞥见染血的饭团，捏勒喉结滚动：“糟蹋粮食。”他抬脚碾碎沾血的糯米饭，胃部发出一串咕噜声。

另一侧，唐茵语借着灌木潜行，却在看到目标时怔住——两个掸兵中间蜷着一个赤裸的崩龙族少女。少女凌乱发丝间露出青涩面容，单薄身躯布满瘀痕，腿间凝结着暗红血渍。

四枚沾了箭毒木汁液的梭子针破空无声。两个正要起身的掸兵僵在原地，嘴角溢出黑血。唐茵语闪至少女跟前，指尖触到少女冰凉的皮肤。

“这群该下油锅的……”她扯下外衣裹住少女，忽听得林间传来三短两长的鹧鸪啼鸣。

捏勒踩着枯枝现身，目光扫过掸兵尸身旁的M16突击步枪：“快撤！这些美械够咱们喝一壶的。”

少女攥着唐茵语的手呜咽，单薄身躯抖若筛糠。唐茵语示意捏勒扯下一件掸军制服给少女裹上，两人带着少女向寨墙奔去。

陆勇与崔建国刚解决外围哨卡，便见两道身影穿林而至。捏勒发出鹧鸪暗号，半盏茶的工夫，肖桑木戛率部赶到。审讯俘虏得知，蒙傣军主力正在两座高脚屋间的场院纵酒淫乐。

“分兵合围。”陆勇将队伍分为两部分，目光掠过战士们，“首要保护平民。”他特意加重最后四个字。

场院火光映入眼帘时，陆勇瞳孔骤缩——二十余个掸兵正挟持妇孺作为人盾。刀锋破空声乍起，他已然突入敌群。

有士兵用胸膛抵住即将射出子弹的枪口，有UWSA汉子徒手拧断敌人颈骨。掸军困兽犹斗，M16的枪管在撕扯中扭曲变形。不断有人影纠缠着滚下竹楼，篾笆回廊被热血浸得湿滑。

硝烟弥漫的战场如同被按下了慢放键。唐茵语紧握药刀在人群间游走，刀锋过处必见血光。一个掸兵突然扬手掷出一枚破片手雷，手雷在地面弹跳着滚向人群。

“散开！”一个年轻的UWSA战士纵身扑向手雷，闷雷般的声音炸响，气浪将他掀飞至三米开外。唐茵语的发辫在冲击波中散开，脸颊被溅满温热的血珠。陆勇眼中泛起冷光，关东刀和三棱枪刺划出弦月弧线，刀刀直取要害。战士们默契地形成包围圈，用身体构筑隔离带，将掸兵与平民分隔。有一个UWSA士兵用肋骨卡住敌人枪管，硬生生掰弯了准星……

唐茵语从背后环住疯魔似的陆勇颤抖的身躯，大声呼喊着：“哥，哥，结束了！结束了！”血腥味混着她衣领的草药香钻入鼻腔，陆勇手中的三棱枪刺当啷落地，后背已被冷汗打湿。

硝烟笼罩的东边高脚屋，肖桑木戛示意士兵投掷烟幕弹。灰白色烟雾翻涌时，突击组沿着墙根快速突进。捏勒的AK47步枪点射压制，木屋、竹楼在交火中燃起火光。

当最后一个掸兵撞破竹篱逃窜时，他们发现被挟持的平民蜷缩在畜栏里。捏勒踢开变形的枪管，弯腰扶起一个昏迷的少女——她脖颈处的银项圈已嵌进皮肉。

西侧山岩上，崔建国的M21狙击镜始终锁定树林边缘的高脚屋。三个身影突然破窗而出，他扣动扳机时，目标已闪至树后。子弹嵌入树干，发出的巨响惊飞满山鹩哥。

陆勇接过卫生员递来的纱布，擦拭着作战服上的血渍。远处传来寨中长老用土语吟唱的安魂调，混着士兵匆匆的脚步声。

捏勒擦拭着克钦刀上的血痕，刀柄缠着的藤条已浸透汗水。崔建国从林中现身，简单说明了自己看见的情况。

“是赛烺。”捏勒声音发紧，“他们熟悉这儿的地形，就像山魈小队熟悉缅北丛林。”

陆勇按住捏勒握刀的手腕，能感觉到对方的脉搏在剧烈跳动。旁边传来崩龙族妇女用土布包扎伤员的窸窣声，混着肖桑木戛指挥搬运弹药的短促口令。

“通知前沿观察哨提高戒备等级。让几个士兵去检查水源地。”陆勇注意到唐茵语正在用竹镊子取出伤员腿里的弹片，药箱旁摆着三枚未引爆的破片手雷。

三天后的作战会议上，情报参谋用红铅笔在地图上画出曲折箭头：“蒙傣军已后撤至南撒河南岸。但根据侦察，他们在班丙山垭口增设了迫击炮阵地。”

张奇夫签署的停火协议通过地下渠道传来时，陆勇正带着工兵连布设反步兵地雷。他看着协议末尾的孔雀翎暗纹，冷笑出声——这是金三角毒枭们惯用的威慑符号。

中部军区为山魈小队举行庆功大会，军区领导集体接见小队队员，并报请缅共总部予以记功表彰。陆勇再次成为军区热议焦点。

肖桑木戛目睹山魈小队的强悍战力——捏勒、崔建国、唐茵语各怀绝技，在战场上所向披靡，远非己方能及。他对陆勇更是由衷钦佩，执意邀其会见两位声名显赫的 VVV 旅将领——赵尼桑旅长与鲍岩块营长。

肖桑木戛性情率真，喜怒皆形于色。陆勇对其本无恶感，又因班丙事件致 VVV 旅侦察连折损过半，心怀愧疚，遂允诺同行。翌日，捏勒去会 KNO 同乡，陆勇嘱唐、崔二人自行休整，独随肖桑木戛往山寨而去。

沿途所见令人心沉：半山焦土斑驳，焦木气息弥散，几截尚未燃尽的树根仍冒着袅袅黑烟。山民维持着刀耕火种、半耕半猎的原始生计，往来妇孺皆面黄肌瘦，褴褛衣衫难掩困顿。缅北中部山高林密，仅能种植玉米、苦荞麦与低产旱稻，尚需要靠狩猎采集维系生存。加之缅军政府严密封锁物流，民生愈发艰难。

肖桑木戛却似乐天知命，沿途解说风土轶事。及至鲍岩块营部，在简陋茅屋内围坐的众人见客至，霎时寂然。一个精壮青年起身相迎，他中等身材，面庞微黑，目光如炬。他打量来客，忽展颜笑道：“山魈陆勇！真是贵客临门哪。”

肖桑木戛趋前引荐：“这位便是鲍岩块营长，UWSA 的山鹰勇士。”

陆勇伸手：“久闻鲍营长威名，其麾下部队乃 VVV 旅头号劲营。”

“虚名而已！”鲍岩块紧握其手，语气带着叹服，“掸邦蒙傣军那帮悍匪让我们焦头烂额，山魈小队半日便尽数剿灭，实在佩服！肖桑木戛副营长能请动陆队长，实乃我旅之幸。”挥手驱散部众，“快快去请赵尼桑旅长，今日定要与陆队长痛饮畅谈！”

他热情地拉着陆勇在条凳坐下，掏出一盒香烟，递过去一支。这是金三角著名的卡崩烟（当地自制卷烟），味道比聂恩抽的兰烟好得多，带着淡淡咖啡香气。

陆勇抽两口便被呛得喉咙火辣，忙捻灭烟头。鲍岩块始终笑眯眯打量着他，眼里透出几分钦佩：“陆队长这身本事哪儿学的？肖桑木戛副营长说您的刀法神鬼莫测。”

“被世道逼的，算不上本事，保命而已。”陆勇轻掸衣襟。

“不如留在我们旅？我给您当副手。”鲍岩块目光灼灼，“等赵尼桑旅长到了，我当面提这事儿。”

陆勇怔了怔，笑道：“鲍营长折煞了。VVV 旅侦察连的小伙子个个骁勇，我陆某何德何能鸠占鹊巢。”

“中部军区最是养人。华夏有句古话：良禽择木而栖。”

“可还有句古话叫忠臣不事二君。”陆勇神色沉静，“S 军区对我有救命之恩。若他日真无立锥之地，定来贵旅讨碗饭吃。”这话说得不卑不亢，倒把鲍岩块噎住了。

“说笑说笑！革命队伍本是一家。”原本盯着墙头地图的肖桑木戛突然打圆场，“我们鲍营长素来爱才如命。”

陆勇忽然想起唐茵语戏称这位副营长“小青蛙”，再看此人圆滑作态，险些笑出声。

门外骤起急促脚步声，进来一个精瘦的 UWSA 军官，古铜色面庞棱角分明，鹰目如电扫过屋内。

“旅长！”鲍、肖二人一下子立正。

“难怪晨起喜鹊登枝，原是贵客临门。”赵尼桑紧握陆勇的手，诙谐道，“陆队长，VVV 旅欢迎你。”

“班丙一仗折了侦察连过半弟兄……”陆勇喉头微哽，“愧对赵旅长。”

“哎，陆队长见外了！”赵尼桑摆手道，“打仗哪儿能没牺牲？肖桑木戛都汇报了，蒙俸军凶得很，不给他们放放血，往后更要蹬鼻子上脸。”他掏出铜烟盒，“山魈小队这仗打得提气！S军区有你们这样的尖刀，真叫人眼热。”

“赵旅长抬举。”陆勇婉拒了赵尼桑递来的烟，“谁不知道您是用兵大家？聂恩副司令常夸赵旅长胸有韬略。”

“坐！”赵尼桑按着陆勇的肩头落座，面色忽然凝重，“要说聂恩副司令，文能安邦武能定国，当年创立S军区时……”他拇指在烟盒浮雕上重重摩挲，“如今上头搞肃反，忠奸不分乱折腾！”

陆勇脑海中浮现聂恩最后巡视S军区的身影。晨雾里那件晃荡的褪色军大衣，像一面残破的旗。他喉结动了动——这缅北丛林，何时才能长久安稳？

“听说……”赵尼桑突然压低嗓音，“聂恩副司令染了恶疾，总部请了几个西洋大夫过去。”

陆勇霍然起身，条凳翻倒，砸起尘土：“什么？！”

“莫慌！听说还有华夏来的专家。”赵尼桑示意卫兵扶起条凳，“肖桑木戛，让炊事班烫酒！给陆队长接风洗尘！”

肖桑木戛应声蹿出门，陆勇还呆愣在原地。

席间，竹筒苞谷饭嚼在嘴里沙沙响，倒似咽着缅北的粗砺。赵尼桑几次欲言又止——这华夏知青确是一个帅才，可看他如坐针毡，只好叹一口气：“让肖桑木戛送你回吧，代我向聂恩副司令问安。”

中部军区接待室的茅屋里弥漫着泛着霉味的潮气，崔建国第三次掀开竹帘张望时，唐茵语正皱着眉把五片花瓣碾碎在掌心。染着花汁的指尖在夕阳里泛着诡异的玫红。

崔建国问：“茵语，事情非同小可，你确定这是罂粟？”

“第几次回答你——是。我是学中医的，什么植物不知道？要不要我给你科普一下……”

崔建国猛地捂住她的嘴，脖颈青筋突突直跳：“姑奶奶！这话能嚷吗？事关重大，绝不能透出半点儿风声，等勇哥。”

崔建国知道其间利害关系，唐茵语无意中窥见了一个隐秘，事关生死，泄露出去将会掀起一场腥风血雨。之前肃反锄奸已经让缅共高层失尽了人心，如果再传出中部军区种植罂粟的消息，那还不得闹翻天。

门板突然吱呀作响，陆勇带着满身暮色撞进来，正看见唐茵语甩开崔建国的手，绯红花瓣从她指缝簌簌飘落。

“怎么没出去转转？”陆勇看两人均黑着脸，愣了一下。

唐茵语张开手掌说：“我到山里去了，本想采些药草，却看到了这个东西。你猜是什么？”

“花呀。”陆勇一脸迷惑。

“可它是罂粟花。”唐茵语抖开粗布包袱，妖异的绯红色花瓣顿时落满篾席，“二十几个种植点，都有带枪的暗哨。”她拈起一朵半阖的花苞，“知道我在花萼里摸到了什么吗？”指尖挑出一粒未熟的果实。

崔建国突然攥住窗边竹帘，指节在篾条上勒出青白色：“勇哥，这浑水……”屋外吹进来的风扑灭油灯，茅屋霎时浸在暮色里，“咱们不能蹚。”

陆勇盯着唐茵语递给他的花瓣。他猛地将花茎折成两截，汁液沿着掌纹流淌：“该死的玩灯下黑！”

“这棋盘上，全是想吞掉棋子的手。到底是谁在背后搞鬼，我们一点儿头绪都没有。谁要是去深挖真相，谁就会死无葬身之地。丰厚的利益背后，向来都是血腥的争斗和残酷的杀戮。咱们可不能蹚这浑水，赶紧想办法脱身，什么也别打听，什么也别过问。”崔建国抓起军用水壶灌了两口，“昨天炊事班老倌说，后勤处新到的面粉……”他比了一个特殊手势，“袋子上印着腊戍商会的火漆。”

唐茵语突然掀开药箱夹层，抓出一把晒干的罂粟壳。暗红果壳的碰撞声像极了算盘珠响。

陆勇踱到斑驳的缅文标语前，指尖划过“革命纯洁性”的褪色字迹。墙灰簌簌落在手上，他忽然转身：“聂恩副司令病了。”

竹帘发出刺耳的嘎吱声。崔建国身体僵硬：“勇哥，不会那么巧吧？”

“事不宜迟。”陆勇扯开帆布包，将压缩饼干砸在桌案上，“我去军区司令部开具路条，建国去领二十发曳光弹并找回捏勒，茵语把草药分装。”他抄起墙角的冲锋枪，枪管在夕阳中泛着血光，“半个时辰后出发。”

第二十九章 夜　杀

听闻聂恩身患重疾，捏勒瞬间“炸了毛”，急匆匆与崔建国赶回驻地。陆勇和唐茵语已将装备准备妥当，石垒用过的机枪、崔建国的狙击枪都被擦拭得锃亮。此去路途凶险，陆勇不敢有丝毫懈怠，力求有备无患。

捏勒冲进屋内时眼眶通红，见到陆勇那一刻，泪水夺眶而出。

“不必着急，”陆勇揽住他的肩膀，“聂恩副司令福大命大，定能逢凶化吉。我们这就出发。”

捏勒重重点头，心里却如明镜。前往 W 军区绝非易事，山高水远，危机四伏。尽管心如油煎，捏勒仍决定要将实情和盘托出——山魈小队的队员在他心里皆是过命的兄弟姐妹，容不得半点儿隐瞒，唯有让陆勇知晓前路艰难，方能从容应对。

“缅北南部势力犬牙交错，各民族风俗诡异。”捏勒喉咙发紧，“我们要经过的地界尽是穷凶极恶的毒蛇的老巢。稍有不慎陷进去，怕是……”

“怕什么！”陆勇眼中寒芒如淬火钢刃，“水来土掩，山魈小队若连这道坎儿都过不去，该如何面对聂恩副司令？”

铮铮话音似淬刀入水，霎时蒸腾起众人血气。唐茵语指节捏得泛白，崔建国默然收好狙击枪。

队伍疾行在掸邦湿热的密林间，百年榕树垂须如帘，藤蔓绞杀着朽木。途经的寨子飘来烟熏肉的腥气，竹楼上黥面的独眼老者正用燧石打火——这片土地的居民仍固执地保留着刀耕火种的传统。再往南百余里，便是金三角毒瘴弥漫的丘陵坝区。

残阳将山道染成血色时，捏勒突然顿住脚步。他鼻翼翕动着，AK47 保险栓滑开的咔嗒声令众人心弦紧绷。“七点钟方向，”他喉结滚动着挤出低语，“三十米，腐叶下有呼吸。”

唐茵语指尖已摸住装梭子针的皮袋：“暗哨？”

“离驻地才几里……”捏勒话音未落，林间蓦地炸响，山雀惊飞，他闪电般侧滚到岩后，枪管压住晃动的树影——那分明是绊发雷的丝线反光。

陆、崔二人眼神一碰，暗流已在眼底交汇。“欲盖弥彰呢，”崔建国用狙击镜扫过林间“蛛网”，“看来有人备了厚礼相送。”

陆勇拇指摩挲着枪栓：“倒要瞧瞧这个送行仪式。”

拨开芭蕉叶的刹那，唐茵语的梭子针差点儿脱手。晨雾中站着的壮实身影令众人喉头发紧：“肖桑木戛？”

捏勒刚松开的指节又绷出青白。崔建国却扑哧笑出声：“小青蛙要现原形喽——”

佯作未闻的唐茵语快步贴近陆勇，指尖寒芒在袖口若隐若现。三十米开外，肖桑木戛正笨拙地挥着手，军裤下摆沾着泥点，可陆勇分明看见他袖口磨损处露出精钢腕箍的寒光。

“哎呀！”那浑厚嗓门震落露珠，“陆队长这就要走？竹楼里焖着麂子肉，火塘酒还没温透呢！”他张开双臂迎来，吹来的风里裹着淡淡硫黄味。

陆勇的作战靴碾碎腐殖层上的枯叶，崔建国突然扯住唐茵语的衣角，拇指在瞄准镜上抹过——三点钟方向，藤蔓掩映的树洞里，反光乍现即隐。

“三点钟方向埋伏着人。”唐茵语悄声说，指尖梭子针擦过陆勇耳际，钉入十米外横卧的腐木。腐木应声裂开，露出缠着铜线的炸药，引信红光在暮色中如毒蛇吐芯。

佯装醉态的肖桑木戛突然暴起，骠刀劈向捏勒咽喉。刀刀碰撞间迸出火星——崔建国的狙击枪子弹堪堪擦过刀锋。

“走！”陆勇低吼。唐茵语扬手甩出磷粉，幽蓝火墙瞬间阻拦蹿出来的士兵。崔建国抬起狙击枪，狙击镜里映出肖桑木戛扭曲的脸——这个看似憨厚的 VVV 旅副营长正在嘶吼，撕开的笼基下赫然绑着手雷。

唐茵语的医疗包撞在藤条上叮当作响，磷火顺着苔藓爬向树冠。

四人往肖桑木戛等人追击的反方向疾奔，好一会儿才慢慢停了下来。

捏勒攥碎腰间的竹酒壶，琥珀色液体渗进指缝：“该死的！当年在弄板时，聂恩副司令还给鲍岩块送过紧缺的盐巴！”

陆勇突然抬手制止捏勒，不远处的腐叶堆里传出细微的摩擦声。唐茵语翻腕甩出三枚梭子针，腐叶堆里顿时滚出一个抽搐的士兵，插着梭子针的颈部渗出黑血——那几枚梭子针沾了箭毒木汁液。没过多久，士兵就没了动静。

“多处陷阱，还有这么多埋伏。看来中部军区有人和蒙傣军勾结上了。”崔建国用匕首挑开士兵的迷彩服，士兵胸口的罂粟文身十分刺眼。他接着用匕首划开尸体腰间鼓鼓囊囊的布袋，抖落出几包用芭蕉叶包着的鸦片膏。

捏勒突然暴起，踹向身旁的望天树，二十米高的乔木枝叶晃动，惊散森林的飞鸟。他红着眼撕开衣襟，露出胸口弹痕交错的旧伤：“老子的血是为解放事业流的，不是给这群毒虫当肥料的！”

陆勇爬上树，动作敏捷。他举起望远镜观察，瞳孔骤然收缩——远处山梁上，士兵看守的罂粟花海一望无际，如同泼洒的血泊。

崔建国的狙击镜内闪过最后一线残阳，远处肖桑木戛同其他士兵居住的高脚屋屋内挂着成串罂粟干花。

在士兵倒下的腐叶堆旁边，捏勒发现三具苗人猎户的尸体，已经被蛆虫蛀成“蜂窝”，他们背上的竹篓塞满沾血的罂粟果实。

身后，阴沉的密林中传来肖桑木戛扭曲的笑声：“赫赫有名的山魈小队，怎么如此狼狈？”

陆勇喝道："不要缠斗，走，走……"

四人健步如飞地奔向鬼魅阴森的森林深处，摆脱了肖桑木戛等人的追踪。

夜风卷来腐烂的罂粟味儿，远处的房屋传来银器坠地声，声响顺着林间小道传来。远处高高低低的房屋渐隐渐现。

"是苗寨，我先进寨子看看，苗人禁忌多，不要冲撞了什么。"捏勒熟悉缅北各民族习俗。缅北苗人很少，少部分人能讲掸语、KNO 语和 UWSA 语。苗人族群主要聚居在老挝深山丛林里，由部落首领统辖。几百年间分分合合，不断地流浪迁徙，有一部分居住在金三角边缘的山地，很少和外界交流，十分封闭。捏勒得到陆勇应允后，悄声无息地消失在夜幕中。

丛林里寂静而阴森，只有嗡嗡的蚊鸣声。唐茵语一路扯了许多驱蚊用的石蜡红备着。石蜡红揉碎后散发刺鼻的味道，使大家免去被蚊虫叮咬的困扰。

由于连续高强度的山林行军，加上人人都是满负荷的武器装备，饥饿和疲劳使崔建国和唐茵语都有一些困顿。陆勇走到唐茵语身边，拿过她鼓鼓囊囊的医疗包和 AK47 步枪："茵语，靠树下歇一歇。"

"勇哥，不用，我还行。"唐茵语没让陆勇帮忙，他带着的机枪已经很沉了。

陆勇摸了摸唐茵语沉甸甸的医疗包，里面还有莫苗温司令员送的三盒罐头，大家都舍不得吃，唐茵语一直随身带着。陆勇心疼唐茵语，问："要不开一盒罐头解解饿？"

"不行。"唐茵语连忙夺过包，抱在怀里。

崔建国扑哧一声笑出来："勇哥，算了吧，那罐头茵语盯得可紧，宝贝得很，碰一下都不行。"

"哼，崔建国，你馋着呢，我就知道你一路都打着鬼主意。"唐茵语白了崔建国一眼，撇了撇嘴。

陆勇心头涌起一股淡淡的酸楚。唐茵语的心思他清楚，身在异乡，来自故国家园的物什，无论多么微不足道，均会视若珍宝，因为那是无法抹去的眷恋和乡愁。

陆勇默默拿过唐茵语的 AK47，朝影影绰绰的苗寨望去。

不一会儿，捏勒带着一个独眼老者出现在林里：“陆，这是苗寨寨主。”

“你告诉他，我们想在寨子歇一晚，明早就走。”陆勇说。

捏勒用 KNO 语嘟嘟囔囔说了几句，老寨主频频点头。带着一行人朝家中走去。

这是一间低矮的房屋，整个屋子弥漫着浓浓的烟雾，中间有一个火塘，一口黑乎乎的锅就是全部家当，靠火塘的光亮才能勉强看清屋内情况。火塘边，一个裹着黑头巾的老妇人在搅着一锅黑黝黝的玉米糊，她咧着一张少了两颗门牙的黑嘴，直愣愣地看着进来的陆勇一行人，讨好地笑着。

寨主招呼大家坐在火塘边，老妇人拿出一沓宽大的树叶，整齐分开摊在地上，舀上玉米糊。

“吃吧，能吃上稠稠的玉米糊已经不错了。”捏勒示意大家。他捧起叶子吃了起来。

看着黑漆漆、缺油少盐的玉米糊，唐茵语犹豫了一下，咬咬牙从医疗包里拿出一盒罐头，心疼地说：“大家都累了，开一盒。”

崔建国和捏勒霎时两眼放光。捏勒接过罐头，抽出克钦刀，三五下撬开了铁盖。捏勒把罐头放在火塘上烧着，罐头里的猪油吱吱冒着油星儿，整个屋内香气扑鼻。

一阵窸窸窣窣的响声传来，不知从哪儿冒出四个光屁股的小孩，他们如饥渴的野猫，盯着火塘上冒着香气的罐头，手指含在嘴里，口水流了一下巴。寨主和老妇人嘿嘿笑着，咂着嘴。

陆勇一行人面面相觑。

捏勒尴尬一笑：“按我们民族的习惯，长幼不论，见肉人人有份儿。”

崔建国肉疼地嘀咕：“一群狗鼻子。”

陆勇见崔建国满脸滑稽的酸相，有些忍俊不禁：“那就按民族规矩来。”

僧多粥少，唐茵语于心不忍，皱了皱眉，又狠心拿出一盒，低声说：“勇哥，我留下一盒做个念想。”

陆勇看着唐茵语，心里有些愧疚和难过：“茵语，哥以后保证给你补上。”

闭着眼的捏勒辗转难眠，冥冥之中总有一种不安的情绪袭扰着他。这种感觉似曾相识，他弄不明白到底来自何方。他最担心的是聂恩的病情，听着四周逐渐响起的呼噜声和苗人孩童的梦呓，迷迷糊糊睡了过去。

陆勇轻轻踏出门槛，他对陌生环境十分敏感，时时刻刻都保持着警惕。夜空格外洁净，凉风徐徐吹拂着山林。陆勇看着掩匿在黑夜里的苗人小寨，不禁心潮起伏。苗人的贫困出乎他的意料，缅北复杂的自然条件并没给世居此地的民族带来益处，罂粟、战乱使人们进一步滑入贫困之中。缅共人民军武装抗争了十几年，并没给各民族带来任何改变。陆勇抬头观望璀璨星空，心底泛起深深忧虑。楼下拴住的骡马打着响鼻。

“勇哥，你怎么不睡？”唐茵语悄无声息地来到陆勇身旁。

“睡不着。茵语，明天还要赶路，你抓紧休息。”

“我陪你坐坐。”唐茵语双手抱膝坐了下来，“勇哥，苗人真苦、真卑微，活得真艰难。更可怕的是，儿女还得重复父辈的故事，想想真可悲。”

“我们做不了救世主，缅军政府不行，缅共人民军同样不行。这是一个被民族矛盾束缚的国家，民族歧视不破，国无宁日。我们把世界理想化了，多少入缅知青就这样战死，冤不冤？”

陆勇的话使气氛变得凝重，两人都陷入沉默之中。

“勇哥，看那些梯田。”唐茵语指向月光下的梯田。半山坡上，本该种植稻谷的坡地密布着猩红斑点——是改良过的罂粟变种，花瓣边缘呈锯齿状，与她在中部军区见过的罂粟完全一致。

陆勇的心情格外沉重，他轻叹一声：“茵语，该休息了……”

两人回到房屋。

屋内，闭眼而眠的捏勒并没有睡踏实，混沌间，他好似看到一只长着七彩羽毛的皱盔犀鸟啼鸣着在天空翱翔，翻飞舞动如精灵，扇动着翅膀直奔苍穹。陡然，一道闪电把皱盔犀鸟劈得粉碎。捏勒浑身一震，猛然惊醒，索性翻身走出了屋子。

寨主房屋的窗口忽然闪过一道绿光，捏勒瞳孔收缩，他认出那道光束的颜色，与偷袭帕康的雇佣军穿透密林的狙击枪的光束完全相同。

赛烺的夜视镜闪过幽绿光斑，他身后的士兵脚踝都绑着苗银铃铛，行走时却寂静无声，铃舌早已被罂粟膏粘住。偷袭的蒙傣军突击队悄然推进，赛烺带领着士兵在苗寨三百米外突然蹲下，手指拂过地面——湿润的腐殖土里埋着一截医用胶布，正是唐茵语用来包扎捏勒伤口的胶布。

远处飘来的罂粟气味愈来愈浓，捏勒心头大震，转身上了楼，捅了捅陆勇，两人来到屋外。捏勒指了指半山坡上的罂粟梯田："陆，情况不妙，我们可能被人堵住了。"

"叫醒他们。"陆勇面色冷若冰霜，扫视着罂粟梯田。

崔建国和唐茵语迷迷糊糊来到屋外。四周黑咕隆咚的，崔建国打了一个哈欠，不满地说："勇哥，你是属鼠的？天不亮就走。"

"再睡下去就没命了。"

陆勇的话吓了两人一跳，捏勒指着半山坡和寨口，冷冷地说："我们被围住了，四面都埋伏着人。"

崔建国厉声道："勇哥，你说该怎么办？"

陆勇走到唐茵语跟前，伸出手："给，'金蝉迷香'。"

唐茵语瞪大眼睛："勇哥，你还留着？"

"你说过，关键时刻能保命。他们人数不少，不用些手段我们很难突围。"

"我去。"唐茵语说着，接过"金蝉迷香"。

"不，让捏勒从树上走，从寨口上方突围，能不动枪最好别动。"

捏勒的隐匿身法无人能及，唐茵语不再争辩，把两枚"金蝉迷香"交给捏勒："捏勒，这东西能让人瞬间瘫软，用时得屏住呼吸。"

众人按陆勇的安排，悄声无息地向寨口摸去。

掸兵异常静默的潜伏姿态昭示着他们非同寻常的本领。捏勒屏息凝神，蛰伏在寨口上方的树梢上，指尖摩挲着"金蝉迷香"的外壳，等待着最佳时机。

东方山巅露出鱼肚白时，崔建国后背已浸透冷汗。他焦躁地攥紧枪托，却被唐茵语按住肩膀。她目光如炬，示意他留守原处，自己则如夜猫般潜行向捏勒所在方位。

八名掸兵呈扇形分布在寨口周围，令捏勒难以施展。这些士兵藏身于古榕板根与箭毒木之间，彼此间距恰好形成火力交叉网。若强行突围，必将陷入困境。

正当捏勒踌躇之际，唐茵语的身影悄然贴近。两人眼神交会，捏勒以指节轻叩树干，精确标注出五个伏击点。默契在无形的硝烟中凝结，他们如猎豹般同步突进。

“金蝉迷香”在晨雾中无声绽放，其散发出的神经毒素令掸兵瞬间瘫软。捏勒的克钦刀划出银弧，刀刃切入脖颈的触感如同切割新鲜芭蕉。唐茵语的药刀紧随其后，刀刃翻飞似雨燕掠水，精准刺入每个目标的太阳穴。

“蒙傣军！”唐茵语辨认出尸身刺青，嗓音因仇恨而尖厉。这声惊呼犹如惊雷，灌木丛中骤然射出子弹。捏勒拽着唐茵语翻滚躲避时，苗寨房屋已被燃烧弹引燃。

崔建国的点射与陆勇的扫射构成交叉火力，却挡不住蒙傣军的疯狂冲锋。妇孺的惨叫与房屋燃烧的爆裂声奏响死亡交响，唐茵语凝视火海中挣扎的苗人，泪水混着血渍滑落：“勇哥，救救她们！”

“捏勒带苗人进山！”陆勇的嘶吼穿透枪声。捏勒引着苗人撤向密林深处，三步一回首望向战场——弹药将尽的三人正用冷兵器构筑最后防线。

赛焜的狞笑声回荡林间，蒙傣军如潮水般涌来。崔建国打完狙击枪最后的子弹，转身抽出枪刺大笑：“石垒，再解决五个杂碎，老子就下去陪你！”

陆勇的关东刀映着火光，三棱枪刺在掌心转出银花：“让这些畜生见识华夏知青的骨气！”

唐茵语抹去泪痕，药刀横握胸前，嫣然一笑：“与哥哥们同赴黄泉，茵语此生无憾。”

蒙傣军的号叫骤然逼近，三人背靠背抵挡攻击。晨雾中寒光乍现，三人视死如归。

轰！轰！手雷在掸兵中接连炸响。本就被陆勇三人重创的蒙傣军，遭此袭击，士气顷刻瓦解，哀号着逃入密林。树影间掠过一道猿猴般敏捷的身影，他疯狂投掷手雷，在枝丫间腾跃如魈。

三人怔愣之际，硝烟中渐现捏勒浴血的身影。这个 KNO 硬汉浑身浸透鲜血，却仍能精准点射压制残敌。绝境逢生的三人热血沸腾，纵身跃过燃烧的断木，朝捏勒奔去。

这场绝境突围堪称奇迹——本应掩护苗人撤离的捏勒，竟迂回至敌军后方发起突袭。当四人面对面立于焦土时，“不弃不离”的誓言深烙骨髓。

晨光刺破硝烟，焦黑的苗寨废墟裸露着残骸。缅北群山依旧沉寂，唯有风呜咽着掠过灰烬。这场四人对百人的血战，终将湮没于历史尘埃。一双阴鸷眼眸透过望远镜凝视战场——金三角毒枭张奇夫缓缓放下镜筒，嘴角浮起冷笑。

第三十章
聂恩的遗言

山魈小队抵达 W 军区时，人人衣衫褴褛，形如乞丐，浑身遍布伤痕。

这次险象环生的南下金三角远超陆勇预期——原以为寻常的任务差点儿葬送整支队伍。更令人痛心的是，一株罂粟竟成为阴谋与屠戮的导火索，赤裸裸揭露出人性在利益诱惑下的堕落：当贪欲凌驾生命，信仰与追求都沦为荒诞的笑柄。

此刻，陆勇心头压着巨石。缅共人民军内部的腐化令他不得不重新审视小队的前途。这关乎生死存亡的抉择让他呼吸都变得沉重。除却聂恩和山魈小队，他再难信任任何人。他们的到来引发军区震动，这支满腹疑虑的队伍拒绝所有邀约，执意要见到聂恩。

聂恩的病房在山腰林荫深处，环境幽寂。当看见病床上形销骨立的老人时，众人如同被利刃贯穿心脏——曾经叱咤风云的指挥官，此刻却眼窝深陷，形容枯槁，几乎辨不出原本模样。

看到他们，聂恩混浊的眼忽地泛起微光，枯枝般的手臂在床单上微微颤动，宛若迟暮老人终见游子归乡。

捏勒踉跄跪倒床前，额头抵着聂恩的手臂，痛哭失声。聂恩眼眶滚落几滴浊泪，干裂的嘴唇翕动着，却发不出半点儿声响。

“茵语，”陆勇的呼唤里带着哭音，“救救他……无论如何救救他！”

唐茵语颤抖着搭上聂恩的腕脉。脉象涩滞弦急，乃正虚邪实之兆——毒邪盘踞脏腑，痰瘀闭塞清窍，阴阳俱衰的脉理印证着晚期癌变。她喉头一哽，纵是师叔莫瓢再世，怕也回天乏术。

聂恩枯槁的手掌抚过姑娘挂满血污的脸，拭去她腮边的泪珠：“丫头莫哭，我只是先上黄泉路，正好替你们探探路。”

“您为何瞒着我们！”陆勇拳头砸在床沿，泪落如雨，“若早些医治……”

“世事如棋呀。”聂恩目光扫过众人，喉间发出破风箱般的叹息，“去歇着吧，让捏勒留下。”

情同父子的两人四目相对。聂恩混浊的眼中映着 KNO 汉子通红的眼眶——当年英帕尔训练营的篝火旁，两个 KNO 勇士歃血为盟。贝康谷地那场夜袭，让捏勒成了遗腹子。缅甸建国那年，聂恩踏遍腊戍街巷，从赌坊后巷捡回这个浑身淤青的野孩子。

军营里的晨曦总伴着刀锋破空声。十二岁的捏勒攥着比他胳膊还长的克钦刀，疯魔般缠着老兵比试。刀刃划破布衣带出血线，少年咬着麻布包扎伤口，次日又举着刀拦在晨操路上。直到某天，所有士兵都默契地绕开那个执拗身影——他们宁愿挨军棍，也不愿在那个狼崽的身上刻下新伤。聂恩看着少年身上新旧交错的刀痕，将草药细细敷在渗血处：“每道伤都是淬火的铁锤，能把骨头锻成钢。”

十年光阴流转，军营再无人敢接克钦刀，而少年已踏遍瓦城武馆。直到缅共军旗飘扬在缅北，这个满身伤疤的刀客才被聂恩召回。

捏勒猛然抱住养父，泪水洇湿了军装。这个教会他握刀的男人，此刻却像枯叶般簌簌发抖。

“雏鹰总要离巢。”聂恩指尖穿过养子卷曲的黑发，“你阿爹在天上看着呢。”

“没有您掌灯引路，我就是撞进蛛网的虫蛾子。”捏勒额头抵着聂恩消瘦的腹部哽咽道。

聂恩望向窗外：“傻孩子……S 军区的三十七个兵，都是淬过火的刀。我把他们交给山魈小队。”他喉头忽然发紧，“待我走后……替我守着他们。”

捏勒退出病房时，看见月光正落在聂恩凹陷的颧骨上，将他的轮廓蚀刻成苍白的浮雕。

W 军区各项条件较 S 军区更为优越，军备物资稍显充足，粮食供应状况优于其他几个军区。后勤处为山魈小队安排的高脚屋舒适整洁，草绿色被褥皆是崭新。令陆勇意外的是，司令部、炊事班、卫生队及通信连中竟有许多来自巴蜀、春城等地的华夏男女知青，他国遇同乡令崔建国与唐茵语激动不已。

该军区以原 KNO101 突击旅为班底组建，军事技战术深受西洋影响。根据地诸多村寨建有基督教堂，信教民众众多。因地理位置特殊，当地思想氛围较其他根据地更为开放。KNO 官兵骁勇善战，长期牵制缅国防军数个师团和盘踞金三角的多股分裂贩毒武装，局势尤为错综复杂。

总部派遣的医生对聂恩会诊后给出极不乐观的诊断结果。癌细胞扩散引发剧烈疼痛，导致其频繁晕厥并出现神志模糊症状，仅能依赖昂贵的杜冷丁缓解痛苦。陆勇与捏勒对聂恩的病情忧心忡忡，情绪日渐低落。

唐茵语虽竭力配制数个药方，仍无法缓解聂恩油尽灯枯之态，众人心头皆被无奈与绝望笼罩。

因医生严控探视人数，崔建国只得终日留守高脚屋。百无聊赖之际，他将所有枪支反复拆卸、擦拭，最终将自己折腾得蔫头耷脑，每日数着茅草度日。

面对声名显赫的山魈小队，W 军区后勤处丝毫不敢怠慢，时常派人嘘寒问暖。崔建国虽觉烦闷，仍谨记陆勇叮嘱，未与同胞知青深入接触，仅绕着住处转悠消遣。

没料到这般枯燥平静的生活竟被打破——有一天，崔建国去接待室办事，突闻有人高喊“崔哥”，他猛然怔住。

定睛细看，一个中等身材、细眼微眯的年轻人正朝自己走来。其军装笔挺合身，面庞略显圆润。崔建国难掩诧异：“刘小栋？怎么是你？”

“崔哥！没想到你竟是山魈队员！”刘小栋喜形于色，奔上前来，咧着嘴，紧握着崔建国的双手上下打量，迟迟不肯松开。

崔建国微微颔首:“活着就好。看你满面红光的模样,混得不错。怎会在此处?”

“我原是要去中部军区,结果被 W 军区留下了。革命战士是块砖,哪里需要哪里搬嘛。”刘小栋掸了掸军装前襟。

“嚯,几年不见,你小子觉悟见长啊。”崔建国打趣道。

“早知是崔哥您大驾光临,我该天天守在门前恭候。这阵子净瞎忙活了。”刘小栋眯缝着眼笑,从兜里掏出一盒雪茄,递过一支。

“够滋润的,这稀罕货色!聂恩副司令都只抽兰烟。”崔建国捻着烟卷轻嗅。

“聂恩指挥官是老古董。崔哥若喜欢,改日我弄几条来。”刘小栋说得云淡风轻。

崔建国未接话,瞥他一眼,深吸一口烟,道:“上楼坐坐。”

屋内光线昏沉。二人坐定后,刘小栋殷勤道:“崔哥有什么需要尽管吩咐。”

“出息了。你现在具体管哪摊事?”崔建国打量对方。

“后勤杂务,管吃管住的苦差。稍有差池就得吃挂落。”刘小栋摆手苦笑。

“当年走路干活都抹眼泪的主儿,如今真不一样了。”崔建国感慨。

“崔哥你们才是真威风!山魈小队让赛烺都栽了跟头,金三角谁不晓得?”刘小栋满眼钦佩。

“你也知道赛烺?”

“张奇夫麾下头号煞星,出了名的睚眦必报。都说宁惹阎王,莫惹赛烺。”刘小栋眼底闪过一丝忌惮。

崔建国不屑冷哼。比起赛烺,他更惊诧刘小栋的蜕变——记忆中那个被女知青戏耍都不敢吱声的懦弱青年,如今竟成了市侩圆滑之人。或许缅北这片嗜血土地真能让病猫生爪。

刘小栋偷眼打量崔建国坚毅面庞上的凛冽杀气,暗自警醒。他太懂得审时度势——正是这玲珑心思,让当年农场里人人可欺的受气包,在异国军营混得风生水起。

望着崔建国布满风霜的脸庞,刘小栋挺直腰板,展示自己如今的底气:“崔哥,今晚兄弟做东,带您去个有意思的地方喝两盅?”

崔建国看着对方发亮的眼睛，点了点头——异国他乡难得遇故人。而陆勇等人正为聂恩的病情焦灼，无人留意这场同乡之约。

暮色中，摩托碾过泥泞山路。换上便装的崔建国听着后座的刘小栋喋喋不休：“国内搞改革开放了，听说搞得热火朝天的……”

瑙曼街的轮廓在晚霞里浮现，油毡帐篷鳞次栉比，各路商贩的吆喝声此起彼伏。这条三不管地带的窄街堪称魔幻：泰国绸缎与日本电子表在竹竿上招摇，安宫牛黄丸与鸦片膏隔着摊位相望。穿筒裙的掸族妇女和戴鸭舌帽的华夏边民擦肩而过，空气里杂糅着檀香与汗酸味。

刘小栋如数家珍：“那边卖二手卡带机的，是泰国过来的；前面换缅玉的，常给 KNO 供货……”崔建国耳畔嗡嗡作响。故国剧变与思乡之情化作无形蛛网，将他的思绪裹进深深的迷雾。

路面蒸腾着热带暑气，崔建国望着街边的霓虹招牌，恍若置身于异度空间。战火与饥馑交织的缅北记忆，在这片畸形的繁华里碎成齑粉。

刘小栋熟门熟路地拐进巷弄，停在一处土坯围合的四合院前。铁皮屋顶下堆积如山的米袋泛着陈年霉味，油料桶表面渗出油渍，呈现黑亮反光。穿蓝条纹笼基的掸族老板小跑迎来，古铜色脸庞堆满谄笑：“刘干事真是通灵菩萨，刚备好新到的苞谷酒……”

“少扯淡，洒诺。”刘小栋用刀鞘轻拍对方的肚腩，“今儿招待我大哥，把窖藏的虎骨酒拿出来。”

崔建国冷眼扫过院落。四个赤膊汉子正扛着麻袋钻进库房，麻袋隐约可见枪械轮廓。老板洒诺合掌作揖将二人引至厅堂，红木茶几上的卡带机正流淌出甜腻女声：

好花不常开

好景不常在

愁堆解笑眉

泪洒相思带

…………

甜腻歌声在屋内盘旋，崔建国恍惚间被某种久违的柔软击中心脏。直到洒诺抱来成箱的“力宝精”饮料，刘小栋的嗤笑将他拽回现实：“拿这糊弄小孩儿呢？知道崔哥是谁吗？山魈小队的活阎王！”

洒诺佝偻着退下时，崔建国注意到他后颈密布的冷汗。铁皮屋窗外漏下的昏黄光晕里，忽有香风卷着银铃笑语破门而入。两个裹在藕粉绸缎里的身影，像被蜜糖浸透的蝴蝶般扑向刘小栋。

“还不伺候崔哥！”刘小栋扬手拍在其中一个女人的臀上，惊醒了崔建国蛰伏多年的欲望。名唤咩香的高挑女子贴来时，崔建国嗅到混着乳香的汗味儿——那是与硝烟、血腥截然不同的活色生香的危险气息。

薄绸裹不住的体温透过军绿衬衫灼烧皮肤，崔建国喉结滚动。他看见另一个女人斟酒时衣襟滑落，露出半抹酥胸，玉色肌肤上竟刺着一朵妖冶罂粟。咩香蛇一般缠上来，染着蔻丹的指尖若有若无划过他的腰间，战场淬炼的定力在温香软玉前溃不成军。

“咱们崔哥枪林弹雨都不怵，倒叫你们两个小娘子拿住了？”刘小栋晃着酒杯大笑。崔建国后颈绷紧，掌心紧握，渗出黏汗。他忽然想起最后一次春城探亲时，邻家姑娘辫梢飘过的桂花香——那似乎已是上辈子的事了。

咩香眼波流转，道：“刘哥放心，定让崔哥尽兴。”

崔建国惊醒，霍然起身，面色铁青：“这是喝酒还是胡闹？”

刘小栋忙赔笑：“自然是喝酒。妹子们见着英雄心喜，想沾些福气。”忽又沉脸训斥咩香，“你这浪蹄子，没见崔哥要喝酒？”目光扫过她起伏的胸部——刘小栋第一次见这尤物便心痒难耐，偏生洒诺三令五申不得染指。此刻见崔建国喉结微动，刘小栋心一横，将崔建国按回座位。

另一个名叫相玛沙的女人嗔怪着推开刘小栋，为崔建国续酒。咩香退至半步外，咬着嘴唇楚楚望来。崔建国语气缓了："都坐下喝酒吧。"

暗红灯光里，崔建国看着刘小栋游刃有余的姿态，喉间泛起苦涩。这个昔日他瞧不上眼的小卒，如今竟在温柔乡里如鱼得水。他摸着指间枪茧，缅北密林的硝烟骤然漫上心头——那些为平等、为民族解放洒热血的誓言，难道要溺毙在这脂粉阵中？他的脊梁忽地绷直，眼底重凝肃杀之气。

崔建国神色骤变，屋内空气凝滞。他于是轻叹："我敬大伙儿一杯。"

刘小栋后背冷汗渐收，暗悔过早引他窥见缅北的阴暗面。这个仍在血火中恪守虚无底线的男人，尚未识破光明下的龌龊。缅共早被蛀成风中空壳，那些道貌岸然的高层，哪一个不是欲壑难填？

"崔哥别介意，兄弟不过想让崔哥松快些。"刘小栋摩挲酒杯，酒水倒映出扭曲的脸，"若学崔哥清高，我在 W 军区活不到今天。"

崔建国瞳孔微震："何意？"

"多少知青埋骨深山？满腔热血换得孤坟荒草！"刘小栋指节泛白，酒液在杯中战栗，"这鬼地方只信罂粟与刀枪，理想早被啃得骨头都不剩。聂恩指挥官那样的，已是活化石。"

字字如铁锥凿进崔建国颅腔。中部军区的罂粟田、连环追杀，山魈小队差点儿覆灭……血色记忆翻涌。他向来笃信腐化不过是个例，此刻却被人剖开缅共表面见溃痈。

宴席珍馐罗列，印度洋的鲍鱼泛着冷光。崔建国喉头滚动，吞咽的却是石垒、莫瓢这些人枯骨扬灰的滋味。他抓过酒瓶仰头痛饮，任烈酒如火般烧穿五脏——或许唯有如此，方能暂缓灵魂被真相凌迟的剧痛。

刘小栋知崔建国嗜酒，特嘱洒诺备足洋酒、白酒。在浓烈酒气熏染下，崔建国渐入微醺，与刘小栋推杯换盏，来者不拒。咩香紧贴其身，殷勤布菜、斟酒。

酒酣耳热之际，崔建国躁意难耐，索性如刘小栋般赤膊痛饮。声调愈高，情态愈纵，他在迷蒙醉意中卸去往日警觉。相玛沙缠着刘小栋调笑，咩香则如藤蔓攀附崔建国。她胸前丰盈随动作轻颤，似有云雾笼着雪岭峰峦，晃得崔建国目眩神摇。

他粗暴地扯开那层云雾，霎时春光尽泄。滚烫面颊深埋温软雪堆时，卡带机仍幽幽飘着惑人小调：

停唱阳关叠

重擎白玉杯

殷勤频致语

牢牢抚君怀

今宵离别后

何日君再来

…………

第三十一章 无兆的危局

崔建国彻夜未归令陆勇深感意外。以崔建国素日的秉性，断不会如此草率行事。此人素来机警缜密，行事周全且极重团队纪律。

陆勇对 W 军区的形势不甚了解，遂遣唐茵语往通信连与卫生队探查——那里聚集着众多被称作“裤脚兵”（指涉界河而来的卷裤腿知青）的华夏知青。这些人与当地居民的气质迥异，极易辨识。

崔建国的嗜酒习性令陆勇忧心，聂恩病情危殆已叫众人焦头烂额，若再横生枝节恐难收场。唐茵语踏遍各知青据点，直至晌午仍无线索，崔建国竟如同人间蒸发般踪迹全无。陆勇终于嗅到危机。

枪械库里，每支武器皆擦拭如新，陈列齐整。崔建国仅携走防身左轮与三棱枪刺，这反常举动令陆勇脊背生寒。唐茵语亦觉蹊跷：何等人物能令崔建国这般警觉者毫无预警地消失？

“找捏勒来。”陆勇面色凝重，“他在此地比我们更有人脉，切记莫要声张。”唐茵语领命奔向聂恩养病的山腰木屋，山风卷起她鬓边的碎发。

混沌中，崔建国恍惚间以为自己行于河畔。两岸野草忽地疯长，利刺丛生，蔽日遮天，浊浪排空而来，将他卷入黏稠深渊。四肢如坠铅块难以挣脱，怒喝声撕破黑暗。

睁眼刹那，崔建国发现腐臭污水浸透全身。精铁锁链将他呈“大”字缚于木桩上，崔建国惊觉自己竟赤身浸泡在污秽水牢中。他怒不可遏，嘶吼声在密闭空间震荡回响：“刘小栋！你他娘设局害我！”

铁链随挣动深勒皮肉，腕踝处钝痛锥心。头顶滴落腥臭水珠，崔建国停止无谓的挣扎。

水牢死寂如墓。崔建国历经数次生死锤炼，短暂惶惑后迅速凝定心神。他逐帧回溯记忆残片，恍惚间竟觉荒诞失真。

身处何地？何人设局？他与刘小栋不过萍水相逢，同是越界而来的“裤脚兵”，既无根本利害冲突，也无构陷动机。瑙曼街的酒宴分明是他炫耀人脉的寻常把戏，何以至此？

刘小栋如今何在？所图为何？崔建国环视这方污浊囚笼：腥臭积水漫至锁骨，原木围墙上覆生锈铁皮。精铁镣铐精准锁死周身关节，显然是深谙人体构造的狠辣之辈所为。

他忽然面颊发烫。自诩机警，竟栽在温柔乡里——那唤作咩香的女子眼波如钩，令他卸下所有心防，沉溺欲海。若此番苟活，他要如何直面陆勇如炬目光？山魈小队同生共死的誓言犹在耳畔回响。

铁门开阖的吱呀声打破死寂，洒诺持着三棱枪刺踏进水牢。昨夜谄媚的掸人此刻目露凶光，身后马仔举着火把，将那张扭曲面庞映得如同恶鬼。

崔建国瞳孔骤缩，电光石火间豁然醒悟：“原来是你！”

洒诺獠牙毕现，手中三棱枪刺抵住崔建国的喉结：“敢碰赛烺大人的女人咩香，你们华夏人全该千刀万剐！”喉间血珠顺着枪刺凹槽流淌滴落，在污水中绽开猩红涟漪。

“赛烺？”崔建国瞳孔骤缩，这阴魂不散的名字令他浑身发寒。

“山魈小队杀了赛烺大人那么多弟兄，他正满世界找你们呢。”洒诺狞笑着将枪刺抵得更深，“没想到你自投罗网。”

“你是赛烺的狗？”

“放尊重点儿，老子是大撒拉的人！”洒诺猛地揪住崔建国的头发，掼向木桩，“让你死个明白，也算积德。”铁链在污水中铮铮作响。

“刘小栋在哪儿？”

“喂鳄鱼了。”洒诺啐了一口浓痰，“黄泉路上等着你呢。”

崔建国双目通红：“我保证你会死得更惨。”

“等赛烺大人到了，你连全尸都留不下！”狂笑声随着铁门闭合渐远。

捏勒冲进病房时，聂恩正昏迷着输液。听完唐茵语的叙述，这个 KNO 汉子抄起突击步枪就往外冲，警卫排五名战士紧随其后。

一个半时辰后，捏勒满脸阴云地返回病房。陆勇盯着他腰间沾泥的枪套，心直往下沉。

“瑙曼街。”捏勒捏了捏眉间，“刘小栋昨晚带他去了那个鬼地方。”

陆勇猛地站起，地图被带落在地：“什么街？”

“离驻地十三里的黑市。”唐茵语翻着情报本，“三教九流混杂，是个肮脏地，去年发生过多起失踪案。”

“刘小栋也没归队？”陆勇之前打探消息时已经得知刘小栋和崔建国的关系。

“活不见人。”捏勒抽出腰间的克钦刀擦拭，“那地方有赛烺的联络点。”刀面映出他眉间深壑。

陆勇抓起武器就往外冲。夕阳将群山染上血色，喧嚣的瑙曼街随着人流稀疏渐归沉寂。

洒诺在四合院内吩咐伙计将驮货的骡马喂得肚圆膘肥，之后护送咩香与相玛沙撤离瑙曼街。商号暗仓里，成捆的缅币被油布裹了三层。这个以粮油铺子为幌子的情报窝点，实则是蒙傣军安插在 W 军区眼皮底下的暗桩。

檀木柜台后的密道直通水牢，柜台上的发报机还留有余温。几年来，洒诺靠着贿赂 W 军区的蛀虫获取军情，将掸邦南北毒枭与泰国边境的运输线织成密网。若非那祸水般的咩香，他本可继续逍遥自在。

想起那狐媚子，洒诺就恨得牙根发痒。赛烺把这尤物丢来瑙曼街时，洒诺便知要坏事。这女人在竹楼里扭着水蛇腰转两圈，整座楼的汉子魂儿都飞了。刘小栋更是像发情的公狗般纠缠不休，逼得洒诺只得让侄女相玛沙施美人计套住刘小栋。

此刻，他盯着院墙投下的斜影，掌心沁出冷汗。山魈小队屠了赛烺半支精锐，若让他们嗅到踪迹……洒诺将 M16 的保险栓扳得咔咔响，忽然怀念起从前收钱递消息的安稳日子。

水牢中，崔建国正用铁链磨着墙。小腿上的血融入污水中，他恍若未觉。刘小栋昨夜的醉态在他眼前挥之不去——那家伙举着酒碗嚷嚷“兄弟如手足”，转眼就成了鳄鱼粪。

铁链刮擦声戛然而止。崔建国耳郭微动，捕捉到骡马嘶鸣与仓促脚步声。他舔了舔干裂的嘴唇，停下磨墙的动作。

捏勒率队疾行。月光掠过山岗，瑙曼街的轮廓已隐约可见。洒诺的商号四合院坐落在街尾巷弄暗处，院门外散落着麻袋与板车，门缝间透出死寂。

陆勇按住捏勒即将推门的手。暗巷里，唐茵语正带人将破旧竹篓堆成掩体，枪口齐刷刷对准巷口。陆勇与捏勒攀上四合院的侧墙时，惊动两只老鼠。

院内粮垛后蜷着三名抱枪的伙计，枪管随呼噜上下晃动。堂屋雕花木窗透出烛光，映出洒诺焦躁的剪影——他正用指甲将太师椅雕花抠出道道白痕。

当三棱枪刺的寒光掠过烛台时，洒诺突然暴起冲向水牢。木门吱呀声惊动粮垛后的伙计，可他们刚摸到枪栓，咽喉已被利刃割开。

捏勒如幽灵般贴墙游走，粮袋接连沾染上血浆。陆勇踹开堂屋门的瞬间，恰见洒诺握着枪刺扑向水牢铁门。

“先找建国！”陆勇低喝声未落，捏勒已如猎豹般扑倒洒诺。克钦刀扎进青砖的闷响里，混入尿液滴落声。

水牢污水中的崔建国正用最后力气磨着铁链。头顶突然传来重物坠水声，接着是熟悉的 KNO 语怒骂。当捏勒的克钦刀斩断镣铐时，崔建国恍惚看见洒诺像落水狗般在污水里扑腾。

“给他留个全尸。”陆勇拽起湿淋淋的崔建国，“这窝老鼠该端掉了。”

崔建国关节处的血肉粘连着铁锈，陆勇扯下军装外装裹住他颤抖的身躯，瞥见喉咙处深可见骨的刀痕，喉结剧烈滚动。

崔建国突然挣开搀扶，五指深深抠进泥地：“刘小栋被喂了鳄鱼！”捏勒的克钦刀当啷坠地，刀柄系着的藤条浸在血洼里。

水牢中骤然爆出癫狂大笑。洒诺被铁链吊在木桩上，神色癫狂：“赛烺大人会把我雕成佛骨，把你们碾成一堆臭肉！”

陆勇扯住锁着洒诺的铁链，洒诺身体失衡，脏话被淹没在污水中。突然，水牢外传来 M16 点射的独特声音。

赛烺的武装吉普碾过瑙曼街的鹅卵石时，车顶机枪正在冒烟。唐茵语缩在竹篓掩体后，看着警卫排战士被火力压制在巷内，她突然注意到领头的疤脸男人——那人左耳挂着银环，正是恨不能碎尸万段的赛烺。

水牢内，洒诺听到熟悉的引擎轰鸣，大叫道：“大人！山魈在——”喊声戛然而止。崔建国反握的三棱枪刺捅进他的下颌。

水牢突然剧烈震动，顶部扑簌簌落下石灰。陆勇等人蹿出水牢，听见院外传来嘶吼：“开火！”

捏勒藏身于四合院的掩体后，握紧染血的 M16 突击步枪，当蒙傣军的军靴踏上院门石阶时，他对着来人扣动扳机。

赛烺收到情报便急不可耐地赶往瑙曼街。此处还藏着他魂牵梦萦的咩香——那具令他欲罢不能的娇躯，素日都托付洒诺看护，只待他前来寻欢。

蒙傣军小队被派作前哨，赛烺带着心腹徐徐压阵。他们对瑙曼街巷如数家珍，往日里总在这儿享用洒诺备下的佳肴珍馐。可此刻，几个掸兵刚触到四合院院门的门环，暴雨般的子弹便撕裂夜幕。枪声惊雷般炸响后，整条街瞬间陷入死寂，唯有犬吠断断续续响起。

赛烺皱起眉头，意识到此处早有埋伏等着自己。犹豫间，听到手下说咩香已被安全护送离开，他咂了咂嘴，嗤笑一声："走吧，下次再取这群渣滓的命！"

陆勇与捏勒翻过院墙时，巷内仅余几具尸体。唐茵语自暗处闪出："跑了几个，赛烺也溜了！"

捏勒啐出血沫："又让这条毒蛇溜了！"

陆勇仰望着被硝烟浸染的夜空。赛烺再次现身，令他脊背发寒，蒙傣军的触须怕是早已伸进 W 军区防线。刘小栋喂了鳄鱼、崔建国被囚禁，这些暴行竟发生在军区眼皮底下。

"建国还好吗？"陆勇攥紧枪柄，担心身受重伤的战友。

踹开的门扉后，崔建国扶着染血的墙壁踉跄而出。他盯着污浊的四合院，喉结滚动："刘小栋啊……在缅北，聪明反被聪明误。那些笑脸相迎的，怀里都揣着剔骨刀。"一滴泪珠滑过脸庞。若时光倒流，他宁愿永远不在那个午后，与刘小栋相逢在 W 军区的接待室。

关于瑙曼街事件，山魈小队缄口不言，但刘小栋的离奇失踪仍在知青群体中发酵。后来，W 军区后勤部核查采购账目时发现诸多纰漏，蹊跷的是，调查被高层强行中止，后又传出刘小栋叛投蒙傣军的流言。有人提起刘小栋平日抽的是缅甸雪茄、戴的是瑞士腕表，以及深夜出入军区领导宅邸的身影。

陆勇听闻传言冷笑数声。W 军区这潭浑水比中部军区更幽深，他严禁队员与外界深谈。崔建国整日沉默不语，唯有攥着枪刺反复擦拭。

聂恩的房间里弥漫着消毒液的气味。总部医疗专家摇头离去后，唐茵语默默数着点滴频次。当陆勇接到"聂恩指挥官想见见队员们"的通知时，警卫排宿舍里正飘着唐茵语煮的苞谷糊的香味——他们搬离军区招待所已半月有余。

山腰木屋的煤油灯照着聂恩凹陷的面颊。老人喝下半碗小米粥，枯木般的手指摩挲着唐茵语的梭子针皮袋：“都说唐门暴雨梨花针能穿十张牛皮……”话音未落，便被撕心裂肺的咳喘打断。

唐茵语作为医者最清楚，聂恩此刻的清醒不过是生命烛火最后的跃动。她看着老人给捏勒整理衣领的模样，泪如泉涌。陆勇突然想起，刚到帕康时，正是这只布满枪茧的手，替他扣好人生第一枚军扣。

“莫哭花了脸。”聂恩安抚地拍了拍唐茵语攥紧的手，“等开春带你们去看后山的凤凰花……”

唐茵语压抑着哽咽：“等您痊愈，暴雨梨花针任您试个够。”

聂恩吃力地抬起手指转向崔建国：“在 S 军区欠你一顿好酒，待来日……”话未说完便被血沫呛住，唯有军装前襟的泪渍在煤油灯下泛着光。

聂恩示意陆勇留下，众人退出小屋。聂恩青灰色的面容浮起回光返照的红晕，眼睛热辣辣地盯着陆勇：“当年强留你在 S 军区，也不知是福是祸。”陆勇攥着毛毡的手猛然收紧，几年间的烽烟在脑海里闪过。

“W 军区这潭浑水……”聂恩喉间涌动的不仅是血痰，更是积压半生的愤懑，“KNO 高层列土封疆的算盘早打得老响。四大军区各怀鬼胎，各族村寨暗藏毒物——”他突然抓住陆勇手腕，力道大得骇人，“人民军的魂，早跟着德钦东葬在萨尔温江了！”

陆勇望着窗外起伏的缅北群山。几年前他亲手将石垒葬在山魈小队训练营地，三个月前班丙寨的杀戮，这些画面一一闪过陆勇的脑海。聂恩说得对，这里每道山梁都是白骨堆成的琴弦，风过时，奏响的只有冤魂的呜咽。

“您看这漫山凤凰木，”他替聂恩掖紧毛毡，“花开时像不像凝固的血花？”

聂恩最后的叹息裹着血腥气：“陆，我走后，你带警卫排走，金三角北面的勐养是个好地方，我带捏勒勘测过。这是我能为你们做的最后一件事，谨记……”

聂恩枯瘦的手指突然暴起青筋：“最可怖的是罂粟花开了满山岗！”他咳出

带血的痰液，“部分军区与蒙傣军勾结贩毒时，脊梁骨就断了。”

陆勇想起上月在瑙曼街收缴的鸦片膏——那东西竟用印着 KNO 标志的油纸包裹。聂恩从枕下摸出勐养的地形图，泛黄的图纸上还沾着二十年前雨季的霉斑：“溶洞里存着美式冲锋枪……够你们用几年……”

春雷在聂恩下葬时炸响。W 军区礼堂挂满各族头人敬献的幡旗，缅共总部特使的黑色马匹碾过泥泞山路。

趁着吊唁人群堵塞山路，三十七人的队伍分五批消失在凤凰木林。捏勒的克钦刀劈开最后一道藤蔓时，湄公河的涛声混着崔建国的口哨传来。第二次世界大战时期的弹药箱在溶洞深处垒成铜墙铁壁，溶洞外，唐茵语正用手术钳夹出警卫排少年脚底的竹签。

陆勇抚摸着溶洞岩壁上的弹痕——这分明是当年 101 突击旅留下的痕迹，原来老人早将退路铺好。对岸泰国的炊烟与老挝的钟声在暮色中交织，崔建国在河边烤鱼的火光里哼起《莫斯科郊外的晚上》。

“听说鹏城盖起了摩天楼。”陆勇擦拭着勃朗宁手枪，枪管倒映着湄公河的银波，他望着北斗星指的方向，怅然若失。

陆勇擦拭勃朗宁手枪的动作忽地凝滞。溶洞顶渗下的水珠滴在枪管上，划出蜿蜒痕迹，恰似湄公河支流穿过滇西群山的纹路。崔建国带着警卫排在河滩操练的呼喝声传来，惊起白鹭掠过对岸的佛寺金顶。

唐茵语将晒干的药草碾成粉末，金属捣药杵与石臼相撞的脆响令她恍惚。十几年前在青城山采药时，九娘的藤条抽在背上的灼痛，竟比不过此刻看着陆勇背影的心悸。

“有士兵在试烤泰国香茅鱼。”唐茵语将梭子针收回囊袋，“比 S 军区的压缩饼干强百倍。”

陆勇望着北岸密林中惊飞的犀鸟。那些色彩斑斓的鸟儿总在黄昏时分朝着东北方迁徙，就像几年前跨过界河的知青队伍。他忽然发觉唐茵语发间别着一朵缅栀子——这花与蜀地山茶何其相似，却在异邦的雨季里开得如此热烈。

溶洞洞口的电台突然传来沙沙声。崔建国破译电文，陆勇读着“W 军区与蒙傣军签署停火协议”的消息，聂恩临终的话语突然在他心底燃烧了起来。唐茵语默默掏出梭子针，月光在淬毒钢针上折射出道道寒芒。

第三十二章
公元一九八九

1989 年 3 月，暴雨裹挟着硝烟席卷缅北。彭家成将缅共党徽掷入萨尔温江的瞬间，果敢老街赌场的霓虹灯映红了缅甸民族民主同盟军的旗帜。罗兴汉在和解协议上按下的指印尚未干透，彭家福的 Y 旅已用美制 M79 榴弹炮封锁了南天门老街口。

腊戌军营的探照灯刺破雨幕时，缅国防军 H 师的装甲车正压过人民军第四旅战旗。勐古河畔的界碑在炮火中裂成两半，半截石碑倒向军政府划定的停火线。

勐养溶洞深处，崔建国正用刺刀挑开裹着黄油的油纸。汤姆逊冲锋枪的木质枪托散出柚木特有的芳香。陆勇将聂恩手绘的地形图铺在弹药箱上，图钉穿透的坐标点恰好构成北斗七星的形状。

“东侧隘口设置交叉火力，西崖布诡雷阵。湄公河渡口留两条竹筏，筏底藏白磷燃烧弹。”陆勇向警卫排交代着注意事项。

张奇夫的骡队正踏平掸邦最后一片罂粟田。金三角的晨曦中，蒙傣军新绣的孔雀旗覆盖了三十六个村寨的寺庙。张苏泉在曼谷编织的走私网络，此刻正将毒资换成迫击炮。

赛烺的猎犬在勐养南麓嗅到了山魈小队的气息，毒贩脖颈的弯刀伤疤也仿佛随之抽痛。这个曾在凤凰木林折损近百名精锐的男人，早已将陆勇的画像钉在住宅的悬赏榜顶端。

缅共党徽坠入萨尔温江的第七日，赵尼桑将红旗杆劈成两截。鲍岩块的UWSA 联合军升起战旗时，崩龙族巫师正用野牛血涂抹四大特区界碑。腊戍黑市突然流通起印着三军情报局暗纹的鸦片券，张苏泉的孔雀旗覆盖了 KNO 最后一座矿山。

溶洞岩壁渗出的水珠突然密集如骤雨，正在保养枪械的捏勒猛然抬头——十年前聂恩教他辨听敌军脚步时，也是这般山雨欲来的动静。

勐养溶洞里，唐茵语将迫击炮的瞄准镜对准北斗天枢星。崔建国突然发现岩缝渗出暗红铁锈——数十年前远征军留下的弹壳，正在时代的震荡中慢慢氧化。

日子在不知不觉中流淌，捏勒得到了埃松的消息，这让他欣喜若狂，他向陆勇提出要寻回这个流浪的哥哥。

捏勒几经辗转，终于在胶苗镇发现了埃松，埃松蜷缩在废纸板搭成的窝棚里，用掸族土布裹着溃烂的脚踝。捏勒的银鞘克钦刀挑开茅草帘子，埃松混沌的脑海里突然浮现几年前腊戍那血色的夜晚。

“缅族税吏上个月打断了我三根肋骨。”埃松笑着展示结痂的伤口。废纸板外忽然传来掸族民团的嬉笑，张奇夫的武装卡车正碾过胶苗镇边晒着罂粟果的竹席。

埃松颤抖的手指掀开捏勒的衣襟，触到肋下蜈蚣状的伤疤时突然顿住。从窝棚顶部漏下的月光照亮他新断的臼齿——那是为抢夺半袋木薯被民团打落的。捏勒将柯尔特左轮塞进兄长的掌心，枪柄缠着的竟是当年埃松为他包扎伤口的土布。

重逢很是喜悦，埃松执意去集市割几块好肉，捏勒拦阻未果。望着窝棚里破絮般的被褥与黑如焦炭的毛毯，酸楚涌上捏勒心头。底层生活的画布在他胸腔撕扯出裂痕，聂恩昔年嘶吼的“民族平等”，不知何时能在缅北阴云中回响。

暮色染红胶苗镇时，窝棚外仍不见埃松人影。捏勒沿着灰扑扑的土路疾行，佛塔梵铃在晚风里摇晃。集市方向骤然爆发的哄笑刺破宁静——四个掸族青年正将牛肉抛掷戏耍，埃松踉跄扑抢的身影沾满泥尘。

“废物，生吃了就赏你！”其中一个掸族青年将肉块甩在埃松脸上。捏勒的指节爆出脆响，铁钳般扣住那人的脖颈。膝撞的闷响伴随骨骼碎裂声，血沫从青年口中喷出。其余三人尚未回神，腕骨已在捏勒掌中寸寸断裂。此起彼伏的哀号惊散人群，染尘的牛肉静静躺在血泊里。

胶苗镇的风吹草动惊醒了蛰伏的群狼。掸邦蒙傣军的赛焜突闻捏勒出现的消息，欣喜若狂。这支让他寝食难安，屡屡蒙受羞辱的山魈小队，此刻在他眼中如同暗夜磷火般刺目。

张奇夫的翡翠扳指叩击着楠木桌面，罂粟田的利润正通过地下钱庄汇入瑞士银行。他凝视着张苏泉递来的情报，冷笑道：“连赵尼桑都盯着的刀，若不能被我们握在手里，就折断吧。”窗外缅北的雨林蒸腾着瘴气，恰似各方势力交织的权谋毒雾。

湄公河的浊浪拍打着勐养渡口，陆勇的望远镜镜片蒙着水汽。前去打探捏勒消息的警卫传来的密报在他掌心攥成纸团——捏勒踹断掸人团丁肋骨的刹那，这个被各方利益集团关注的“山魈”的战神，已然成为金三角棋盘上最危险的过河卒。

湄公河的晨雾裹着焦灼。陆勇攥紧望远镜的手背青筋暴起，镜片里映着对岸若隐若现的岗哨。将警卫排淬炼成新的“山魈营”已是燃眉之急——这支以知青为骨、以缅北战士为血的队伍，必须缔结起生死同契的牵绊。

崔建国的军靴碾碎滩涂上的贝壳，他望着陆勇的背影，心里清楚陆勇眉间沟壑的深意：勐养营地就像聂恩临终前种下的龙血树，根系未稳便遭暴雨冲刷。捏勒在胶苗镇掀起的飓风，正将各方秃鹫引向这片净土。

“勇哥，我去。”崔建国斩断沉默，刀削般的下颌线绷紧，“勐养需要你坐镇，”他按住腰间柯尔特的雕花枪柄，“接应捏勒的活计，非我莫属。”

陆勇转身，二人四目相对间，几年间穿越丛林烽火的场景在眼前浮现。陆勇忽然想起弄板突围时，正是这个总把“兄弟”挂在嘴边的巴蜀汉子，用半扇门板替他挡下弹片。

“赛烺的鼻子比狗还灵。不要缠斗，找到捏勒立即回转勐养。”陆勇叮嘱道。

崔建国咧开嘴，露出一口白牙：“勇哥放心，捏勒机灵，不会有事。”他忽然压低声音，“倒是你……听说赵尼桑最近常往勐养跑？”

河风卷起唐茵语的素白裙裾，她看着崔建国和战友的迷彩身影很快隐入雨林。陆勇盯着腕表秒针走完第十二圈，忽然按住突跳的太阳穴——那里残留着弹片擦过的旧伤，每逢暴雨前便隐隐作痛。

“哥，建国向来稳重，身上带着七道平安符呢。”唐茵语走了过来，目送着崔建国消失的身影，睫毛在晨光中扑闪如蝶。

陆勇望着吞噬身影的丛林，喉结滚动着咽下未出口的叹息。对岸佛寺的晨钟穿透雾气，惊起群群黑颈鹤，在勐养上空盘旋。

在缅北山地，捏勒携埃松避绕村寨，专拣僻径潜行。埃松因常年流浪，食宿无着，羸弱不堪，攀行山道时喘息如牛，屡屡拖缓行程。捏勒被迫放弃崎岖山路，改沿丘陵坝区边缘迂回。行至曼萝寨外围时，见埃松虚汗浸衣，几欲虚脱，捏勒环视四周后决定暂歇。

此处乃 UWSA 邦与掸邦接壤的山坳，人迹罕至。梯田里青玉米成片，间杂山坡上连绵的罂粟田，几座守山人窝棚散落其间。捏勒引着埃松朝最近窝棚挪步时，赛烺的探子早将二人踪迹传回。在这掸族密布的村寨，生人无所遁形。闻讯的赛烺目露凶光，率部悄然而至。

曾亲睹山魈小队骁勇的赛烺再三确认仅有捏勒携乞丐埃松随行，方敢率蒙傣军包抄围困。此番他势要将二人绝杀于山坳之中。

UWSA 联军肖桑木戛亦率部在掸邦境内搜寻山魈小队。UWSA 早年本属掸邦，人民军建立时广纳知识分子，开民智播新思，令 UWSA 初沐现代文明。后因缅共高层大缅族主义日盛，数位 UWSA 领袖遭排挤，终致双方分道扬镳。

肖桑木戛曾目睹山魈小队可怖战力，纵是女流唐茵语亦令其胆寒，那抹幽魂般的身形、冷彻骨髓的眸光以及锋利药刀至今仍令他颈后生凉。后来，鲍岩块营长得知山魈小队发现中部军区私植罂粟,起了杀心,命令副营长肖桑木戛率兵追杀。赵尼桑事后得知此事，痛斥肖桑木戛不辨是非，肖桑木戛这才知道自己被鲍岩块利用。赵尼桑深恶鲍岩块借赛烺勾连蒙傣军，暗忖与张奇夫合谋实如饲虎。

张奇夫野心日炽，独立声势喧嚣直上，势必招致缅军政府重点围剿。金三角虽局势错综，然弹丸之地欲抗缅国防军，实如螳臂当车。人民军与缅国防军缠斗十数载终遭分化瓦解，足见硬撼缅国防军必酿惨祸。张奇夫骄矜伪善惹众怒，终将自食恶果。

赵尼桑力主韬光养晦，倡言“政治强军”——思想统合乃UWSA存续命脉。缅北群峦叠嶂、瘴疠横生，本无地利可恃，唯有自强方得立足。赵尼桑深谙UWSA人才匮乏之弊，曾剖析陆勇秉性：此人素不涉纷争，唯逆鳞在其至亲。故三令肖桑木戛此次率部必须以诚待山魈小队,必要时可以出手相助,化解仇恨,“纵不能收为己用,亦不可树此劲敌”。闻捏勒现身胶苗镇,肖桑木戛昼夜兼程南下追索。

窝棚内，埃松倒卧草堆酣然入梦，行伍出身的捏勒却不敢松懈。虽知周遭危机四伏，终不忍唤醒疲惫的埃松，只将外衫覆其身上。职业本能驱使，他悄然出棚探查。

暮色中，山坳蒸腾的热气稍散。刀耕火种处，窝棚四周林木尽伐，代以苞谷与罂粟。瘠土之上苞谷稀疏萎靡，锅状地形恰成伏击绝好险地。长期追随聂恩的经历令捏勒通晓此处地势凶险——开阔的二十米苞谷地与密林间，农人防兽沟槽赫然在目。

捏勒折返推醒埃松时，对方犹自迷蒙：“捏，何不歇至天明？”

“林间阴凉更宜安睡。”捏勒轻拽其臂，目光扫过埃松湿透的衣襟。憨笑间二人弃棚穿行苞谷地。

青苞谷初抽穗，棒状谷穗裹着翠衣。埃松掰下几穗撕开外皮，露出嫩白芯子递向捏勒：“捏，尝尝？甜得很！”说罢，啃食间嘴角溢满白浆，他憨笑如一个天真的孩童。捏勒蹙眉迟疑了片刻，终抵不过饥肠辘辘，咬下时脆甜汁水迸溅，两人嚼着生苞谷快乐地向前行进。

忽而捏勒身形凝滞，眼中寒光乍现——起伏山峦间灌木丛人影幢幢，无形杀机如蛛网缠裹周身。野兽般敏锐的战场直觉正疯狂示警：绝非寻常埋伏，而是四面合围的天罗地网。捏勒冷汗霎时沁透背脊，忽地顿悟：必是赛烺那恶鬼！竟摆出这般围猎猛兽的阵仗。

“回窝棚！”捏勒扯住茫然四顾的埃松潜行折返。憨厚的埃松不解地挠头，他分明只见夜色温柔，却不知捏勒浑身筋肉已绷如满弓——正如胶苗镇力战掸人团丁。

“出什么事了？”埃松茫然发问，却见捏勒双掌紧扣自己的肩头：“赛烺追来了，那金三角的豺狼。”

听闻是赛烺，埃松脊背发凉。他忽地挺直佝偻的腰：“捏呀，哥虽窝囊半世，谁要伤你，我拼了命也不许！”混浊眼珠泛起血丝，竟有几分狠厉。

捏勒掏出柯尔特左轮塞给埃松：“往北朝勐养走，去找陆勇。”话音未落，枪柄已被推开。

“哥这辈子叫人踩进泥里，是你给的光。”埃松泪光闪烁，“要死也死在一处！”捏勒喉头哽咽，恍惚又见腊戍街头相依为命的一幕。

捏勒克钦刀当啷出鞘，寒芒映着两张决绝面孔。捏勒腮边筋肉抽动：“跟着兄弟我杀出去！”刀锋破开夜色，二十米开阔地此刻恍若修罗场入口。

第三十三章 崔建国蒙难

暮色浸染山岗，赛烺冷峻地俯瞰着苞谷地间的歇脚窝棚，蛰伏的复仇焰火灼烧胸腔。这支屡次折辱他的山魈小队，已成为金三角霸业的绊脚石，他定要将他们如鼠辈般溺毙于沟渠，在掸邦蒙傣军史册书写血色功业。

掸兵们的枪械泛着幽光，赛烺捻开一沓美钞，哑声说：“都听仔细了！”纸钞哗响惊起鸦，“割了那两杂碎脑袋的，赏钱管够！”

绿钞激得人眼发赤。缅北荒原上，金钱是最烈的催命符。掸兵们盯着绿钞喉结滚动，气势汹汹呈散兵线向苞谷地合围。

捏勒借青苞谷秆掩护向沟壑挪移，甫露头便遭弹雨倾泻。苞谷秆齐腰折断，他拽着瑟缩的埃松急退。南面突围路线已被封死——赛烺早将缓坡要道锁成铁桶，逼着猎物退往绝壁。

捏勒心头渐沉。顾及埃松令他束手束脚，周遭缺乏可供攀缘的密林更使其特长难以施展，唯能被动退守。高岗上的观察哨声指引合围的蒙傣军士兵，赛烺挥枪催促进逼，誓要这擅使冷兵器的 KNO 人毙于枪下，向“大撒拉”证明威名。

捏勒拽着埃松踉跄退向窝棚，浑身汗液浸透衣衫。悔意如蚁啮心——他明明该谨记陆勇告诫，却因重逢之喜失了谨慎。

地埂阴影里，埃松瘫坐如泥，指节攥得发白。捏勒扳过他汗涔涔的脸：“哥，藏好莫动，相信我！”克钦刀映出眼底寒芒，多年丛林血战练就的凶性在血脉中苏醒。

埃松望着捏勒决绝的眉眼，胸口如压巨石。他死死抱住这具精瘦身躯：“哥是贱命一条，不值当！有机会你就逃！”话音未落，已被捏勒反手按在地埂上。

“赛烺这条恶狼算得什么？”捏勒齿间迸出冷笑，青筋暴起的手背抚过兄长鬓角，“即便是猛虎，兄弟也掰了它的獠牙！”话音尚在风中打转，人已翻出三丈开外。

掸军正仗着枪械之利徐徐推进，忽见苞谷地中掠出一道残影。捏勒贴地奔来，克钦刀咬在齿间，左轮枪管泛着冷光——他盯着山岗上暴跳如雷的赛烺，将距离缩至五十步内。

赛烺忽觉后颈发凉，电光石火间拽过亲信挡在胸前，三发子弹尽数贯入肉盾。捏勒旋身避过流弹，刀锋已割开两名掸兵的喉管。血花弥散间，蒙傣兵只见鬼魅般的刀光在暮色中游走。

土丘后枪声骤密。捏勒肩头炸开血花，忍住剧痛，夺过突击步枪扫倒半圈敌兵。赛烺的狞笑穿透硝烟：“围死他！”

克钦刀插进焦土，捏勒倚着弹痕累累的土坎喘息。东南方苞谷地沙沙作响——那是埃松藏身之处。他蘸血抹过刀身纹路，眼底燃起困兽般的幽光。

生死之际，南侧丛林陡然炸开爆豆般的枪声。AK47 特有的金属撞击声撕破暮色，弹雨倾泻在蒙傣军阵中。捏勒背脊一颤——这枪声他太熟悉了。

土坎下掸兵成片栽倒，捏勒抄起 M16 抵肩扫射。弹壳飞溅间，他望见崔建国带着两名战士自丛林杀出。三人战术跃进路线精准异常，正是当年山魈小队惯用的阵型。

赛烺暴跳如雷，两挺机枪突然喷出子弹。机枪弹链将合围路线犁出道道焦土，崔建国等人被迫分散。捏勒眼见蒙傣军刺刀的寒光已逼近土坎，却被交叉火力死死钉在掩体后。

“给老子撕开缺口！”崔建国扯下狙击步枪。话音未落，战士掷出的手雷在机枪阵地前炸开尘幕。崔建国豹跃般蹿上山丘，狙击镜里蒙傣机枪手狰狞的面孔骤然放大。

第一发子弹击穿主射手天灵盖时，副射手刚摸到扳机。第二发子弹穿透副射手举起的右臂钉入胸腔，第三发将补位的弹药手脖颈轰出碗口大的血洞。山丘下蒙傣军惊恐地贴地爬行，仿佛看见死神在瞄准镜后冷笑。

捏勒趁势滚进弹坑，克钦刀劈开拦路掸兵。崔建国朝捏勒奔来，两人掌心相握的瞬间，最后一挺机枪突然哑火——原来弹链已被狙击弹精准打断。

硝烟未散的战场骤然响起金属撞击声。赛烺揪着迫击炮手的衣领嘶吼："给老子把他们炸成齑粉！"炮筒震颤着吐出炮弹，山丘高地在连环爆炸中化作炼狱。

捏勒冲进烟尘中时，碎石还在簌簌滚落。崔建国半截身子陷在弹坑里，狙击镜碎片嵌在眉骨，右手仍保持着扣扳机的姿势，双眼已失去焦距。捏勒克钦刀哐当坠地，他跪着抱住崔建国头颅，喉间发出野兽般的呜咽。

丛林深处突然腾起猩红信号弹。肖桑木戛的UWSA精锐如狼群扑出，交叉火力将蒙傣军阵型撕成碎片。赛烺咒骂着遁入密林，身后捏勒的怒吼在战场回荡："赛烺，赛烺，我要剜出你的心肝祭祀山神！让豺狗啃尽你九族的骸骨！"

肖桑木戛站在山崖，望见捏勒抱着崔建国残躯伫立焦土之上。那具染血身影仿佛修罗降世，克钦刀滴血，杀气几乎凝成实质刺痛众人肌肤。士兵们不自觉后退半步——他们知道，金三角即将迎来最凶戾的复仇者。

当捏勒携崔建国遗体在肖桑木戛护送下返回勐养时，陆勇与唐茵语皆始料未及。这场变故令勐养陷入空前悲恸，这座雨林中新建的堡垒本焕发勃勃生机，为颠沛流离的山魈营带来短暂安宁，让灵魂得以恬谧安放。陆勇未曾料想，赛烺竟丧心病狂至此，趁他们立足未稳，伏击捏勒，致使崔建国殒命。

骤然而至的噩耗几乎将陆勇推入癫狂。崔建国在他心中无可替代——他的睿智从容，独到见解，在烽烟四起的缅北弥足珍贵。山魈营孤立于群狼环伺之境，正需其智慧构筑勐养的生命之墙。然而看似寻常的接应之行，竟令其折戟，实令人难以置信。

悲痛与自责如蚁群啃噬陆勇的身心，他为患得患失付出的代价痛彻心扉——悔恨崔建国孤身离营，痛恨自身愚钝松懈。

安葬仪式后，陆勇久伫湄公河畔，眸中空洞无光。自踏入缅北，鲜活生命接连消逝，尊严被寸寸撕裂。他原欲庇护队员，带领他们在异域丛林顽强生存，竭力避免石垒与莫瓢那样的悲剧重演，却未察队伍危如悬崖孤立，随时可能坠入深渊。这般窒息之痛在他颅内膨胀蔓延，掀起滔天怒潮。

忽有白光平地而起，以惊人速度在丛林中腾挪闪跃，卷起阵阵旋风。厉啸声中草叶纷飞、树木碎裂，刀锋罡气逼人。陆勇困于狂暴梦魇，亟待释放戾气，宣泄积郁的悲怒。

勐养丛林深处，捏勒如石像般冥坐着。埃松与肖桑木戛默然相伴，他们俩已数日未闻捏勒出声。这般死寂令肖桑木戛心惊，恍若暴风雨前的宁静。

肖桑木戛首次踏入这隐秘营地，勐养之险峻远超其认知。山魈小队布局之精妙令他暗惊——能在动荡的缅北销声匿迹，谁承想莽莽原始丛林竟藏此要塞。陆勇智勇双全，难怪老谋深算的赵尼桑要他竭力拉拢。若非救援捏勒的机缘，他断不敢奢望踏足此地。如今崔建国身亡，营地肃杀之气弥漫，陆勇与唐茵语等人如被激怒的猛兽，肖桑木戛已嗅到他们难以抑制的狂暴气息。

营地枕戈待旦之状昭示复仇在即，肖桑木戛却难信这数十人敢硬撼风头正劲的弄亮蒙傣军。UWSA 情报显示张奇夫部今非昔比，在金三角独大，凶悍程度足与缅国防军抗衡。眼下他只带十余警卫随行，其余战士已返回中部山区，纵想援手亦难成事，且以陆勇心性，断不会允许外人插手私仇。念及同属山地民族的兄弟情谊，肖桑木戛决定暂留陪伴，由于山魈小队痛失同伴，气氛沉重，赵尼桑托付的游说之辞亦不便启齿。

哀伤笼罩营地三日，黎明时分警卫急报：陆勇一行已候于茅屋外。肖桑木戛匆忙披衣而出。

茅屋外，陆勇三人静立树荫下，见肖桑木戛衣冠不整冲出，遂趋步相迎。陆勇歉然拱手：“肖副营长，尽管之前我们有过矛盾，但一码归一码，UWSA 能前来帮助，山魈感激不尽，这几日招待不周，多请见谅。”

“陆队长折煞我了。”肖桑木戛面色凝重，“未能护全崔兄弟，实在愧对赵旅长嘱托。”

“UWSA 雪中送炭已是天大恩情。”陆勇目光灼灼，“烦请转告赵旅长，这个人情，山魈记下了。”

肖桑木戛瞥见三人装束，忧色愈深：“陆队长莫非要攻打莱莫山？蒙傣军据险死守，赛烺麾下尽是亡命之徒……”

唐茵语目光骤寒：“华夏有古训：‘你有张良计，我有过墙梯。’血债若不血偿，我等有何颜面苟活于世？”她周身散发的肃杀之气令肖桑木戛噤声——这个被称作“女巫”的女子，总令他想起林间择人而噬的云豹。

肖桑木戛欲言又止，最终还是什么都没说，深深叹了一口气。

临别之际，肖桑木戛终是忍不住拽住捏勒：“当真要闯龙潭虎穴？”

“纵使追到天涯海角——”捏勒抚过腰间银饰，铜铃在晨风中发出清越鸣响，“也要让赛烺的血，浇透莱莫山的土。”

肖桑木戛喉结滚动：“若有需要……”

“UWSA 的恩情，我们不会忘记。”捏勒指尖摩挲着腰间克钦刀，“刀锋划开的伤口容易愈合，人情债却会化脓。山魈的仇，必须用山魈的手来报。”

二十里外的莱莫山营地，赛烺正举着竹筒酒狂饮。班丙战役的耻辱随着崔建国的死烟消云散，这个曾让他闻之胆寒的幽灵狙击手，终是死在了他的手下。虽然没能擒获捏勒，但总算能给“大撒拉”张奇夫一个交代。

赛烺忍不住回想起昨天会见张奇夫的场景。弄亮总部新砌的三层白楼在阳光下格外刺目，当他进门时，张奇夫正抚摸着真皮沙发的扶手，听着驻美联络官汇报《纽约时报》的采访邀约。他听到张奇夫用流利英语与某基金会代表通话：“是的，我们始终致力于掸邦人民的自由事业……”

赛烺的牛皮靴在柚木地板上留下暗红血渍。这个浑身散发着罂粟汁液气味的汉子，与水晶吊灯下西装革履的张奇夫仿佛来自两个世界。当后者挂断电话，缅甸花梨木办公桌突然发出重重叩击声。

“知道为什么给你配备那么多精锐人马吗？”张奇夫金丝眼镜后闪过寒芒，“UWSA 的士兵出现在勐养时，你的侦察兵在数罂粟花？”

铁皮屋顶折射着毒辣的阳光，便携式发电机在松树下低吟。赛烺攥着香烟的手指微微发颤。张奇夫房间的吊扇在缅甸花梨木横梁下切割光影，沙发上的男人仿佛一条沉睡的眼镜王蛇。

赛烺的牛皮靴底粘着曼萝寨的腐叶，军裤上暗红血迹已凝成血块。他盯着张奇夫搭在扶手上的苍白手指——那指尖曾捻碎过三个土司的心脏。吊扇嗡鸣声中，他听见自己喉结滚动的声响。

“大撒拉。”赛烺的腰弯得像掸族祭神时的稻穗。张奇夫青瓷杯的茶水泛起涟漪，惊动了茶汤里沉浮的碧色雀舌。

“前去曼萝，和参谋长报告了没有？”张奇夫睁眼的刹那，赛烺后颈汗毛倒竖，恍若被缅刀抵住咽喉，“曼萝的罂粟花今年开得可好？”

赛烺额角渗出冷汗：“我杀了那个幽灵狙击手……”

“你当陆勇是南坎寨的鸦片贩子？”张奇夫忽然轻笑，食指叩击着扶手上的弹孔——那是新建立的克钦独立军的见面礼，“山魈的獠牙，可是能咬穿人的颈动脉。”

窗外蝉鸣骤歇，发电机不知何时停了下来。赛烺闻到张奇夫银烟盒里雪茄的焦香，混着自己身上未散的尸臭。吊扇叶片渐缓，阴影如铡刀悬在头顶，他忽然想起在苗寨被陆勇追杀的雨季，以及那些在丛林里泡发的部下的尸体。

铁皮屋顶在正午阳光下灼烧出焦煳气息，张奇夫扬手的刹那，青瓷杯沿凝结的水珠折射出七彩光晕。茶水泼洒在赛烺脸上时，发电机突然发出尖锐嗡鸣，惊飞了屋檐下的金腰燕。

赛烺睫毛挂着蜷曲的茶渣，他的军装前襟晕开大片黄渍，像极了部下肠肚流出的秽物。吊扇叶片的阴影在他脖颈处交错，恍若绞刑架上晃动的绳套。

“莱莫山的岩羊都比你懂规矩。”张奇夫转动着左手的宝石扳指，缅甸红宝石在指缝间泛着血光。

退至门槛时，赛烺军靴绊到发电机电缆。踉跄间他瞥见张奇夫正用银柄小刀削着雪茄，刀刃划过茄衣的沙沙声，令他想起班丙寨被割喉的崩龙人。烈日下，他脸上的茶渍混着冷汗渗进嘴角，尝起来比莱莫山的硝烟更苦涩。张奇夫并没看他，肃冷地说：“守好你的莱莫山，不然我活剥了你这身黑皮。”

第三十四章
喋血莱莫山

正午时分，通往莱莫山的丛林间，一支队伍疾行着。他们携精良装备悄声前进，犹如猎豹追踪猎物，腐叶与苔藓未能迟滞其步伐。陆勇审视着这支由 S 军区侦察排精锐整编的队伍，这些聂恩旧部经他调教后战力更甚，崔建国的死更是激起了战士们的熊熊战意。

勐养至莱莫山需翻越十余座险峰，沿途皆是阴森原始森林。捏勒对缅北地形了如指掌，带领众人避开蒙傣军眼线。抵近目标时，陆勇命队伍休整蓄力。黎明将启的突袭不仅是复仇之战，更是重振山魈威名的关键一役。全员配发的崭新汤姆逊冲锋枪泛着冷光，是聂恩最后的馈赠。

这些美式冲锋枪乃第二次世界大战时期的经典武器，火力凶猛。陆勇誓要以雷霆之势击败敌人，既为复仇，亦为勐养立威。赛烺盘踞的莱莫山原仅有数户掸族人家，毗邻边境集镇大其力，渡河即达泰国清迈、清莱地界。张奇夫择此咽喉要冲，特遣悍将赛烺镇守。

赛烺蜷在高脚屋的竹篾阳台上，捧着鸦片烟枪吞云吐雾。原以为击杀崔建国能获嘉奖，未料反遭张奇夫斥骂驱逐。他不敢忤逆“大撒拉”，唯以烟膏抚平郁结。咩香斜倚门廊嗑着瓜子，冷眼睨视着颓唐的赛烺。自瑙曼街归返冷寂山寨后，她愈发难耐荒僻——终日被困在这荒山野岭，恰似彩羽雀鸟困于污秽鸡笼。

相玛沙描绘的泰国繁华令她心旌摇曳。虽屡次央求赛烺同往泰国，感受一番异邦的繁华，却总遭回绝。那些陪伴泰国官员的晚宴，肥硕身躯与黏腻目光犹在眼前。而今赛烺日渐衰老颓丧，暴戾无常，更添嫌恶。唯崔建国那夜的狂烈令她回味——虽生涩粗暴却裹挟着惊涛骇浪，竟使惯经风月的她瘫软如泥。洒诺警告须将这个秘密烂在肚里，可那具蕴藏蛮力的躯体，早烙进咩香的记忆里。

看着萎靡不振的赛烺，咩香愈发厌恶赛烺，往日的殷勤化作敷衍。赛烺使唤她烧烟枪时，她撇着嘴慢吞吞挪近，腰肢扭出不甘的弧度："要我在这鬼地方烂成枯骨？"她再次质问。

赛烺焦黄的手指攥紧烟枪："泰国现在乱得很，过段日子再说。"这说辞连他自己都觉得苍白——UWSA 联军正与蒙傣军争夺鸦片运输线，真正的危险从来都在枪口而非床笫。

"前些天宰了山魈的狙击手。"赛烺吞吐着烟雾转移话题，"可惜让另一个杂种溜了。"

咩香指节发白，有股说不清道不明的怅然若失的感觉。她借口疲乏匆匆离去，身后传来赛烺召侍从的沙哑嗓音。

暮色中的莱莫山岗哨密布。过足烟瘾的赛烺带着亲信巡查新设的十二处暗哨，掸族村寨的灯火像忠诚的萤火虫匍匐在脚下。他满意地摩挲着腰间的镀金勃朗宁——这些从泰国黑市购进的自动武器，足以让任何偷袭者变成筛子。

三公里外的山脊上，黑影贴着冷杉树干无声游移。夜视镜里，高脚屋檐角悬挂的铜铃随风轻晃。黑衣女子将消音手枪别回腿侧，药刀映出眉间朱砂。

唐茵语指腹摩挲着淬毒药刀，刀刃幽蓝寒光映亮眉间朱砂。此刻远眺山间星火，仿佛又见竹楼燃起的冲天烈焰。陆勇说得对——在这炼狱里，须将骨血锻成钢刃。

子夜时分，山魈营如黑豹般潜行。陆勇的汤姆逊冲锋枪缠着崔建国遗留的止血绷带。当第一声犬吠撕破寂静时，十二处暗哨同时爆出猩红血花。

赛烺从鸦片幻境惊醒时，整座山寨已陷入火海。镀金勃朗宁尚未拔出枪套，木窗突然炸裂。他翻滚着撞向墙角，眼睁睁看着两个侍从被冲锋枪扫成筛子——子弹穿透人体在篾笆墙留下蜂窝状弹孔，混着脏器碎块的血水四溅。

咩香蜷缩在柚木衣柜里，透过篾墙缝隙看见走廊已成屠宰场。那个总对她笑得不怀好意的泰国教官，此刻正捧着外溢的肠子哀号爬行。忽然有军靴踏碎血泊停驻门前，她死死咬住手腕，却在硝烟中嗅到似曾相识的松油气息。

冲天火光照亮半个夜空，捏勒揪住蒙傣军伤兵的衣领，克钦刀尖抵住对方颤动的眼球。竹楼燃烧的噼啪声里，伤兵指向火舌吞吐的高脚屋，克钦刀当即斩断伤兵三根手指——这是对班丙惨案中孩童断指的偿还。

唐茵语的黑影先一步掠过燃烧的檐角。竹篾墙在弹雨中迸裂，碎屑如毒蜂群蜇向屋内。她靴尖点过滚烫的竹篾笆，正看见隔间竹墙渗出蜿蜒血线。捏勒踹开焦黑门框时，克钦刀已割断两名持枪护卫的喉咙。

隔间竹篾墙边，咩香的白绸内衣被血浸成暗红，子弹在腹部撕开的创口正汩汩涌出鲜血，髋骨粉碎处裸露的骨茬刺破皮肤。唐茵语单膝跪地扯开急救包，指尖却触到冰凉的腹腔——积血已淹没肝脏。作为军医，她太熟悉这种死亡温度。

暗红血渍沿着竹篾墙蜿蜒而下，唐茵语指尖还残留着咩香腹腔的冰凉。捏勒的克钦刀突然斩断垂落的染血幔帐：“是暗道！”竹地板下新鲜擦痕延伸至后墙，暗门缝隙散发着潮湿的霉味。

暗门深处的水滴声里混杂着仓皇脚步声。暗门直通一个溶洞，当陆勇带人围住洞口时，两挺轻机枪突然射出子弹，子弹在岩壁上凿出火星瀑布。唐茵语甩出三支梭子针的瞬间，捏勒已顶着弹雨突进三米——飞旋的克钦刀削断机枪手的五指，血淋淋的断指还扣在扳机上。

浓烟散尽时，溶洞深处只余潺潺暗河。陆勇盯着水面上飘荡的烟膏残渣，喉结滚动着咽下怒吼。唐茵语军靴碾碎洞口的罂粟壳，忽然瞥见岩缝里闪着金光的弹壳——镀金勃朗宁的专用弹药，在火把下泛着毒蛇般的幽芒。

“给弄亮留个礼物。”陆勇将弹壳深深钉入焦黑的主梁。黎明前的莱莫山飘起细雨，冲刷着高脚屋废墟间凝结的血痂。山魈营的迷彩身影依次隐入丛林时，最后一声爆炸使赛烺居住的高脚屋轰然坍塌。

莱莫山的晨雾裹着焦尸的气息，张奇夫的蟒纹军靴碾碎半截佛珠，军装残片挂在烧焦的菩提树上，随他暴怒的喘息簌簌飘落。卫兵掀开竹席，露出赛烺亲兵青紫的脸——那具焦尸的右手仍紧攥镀金勃朗宁，熔化的金漆与掌骨粘连成诡异图腾。

勐养营地后山的木棉树随风轻扬。埃松的诵经声里混着铜铃轻响，惊飞了啄食供果的乌鸦。捏勒的克钦刀挑着半张人皮面具破雾而出。面具内侧粘着蒙傣军特有的孔雀羽刺青，新鲜血珠正顺着刀锋滴落。赛烺再一次的脱逃让捏勒陷入癫狂之中，坐在崔建国坟头，他的心在滴血，他发誓要把赛烺挫骨扬灰。

捏勒失踪了。

陆勇和唐茵语找到守候在崔建国坟前的埃松，他正念诵着经文，为崔建国的亡魂超度。

“捏去复仇了，他要拿回赛烺的人头。”埃松抬起毛发杂乱的头颅，扫了一眼陆勇和唐茵语。

风吹拂着山林，伴随着埃松低沉的诵经声飘向远方，唤起了陆勇和唐茵语心底的悲伤，两人满腹心事地回到了营地。

柚木堆叠的阴影里，捏勒的克钦刀正反射着月光。他数着三楼窗口飘出的鸦片烟圈——第七个烟圈碎裂时，守夜人的喉管已被绞上琴弦般的钢丝，月光恰好照亮尸体上蒙傣军独有的孔雀羽刺青。

赛烺的镀金勃朗宁枪管还沾着血痂。他焦躁地踱过柚木地板，每步都震得墙头垂落的罂粟干花簌簌发抖。当楼下传来红木开裂的脆响时，这个毒贩突然抓起佛龛里的金佛像砸向墙壁——三十年来他第一次向佛祖祈求，换来的却是电路短路的焦煳味。

捏勒的靴底粘着新鲜树脂。他嗅到赛烺的恐惧，那是混杂着鸦片与檀香的味道。

当第二具尸体倒下，血珠恰好溅在赛烺珍藏的象牙算盘上，每一颗算珠都映出捏勒眼里跳动的复仇之火。

“弄亮的马帮正在渡河！”望风的伙计嘶吼着被克钦刀劈成两截。

柚木堆缝隙散发出腐殖土的气息，捏勒的后颈突然撞上悬垂的蛛网——八足毒虫刚弹射而起，便被克钦刀钉在柚木上。捏勒数着二楼传来的踱步声，第三十七次踩过蛀空的木板时，赛烺的咆哮震得红木货架隐隐震动：“把东西都搬去堵楼梯！”

血滴坠向柚木地板时，捏勒的靴尖堪堪接住那滴猩红，守卫尸体倒地的闷响被鸮嘶鸣完美掩盖。

赛烺突然命手下推开雕花窗棂，镀金勃朗宁疯狂地扫射庭院。子弹击碎月光下的桌椅，捏勒被这个动静吸引，没看见身后有一道黑影直奔界河而去。

当枪声打破表面的平静时，赛烺悄然跃窗，直奔界河。对岸泰国霓虹灯的倒影在他的眼中诡异地闪烁。河中倒映着银鳞般的月光，赛烺涉水溅起的浪花像一朵朵盛开的白莲花。

泰国海警船的探照灯刺破界河迷雾时，赛烺腕间的佛珠突然崩散。十七粒乌木念珠坠入河中，其中一粒嵌着崔建国牺牲那夜赛烺射入树干的弹头。捏勒听到海警船的鸣笛声，转身一看，气上心头——海警船上，赛烺扭曲地冲他笑——那笑容与他屠杀苗人村寨时如出一辙。

捏勒跃下高脚屋，旁边的灌木丛中突然出现两个山魈营侦察士兵，绑腿沾满勐养红土。捏勒走向界河，眉眼在火把的照射下投出刀锋般的阴影：“回去告诉勇哥，之后在界河边等我。”

一名 KNO 士兵小心问道：“您要进泰国？”

“去拿回赛烺的人头。”

士兵递来的芭蕉叶包饭凝结着露水，米粒间混着野花椒籽。捏勒接过，道了一声谢。

“你们回去吧。”捏勒三两口吃完叶包饭，目光如利箭一般射向界河。

泰国军警的探照灯扫过界河时，泰国皇家特战营素切伦少校正用象牙柄战术刀削开龙眼。别墅露台的柚木栏杆边，赛烺心事重重地喝着勤务兵端来的冰镇椰汁。

军营武器库深处，二十箱标着“农机配件”的柚木板条箱散发出枪油气息。素切伦的鳄鱼皮军靴踏过水泥地，靴底花纹正与张奇夫特使送来的密信火漆印完美契合。

捏勒的鹿皮靴陷入界河淤泥时，惊起七只血喉鹟。对岸别墅泳池的上方，他隐约看到赛烺仰头狂饮的身影。

象牙柄匕首割开青椰，汁液滴入镶银铜杯。素切伦的鳄鱼皮军靴碾过别墅露台的柚木地板，鞋钉与二十年前张奇夫赠他的翡翠袖扣发出相同频率的敲击声。

军营电台突然爆发杂音，素切伦的镀铬手枪套擦过柚木桌沿，刮落的木屑飘向摊开的边境布防图，恰盖住标注“山魈活动区”的金三角北麓湄公河边。他指尖残留的青椰汁液在图纸上洇开，模糊了字迹。

界河对岸的箭毒木突然倾倒，惊飞的血喉鹟群掠过军营铁丝网。捏勒的克钦刀削断一截铁丝网，刀刃映出河面漂浮的泰国军餐盒——油渍中浮着几粒勐养特有的紫米。

血喉鹟掠过哨岗的瞬间，捏勒的克钦刀已割断三根喉管。带血刀尖挑起哨岗少尉脖颈挂着的门禁卡，捏勒利用门禁卡进入岗亭，桌上摆着别墅区的布防图——西北角泳池底部的暗格标注着红色骷髅标记，那是素切伦私藏军火库的入口。

捏勒鹿皮靴底沾着鲜血，在红外监控盲区留下勐养特有的蕨类孢子。巡逻队的脚步声逼近时，他纵身攀上营房外墙，刮落的铁锈正落在下方士兵钢盔的泰国皇家徽章上。

别墅二楼飘出威士忌酒香，捏勒藏在屋檐阴影中，看到赛烺正一杯一杯地喝酒，似乎已酩酊大醉。

素切伦踏出别墅，和巡逻队交谈，捏勒观察到他锁骨处的刺青——竟是蒙傣军高层特有的孔雀羽图腾。泳池波光在玻璃上折射，将捏勒潜伏的身影扭曲成血战中冲锋的残像。

当赛烺又一次举起酒杯的刹那，玻璃被打破的裂响惊动了半座别墅区。捏勒破窗而入，看到屋内卫兵正要掏枪。捏勒嘴角微微抽搐，手起掌落劈向卫兵后颈，对方瞬间瘫软在地。他抄起一把 M16 冲锋枪冷眼打量，转身朝别墅潜行。这位暗夜丛林的主宰精准捕捉到赛烺的特殊气息——那令他刻骨铭心的气味刺激着神经末梢，暴戾的杀意凝结成金属般坚硬的执念，周身筋肉如弓弦般绷紧。

“建国，宽恕我这么迟才手刃仇敌。”他喉间滚动着低语，“我要让这具躯壳腐臭到蛆虫退避，魂魄永堕炼狱不得超生。”克钦刀锋挑开门闩时未发出半点儿声响，捏勒循着气味闪至露台门口的身影宛若幽灵。

烂醉如泥的赛烺突觉颈侧刺痛，睁眼便见一个黑影持刀伫立。森冷刀锋紧贴咽喉，切断所有反抗可能，他如同砧板上待宰的牲畜，眼睁睁看着利刃寸寸切入皮肉。刀锋割裂肌肉组织的细微响动在死寂中无限放大，极致的恐惧甚至压倒了生理剧痛。

“饶……饶命……”赛烺破碎的求饶混着血腥气溢出喉管。

“天地三界再无你容身之处。”捏勒腕间陡然发力，刀锋划过赛烺的脖颈，赛烺当即断了气。捏勒犹觉不足，剜出赛烺心脏劈为两半。他扯过床单裹住斩落的头颅时，飞溅的鲜血在墙面绽开暗色图腾。

军营巡逻队发现哨岗尸体的瞬间，凄厉警报撕破夜幕。素切伦闻讯霍然抬头，带兵冲向别墅，士兵脚步声零乱如骤雨。二楼某间房屋的门后一片凌乱，房间露台上，赛烺无头的残躯与浸透地毯的血泊构成骇人图景。

“特战营竟连一个人都护不住！”暴怒的素切伦捶碎案几上的玻璃，军令裹挟着羞愤响彻军营，“封锁所有边境通道！便是掘地三尺也要把那狂徒挫骨扬灰！”

第三十五章
铁血对决

陆勇接到侦察士兵关于捏勒跨境追杀赛焜的消息，眉峰骤然锁紧。入驻勐养期间，他早已摸清泰国湄塞作为边境要塞的布防情况——那里不仅驻扎着精锐部队，更是蒙傣军经营多年的补给枢纽，暗藏盘根错节的势力网。捏勒此番孤身涉险，无异于将性命悬在刀尖。

急促的脚步声停在唐茵语的茅屋前，却见她早已束紧武装带候在门边。两人目光相触的刹那，陆勇喉头微动："茵语，你留下镇守勐养。"

"若失了你们，勐养不过是个空壳。"唐茵语将药刀卡进腿侧绑带，金属扣锁的轻响截断陆勇未尽之言。她抬眼时，晨光在睫羽投下淡青阴影："建国的血还没冷透，你当真要守着这囚笼等死？"

陆勇如遭雷击。退守勐养后的种种犹疑在此刻显形——他竟放任捏勒三番五次独闯龙潭。记忆中的血色黎明骤然浮现：昔日，若不是捏勒把他从莱卡谷地救出，他早已变成孤魂野鬼。

"勇哥，金三角的规则从来不是避战自保。"唐茵语将备用药包塞进他的手中，牛皮纸窸窣声里混着冷冽字句，"UWSA、MNDAA、KIA，哪方不是饿狼？今日我们退一寸，明日他们便敢拆了勐养的瞭望塔。"

"茵语，我……"陆勇羞愧地低下头。

“勇哥，事不宜迟，闯湄塞救揑勒。”唐茵语眼底如燃起一团火焰。

山魈营倾巢出动，朝边境大其力奔去。

特战营和搜山的民团遍布湄塞边境的山岳丛林，素切伦调出了军犬小队，紧紧跟踪遁入丛林的揑勒。

“倒是小瞧了这疯狗的鼻子。”揑勒贴着冷杉树干屏息凝神。远处传来铁链拖曳声，三条德国黑背军犬獠牙间垂着腥臭涎水，正发狂般挣动训导员手中的牵引索。

他反手抹了一把背脊上凝结的血痂——那枚用床单包裹的头颅仍在渗出暗红液体。腐血渗入腐殖土的气味刺激得军犬双目通红，训导员不得不将牵引环缠在腕上绕了三圈。

枯枝在军靴下发出脆响的刹那，揑勒如猿猴般翻上树杈。缅北 KNO 人祖传的麂子扣在腐叶间闪着寒光。

领头的军犬突然狂吠，项圈铃铛在寂静林间炸开死亡颤音。钢齿闭合的金属撞击声里，犬吠霎时转为凄厉哀嚎。揑勒倒悬而下时，克钦刀已割开第二条军犬的喉管。

M16 点射的脆响撕裂晨雾，弹壳坠入腐叶的簌簌声里，两条军犬抽搐着栽进血泊。揑勒旋身避开扫射，克钦刀在藤蔓间划出银色弧光，三个泰国士兵喉间同时绽开血线。

“交叉火力！”素切伦嘶吼声未落，子弹已将揑勒藏身的树桩撕成木屑。弹雨织成的火网中，揑勒贴地滚进溪涧，岩石碎片擦着脸颊而落。

三角地特有的回音显得枪声愈发密集。揑勒摸向战术背心，只剩两枚空弹匣硌着肋骨。他扯下浸透汗水的蒙面巾，湄公河的咆哮声从百米断崖下传来。

“杀了他！”泰国语的欢呼声迫近。剩下的军犬獠牙间甩着涎水扑咬而来，揑勒蹬着古榕树干腾空跃起，刀锋劈开的气流声里，犬尸伴着血雨砸向围拢的士兵。

短促的三连发撕裂林间寂静，子弹穿透战术背心的闷响中，揑勒滞空的身躯骤然绷直。血珠随惯性划出抛物线，溅落在古榕虬结的气根上。这个优秀的 KNO 汉子，眼孔里最后映着米塞山脉的轮廓。

陆勇的右耳郭突然发烫，手指紧攥的藤蔓应声而断。他蹬着板根跃上高地的瞬间，恰见十几具泰国士兵尸体呈放射状倒伏。尚存余温的弹壳在捏勒遗体四周铺成诡异的圆环。

“围三阙一！”唐茵语的厉喝惊起林鸦。她率领的突击组以楔形阵切入战场，汤姆逊冲锋枪的枪托砸碎最后一个泰国狙击手的锁骨时，东南方传来武装直升机涡轴的轰鸣声。

素切伦的救援军比山魈营晚到四十分钟。当清迈第三军区武装直升机抵达交战空域时，只看到双方近距离的搏杀。

唐茵语食指划过捏勒僵硬的眼睑，手掌满是血液与泪水。她咬破的唇瓣在晨曦中泛着异样的红，喉间压抑的呜咽惊飞了树冠间的鸟儿。三十米外，陆勇正嘶吼着下达指令，他要拼命了。

武装直升机仍在百米上空盘旋着，狂风扭曲了特战营阵地的轮廓。陆勇将打空的汤姆逊冲锋枪甩给近旁士兵，接过狙击步枪时，枪托还残留着阵亡狙击手的体温。瞄准镜十字线锁定远处士兵晃动的军帽，百米外正在调试 M60 机枪的泰国士兵突然被爆了头。

唐茵语的嘶吼混着榴弹破空声。山魈营残部骤然收缩成锋矢阵型，六具自动榴弹发射器同时开火。素切伦刚抓起的野战电话被冲击波掀飞，听筒里第三军区参谋长的吼叫与榴弹炮的尖啸同时炸响。

当 M230 链炮开始覆盖战场时，陆勇正拖着唐茵语滚进反斜面工事。被掀翻的树枝裹着弹片嵌入松木，陆勇破碎的颌骨随着爆炸气浪不规则开合，渗血的脸庞格外瘆人。

唐茵语一看陆勇下颌开裂，顿时大惊失色，连忙扯开急救包，止血绷带在硝烟中绷成直线。陆勇破碎的颌骨随着喘息错位，喷溅的血沫染红了绷带。

“交叉掩护！让队长撤离。”幸存的七名山魈营战士突然呈扇形散开。领头的机枪手将机枪架在焦黑的望天树桩上，曳光弹组成的火链瞬间撕开泰国军的散兵线。两个背负火箭筒的战士跃进弹坑，射向从四面包抄上来的泰国士兵。

“勇哥，得忍着，尽快回勐养处理。”唐茵语泪流满面。

“不……杀光他们……”陆勇口腔喷出点点血沫。

“勇哥，走，走。”唐茵语知道，面对来自空中和地面的双重夹击，他们已经毫无胜算。她牙根一咬，拽着陆勇朝边境线奔去。

第三十六章 情断丛林

这场惨败恍若梦魇，令陆勇与唐茵语猝不及防。张奇夫得到素切伦线报，遣蒙傣军跨境，展开殊死追杀。二人昼夜兼程奔往勐养，陆勇面肿谵妄、步履蹒跚之状令唐茵语忧心如焚，唯有沿途采撷山野消炎草药捣敷应急。因离开勐养时行动仓促，疗伤秘方尽存勐养，唯有抵达驻地方能施救，唐茵语遂搀扶陆勇于腐烂阴森的山路艰难跋涉。

大其力至勐养道途险恶，南金三角丛林毒虫猛兽环伺，纵然体魄强健者仍九死一生，遑论伤重之人，雨林瘴疠可令心神溃散者顷刻丧命。唐茵语虽力竭，然而她视陆勇如自己的生命本源，刻骨之爱纵含苦涩无奈，亦心甘情愿舍命相护。为避追兵，二人择湄公河北岸嶙峋山径潜行。

两人的行踪终遭掸族猎人察觉，密报传至弄亮，蒙傣军精锐衔尾急追。经过一夜跋涉，谙熟丛林的唐茵语渐觉异动，神经骤然紧绷。然而陆勇因剧痛神志飘忽，难以决断。以往大小事都赖其决断，唐茵语既忧其伤又须独立面对险境，惶惑难安间唯有携陆勇遁入丛林深处。

老辣的掸族猎人携数支搜捕队织就天罗地网，循迹穷追不舍。张奇夫岂容良机错失，誓借山魈营兵败湄塞乘胜追击，剿灭陆勇和其他幸存者，永绝后患。二人虽然数度翻越山坳沟壑，追兵仍如附骨之疽，此等困兽之境令唐茵语暗生噬血之怒。

迫近的围猎声催发决断，唐茵语倏然凝神观势，看到一旁隐蔽土坑，急忙安顿昏沉的陆勇，覆以枯叶和腐殖土作掩，十指深陷腐殖土时已暗定破局之策。

陆勇从混沌中挣出几分清明，拨开枯叶，铁钳般扣住唐茵语的手腕："茵语……"

"勇哥放心，待茵语清扫那些鼠辈。"唐茵语指节泛白地回握，声音刻意放得松缓，"勇哥，你要信我。"

陆勇勉力支起半身，水肿性睑裂仅余丝缕视界，声带震动牵动胸腔嗡鸣："别管我，你走……一定要活下去……这是军令……"陆勇的关东刀刀刃与刀鞘摩擦出金属悲鸣。

唐茵语环住男人的腰背，泪渍渗入作战服衣衫："勇哥若折在此处，茵语怎么能活下去呀？"酸涩漫过喉头——叱咤缅北丛林的山魈小队竟沦落至此。

凝视陆勇因创伤扭曲的面容，这具曾令各方势力闻风丧胆的身躯，此刻却奄奄一息。顿时，杀意如淬毒钢针游走于唐茵语浑身经脉，她决意以身为饵，为挚爱劈开一条生路。

陆勇一时语塞。他始终想保护唐茵语，却未料自己竟成其负担。虽眩晕，但他仍残留一丝清明，从唐茵语言辞间已窥危机端倪。然而时势所迫，自身保全尚且艰难，无力感骤生，一抹怆然掠过面庞。

唐茵语按着陆勇微颤的双肩，颤声道："勇哥，茵语尚待你领着返回巴蜀。我要尝遍所有麻辣火锅的滋味，你放宽心，几个贼人，我对付得了。"言毕莞尔，强作从容以慰陆勇忧心。

唐茵语心知不可再耽搁，那股腐浊气息愈发浓烈，似乎已弥漫整片森林。枯枝断裂声愈来愈近，陆勇紧拥唐茵语，喉间滚动含混字句："茵语……不要……恋战……"声若游丝，吐息艰难。

唐茵语在陆勇额间深情印下轻吻，轻声应诺道："知道了，勇哥等着我。"语音未尽，身形已蹿出几米，若离弦之箭疾射而去。她要引开搜捕的蒙傣军，唯有不惜一切，背水而战。

掸族猎人凝神审视植被断痕，见踪迹愈发明晰，从鼻腔发出一声冷哼，阴鸷笑意漫上面庞。他如鹰隼般扫向远处灌丛，从拖曳卷折的境况中已判明猎物身负重伤。手势挥动间，蒙傣军士兵屏息紧随，悄然迫近。

唐茵语指间梭子针寒芒隐现，她十分清楚必须诛敌夺取枪械以掌握先机。她沉下气息，胸腔丹田真气疾转，身形乍如脱兔掠出灌木，梭子针破空声尖厉，如银虹贯日直取搜索的蒙傣军士兵。

骤现的一道黑影令蒙傣军愕然惊立。梭子针挟劲风贯空而至，掸族猎人顿觉眼前银芒乍现，喉间已绽放一朵血梅，数名掸兵也身中淬毒的梭子针，垂死之时扣动扳机，炸响枪声骤破丛林的幽寂，霎时四方回应一幕幕弹雨，打得树枝纷纷折断，四周蒙傣部众随枪声合围了过来。

唐茵语为引开蒙傣军、确保陆勇安全，抄起 M16 用持续枪声牵引敌军动向。在这场体能与耐力的角逐中，唐茵语神出鬼没的身法在丛林中展现得淋漓尽致，她不时撂倒数名掸兵，迫使敌军不敢近身，逐渐掌握主动权。

然而蒙傣军绝非虚设之辈，这些雨林原住民迅速展开散兵线梯次配置，与唐茵语在湄公河沿岸密林间展开拉锯式缠斗。随着时间推移，蒙傣军对唐茵语形成有效牵制。忧心陆勇伤势的她渐失耐心，焦躁情绪在胸腔翻涌。

这片雨林实为恐怖黑洞，险象环生，随时可能吞噬脆弱生命——湿热气候与致命病菌正加速陆勇伤情的恶化。面对步步紧逼的蒙傣军，心急如焚的唐茵语叱喝一声，铿然掷出打空弹匣的 M16，反手抽出刃长七寸的药刀。双目赤红间，唐门禁忌之术“幻身障”再度显现。

天霎时变红，唐茵语好似听到体内血液循环的咕咕声，一股温热的气流浸入百骸，她随即遁入一片空灵当中，仿佛看到翻腾的云海中，一束喷薄而出的光柱冲破重重雾霾笼罩在身上，浑身炙热如同洗骨伐髓一般。所有的疲倦、饥饿荡然无存，她身轻如燕，纵身一跃朝前方奔去，风过林动之处，蒙傣军士兵必飞溅出一朵朵血花，黑影快得令人目眩，瞬间就消失无影，惊得蒙傣军目瞪口呆。

陆勇被时断时续的枪声惊醒，踉跄着从土坑中爬出。他竭力撑开眼皮，面部每寸肌肉的牵动都仿佛撕扯着神经，痛得他浑身抽搐，最终瘫倒在腐叶堆里。

仰面躺在湿冷的地上，他望着雾霭笼罩的森林，绝望如毒藤般漫上心头，比当年亡命莱卡丛林时更甚——彼时尚有斑驳天光穿透枝叶，而今目之所及尽是一片混沌，恍若悬在虚空中的尘埃，转瞬便要湮灭无形。咸涩液体溢出眼眶，唐茵语的容颜在脑海中愈发清晰。

“茵语……”破碎的呼唤混着血沫溢出唇齿。他数度撑身欲起，却次次跌回泥泞，直至意识沉入无尽黑暗。

唐茵语披散乱发冲出灌木丛，赤红双目触及土坑中仰躺的身影时，瞳孔骤然收缩——陆勇面上绷带早已扯落，血肉模糊的创口正汩汩渗血。她不及细思，抄起男人扛在肩上便朝勐养方向奔去。昼夜兼程榨干了她的精元，这般竭泽而渔的燃血秘术正蚕食着生机，此刻的她犹如风中残烛，灯芯将烬时迸发的炽亮，恰是最危险的预兆。“幻身障”的反噬之力随施展时长递增，经脉脏腑的损伤俱成不可逆的裂纹。精血本源飞速流逝间，维系气血运转的周天循环已近崩解，可听着背上渐弱的呼吸，她仍拼命着榨尽最后一丝精元。

隐匿在雨林深处的勐养终究未能逃过蒙傣军探查。当张奇夫率队裹着杀气席卷而来时，谁都不曾料想，这片即将陷落的庇护所里，还有一道独守隘口的身影——埃松的钢刀正映着血色残阳。埃松如同被时光遗弃的幽灵，眼中闪着血火淬炼的沧桑。这个曾为报恩独守崔建国坟头的实诚汉子，此刻正拎刀守望在勐养隘口。当温良化作仇恨的薪柴，食草者终成噬血兽。

为崔建国守墓的第七日，营地空荡得令人心悸。山魈营倾巢数日未归，埃松摩挲着垭口处青苔斑驳的汤姆逊冲锋枪——这把被刻意遗留的武器，泛着幽蓝寒光的枪管始终镇守着咽喉要道，恰似某种无声的托孤。晨昏在扳机护圈上流转，埃松如石像般踞守隘口，任凭山雀掠过头顶。直到某日黄昏，血色残阳里撞进两个踉跄身影：唐茵语背负的陆勇已如血人，褴褛布条间翻卷的皮肉正淅淅沥沥滴落猩红血液。

埃松喉间迸出悲鸣，一跃而起接住垂死的陆勇。唐茵语煞白如纸的面庞骤然扭曲，噗的一声喷出殷红血箭，跌坐在地又咳出半掌猩红。唐茵语惨白的脸颊骤然泛起潮红，喉间发出破碎的呜咽，殷红血花喷溅在晨雾里，五指深深抠进腐殖土中。

那双曾经灿若星辰的眼眸此刻暗淡如将熄灭的炭火，整个人如同绷到极致的弓弦骤然松弛。她拭去唇边血丝，气若游丝道："快……把勇哥……抬进屋。"

"唐姑娘！"埃松的喉结剧烈滚动着。

唐茵语晃了晃头，染血的手指艰难抬起："救他……要快……"

埃松将陆勇扶稳，另一臂挟起唐茵语冲向茅屋。竹帘掀起的刹那，晨光穿透浮尘照亮屋内斑驳的药柜。

唐茵语颤抖着翻出青瓷药罐，指尖指向黏稠药膏指挥埃松外敷。缝合陆勇绽开的下颌时，银针三次从她痉挛的指间滑落。溃烂伤口泛着脓腥，秘制消炎粉混着血水凝成暗红泥浆。

每个动作都令她喘息如破旧风箱，鲜血不断从咬破的唇角渗出，衣襟上的红色暗了又亮。待最后一道绷带缠妥，唐茵语如同断线木偶般瘫坐在血泊里。

"唐姑娘，究竟……"埃松托住唐茵语绵软的身躯，喉头哽着铁锈味，泪水模糊了视线。他心中战无不胜的山魈营，竟会落得这般田地。

"捏勒和弟兄们……"唐茵语染血的指尖抠进竹席缝隙，"都折在湄塞了。你要护着勇哥……"每说半句都要停下喘息，"带他……回华夏……"

埃松如遭雷击。竹窗外惊起的鹧鸪撞碎寂静，他忽然想起半月前捏勒拍着他的肩膀大笑："等打完这仗，带你去密松山吃火烧干巴。"而今那些粗犷的笑声都成了林间飘散的磷火。

"恩人们……"这个掸族汉子突然像孩子般抽噎起来，"唐姑娘，要活……就一起……"

唐茵语缓缓摇头。她比谁都清楚"幻身障"反噬的代价——五脏早已化作沸腾的血池，残破的身躯此刻全凭最后一缕真气吊着。当目光转向昏迷的陆勇，她枯萎的面庞竟泛起少女般的红晕。

她抽出药刀割断青丝的刹那，晨风卷着缅桂花香掠过窗棂。她把缠着发丝的梭子针皮袋按在埃松掌心，囊袋上还留着体温：“告诉他……峨眉山的雪……”

陆勇在昏迷中突然剧烈抽搐，溃烂的伤口渗出黑血。唐茵语用尽最后气力扑到床前，染血的嘴唇轻轻贴在他皲裂的嘴角上。这个迟来的吻，终究混着铁腥味落在苍白的唇纹间。

“勇哥……”她望着这张刻进骨血的面容，“记得帕康营地的萤火……真美……”话音未落，两颗泪珠坠落在陆勇染血的绷带上，洇出两朵小小的海棠。埃松伸手去扶唐茵语，只接到一具渐渐冷却的躯体。

竹帘外，那把汤姆逊冲锋枪的枪管凝着露水，像一柄直指苍穹的青铜剑。

第三十七章
归去来兮

唐茵语的猝然离世令埃松痛彻心扉。这个掸族汉子跪在熊熊燃烧的茅屋前，看着烈焰将巴蜀女子存在过的痕迹化作青烟。竹梁爆裂的脆响中，他恍惚看见唐茵语月白衫角在火舌间翻飞，如同她当年踏着溪水施展轻功的模样。

“唐姑娘，埃松会带他回华夏，你走好！”埃松泪眼婆娑，嘶吼惊起林间寒鸦。他背着昏迷的陆勇钻进晨雾时，身后传来竹帘燃烧的噼啪声，像是山魈营最后的战鼓。

五日后，蒙傣军踏破勐养营地，唯余焦土三尺。张奇夫用马鞭拨弄着冲锋枪的残骸冷笑：“终究是一群扑火的飞蛾。”鎏金烟枪在指尖转了一个圈，“悬红再加三成，我要让山魈营的名字从金三角彻底蒸发。”

悬赏令像瘟疫般扩散。湄公河赌场的亡命徒摩挲着崭新美钞，缅北山地的马帮卸下盐巴改运军火，连清盛码头扛麻包的苦力都开始留意过往伤者——在这片嗜血丛林，黄金能让人长出豺狼的鼻子。

UWSA 指挥部的地形图上，代表山魈营的黑色三角被画去。鲍岩块对着湄公河流域沙盘喃喃自语：“猛虎该关在笼子里。”隔壁 KIA 的作战室里，白发将军正擦拭勋章：“这是平衡的艺术，总要有人当祭品。”

密林深处，埃松的猎刀劈开缠人藤蔓。陆勇伏在他背上发出梦呓，溃烂的伤口渗出血水，将后背土布染出狰狞图案。每当鸮啼叫，这个汉子就背着伤员转移洞穴——唐茵语配的止血粉只剩半囊，而追兵的犬吠声已隐约可闻。

最煎熬的是黎明。埃松嚼碎野果喂给陆勇时，总能尝到死亡锈蚀般的腥甜。他想起唐茵语临终前塞给他的梭子针皮袋，皮袋外缠着的青丝正随着跋涉，在晨曦下泛起光。

埃松的指甲深深掐进掌心。背上的陆勇呼吸渐弱，唐茵语临终托付的话语在耳畔日夜回响。掸族汉子从未如此痛恨自己的无能——当他发现鬓角一簇簇白发时，竟生生将发根连血带肉扯了下来。

密支那的原始丛林张开湿漉漉的巨口。埃松蜷缩在苔痕斑驳的崖洞中，看着洞外暴雨如注。陆勇因感染而滚烫的体温透过粗布传来，让他想起勐养营地燃烧的那一天。这个苟活半生的汉子突然爆发出野兽般的号哭，声浪惊得树冠间猴群四散奔逃。

林间晨雾被啼声惊散。正在密支那寺庙讲经布道的祜巴拉暖腕上的沉香念珠突然断线，檀木珠子滚落一旁。老和尚微微皱眉："东南三里，有缘人生命垂危。是他……"

尼吞带着沙弥拨开丛林垂藤时，正见埃松如困兽般攥着猎刀。这个曾手刃无数拳手的僧人，此刻却被崖洞里弥漫的腐肉味刺痛鼻腔——陆勇溃烂的伤口正在吞噬他的最后生机。

"施主莫惊。"尼吞刻意放柔因习武而粗粝的嗓音，袈裟下肌肉却绷如弓弦。手肘断口处镶嵌的利刃缩回衣袖间，他看见埃松的指节在猎刀刀柄上捏得发白，那是即将暴起的征兆。

直到祜巴拉暖的芒鞋踏碎枯枝，埃松才恍然惊醒。老僧白眉胜雪，宛如古壁画中走出的罗汉。埃松扑通跪在地上："大长老……"怀里的梭子针皮袋滑落。

"善哉，埃松，救人一命，胜造七级浮屠，你尽力了。老衲和陆施主是有缘之人。"祜巴拉暖上前轻抚陆勇滚烫的额头："五蕴炽盛，当以阿伽陀药破之。"

随行沙弥展开药囊，迦罗木与龙脑香的清冽瞬间驱散死亡气息。

埃松怔怔望着尼吞以武僧手法为陆勇推宫过血。当祜巴拉暖将金针插入陆勇百会穴时，林间忽起梵唱，仿佛万千比丘在云中诵念《药师经》。

崖洞深处飘浮着迦罗木的香气。祜巴拉暖掀开陆勇的粗麻衣襟，腐肉气息扑面而来。老和尚白眉微颤，指腹抚过缝合处渗出的黄脓——针脚细密如唐门暗器图谱，却终究抵不过丛林的瘴疠。

“毗卢遮那佛保佑。”祜巴拉暖将菩提子按在陆勇眉心，金丝袈裟无风自动。当金针穿透膻中穴时，昏迷的陆勇突然弓身痉挛，溃烂的伤口迸出黑血。

洞外雷声隆隆。尼吞带着沙弥们在雨中结阵诵经，药杵捣碎的三七花混着雨水，在石臼里晕开猩红。埃松大松了一口气，蜷在角落很快鼾声如雷，手里还紧攥着唐茵语的梭子针皮袋。

陆勇在混沌中看见南腊河倒流。温楠的筒裙扫过紫云英花海，却在他指尖触及的刹那化作硝烟。枪声从地底传出，崔建国的断臂握着军刺，捏勒的钢盔里开满罂粟。他想要嘶吼，却被唐茵语的青丝缠住咽喉。

“勇哥……”少女的声音穿透血花。陆勇看见勐养竹楼在火海中崩塌，唐茵语月白衫袖卷着火星，将梭子针一枚枚钉入自己的心口。他想扑灭火苗，却发现双手正在溃烂成白骨。

现实中的祜巴拉暖突然睁眼。老和尚咬破指尖，以血为墨在陆勇胸膛勾画药师佛咒文。当最后一笔落在丹田，洞外惊雷炸响，暴雨中竟传来梵铃清音。

“阿閦佛往生咒！”祜巴拉暖暴喝如狮吼。十八枚金针同时震颤，陆勇口中喷出黑血，溅在洞壁上竟蚀出蜂窝般的孔洞。大长老袈裟尽湿，分不清是汗水还是血水。

尼吞捧着药钵进来时，看见师父的白眉染满霜色。陆勇胸口的咒文正在消融，溃烂处渗出清液。最惊心的是他的左脸伤口——缝合线如蜈蚣般蠕动，将破碎的皮肉重新编织。

“去取龙血竭。”祜巴拉暖声音沙哑，“再燃一炉返魂香。”他的指尖还凝着血珠，却在瞥见埃松梦中泪痕时微微一笑。晨光穿过藤蔓，正照在陆勇渐渐平稳的胸膛。

陆勇的指甲掐进掌心，血珠顺着梭子针皮袋的线纹蜿蜒而下。崖洞外的雨突然转急，雨点击打芭蕉叶的声音像是千万枚暗器破空。

祜巴拉暖的紫檀念珠突然断裂，檀木珠子滚落草席。他拾起一粒珠子按在陆勇眉心：“施主且看。”

珠面浮现的画面让陆勇瞳孔骤缩——勐养火场中，唐茵语月白衣袂翻飞如蝶。少女咬破舌尖在掌心画出诡谲符咒，七枚梭子针贯穿周身大穴，血色纹路在她肌肤上绽开曼陀罗花。

“唐门‘幻身障’。”祜巴拉暖叹息如暮鼓，“以经脉为灯芯，精血为灯油。”

陆勇突然暴起，残缺的面容在阴影中狰狞如修罗。他挥拳砸向洞壁，指骨碎裂声与雷声共鸣。埃松扑上去锁住他双臂，却被震得口鼻溢血。

“她本该在巴蜀行医！”陆勇的嘶吼惊飞鹗，“说什么要治尽天下伤病……”

尼吞突然结印拍在陆勇后背。掌心的“卍”字金印将暴走的人钉在原地。祜巴拉暖指尖蘸着陆勇的血，在他破碎的颧骨上勾勒药师佛眉间白毫。

“陆施主。”祜巴拉暖的声音混着梵唱，“你看那火中涅槃的真是唐姑娘吗？”

陆勇的挣扎戛然而止。血绘的佛目突然流转金光，他看见燃烧的竹楼里飘出青烟，在空中凝成唐茵语的笑靥。少女的虚影指了指东方，那里有晨光刺破云层。

埃松突然惊呼。梭子针皮袋上的青丝无风自动，在雨中织就半阕《雨霖铃》。祜巴拉暖拾起染血的念珠：“唐门‘幻身障’，老衲可为你开七日黄泉路。”

暴雨骤歇。陆勇抹去脸上血泪，嘴角扯出冷笑。他拾起一枚梭子针摩挲：“不必，她最恨装神弄鬼。”

祜巴拉暖的芒鞋踩过腐叶，手中菩提子突然迸射金光。暴雨骤歇的丛林深处，竟有萤火自地脉渗出，在陆勇周身织就曼陀罗图腾。

“且看。”大长老振袖拂开雾气。菩提子映出的光影里，唐茵语正在街头施针救人，少女鬓角银丝如月华流转——那分明是“幻身障”的反噬。

陆勇的嘶吼卡在喉间。他看见自己昏迷时，唐茵语以银针刺入天灵，将毕生修为度入他的心脉。最后一针落下时，少女青丝尽白，却对着虚空含笑作别。

林间忽起异香。祜巴拉暖问道："陆施主，何谓放下？"大长老的喝问震落树梢露珠，"唐姑娘度的是无量劫，你执的是刹那相。"

陆勇手中梭子针皮袋突然灼热，七枚钢针破囊而出，在他残破的面容上勾勒北斗阵图。溃烂的伤口以肉眼可见的速度结痂脱落，新生的肌肤下隐约浮现梵文。

尼吞在崖洞口看得分明。铜钵突然嗡鸣，钵底"卍"字印正与陆勇脸上的北斗阵图共鸣。他想起师父前一夜在药师佛前供的那盏灯，灯油里分明掺着少女的青丝。

"去取那物来。"祜巴拉暖对尼吞低语。当尼吞捧来鎏金铜匣时，暴雨突然倒灌苍穹，匣中唐茵语的染血钢针尽数飞起，在陆勇周身布下二十八宿大阵。

陆勇的瞳孔化作琉璃色。他看见唐茵语在阵眼中回眸浅笑，身后是无尽星河流转。少女的虚影指了指东南方。陆勇的心疼痛得无以复加，低哼着如同兽嚎。

祜巴拉暖将半数檀珠放入陆勇衣襟："陆施主，不必如此感怀伤秋，宇宙万物并非恒定不变，花有花的去处，水有水的归流，世间因果早已天定，放下吧。"

东方泛起鱼肚白时，马帮铃声穿透晨雾。长老将九颗檀珠串成指环，戴在陆勇残破的无名指上："经过萨尔温江时，记得把指环浸在江水里。"

陆勇在祜巴拉暖秘密庇护下躲过蒙傣军围堵，如雾消散于金三角丛林。罗刹女山巅的陀迦罗寺矗立千年，岩壁上梵文经咒与藤蔓共生，陆勇在此见到皈依佛门的吴波梭，二人相视间，血色往事皆化入晨钟暮鼓。

剃度当日，埃松跪在鎏金药师佛前。祜巴拉暖以孔雀翎蘸取萨尔温江水，在他头顶画出戒疤。山风裹挟诵经声穿透云层，埃松腕间褪下的银铃被铸入经轮轴心。

归国那日，清水湾口岸人潮如织。陆勇残破的左手攥紧怀中布兜，兜里是六个亡魂，他答应过带他们魂归华夏。

五星红旗在界碑上方猎猎作响。当膝盖触及故土瞬间，萨尔温江突然在识海中轰鸣，将硝烟与钢针的残影冲刷成支流汇入江河。尼吞的铜钵映出陆勇叩首的倒影，他看见残损面容上浮现金色“卍”字符。界河对岸，陀迦罗寺的经幡正将血色晨光织成袈裟，覆在缅北绵延的黑色丛林之上。

缅北的雾瘴在林梢翻涌，这片浸透硝烟的土地仍将在时光长河里浮沉。黑色风暴蛰伏于季风带褶皱处，正如腐叶下永远滋长着新的菌丝——不安定的土地总会酝酿诡谲风云，如同经筒周而复始地拓印宿命的轮回。

陆勇残指上的檀木念珠突然散发温热。他回望界河对岸，陀迦罗寺的晨钟正将血色朝霞震碎成万千流萤。当第一缕阳光刺破云层时，这个满身伤痕的男人颤抖着干裂的嘴唇，向着五星红旗飘扬的方向，踏出了回归故土的第一步……